飛蝗(ばった)の農場

ジェレミー・ドロンフィールド

ヨークシャーの荒れ野で農場を[illegible]キャロルのところに，謎めいた男が転がりこんできた。嵐の夜，雨宿りの場所を請う男を警戒してことわる一幕を経て，不幸な経緯から，キャロルはショットガンで男に怪我を負わせる。看護の心得のある彼女は応急処置をほどこし，回復までの宿を提供することにしたが，意識を取りもどした男は，過去の記憶がないと言う。何もかもが見かけどおりでないかもしれない。そんな奇妙な不安のもとに始まる共同生活——背後で繰りひろげられる異様な逃避行！　幻惑的な冒頭から忘れがたい結末まで，圧倒的な筆力で紡がれる悪夢と戦慄の物語。驚嘆のデビュー長編。

主な登場人物

キャロル・パーシヴァル…………農場主
ロザリンド（ロズ）・バートン……その友人。彫刻家
スティーヴン・ゴールドクリフ……？

飛蝗(ばった)の農場

ジェレミー・ドロンフィールド
越前敏弥 訳

創元推理文庫

THE LOCUST FARM

by

Jeremy Dronfield

目次

飛蝗（ばった）の農場

ケイトに

雨……

心に描け——見渡すかぎりの深い闇を、雨が埋めつくしている。水の分厚い膜が、顔を覆い、ふさぎ、叩く。目をうずかせ、口を汗の塩辛さで満たし、顔面からあふれ出て、うなじを冷たく垂れ落ちる。振り返ると、雨。見まわすと、雨の輝きをたたえる闇。前へ目を向けると、黒黒とした荒れ野を泥深い道がうねっている。

凍りつく寒さも痛みも、いまは忘れろ。恐怖だけに身をまかせ、蹴つまずいても走りつづけろ。のろのろとおぼつかない足どりで、片足をぬかるみにとられ、片足をタールの路面にこすり、重い水たまりをはねのけ、道をそれ、向きを変え、足を引きずって——胸が痛い——思いきり息を吸いこむと、空気とともに水滴が流れこみ、唇からしたたり落ちて、針さながらに冷えびえと舌を刺す。体力と気力を振り絞って、前へ進め。背後の闇に捕まってはならない。黒い虚空に、見えざる影がひとつひそんでいる。冷たさと湿りと雨音と困憊のなか、追っ手が間近に迫っているのがわかる。

——足が重い——疲れきった筋肉を虚脱状態が襲う。脚を動かせ。左に、右に、曲げて、伸ばして、上下に、前に——だめだ……動かない——進め！　脚を動かせ！——そう、動かせ、上下に、前に……いや、だめだ。痛みが耐えがたい。力がもうない。残らず使い果たしてしまった——やつが来たぞ！——どこに？——すぐそこ、頭のなかだ。やつは頭のなかにいる。やつからは逃げられない。走ったとしても——

見ろ！　左を見ろ。小道と農場がある。わずかな望みと安堵感からなけなしの活力を絞りだし、脚を振り動かして、細い道を農場の庭めざして進む。死の闇に包まれて、明かりがたったひとつ見える。建物の二階の窓に、カーテンの色を帯びた四角い光が浮かんでいる。呼び鈴を押すと、長く大きく耳障りな音が響く。長い静寂のあと、扉の下の隙間からひとすじの光が漏れて、足もとのゴムマットを照らしだす。閂が引かれ、チェーンが鳴る。

女の顔。黒っぽい髪が額に垂れている。怯えた表情が、ドアチェーンの描きだす曲線でふたつに割れている。顔の雨水をぬぐって、笑顔を作れ。道に迷ってしまったんです。ひと晩泊めてもらえないでしょうか——女の見開かれた目が、こちらの足もとから顔へと視線を這わせる。眉が寄る。どなた？——道に迷ってしまって、雨宿りの場所を探しているんです。歩みをとめたいま、熱の奪われた体内に氷の冷たさが満ちあふれ、悪寒が胴体を責めさいなんで、手脚や唇へひろがっていく——寒さも必死の思いも、女には理解できない。ここは宿屋じゃないのよ——それはわかっていますけど、この雨ですから。お金は払います。見てください——濡れてくしゃくしゃになった紙幣をポケットから出すが、女は一瞥しただけでかぶりを振る。ごめんなさい、入れるわけにいかないの——でも、お金は払います！　ここに——ほら、五、六十ポンド。ひと晩だけでいいんです。差しだしているうちに紙幣がさらに濡れ、雨に輝く指のあいだで悲しげにしおれていく――扉が閉まりはじめ、チェーンがゆるみ、光が細まり、顔が奥へ引かれる。ごめんなさい――哀願するが、すでに遅い。錠がかかり、光が消える。もう一度呼び鈴を押す……お願いです、どうか……

無駄だ。嵐の夜に、隣家から何マイルも離れた家にひとりきりでいる女が、警戒しないはずがない。扉越しに呼んでみたらどうか。道に迷ったんです。行くあてがありません。お願いですから……

もう一度扉がわずかにあく。安堵の笑みで口を大きく開く。

出ていって。

扉が閉まり、チェーンが鳴り、錠が固く締まる。ずぶ濡れのまま、絶望に打ちひしがれたまま、外に取り残される。

第一部

必要に応じて変更を加えて（ムータティス・ムータンディス）

1

目覚まし時計の執拗な響きがキャロルの眠りを断ち切った。夢がまだ脳裏を駆けめぐっている。

キャロルはうつ伏せで、枕に顔をうずめて寝ていた。折り曲げた左腕が体に押しつぶされて、少しずつ感覚を失いはじめている。顎が不規則に上下して、声にならないうめきを絞りだし、半開きの唇が、木綿の枕カバーについたなめらかな唾液の跡と幾度となくすれ合う。途切れ途切れに鳴る目覚ましの音に意識の深層を切り裂かれつつ、彼女はかすれたあえぎ声をあげ、ベッドの端へと体を引きつらせた。起きあがろうとしたが、腕がしびれて動かない。身をよじり、どうにか仰向けになって上体を起こす。まだ動く右腕を伸ばして、ようやく手のひらを時計の頭に思いきり叩きつけた。

静寂。

闇のなか、ベッドのへりに腰かけると、小刻みに震える重いまぶたの隙間から、時計の緑に輝く針が飛び跳ねて見えた。

明かりをつける。カチッ。

ベッド脇のランプの黄色い明かりに包まれ、右手で左腕を持ちあげて具合をたしかめた。感覚のない、だらりとしたソーセージ。一本の細い腕が、筋肉が活動を停止するとこんなにも重くなるのが興味深い。力が抜けている気がするときにさえ、筋肉がかなりの仕事をこなしているとわかったのは、さらなる収穫だ。丈の長いシャツの袖をたくしあげ、むきだしになった腕を見つめた。白い肌に、袖の複雑な襞によって赤い地図が深く刻みこまれ、ブライユ点字の刺青をほどこしたかのように、畝とピンクの溝の交錯する唐草模様を織りなしている。

腕を放して膝の上へ落ちるにまかせ、時計に目をやった。五時半で、まだ外は暗い。ここへ越してきて数日のうちに、目覚まし時計をやすやすとは手の届かない場所に置くことにした。スイッチを切るためには、無理にでもベッドから起きだすようにしなければならない。そうでもしないと、僻地の夜明けを包む静けさの底に沈んで、永遠に身を起こせなくなる。

着替えをはじめて、腕にひりひりとむずがゆい感覚がもどるにつれ、中断した夢が頭のなかで細切れになってよみがえった。

シャツを脱いでベッドに投げ捨て、その上に上掛けをひろげて置いた。雨。真新しいパンティーとブラジャー。ブラを後ろ前にし、胸の下でホックをとめ、肋骨のまわりを半回転させ、しなやかな肩ひもに両腕を通し、重い乳房をカップに押しこむ。走る、息を荒らげる、雨のなかを駆け抜ける……何かが……だれかが追ってくる……。デオドラントが乾いたあと、Tシャツとオートミール色の厚手のセーターと作業用ジーンズを身に着けた。浴室へ行って便器に腰かけ、下から響く水の音を聞きながら、映像がつぎつぎと脳裏をよぎるにまかせた。走る――雨が降る――他人の体を借りて、疲れ果てたまま走りつづける……

台所のテーブルの前に腰かけて身震いしつつ、インスタント・コーヒーを手早く淹れて、煙草を一本出した。本格的な朝食は夜が明けてからにしよう。ゆったりと煙草を味わってコーヒーのマグを見つめながら、崩れて末端がすり切れた夢のかけらをつなぎ合わせてみた。見慣れた夢なので、失われた断片を記憶の奥底から呼び起こせた。走る……。夢のなかで、自分はいつも走っている。目をふさぐ夜の嵐のなか、何者かの体を借りて、走り、つまずき、よろめく……。しかし、きょうは何か別のもの、いつもとちがうものがあった。それを探っているうち、思いあたった。

顔だ。

これまでの夢には顔がなかった。ひどく恐ろしかったのはそのせいだ。耐えがたい孤立感。マジックミラーの向こうにいる見物人のように、だれかが音もなく監視している気が絶えずしていた。そしてひとつの人影が、姿を隠しつつ執拗に追ってきた。自分はいつも逃げつづけた。借り物の脚をもつれさせて突き進んでも、顔のない恐怖の影が背後から迫った。だが、きょうは顔がある……ただの顔ではなく、自分の顔だった。まちがいない……別の体を借りた自分が戸口にいるのを見定められなかったせいで、扉を閉めてしまった。

いつもの夢。過去の生活を捨て去って以来、たびたび見たものだが、自分自身が登場したのははじめてだ。じっくり考えて、その意味をはっきりさせたほうがいいだろう。ほかの点については、説明がついている。逃げたいのに逃げおおせないという、意識下の強迫観念。こんな場所、こんな人里離れた地に来てまで、みずからの想念の虜になっている。

マグのコーヒーが冷めかけている。それに口をつけて、二本目の煙草を吸い終えるまで、ゆっくりと飲みつづけた。夜が明けて青白い薄明かりが差し、古ぼけた窓ガラスに映ったほの明るい台所のありさまをぼやけさせている。煙草をもみ消し、冷たくなったコーヒーの残りを飲みほして、立ちあがった。

ウェリントン・ブーツを履き、泥でぬかるんだ庭へと歩きだした。けさはたくさん仕事がある。種芋を植えられるように自家菜園の土を掘り返し、ランダルの牧草地の柵を修理し、飼っている生き物たちに餌をやる。午後遅くにホーワースへ出かける前に、すべてを終えなくてはならない。

第一の仕事は、畑を歩いていって土の状態を見たとたんに、リストから消えた。ゆうべの大雨のせいで、もともと湿っていた土がいっぱいに水を含んで、溝ごとに浅い水たまりができている。こんなところで耕耘機を使えば、菜園全体が沼地と化し、仮に芋を植えられたとしても、芽生える前に腐りだすだろう。排水の改善、と心に銘じ、ため息をついて庭へ引き返した。まだ柵の修理が残っている。

納屋から針金と梱包用の撚りひもをひと巻きずつ持ってきて、古い牛舎へ向かった。牛舎と言っても、牛のための仕切りははるか昔に取り払われ、いまでは車庫兼作業場として使われていて、蜘蛛の巣だらけの石灰塗りの壁に棚や工具掛けが並んでいる。丸石敷きの地面には、過去の暮らしの唯一の忘れ形見（アルフレッド・ウォリスの絵と祖父の煙草ケースを除く）が、排水溝にまたがって置かれている。二十歳の誕生日に父が買ってくれた、モーリス・マイナーの赤い小型トラック。この地にたどり着くという大仕事を終えたあと、以前の自分にまつわるほかの何もかもといっしょにすぐ捨てるつもりだったのに、どういうわけか踏んぎりがつかなかった。いずれにせよ、それからだいぶたったので、過去の記憶は最近のものに掻き消された。この古びたモーリスを見ても、昔のことは思い浮かばない。蒼然とした石造りの建物や農業機械、肥沃で湿り気の多い土壌やそよ風の吹く荒れ野と同じく、これはすでに農場の風景の一部となっている。

　トラックの横には、二台しかない乗り物のもうひとつであるコバルト・グリーンのスズキ125が、スタンドに立てかけられている。モーリスと同様、このバイクの傷だらけの塗装面にも大地が爪痕を残していて、タイヤに刻まれた十字形の峡谷や、エンジンの灰色の底面に、土が固くこびりついている。

　針金を胴に巻きつけ、撚りひもの束をベルトに掛けたあと、キャロルはスタンドを蹴ってバイクを庭へ押しだした。二度目のキックスタートでエンジンがかかり、青い煙の渦が吐きだされた。彼女はギアを入れて荒々しくエンジンの回転をあげ、庭から前方にひろがる畑へと突き進んだ。

作業をしているうち、日がゆっくりとのぼり、夜の嵐が残した空高い薄雲を溶かしはじめた。八時に庭にもどると、雨に濡れた建物がどれも明るく照り映え、際やかな陰影を帯びていた。あけっ放しの扉から牛舎へバイクを乗り入れてとめ、それから朝食を求めて母屋へと歩きだした。

そのとき、妙なことが起こった。納屋の入口の前を通り過ぎた瞬間、うずくような感覚がうなじを襲い、胸へとひろがった。足をとめてたたずみ、鳥さながらに小さく首を傾げて、周囲と体内の音に意識を集中した。母屋のかたわらのトネリコの枯れ枝からカラスが飛び立って鳴く声、ディーゼルエンジンの遠鳴り、自分の息が吐きだされたり吸いこまれたりする音、異常に速い心臓の鼓動と胸の震え……それだけではない……うずきの源となった、意識にのぼらない音がある。ここで聞こえるはずのない、この庭ではまったく耳慣れない音だ。首を反対側に傾け、髪を耳の後ろにかけてみたが、すでに音は消えていた。その音を脳裏によみがえらせ、記憶に刻みこまれた響きと出所を思い返してみると……

納屋だ。音は——うめき声とあえぎの中間ぐらいだろう——納屋の奥から聞こえていた。

それに気づいたのがきっかけとなって、またゆうべの夢がつぎつぎと思いだされた……雨——走る——自分の顔を持つ女が自分を締めだし、戸口の明かりの消えるなか、怯えたような顔で振り返る……

そう、納屋だ。出ていって。自分で自分にそう言ったあと、納屋までとぼとぼ歩いたのではなかったか。

彼女は笑みを浮かべ、かぶりを振った。潜在意識がひそやかに夢を紡ぎだしたことによる、ただの空耳だったのだろう。神経過敏のあまり、夢に好き放題身をむしばまれている気がする。二、三日この土地を離れるのがいちばんかもしれない。ホーワースへ行ったら、望みさえすれば、いつでもロザリンドが泊めてくれる。それに、土の状態の回復を待たざるをえないいまは、少しばかり家をあけても差し障りはない。朝食がすんだら、ロズに電話で頼んでみよう。彼女は気が軽くなり、母屋へ向かってふたたび歩きはじめた。

そこで立ちどまった。

また聞こえた。こんどは、まぎれもないうめき声とため息が、納屋から漏れてきた。彼女は首を後ろへねじ向けて、目を大きく見開いた。さらに音がしたので、扉があいたままの入口に静かに歩み寄って、暗がりをのぞきこんだ。おそらく、ウィリスじいさんの豚がまた一匹逃げだしたのだろう。納屋の右手の突きあたりは、天井の梁から吊りさがった大きな緑の防水シートで仕切られていて、その奥に飼料や肥料の袋が置かれている。彼女は藁の積もったぬかるんだ地面を、壁に沿って忍び足でゆっくり進み、防水シートのへりを持ちあげた。

積みあげられたビニール袋の山に、乱れた形跡はない。豚がいるとは思えない。彼女は防水シートをおろして振り向いた。その瞬間、それが目にはいった。反対側の隅に並ぶ古びた牛乳缶の後ろに俵（たわら）が並べられていて、こちらに最も近いものから靴が突き出ている。すり切れて形の崩れた黒の運動靴。灰色の靴下に覆われた足首と、デニムのズボンの裾も同時に目に飛びこんだ。

キャロルは躊躇しなかった。ろくに見定めもせずにそっと戸口へもどると、庭を突っ走り、母屋に飛びこんで後ろ手に閂をかけた。あの足には見覚えがある。ゆうべの夢のなかで、あの足が自分を駆り立てて、雨に洗われた荒れ野を突き進ませた……そして、その前に……そう、あの足の持ち主が戸口に立って、宿を乞うた。頭のなかのもつれ合った糸がほぐれはじめる。深夜の混濁した意識のなかだったが、たしかにあの男の顔を見て、声を聞いた。執拗に響くノックと呼び鈴の音で、ベッドから、眠りから引きずりだされて……

彼女は居間へ行き、食器棚の横に取りつけられた重々しい木製キャビネットの鍵をあけて、ショットガンと、弾薬の箱を取りだした。銃身の後方を折り曲げて弾薬をふたつ装填し、音を立てて閉めたあと、足早に台所を通り抜けて裏口から出た。庭の途中まで来たところで、ためらいがちに銃身を見おろした。落ち着いて。自分に言い聞かせた。取り乱してはだめ。冷静に。もう一度銃を折り、そのまま腕の内側に軽く載せた。銃口が下を向き、弾薬の真鍮の円盤が輝きを発しながら太陽を見あげている。銃は用心のために持っていくだけだ。単なる心の支えであって、本気で使うつもりはない。もしあの夢が現実とからみはじめて、目の前で肉体を持つのだとしたら、銃を携(たずさ)えずにそれと向き合う勇気はない。

キャロルは確固たる足どりで納屋のなかへ進み、俵と牛乳缶の並ぶ側へ歩み寄った。声をかけようと口をあけた瞬間、顎が落ちた……そこにはだれもいなかった。

2

目が覚めたとき、雨はすでにやみ、彼はふたたび路上にいた。森を貫き、谷に沿って走る細い道。厚い雲が星を覆い隠し、見渡すかぎり漆黒の闇がひろがっている。

腕を闇へ突きだし、脚を慎重に振り動かして数分歩いたところで、その音が耳にはいった。はるかかなたから、金属が小刻みに震えるような音が聞こえる。バイクだ。以前にもその音を聞いた覚えがあるが——まったく同じ音ながら、あのときは小さくなっていった——それは夢のなかのことだった。

ほどなく、音に光が加わった。黒いビロードをひと粒の小さなダイヤモンドが突き破り、木々の隙間から閃光を発している。それは近づくにつれて輝きを増し、青みを帯びた末ひろがりの大円錐を闇に浮かべる。バイクが前方のカーブの死角から現れ、鋭い響きをあげて迫ってきたときも、まったく平静でいられた。彼は脇に寄り、道の端に立つ太い木の幹に背を預けた。そして、バイクの進路から逃れなかった。

彼は自分を見つめた。起伏した粗(あら)い木肌が背中に感じられるというのに、見えるはずのない光景が二重映しで目に焼きこまれている。轟音を噴きだすバイクに刻一刻と近寄られ、ヘッドライトの放水に明るく照らされながらも、落ち着いた面持ちで平然と立つ自分。そして、その鮮明な画像の奥で、上下左右に揺れる青白い円環の中心から球形の光が漏れだし、音と光の渦となって自分を取り囲み、包み、呑みこんでいく。

やがて、それが襲いかかった。

エンジンをとどろかせ、まばゆい光を浴びせながら、バイクは彼の体をなぎ倒して、ロケット花火のように消え散った。谷間で音が静かにこだまして、目に見えぬ木々に跳ね返ってしだいに遠のくとともに、闇がにわかに虚空を満たしていく……

――そこで目が覚めた。

ベッドの感触に覚えがあるが、どこにいるのかわからなかった。しばらくして、記憶がもどってきた。彼は兄のティムと分け合っているベッドに起きなおり、毛布や父の軍隊時代の外套の重みで暑いにもかかわらず、体を震わせている。ティムも起きあがっていた。恐怖に見開いた目が、カーテンの隙間から漏れ入る街の灯りで輝いている。ふたりは顔を見合わせ、起こされたのが同じもののせいであると悟る。それはベッドの足側にうずくまった真っ黒な影で、ひっそりと呪わしげにこちらを見つめている。

目が覚めても、ふたりには感じられる。形の定かでない塊が、鈍い赤に染まりつつ、輪郭を際立たせている。

最初にティムが動き、ベッドから飛びだして部屋の端まで突っ切った。金縛りにあったまま、彼はティムが電灯のスイッチを捜して息をあえがせるのを耳にした。電球が灯るのを、そして黄色の微光がいまわしい存在を消し去ってくれるのを待ちこがれて……

——そこでまた目が覚め、息を呑んだ。

塊が姿を消し、彼はそこに横たわっていた。首の後ろに刺すような痛み……藁だ。牛乳缶の並ぶかたわらに俵があり、自分はその上で仰向きに寝て、ダイヤモンド・ゲームの六星形を思わせる、ほこりっぽい天井の梁に目をやりながら、耳を澄ましている。遠くで響くかすかなうなりを、はじめは機械の音かと——発電機のたぐいの音かと思った。けれども、それにしては不規則で、神経を静めたりくすぐったりを繰り返している。彼は身を起こすと、うずく節々をもみほぐし、膝をかかえて寒さをしのいだ。凍てつく夜の雨のなかで、体に巻きつけて心地よかった麻袋が、いまは濡れた服の湿りをたっぷりと含み、肥料の強烈なにおいをまき散らし、空きっ腹を刺激して吐き気をもよおさせる。

袋が地面に落ちるにまかせてゆっくりと立ちあがり、開いている扉へと歩いた。庭に人の気配はなく、ほかの建物からも音はいっさいしない。聞こえるのは、あのうなりだけだ。古い石造りの納屋の隣にシンダーブロックでできた窓のない大きな付属棟があり、音はそこから漏れている。扉に南京錠がかかっている。彼はそこに耳を押しつけた。音が鮮明になって、太く絶え間なく鳴り響くのを感じたが、それでもなんの音かわからなかった。

吐き気がつのったので、母屋の入口に向かった。出発する前に、服を乾かす場所と朝食ぐらいは提供してもらえるかもしれない。呼び鈴を押そうとしたとき、家の裏手で戸が閉まる音が聞こえた。ひとつの扉が閉まれば、ほかの扉が――心のなかでつぶやいた。

角を曲がると、つややかな髪に黒いヘルメットをかぶった女が――ゆうべ自分を締めだした、あの女だ――ショットガンを軽く腕に載せて、納屋の入口へはいっていくのが見えた。彼は一瞬ためらったのち、そのあとを追った。

胸の高鳴りを感じつつ、キャロルはショットガンの双銃身を左手でつかんで折り返し、安全装置の掛け金をはずした。

ほんの数分前にはあの靴の存在が信じられなかったが、ここには歴然たる証拠がある。目の前の俵の上に、数日前にたたんで隅へ片づけた古い麻袋が散乱している。銃口でつつくと、納屋にあるほかのものが乾いてほこりをかぶっているのに、それだけが湿っているのがわかった。

「おおお！」

背後で、喉の奥から絞りだしたようなかすれた声が響き、彼女は身を震わせて息を吞んだ。筋肉をこわばらせ、唇をゆるめ、目を大きく見開いて振り返る。木製の銃床と金属の銃身をわれ知らず握りしめる。戸口のまばゆい長方形のなかに黒い人影が浮かぶのが見てとれ、つぎの瞬間、ふたつの銃身が火を噴いて、閃光を帯びたふたすじの白煙が平行に発せられるとともに、轟音が石の壁に跳ね返ってこだまし、全身が二重の衝撃に襲われた。しっかり構えて撃ったのではないため、重い銃床が反動で肩を突き、キャロルはよろめいて藁の上にのけぞり、空の牛乳缶をはじき飛ばして倒れこんだ。

相手に命中したのはまちがいない。腕が舞い、体が衝撃で回転しながら崩れ落ちるのが見えた。腹の底から、恐怖がいっきにこみあげてくる。あとで思い返したときに驚いたものだが、キャロルはほんの数秒のうちに、通報すべきかどうかという倫理的な問題の是非を検討し、秘密にするほうが安全だと結論づけ、死体を処理する方法をいくつか考えた上で、這いだして戸口へ駆け寄った。

ショットガンを腕にかかえたまま、相手の体の上に身を乗りだして、素早く様子を探った。生きている。目は閉じられ、手脚は動いていないものの、まぶたが小刻みに震え、胸が不規則に上下している。汚れのしみた青いダウンジャケットのボタンをはずしてやった。肩の部分に穴が点々とあき、ふちのささくれだったそのいくつかは、熱を帯びた詰め物に薄手のナイロンを焦がされている。ジャケットの下は厚手で色の淡い木綿のスエットシャツで、胸の周辺に皺が寄り、腋の下が黄ばんでいる。肩のあたりにはジャケットと同じ位置に穴が並び、赤く染まった部分がひろがりつつある。

……四度目に目が覚めたとき、彼は夢の別の階層にさまよいこんだと確信した。ありとあらゆるものが、赤く濃密な渦をめぐらしている。見えない手に揺さぶられるのを感じ、ひとつの声が耳にはいった。他人の会話の半分を盗み聞くつもりで、しばし目を閉じて横たわっていたが、やがてその声が自分に向けられているのを悟った。

さあ。声は言った。目をあけて。

命じられるままに目をあけると、毒々しい赤の溶岩流が、まばゆくかすむ白光のなかへ四散した。右の肩がうずき、腕の感覚がない。

聞こえる？

よく聞こえた。女の声で、張り詰めた声つきの奥に、なめらかで重みのある音色がひそんでいるのがわかる。好きな声だ。静かに語りかけてくれるなら、この声をずっと聞いていたい。物語を聞かせるのでも、詩を読むのでも、歌をうたうのでもいい……そのとき、頬を叩かれ、白光のなかに影が現れた。

聞こえる？　聞こえたらうなずいて。

彼はうなずいた。

ねえ。影はいくぶん穏やかな声で言った。その心地よさゆえ、彼は夢と馴れ合うことにした。

病院へ連れていってあげる。車を出してくるから、ちょっとだけ待ってて。

彼がもう一度うなずくと、影は消え、足音が小刻みに響いて遠のいた。病院？　なぜ病院へ？　病人の行くところなのに。たしかに腕がしびれて感覚がないが、それだけのことだ。しばらくして目が覚めたら、ベッドの上で寝返りを打って、出血の様子を見せればいい。それで問題ないだろう。

白光がふたたび、にじみだしてきた赤に染まった。

キャロルは牛舎の入口を通り抜けてから、車のキーがまだ台所の掛け金にかかっていることを思いだした。そこでショットガンをバトンよろしく持ったまま駆けだして、母屋の脇から裏へまわり、台所のテーブルに銃を置いてキーをつかみとった。牛舎にもどったあと、息をはずませて汗を流しつつ、モーリスのイグニッションにキーを差してまわした。

プルルルル――

もう一度まわす。

プルルプルル――

ダッシュボードに目をやる。スピードメーターに付随した燃料計が、残量が四分の三だと告げている。

プルルルプルルルプルルルルルルル――

瀕死のスターター・モーターの悲しげな響きとともに、エンジンが空まわりして徐々に音を細らせ、ついに息絶えて、キーをむなしくひねるたびに冷たい金属音が響くばかりになった。

「ばか！」彼女は叫び、手の付け根をハンドルに叩きつけた。「ばか、ばか、ばか！　よりによってこんなときに……」

役立たずのイグニッションにキーを残したまま、彼女は牛舎から出て、負傷した男のもとへ急いでもどった。男はまったく動かなくなっていて、身震いさえしない。彼女は男の上に身をかがめて、低く弱々しい息差しを聞き、つづいて、かすかに乱れ打つ心拍に耳を傾けた。

「いいわ」小声で言う。「最後の手段よ」

男の負傷していないほうの腕をつかむや、うなり声をあげつつ、かかえなおしつつ、もがきつつ、満身の力をこめて男の体をかつぎあげ、よろめきながらもどうにか肩に背負った。母屋まで運ぶ途中、男の頭が肩胛骨に激しくぶつかり、力の抜けた腕が垂れさがり、手が尻をこすった。揺れるたびに、男の口から苦しげな息やあえぎが漏れた。

台所に着くと、男を木目（もくめ）の粗いテーブルに横たえて、ショットガンを片づけてから、必要な器具をそろえにいった。浴室のキャビネットから外科用アルコールの瓶とピンセットを取りだしたあと、台所にもどって食器棚と引き出しを引っ掻きまわし、包帯とガーゼ、スープ用の椀と頑丈なはさみを見つけた。それから、素早く器用な手つきで男のジャケットを脱がせ、スエットシャツの布地を、裾から首へ、首から袖口へとひと息に切り裂いて、あらわになった上半身から引きはがした。男の肩は深紅に光り、散弾の貫通した部分がどす黒いほどに染まっている。いまも皮膚から血がにじみだして、傷の目立つオーク材の天板にしたたり落ちている。

アルコールを瓶の半分ほど椀へ流し入れ、そこにひと束のペーパータオルをひたして、男の肩と腕と胸と背中から血を拭きとった。これで作業の難易を見きわめられる。この男は――そして自分は――運がよかったようだ。銃弾を真正面から食らってはいない。発射する前に銃身があと数ミリ振れていたら、あの距離では二連銃の威力で体がまっぷたつになっていただろう。しみだす血をぬぐって、穴の数をかぞえてみた。一、二、三……全部で十二の射入口が、肩の硬い突起から上腕部の柔らかい筋肉にかけて散在している。男の体を少し起こして背中側を調べたところ、射出口が四つ見つかった。組織の柔らかいところでは、散弾が皮膚、脂肪、筋肉、脂肪、裏側の皮膚の順に貫いて、外へ飛びだしたことになる。あと八つ。八個の小さな鉛の玉が、骨に突きあたって体内に残っている。

　ピンセットをアルコールにひたして消毒し、いちばん浅い穴をつついた。先端が鉛の玉をこするのがわかった。ピンセットを押しこみ、強くつまみ、引き抜き、平たく変形したひとつ目の散弾をテーブルに落とす。ふたつ目ははるかに深いところにあり、ピンセットを一インチ以上沈めて傷口をかなりひろげ、ようやく弾に行きあたった。刺したり、探ったり、引き抜いたりを一時間近くつづけたすえ、八個の散弾がすべて男の頭の横に集まって、粘りつく紫色の塊ができあがった。それから傷口をもう一度拭いてガーゼをあて、上腕部から肩にかけて、目の粗いクリーム色の包帯を巻きつけた。

　当座しのぎの手術のあいだじゅう、キャロルは男の呼吸と意識の状態から注意をそらさなかった。外科用アルコールの鋭い臭気が鼻孔に流れこむと、呼吸は活発になったものの、意識は失われたままで、ピンセットで腱をつかんでひねっても体は微動だにしなかった。腱が刺激に反応して震えるのがわかり、額(ひたい)に浮かぶ玉の汗がしたたって目が痛かったが、男は動かなかった。

　男をふたたびかつぎあげる気力がもどるまでは、とりあえずこの場にいさせることにした。枕と数枚の毛布を持ってきたり、男の汚れて湿った服の残りをはぎとったりして、硬い木のテーブルの上ではあったが、せいぜい快適な状態にしてやった。そこで疲労感に襲われて部屋の隅の長椅子に沈みこみ、男に目を凝らした。

　自分のいるところからは、窓と灰色の空を背景にして、男の顔と胸の輪郭が浮かびあがって見える。眠りつづけながらも毛布が規則的に上下し、青白い顔がときおりかすかに動く。キャロルは差し迫った危機感からようやく解放され、男の身元について考えはじめた。ゆうべの話しぶりを思い起こすかぎり（現実の記憶と夢とを切り離すのに苦労したが）、男は自分と同じくイングランド南部の出身だ。おそらくロンドンだろう。身なりとここに来た目的からすると、浮浪者以外の何物でもないが、ロンドンの浮浪者がヨークシャーの片田舎でいったい何をしているのか。

　腹が鳴り、空腹で喉が締めつけられた。十時を過ぎたのに、まだ朝食を食べていない。起きあがってパンを切り、バターと蜂蜜を塗った。立ったまま口を動かしながら、患者の体つきをはじめてじっくりと観察した。長身痩軀で腕や脚も長いが、やせ方が尋常でなく、ストレスと困苦と栄養不良のせいか、ひどくやつれている。面だちはくっきりと均整がとれているものの、顔じゅうにひげが伸び放題で、目のまわりや頰が落ちくぼんで黒い。歳は二十代後半から四十代前半まで考えられる。

　蜂蜜を塗ったパンを食べ終えてふたたび立ちあがったとき、男の切り裂かれたジャケットが、さっき落としたテーブルの脚のあたりに脱皮中の動物よろしくからみついているのが目にとまった。しばし見つめたのち、それを拾いあげてポケットを探った。湿った十ポンド札と二十ポンド札の束が見つかり、ズボンのポケットから小銭が出てきたが、名前や住所がわかるものはなかった。しかし、ジャケットの襟裏のラベルに何やら書いてある。それを窓際へ持っていって光に透かした。湿気と摩耗で青いインクがぼやけているが、姓名とおぼしきものが見てとれる。名前はSではじまっていて――スティーヴンかサイモンだろう――姓はゴールドなんとか。角度を変えてみた。ゴールド……クリフだろうか。名前のほうはスティーヴンと読むのがいちばん無理がなさそうだ。スティーヴン・ゴールドクリフ。

彼女はジャケットを下に置いて、もう一度男に目をやった。「スティーヴン」寝顔に向かってつぶやく。「どこから来たのか知らないけど、死ななくてよかったわね」

汚水溝の渉猟者

ナイジェルはジョン・フロスト広場にある小高い花壇のへりに腰をかけて、時計が刻を知らせるのを待った。針が十一時の位置へ近づくにつれ、見物人が少しずつ集まってきて――ほとんどが母親たちで、乳母車を押したり足もとのおぼつかない幼児を連れたりしている――いっしょに待ちかまえた。時計そのものはさほど大きくなく、構造物全体と比べると見劣りがする。その構造物は高さ二十フィート、古代の柱廊玄関を模した重厚な造りのもので、亜鉛鋼板かすすけたアルミニウムでできているのではないかとナイジェルは思った。一同がさらに二分待って、長針がまっすぐ縦になると、時計の仕掛けがうなりをあげて動きだした。列柱の周囲と切妻壁に亀裂が現れ、その亀裂が大きく口をあけるにつれて構造物全体が内側に折れ曲がり、裂け目から蒸気が噴きだす。それぞれの列柱のなかで四角い門が開き、角を生やした悪魔が身を乗りだして、よこしまな目つきで首を振る。割れた切妻壁の屋根の下では、鐘の音と碾き臼のまわる音と羽音とが混じったような伴奏に合わせて、針金で吊された生き物やペダルを踏む人形が、蒸気を掻きのけつつ蹴散らしつつ、右へ左へ動いている。子供たちが笑って手を叩き、

大人たちが驚嘆の声を漏らして微笑む。数分間見せ物がつづいたのち、悪魔たちは姿を消し、柱廊玄関は歯車のきしる音とともにゆっくりともとの形にもどった。閉じた裂け目のあたりに、蒸気がほんのわずか消えずに残っている。

ナイジェルは乾いた微笑を崩さないまま、立ちあがって歩きだした。家へ帰る前に散髪したいが、フレッドの店は、土曜日は十二時半に閉まることになっている。

ストウ・ヒルには、セント・ウーロス寺院の前の小道からコマーシャル・ストリート周辺の起伏する一帯にかけて、道路が網の目のように張りめぐらされており、そのひとつであるベーコン・ロードに、フレッド・ライトの理髪店が立っている。ベーコン・ロードは急坂の半ばを走っていて、フレッドの店はその中ほど、工具店とユナイテッド・ニューズ紙の販売店にはさまれた場所にある。

十月の肌寒さにもかかわらず、ナイジェルはベーコン・ロードまでのぼったころには汗をにじませていた。新聞屋で煙草を買い、扉を押しあけて、別の世界、失われた世界に踏みこんだ。フレッドがここに店を構えて五十年近くになるが、店内の見てくれは開業当時とほとんど変わっていない。店主が変化を望まないせいだ。ナイジェルは最近ニューポート（ウェールズのセヴァーン川河口近くの港町）に引っ越してきたばかりで、そもそもフレッドの店に足を踏み入れたのは安い散髪代につられてにすぎなかったが、それ以来、時代錯誤と塵埃（じんあい）にまみれたわびしさとに満ちた空間の魅力に取りつかれて、たびたび（必要以上に足しげく）訪れるようになった。立ちあがって代金を手渡し、襟に落ちた髪の切り屑を払い落とすたび、扉をあけると時間が逆行しているのではないか、通りをモーリス・エイトやフォード・ポピュラーが走り、膝頭を汚した半ズボン姿の少年たちがいびつな革のラグビーボールを持って駆けまわっているのではないか、自分の生まれる前の世界がひろがって、いままさに滅びゆくさなかではないかと半ば夢想したものだ。

店にはいると、フレッドがダーイ・デイヴィーズじいさんの首から白い前掛けをはずし、薄いリネンのタオルを床にひるがえして、髪の切り屑で嵐を巻き起こしているところだった。扉の上の呼び鈴が鳴ったので、フレッドは顔をあげ、白内障で視力の衰えはじめた目をわずかに凝らした。

「おはよう、ナイジェル」その声には、ほかの者への挨拶より自信に満ちた響きがあった。ナイジェルはフレッドがいつもひと目で見定められる数少ない客のひとりだ。黒っぽい髪が頭全体を覆うだけの若さを備えた客が、ほかにいないからだろう。「調子はどうだい」

「いいよ」ナイジェルは言った。「足りないのは、ひげ剃りと散髪だけだ」

ナイジェルは店内を見まわした。ダーイ・デイヴィーズのほかに客がふたりいる。ともに老人で、先週の新聞やリーダーズ・ダイジェスト誌の既刊号が積まれたコーヒーテーブルのかたわらで、すり切れた曲げ木の椅子に腰かけている。ナイジェルが近寄ると、ふたりとも顔をあげて会釈した。レジスターが乱暴に閉められ、耳障りな音が響いた。「つぎ、どうぞ」フレッドが呼んだ。ナイジェルは老人たちを見たが、ふたりとも首を横に振った。「もう刈ったよ」と一方が言った。名前はビル・モーガンで、かつてはクロイシケイリオグで金属加工の教師をしていたという。骨張った大男で、四角張った背中に銀白色の髪を短く刈りこんだ頭を載せている。若いころはボクサーとして鳴らしていたが、あるとき相手を第一ラウンドで叩きのめして、死に追いやったらしい。それがひどく身にこたえてグラブを捨て、以来、腹を立てたときは暴力に訴えるよりめそめそと泣くことが多かったという。

「おまえさんのようだな、ナイジュ」フレッドがそう言い、また前掛けを出して、ひとつしかない調髪用の空気椅子の横で待ちかまえた。

ナイジェルはゆったりと椅子に身を沈めた。革張りの表面は年来のひび割れやゆがみが目立ち、ゆるいズボンに包まれた何百もの尻に数十年間磨かれてきたせいで、氷のようになめらかになっている。

「きょうはどうする」フレッドはききながらナイジェルの膝から首へと前掛けをかけ、目の粗(あら)いリネンのタオルを襟もとにしっかり押しこんだ。

「五シリングのやつとひげ剃りを頼むよ」

フレッドに手動のバリカンで髪を刈られながら、ナイジェルの視線は前方に陳列された数々の古物(こぶつ)のあいだをさまよった。はさみや、刃がむきだしになった剃刀（それが肌を這いはじめてからは〝喉切り剃刀(カットスロート)〟なる俗称を思い浮かべないようにした）や、真鍮の鉤に吊された厚手の革砥(かわと)や、人造鼈甲(べっこう)の櫛が、整然と並べられている。大きな鏡は、歳月を経た緑青(ろくしょう)で表面が曇り、ブリルクリームやヴァイタリスの色あせた広告にふちどられている。

店をはじめてこのかた数十年、フレッドがおもだった変更を加えたのは自分自身の名前だけで、それもはるか昔の開業当時、まだ客受けのよさを気にかけていたころのことだった。一九四六年、彼は空軍一等兵ジョン・ウィリアムズという名でビルマから帰還し、鉄道会社で職を得た。一九四八年、ウェールズの新造都市クムブラーンの駅長の娘グウィネス・リースと、短い交際期間ののち結婚。ふたりはニューポートに移り住み、ジョンは自分の貯金とミスター・リースから借りた金を投じて、フレッド・ライト老人の店を買いとった。ジョンは空軍で調髪の基礎を習得しており、刈りあげ頭と、金曜夜に備えてのひげ剃りの技術にかけてはだれにも負けなかった。開業にあたっては、信用と継続性を重んじて、窓の上に掲げられた〈フレッド・ライト理髪店〉という黒と金色の看板をそのまま残すことにした。客はみな彼を〝ヤング・フレッド〟と呼び、いつしかその名が定着した（まもなく七十五歳になる現在でも、年長の客は〝ヤング・フレッド〟と呼びかける）。結婚して以来二十年間、ウィリアムズ夫妻は店の上の小さなフラットでつつましく暮らした。子供はなかった。グウィネスは夫が時代の趨勢に逆らって料金を据え置いたことに不満を持ち、フラットを改築するなりもっと広いところに引っ越すなりして子供を持ちたいとたびたびこぼしたが、フレッドは現状を愛し、変化を望まなかった。一九六八年、グウィネスはついに愛想を尽かし、夫のもとを去ってクムブラーンへ帰った（ニュータウンという名の町ができて新造都市の座を奪い、谷の一帯の農場や村を呑みこんだあとのことだから、旧クムブラーンと呼ぶべきかもしれない）。ヤング・フレッドは妻に逃げられてもほとんど動じず、インドで覚えてビルマで磨きあげた技術で、整髪とひげ剃りに精を出した。六〇年代も終わりになると、その種の髪型で満足する人間は減っていったが、フレッドはあえて新たな技術を習得しようとしなかった。あるいは、もはや無理だったのかもしれない。そのため客層は高齢化の一途をたどり、常連客による週に一度の訪問が恒例となった。妻が年々しだいに大きく声を荒らげつつ指摘していたとおり、彼は料金の値上げに対してひどく慎重だった。客たちの暮らし向きがこれまでになくよくなったとハロルド・マクミランから聞いて、ようやく彼は、果敢にも調髪料を二シリング六ペンスから三シリングに引きあげた。以後十年以上にわたって料金を据え置いたが、七〇年代のある日、魔術さながら、一夜にして三シリングが（硬貨の外見は変わらないのに）十五ペンスに化けてしまった。そこに石油危機が訪れて物価が急騰した。電気代もはさみ研ぎもひげ剃り用石鹸もブリルクリームもただただ値上がりしていくことに仰天し、フレッドは歯嚙みしつつ、インフレ対策として毎年（新制度の）二ペンスずつ料金を引きあげた。義理堅い常連客はこの値上げにやんわりと抗議したが、それでもなお、ニューポートのどの床屋と比べても半額以下であることは、店主も客も承知していた。保守党政権（サッチャー政権）が誕生した一九七九年、ヤング・フレッドの店の調髪料は二十五ペンスだった。選挙後の金曜日、常連客が散髪とひげ剃りに来て合評会をはじめた。ウィルソンに不信をいだき、キャラハンを軽蔑していたにせよ、全員が一九四五年以来の労働党支持者であり、その午後はみな悲しげに何度もかぶりを振った。フレッドが軽快に動かすブラシからこぼれ落ちた髪の切り屑は、力なく落ちた肩に舞い散った。トーリー党に、いや、女が親玉のトーリー党に政権を奪われるなんて。客たちはあきれ顔で罵った。怒りで赤く染まった首のあたりではさみと剃刀を使いながら、フレッドはおのれの思いを胸に押しこめた。グウィネスがなけなしの金で実にうまく家計を切り盛りしていたことが思いだされた。わが国にもそのような才覚、女が得意とする質素なやりくり算段が必要なのかもしれない、と思った。彼は自省のしるしに調髪料を二十五ペンスのまま据え置くことにし、以後十七年間そのままになっている。

カウンターに置かれたガラス張りのキャビネットのなかに、ボール紙の陳列台があるが、そこに並ぶデュレックスのコンドームの箱は少なくとも十七年間売れていないのではないかと、ナイジェルは思った。知るかぎりでは、フレッドの客のなかで六十歳未満なのは自分だけであり、ほかの客にはほとんど無用のものではないかと感じられた。ピラミッドさながら積まれているブリルクリームの瓶や、その横で長方形の厚紙にゴムバンドでくくりつけられている黒いプラスチックの櫛にしても、同じことが言える。六か月前に入荷して以来、櫛の数は七本のまま変わっていない。また、この前ブーツ薬局で列に並んでいるときに見かけたブリルクリームの瓶は、フレッドの店にあるものとはまるで別物だった。最新のジェルに見映えで負けないように、何年も前にデザインが変えられていた。

フレッドはすでにナイジェルの髪を切り終え、顔を剃る準備をしていた。剃刀をひとつ選んで刃を振りだし、古電球の黄色く濁った光で刃先を点検してから、革砥をしっかりつかんで、そのなめらかな表面に刃を何度もこすりつけた。

ダーイ・デイヴィーズが大きく咳払いをした。散髪を終えたあと、腰かけてほかの客たちと噂話に興(きょう)じていたのだ。「ドクター・トーマスときたら、ショットガンを持ってら」大声で言う。「けさ診療所へ行ったときに見たよ」

　フレッドはしばし動きをとめて、ダーイに目をやったが、すぐに剃刀研ぎの作業にもどった。

「そいつは驚きだな」

　ほかの男たちはてんでに新聞をおろして、不審の色もあらわにダーイを見つめた。「ショットガン？」ビル・モーガンがきき返した。「ドクター・トーマスが？」

「ああ」ダーイが言った。全員の注意をかくも速やかに引きつけられて、ひからびた小さな顔が喜びに輝いた。

「ショットガンで何をするつもりだ」

「知らん」ダーイが言った。「トレーラーハウスを引っ張るんじゃねえのか」

　一同は顔を見合わせ、ダーイに視線をもどした。「いったいぜんたい、なんの話だ」

　こんどはダーイのほうが当惑顔になった。「ショットガンだよ——四輪駆動のやつ」

　口のまわりに石鹸泡を分厚く塗りつけられたまま、ナイジェルが笑った。「ショーグン（三菱パジェロの英国での販売名称）だろ」

「なあんだ」一同がいっせいに声をあげ、顔に失望の色を浮かべた。地元の開業医が武装して日々の診察に向かうという、興味深い絵ははかなく消えた。

「ショーグンだって？」ビルが苛立たしげに言った。「ショットガンじゃないのか……人騒がせなやつめ」ぼそぼそとつぶやく。

「そう言ったつもりだがね」ダーイが反論した。

「ばかばかしい」ビルはかぶりを振って、新聞に目をもどした。

ナイジェルはなおも笑っていたが、額にふれたフレッドの指に促されるまま、倒れたヘッドレストに頭を載せた。顔から笑みが消え、剃刀の刃が泡を押しのけて肌の上を滑りだした。

「こいつを見たかい」ビルが言った。

椅子の背に体を預けたナイジェルからは、ビルが掲げているサウス・ウェールズ・アーガス紙の第一面が鏡に映って見えたものの、見出しまでは読みとれなかった。

フレッドは目をあげなかったが、うなずいて小声で言った。「ああ。ひどいもんだな……ナイジュ、いい子だからじっとしててくれ」

ナイジェルはふたたび身をこわばらせた。剃刀が頬と顎を這い終え、フレッドの節くれ立った指は刃を喉に走らせはじめた。

ビルと仲間の男が同時につぶやいた。「ひどい」

「何が？」ダーイがきいた。

「こいつだよ」ビルが言った。

新聞紙のすれる音が響いた。「なあるほど」ダーイが言った。「こりゃひでえ……きれいな娘じゃねえか。昔から看護婦には目がなくてな」

ビルが非難がましく舌打ちした。「そんな言い方をするもんじゃない。ひどい目にあわされたんだぞ。ここを読めば――」

ことばが途切れたのは、調髪用の椅子から低いうめき声があがったからだった。上掛けがはねのけられ、ナイジェルが出し抜けに身を起こして、首をつかんだ。指のあいだから血がにじみだし、ミルクのような石鹼泡と溶け合っていく。「ばか野郎」ナイジェルは声を震わせた。「ばか野郎！　このへっぽこの老いぼれ！」

フレッドは面喰らった。呆然と持ちあげた剃刀の先端で、血に染まったまるい泡の塊が揺れている。「おれのせいじゃない！　急に起きあがったりするからじゃないか」

ナイジェルはにらみつけた。「いつまで突っ立ってるんだ、老いぼれ――出血多量で死んでもいいのか！」

「まあ、まあ」ビルが淡々と言うと、椅子に歩み寄って身をかがめ、ナイジェルの首をしげしげと見つめた。押さえている手を引きはがし、傷口に目を向ける。「死ぬわけないよ、お若いの……さあ、これで拭くんだ」棚の箱からティッシュペーパーをひと束引き抜いて、ナイジェルに渡した。「そっと、ていねいにな」

フレッドはまだ剃刀を持ったまま立ちすくんでいた。老いた目はうつろで、動揺の色を隠せない。「こんなこと、はじめてだよ」声がかすれている。「五十年間ではじめてだ」

「気にするな、フレッド」ビルが言った。「こちらさんはだいじょうぶだ。そうだろ？」

ナイジェルは前掛けを体にまとわりつかせたまま立ちあがり、首の様子を鏡で確認してから、しぶしぶうなずいた。傷口の長さは一インチほど。皮膚がいびつにめくれあがり、石鹼でひりひりするあたりからいまも血がしたたっている。「絆創膏はあるかい」

フレッドは返事をしなかった。衝撃と恥辱のあまり、抜け殻同然になっている。「はじめてだよ」ぼやきがとまらない。「こんなのははじめてだ」

「しっかりしろ」ビルが言った。「絆創膏は二階だな？　いっしょに取りにいこう」フラットに通じるドアへフレッドを連れていく途中、ビルはダーイを手招きで呼んだ。「ぼやぼやしてないで、お茶でも淹れてくれ」それからナイジェルに目を向ける。「おまえさんはここで待ってろ。一分もかからないさ」

ナイジェルはカウンターの横に腰かけた。心臓が狂ったように早鐘を打っている。気を静めようと、すすけた陳列台に並ぶ商品の数をかぞえてみる。デュレックス——色あせた〈フェザーライト〉の三個入りが九箱に、〈ゴッサマー〉四箱。ブリルクリーム——円筒形の小瓶が六つ。厚紙にくくりつけられた黒いプラスチックの櫛——上から、一、二、三、四、五、六……そこで目がとまった。おかしい。七本あるはずなのに。売れることなどとうてい考えられない。彼はさらに目を凝らした。七本目ははずされて、かわりに何か別のものがはさまっている。身をかがめて顔をガラスに近づけると、印字された細長い紙片が見えた。首をひねり、ビルの物言わぬ友がまだ新聞に顔をうずめているのをたしかめてから、キャビネットの端へ手を伸ばして櫛のついた厚紙を引きだした。まぎれこんだ紙片を見ているうち、少し落ち着きかけていた心臓が前にも増して激しく高鳴りはじめた。

「持ってきたぞ」ビルが店の奥のドアから出てきて言った。湯気ののぼる紅茶のマグをずんぐりした手で握り、もう一方の手にエラストプラストの箱を持っている。「すぐに治るさ」そこでことばを切る。「あいつ、どこへ行った」

仲間の男が肩をすくめた。「さあ。急に出ていったよ」

ビルは絆創膏の箱とマグをカウンターに置き、巨体を揺るがせて入口へ向かった。外を見まわしたが、ベーコン・ロードのどこにも、ナイジェルの姿はない。「変だな」ビルは言って、フレッドのフラットへ引き返した。

ビルが紅茶を淹れて絆創膏を探しあてたころ、ナイジェルはすでにベーコン・ロードの端に達していた。首の傷口から出た血が固まりはじめ、シャツの襟にどす黒いしみが浮きだしている。それにかまわず、行き交う人々の視線も気にとめずに、坂道を足早にのぼって右へ曲がり、ガールー・ロウにはいった。八十七番地で立ちどまり、ポケットを探って鍵を取りだした。指が震えて、鍵を穴に差すのにひと苦労した。何度かひねってようやく手応えがあり、乾いた響きを立てて錠が開いた。
薄暗く静かな玄関広間でしばし壁にもたれかかって息をつきながら、階段から玄関付近まで立ちこめるなじみのにおい、アンモニアと猫の毛の入り混じった刺激臭を鼻に感じた。ジメラ夫人のフラットのドアの向こうから、〈グランドスタンド〉（BBCテレビのスポーツ中継番組）のテーマ音楽がくぐもった音を響かせている。突然、背後から甲高い奇声が聞こえて、震えおののいた瞬間、

戸棚の上から猫が肩を跳び越え、リノリュームの床を裏手の台所へ突っ走っていった。それを見守っているうち、張り詰めた神経が弛緩し、不安に満ちたしびれるような感覚だけが残った。彼は力なく背中をまるめ、重い足どりで階段をのぼって自分の部屋へ向かった。

部屋のドアを中から閉め、取っ手を握って錠がかかったことを確認するや、すぐに衣装棚に歩み寄った。爪先立ちになって手を伸ばし、てっぺんに溜まったほこりのなかを探ったところ、ふたつのものに行きあたった。六か月前にガールー・ロウに越してきて以来、一度も手をふれなかったものだ。ゴムバンドを巻きつけて蓋を固定したぼろぼろの靴箱と、表面が磨り減ったゴールデン・ヴァージニアの緑色の煙草缶。そのふたつをテーブルまで運んで、椅子に腰かけた。ひとしきり両方を見つめたあと、上着のポケットに手を突っこみ、フレッドの店で櫛用の厚紙から引き抜いてきた紙片を取りだした。左側の区画に〈ブリタニー・フェリー〉と印刷され、反対側に乗客の名前と住所が書きこまれている。筆跡（ぞんざいに書きなぐった細長い字）にはなじみがないが、その名前と住所は、何年も見聞きしていないにもかかわらず、自分のもののように心に刻まれている。

彼はふたたび戦慄を覚えながら、靴箱をあけた。引きはずしたゴムバンドが部屋を横切って飛んでいく。箱をテーブルにもどして、中身を調べはじめる。カラーとモノクロの写真、切り抜き、抜粋、覚え書き、折り曲げられたりまるめられたりした紙。それらをつぎつぎと箱の横に置く。手紙の束、雑誌から切りとった光沢仕上げの色つきページ、筒状に細くまるめた小型のポスター。その下には、数回折りたたまれた厚手の大判画用紙が一枚。息をつき、それを開いた。パステルで描かれた絵で、石壁に切られた幅広い扉の前に、ふたりの人間が立っている。白いロングドレスを着て鍔（つば）の広い麦わら帽子をかぶった女に、青いシャツを着た男。色調が不鮮明で、折り目に沿ってところどころぼやけたり色あせたりしている。ナイジェルは女の顔に指をふれた。汚さないように、軽く。長々と絵を見据えたあと、かたわらに置いて探し物をつづけた。

ようやく、箱の底に横たわるつぶれたギネスの空き缶の下から、紙片が見つかった。そこにあることはわかっていた。それをテーブルの上に出して、先刻手に入れた紙片の横に並べた。名前と住所と筆跡（こちらの字は力強く、まるみがある）以外は、まったく同じだ。彼は顔を両手にうずめて、目を閉じた。

そこにすわったまま、手のなかの闇に目を据えて、脳裏になだれこむ映像を振り払おうとしていると、ドアを軽く叩く音がした。「ミスター・インクペン？」声が響く。「いらっしゃるんでしょう？」

居留守を使おうかと考えたが、ジメラ夫人は、ボリュームをいっぱいにあげてラグビー中継を見ていたにもかかわらず、間借り人の在否を知る第六感を持っているらしい。彼は立ちあってドアの錠をあけた。

「なんですか」ドアをほんの少し開いて尋ねる。

外に立つジメラ夫人は細作りの小柄な女で、ナイロンを平織りしたピンクの上っ張りが、体の欠くべからざる一部分のように見える。外出のときでさえ、着ていないのを見たことがない。

「こんにちは、ミスター・インクペン」気どりを含んだ声には、祖国ポーランドの訛りが混じっている。「けさはごきげんいかがだったかしら」

「いまひとつです。ご用は？」

「そんなに無愛想にしなくたっていいでしょう？　親鳥がひなのことを気にかけるのに理由はいらないわ」

「すみません」

「気にしないで。ドアをもうちょっとあけてくださらない？　何か隠してるわけじゃないんでしょう、ナイジェル」

「隠す？」ナイジェルは警戒して夫人を見た。

「若い女性とかね」夫人は首をすくめて、恥ずかしげに目をそばめた。

「だれもいませんよ」

「あら……大変だわ、首をどうなさったの？　それ、血でしょう？」

ナイジェルは喉に指を滑らせた。「なんでもありません。ひげ剃りの最中に切ったんです。ご心配なく。ところで、何かご用ですか。ちょっと手が放せないもので」

「ガーゼをあてなくていいの？　買いにいってあげても――」

「ほっといてください！　ほんとうにだいじょうぶですから。ごめんなさい、失礼します」

夫人の気づかわしげな顔を目の前にしたまま、彼はドアを閉めた。しばしの沈黙があり、夫人がドアの向こうで首を傾げつつ、興味津々でこちらの動きに耳を澄ましている姿が目に浮かんだ。やがてスリッパの音が聞こえ、廊下から階段の下へと消えた。

彼はテーブルに引き返し、落胆して二枚の紙片に目を向けた……またはじまった。それも、こんなに早く。力をこめて煙草缶をあけ、中を調べてから蓋を閉めた。

トン、トン。「ナイジェル？」

ため息をついて立ちあがった。「またですか？」ふたたびドアをあけ、苛立ちを隠さずにきく。

ジメラ夫人は肌荒れの目立つ赤紫の唇に手を押しあてた。「またお邪魔してごめんなさい、ミスター・インクペン。役立たずと思われてもしかたがないわね。首に気をとられて、何をしにきたかをすっかり忘れてしまったの。これが届いてたわ」そう言って、上っ張りのポケットから白い小さな封筒を抜きだし、隙間から手渡した。

「ありがとうございました」彼は言って、ドアを押した。「失礼します」

「ねえ、ナイジェル。ほんとうに傷口にガーゼをあてなくていいの？」

「いいんです！」

彼は開封する前にそれをじっくりとながめた。小さくて分厚く、垂れ蓋が閉まりきらないほどだ。宛書きは青のボールペンによって、小ぶりのていねいな大文字で記されている。

ナイジェル・インクペン殿

ガールー・ロウ八十七番地

ニューポート市
グウェント州

速達用のオレンジの切手が貼られ、カーディフ＝ニューポートの消印がかすんで見える。つぶさに観察したのは、有益な情報が得られると思ったからではない。送り主の正体はわかっている。彼は息を深くつき、親指を垂れ蓋の下に突っこんで封を切った。ふたつのものがはいっていた。幾重にも折りたたまれた新聞の切り抜きと、骨のように黄色がかった一枚の便箋。親指と人差し指で、便箋を引きだしてひろげた。この筆跡はフェリーの搭乗券にあったものとちがって、いまわしくも目に慣れたものだ。立ちつくしたまま手紙を読むうち、両手が震えだし、顔が青ざめた。封筒が指のあいだをすり抜けて、足もとの床に落ちた。

わが最愛のナイジェル
　こんなふうに親しみをこめて呼びかけるのを許してくれ。数年来、折にふれて交わってきたせいで（いくぶん一方的だったかもしれないが）、おまえとは固い友情で結ばれている気がする。無茶な話かもしれないが、願わくはおまえも同じ思いであってもらいたい。なぜいつもおれから逃げるんだ、ナイジェル。遅かれ早かれ、こちらはおまえの所在を嗅ぎつけるのに。回を重ねるたび、それはむしろたやすくなる。〝嗅ぎつける（スニッフ）〟が〝殺す（スナッフ）〟に変わっては困るだろう。

願わくは、これを読む前に、ささやかな贈り物を受けとっていてほしいものだ。あのような小さな品物こそ、鮮烈に記憶を呼び覚ますのではないか。封じこめ、忘れ去ったはずの記憶を。願わくは（願うことが多すぎるようだな。しかし願い事のない人生など考えられるだろうか）……せめて言い方を変えよう……*J'espère*（そう、おまえが以前のようにフランス語に堪能で、文法のつたなさを大目に見てくれるなら、これでじゅうぶんだ）……*J'espère que tu as aimé mon petit cadeau et les souvenirs qu'il a relevé.*（願わくは、おれからのささやかな贈り物と、それが呼び覚ました記憶とを、気に入ってくれたことを）どうだ？　条件法や接続法を使うべき個所はあるだろうか。

だが、過去のことはいい。現在の話をしよう。正確には、おまえの現在の状況についてだ。おまえのいまの稼業について、不愉快な噂を耳にした。まわりの人間には秘密にしているのだろうが（とりわけ、あのチャーミングなジメラ夫人は、知ったら愕然とするにちがいない）、このおれに見つからずにすむと思っているのか。この前の手紙のあとで反省したものと期待していたのに、残念だ。おまえの道徳観念は——そんなものがあればの話だが——地に堕ちている。恥を知れ、ナイジェル。あんなことをつづけていても振りだしにもどるだけで、お互い、望むところではないはずだ。同封の品を見ればわかるだろう。

健康と幸福を祈って

汚水溝の渉猟者

ナイジェルはベッドに崩れ落ち、薄暗がりに目をやった。窓の外では、灰白色の雨雲が空を覆い、早すぎる夕闇が町を包みつつある。床の真ん中に落としたままの封筒から、折りたたまれた新聞紙が顔をのぞかせているのを、彼は見つめた。開く必要はない。最近新聞で報道された事件で、手紙の主が関心を持つものはひとつだけだ。見るまでもなく、切り抜きはアーガス紙の一面記事にちがいない。数時間前、ビル・モーガンがその記事を話題にしたとき、自分は驚きに身震いし、そのせいで剃刀がわずかに滑って皮膚が切れたのだった。

彼は手紙を握りつぶすと、拳(こぶし)を胸に押しあててベッドに横たわり、ほの暗く染まりはじめた壁に顔を向けた。

3

最後に目を覚ましたとき、彼はベッドにいた。あの女が横にいる夢を見ていた。その体臭がひろがって、頭の下の枕にまでしみこんでいるのが感じられた。だが目が覚めて手を伸ばしても、女の姿はなく、生あたたかく濃密な空気のなか、存在したかどうかさえあやふやになっていた。

ここ何年ものあいだ、眠りは――掻き乱されることがないかぎり――逃避の時間だった。一方、目覚めは重荷であり、蓄積された疲労に全身の骨がうずく、苦痛と失望の瞬間だった。ところが、いまはちがった。おそらく……何週間ぶりか思いだせないが、ずいぶん久しぶりに本物のベッドに横たわっている。しびれた体にさえ硬く感じられたとはいえ、ベッドにはちがいない。柔らかく厚ぼったい枕に頭が受けとめられ、毛布のしなやかな重みに体が包まれている。それに、このぬくもり。あたたかい空気と――妙なことに――料理の名残(なごり)を思わせるにおい。好奇心に駆られて、震えるまぶたをいっぱいに見開いたが、薄闇がかたくなにひろがるばかりだった。頭上を凝視すると、青白い天井が目にはいり、大きな家具が黒い影を壁に浮かびあがらせているのが見てとれた。どういうわけか、朝焼けではなく夕闇だと直感し、にわかに衝撃に襲われた。まる一日、歩みをとめてしまったのだ。右へ寝返りを打とうとしたが、腕の痛みで体があがらないので、左を向き、もがきながら毛布を蹴放した。手が突然空をつかみ、つぎの瞬間、彼はもつれた脚に毛布をまとわりつかせたまま、つんのめって硬い床へずり落ちた。目のくらむほどの激痛が、しびれた右腕を手首から肩へと駆けあがり、胸で爆発してあえぎ声を絞りだした。

痛みがやわらいでうずきに変わると、彼は注意深く身を起こしてすわり、異様に背の高いベッドを咎めるような目で見た。そこではじめて、自分が寝ていたのがテーブルだと気づいた。疑念をつのらせながらも、いまの状況と折り合いをつけようとした。少なくとも、マットレスが硬かった理由はわかったし、料理のにおいも説明がつく。意識がもどって、いくぶん冴えた頭で見ると、壁の棚から吊りさがったソースパンの輪郭や、アーガ社の巨大なオーブンのぼやけた影が目にはいった。それにしても、最大の謎を解く手がかりはまだ得られない。自分はどうやってここに来たのか。なぜ右腕を負傷して、包帯を巻かれているのか。

「こんにちは。だれかいませんか」

返事がないが、驚かなかった。この家に人気がないことはすでに感じとっている。心の奥底へ退きかけていた恐怖を寄せ集めて抑えつけながら、これからどうすべきかと考えた。まず最初に、明かりをつけよう。感覚を鈍らせるほどのめまいと闘いつつ、彼は立ちあがった。しばし手で壁を探ったのち、スイッチが見つかったので、それを押して服を捜しはじめた。ジーンズと靴下は、オーブンの近くのハンガーに、並べて掛けられていた。ジーンズの股と裾のあたりが少し湿っていたものの、ともかくハンガーから引きおろして穿いた。テーブルの脚のかたわらに、ジャケットとスエットシャツが乱雑に積まれているのを見て、疑念はますます深くなった。スエットシャツはずたずたに裂けているが、ジャケットは無傷に近いので、痛めた肩をかばいながら袖を通し、ジッパーをとめてしっかりと着た。最後に靴が見つかった。それを見つけるのにかなりの時間がかかったのは、だれかがオーブンに入れていたからだった。おそらく乾燥させるために。それは熱く焦げかかっていて、足を入れた瞬間、震えと怒りを感じた。ようやく、いまの状況がはっきり見えてきた。脱力感とめまいをぬぐい去ろうと、かぶりを振り、目をこすってから、彼は自分をここへ連れてきた人間を慎重に捜しはじめた。

キャロルは牛舎の扉を引きあけ、明かりをつけて言った。「いい気なものね、あんた。あの男が手がつけられないほどの重傷だったら、どうするつもりだったの？　どうやって弁解した？」きびしいまなざしを射つけたが、赤のモーリスはまばゆい光にヘッドライトのレンズを輝かせて、穏やかに見返してくるばかりだった。「しかたないわね、老いぼれなんだから。さあ、いっしょに調べましょう」彼女はやさしくささやいた。

キーがイグニッションに差しこまれたままなので、もう一度試したい誘惑に勝てなかった。バッテリーはスターター・モーターを動かすほどに回復していたが、エンジンは相変わらず情けない音を発するだけで、点火する気配がない。なぜだろうか。きのう点火装置全体を修理して、プラグからローターの羽根、ディストリビューターのキャップ、コンデンサー、コンタクト・ブレーカーまで、すべて交換したばかりなのに。点火のタイミングを変えながら、ロッカー・カバーをはずして、バルブ・クリアランスまでも調整したのに。

彼女はボンネットをあけ、だだっ広い空間に横たわるエンジンを見つめた。自分が犯しそうなミスを頭のなかで総ざらいしてみたものの、これほどまでやられた原因は、スパークプラグの間隔がせますぎるか、ハイテンション・コードがつながっていないか、どちらかとしか思えなかった。まず、太い青のコードがディストリビューターに正しく配線されているか、ゴムで覆われたソケットがそれぞれしっかりと押しこまれているかを調べてみた。なんの問題もない。プラグの間隔はじゅうぶんあるはずだが、念のため、ひとつずつエンジン・ブロックからはずして、電極の間隔をゲージで測定した。どれも正常で、絶縁体がしっかり機能している。残る可能性は、燃料系統の障害だけだ。しかし、いますぐ分解する気にはなれなかった。朝まで待ってもらうとしよう。

どこで障害が起こったかと頭をひねるあまり、背後の戸口から男がそっと近づいてきたのにまったく気づかなかった。「こんにちは」と声がした。

彼女は跳びあがり、あけてあったボンネットのへりに頭をしたたかに打ちつけた。「きゃあ！」思わず叫び、頭を押さえつける。

男が歩み寄って手を差しだしたが、キャロルは一歩さがってしりごみした。「だいじょうぶですか」と男がきく。

彼女は身震いして、後頭部をさすりながらうなずいた。「ええ、ちょっとぶつけただけ……やっと目が覚めたのね。びっくりしたわ、スティーヴン」

「すみません」

「驚かされるのはきょう二回目よ……肩の具合はどう？」

彼は裂けたシャツの下の包帯を見おろした。「さあ。少ししびれた感じで、ずきずきします」

彼女はこわばった笑みを浮かべた。「それはしかたないわ」そう、まちがいなくロンドンの訛りだ。単調な母音をやや高く発音するところから察するに、労働者階級の出身ながら、ある程度の高等教育を受けて身を立てた人間ではないだろうか。彼女は少し気が楽になった。身なりの乱れとひげの気味悪さ（そして言うまでもなく、強烈に鼻を突く悪臭）はあるものの、この男は穏やかで弱々しく、手荒な真似をするとは思えない。「何か食べたの？」男が首を横に振る。「じゃあ、夕食を作ってあげる……ああ、それから、お風呂にはいったほうがいいわ。さっぱりした服を探しておくから。わたしよりちょっと大きいだけよね」彼女は相手の横をまわって戸口へ向かったが、男は動こうとせず、モーリスのエンジン・ルームに視線を注いでいる。

「何かあったんですか」彼は車へ顎をしゃくって尋ねた。

彼女は引き返し、男の横で立ちどまった。「わからないの。燃料が詰まったのかもしれない。朝になったら調べてみるわ……。さあ、行きましょう。食事よ」

「動かないんですね」

「そう」彼女はため息をついた。「動いたら、あなたを病院へ連れていけたんだけど」

彼はエンジンをじっと見ていたが、急に顔を輝かせた。「あそこだ」太い円筒形の発電機の頂部につけられたイグニッション・コイルを指さす。「ローテンション・コードがはずれてる」手を伸ばし、コードのU字形端子をコイルの突起部につなげる。「もう一度やってみてください」

彼女は気乗り薄に車に乗りこんで、キーをひねった。スターター・モーターがまわってエンジンが動きだし、いったん高鳴ってから低いうなりがあがって、むきだしの石壁に反響した。彼女はダッシュボードに目をやりながら、屈辱を噛みしめた。こんなに単純で明らかなミスを見落とした自分に腹が立ち、ミスを指摘した相手に腹が立ち、発言を許した自分にもっと腹が立った。

「ほら」あげられたボンネットの向こうから声が響いた。「聞いてください。きれいな音だ。整備の仕方がうまかったんじゃないかな」

この人のせいじゃないわ。彼女はひとりごとを言い、エンジンを切ったあと、感謝の笑顔をつくろって車の外へ出た。「こんなこと、どこで教わったの?」

彼は得意そうに見えた。ここへはいってきたときの自信なげな顔つきが消え、疲れてはいるが誇らしい表情が浮かんでいる。しかし、質問の答を考えはじめると――空の絵を描いたジグソーパズルのあいまいな一片を、何か実体のある、識別できるものとつなぎ合わせようとするかのように――当惑の色がふたたび顔に浮かんだ。指先についた潤滑油のしみをいぶかしげに見つめたのち、キャロルの顔を見て小声で言った。「わかりません」

彼女は眉をひそめ、語気を強めて言った。「車関係の仕事をしてたんでしょう?」

彼はかぶりを振って、悲しげな声で繰り返した。「わかりません。思いだせないんです」

4

ロザリンドがマスクをあげて顔を出し、溶接用トーチの電源を切った。耳障りなうなりが消えて、工房に静寂が落ちた。「彼がなんと言ったって?」あきれ返ったようにきく。

「納屋で寝たいって」

キャロルは弱々しく笑った。友の非難がましい態度のせいで、まるで自分が奇矯なふるまいに及んでいる気がしてきた。スティーヴンを留め置いたこと(居着いてから一週間近くになる)が悔やまれてきたのか、ロザリンドに事情を話したのが悔やまれるだけなのか、自分でもわからない。いずれにせよ、ロザリンドはこちらを確実に愚弄する当てこすり方を心得ている。癪にさわるが、それでもロザリンドにすべてを打ち明けてしまうのは、賛同を得たときに晴れやかで満ち足りた気持ちになれるからかもしれない。

最新作の一部をなす、黒い針金や鉄板でできた森の横で、ロザリンドはトーチを作業用ベンチに置いて、重々しい防護用手袋を脱ぎはじめた。「理由は言ってたの?」

キャロルは肩をすくめた。「はっきりとは言わないわ」

ロザリンドが険しい顔で舌打ちし、不機嫌そうにかぶりを振ったので、キャロルはひどく気が滅入った。こういう場合、これまではうまく機転をきかせてくれたのに。スティーヴンをどこに泊めるかという問題が頭に浮かんだのは、まだ彼が台所のテーブルで眠りこけているときだった。最初は、だれか男の親戚に頼んで、ひと晩預かってもらったらどうかと考えた。しかし、すぐに断念した。第三者に教えれば、けがをしたいきさつについて、あれこれ厄介な質問を浴びせられるだろう。訴訟沙汰になったりしたらどうするのか。まず彼とじっくり話す必要がある、だから自分のところに泊めるほかない。とはいえ、得体の知れない男とひとつ屋根の下で夜を過ごすのは、恐ろしいだけでなく生理的にも不快だったので、身の安全を確保する段どりをつけなくてはならなかった。そこで、すぐに一計を案じた。自分の部屋はドアに鍵がからないが、ふたつある客用寝室のうち、大きいほうには錠がついている。錠がじゅうぶんに頑丈であることを確認したのち、ひと晩過ごすために必要なものを——寝具一式、寝間着がわりの丈の長いシャツ、翌朝の着替えを——その部屋へ運びこんだ。つぎに居間からショットガンと弾薬の箱を持ってきて、台所に引き返した。彼がまだ眠っているので、引き出しから鋭利なナイフ類を残らず回収して階上へのぼり、急造の自室にある衣装棚に片づけた。そのとき、見知らぬ男の脅威にさらされているのは自分の体だけでなく、所有物もだと気づいた。持ち運びのできる貴重品はほとんどないが、とりあえずはステレオ、CD数枚、絵、小さな銀の煙草ケースを持ってふたたび階上へあがり、ナイフ類といっしょに衣装棚のなかにしまった。最後に、小さいほうの客用寝室にあるベッドを整え、階下へおりて作業にもどった。

その夜遅く、ふたりで食事をすませ、危惧の念が薄らぐと、彼女は泊まっていかないかと誘ってみた。そして、気分がよくなったら、ブラッドフォードでもキースリーでも、どこでも好きなところまで車で送り、できれば病院へ連れていくと言った。

彼は応じなかった。「すぐに出発しなきゃなりません」

「だけど、もう夜中なのよ！」彼女は食いさがった。またひとりきりで迷い歩かせるなど、もってのほかだった。何日も食べ物を口にしていなかったのか、皿に載ったチキンパイとマッシュポテトに彼は猛然とかぶりついたが、そのあいだ、彼女は記憶喪失の度合を推し量るべく、淡々と質問をつづけた。重症だった。直前二十四時間の数少ない断片的な記憶を除くと、自分自身のことはまったく覚えていない。一般常識はどうかと思い、尋ねてみた。いまの首相の名前は？　だれでもいいから、歴代の首相の名前は？　ぼんやりと見返してくるばかりだった。ビートルズを知ってる？　マリリン・モンローは？　〈スター・ウォーズ〉は？　どれにも返答がなかった。手がかりと言えば、車関係の仕事をしていた可能性が高いことだけだ。「だめよ。具合がよくなるまで絶対にだめ。お客さま用の寝室をもう準備してあるの。きょうはここに泊まりなさい」

それを聞いた彼の目が心なしか見開かれ、顔に怯えの色を浮かべつつ、カーテンのない台所の窓を不安げに打ち見た。そのまなざしと顔つきがだれかに似ている気がした。映画か本か何かに出てきた人物で、そっくりそのままの表情を漂わせて、「このたぐいの窓は、外から顔がいっぱいのぞきこむ」（コメディ映画〈ウィズネルと僕〉中の、リチャード・E・グラントの台詞）と言っていたはずだ。考えているうちに、ぞっとしてきた。

「だめです」彼は沈鬱な面持ちで彼女を見た。「行かなきゃならない」

「どうして？」

彼は肩をすくめた。「わかりません。とにかく、行きます」

苛立ちがつのったが、彼女は引かなかった。「泊まりなさい」そう言ったものの、声にはもはや説得力が欠けていた。

彼はしばし思案顔で下唇を嚙みしめたのち、意を決したように言った。「じゃあ、納屋で寝ます」

「で、あんた、なんて答えたの？」ロザリンドがきいた。

「なんて答えればいい？　もちろん、だめだって言ったけれど、だんだん気味が悪くなってきたのよ。だから毛布なんかをひと揃い渡して、好きにさせたの。ほかにどうしようもないでしょう？」

ロザリンドは工房の隅へ歩いていき、床に置かれた小さな電熱湯沸かし器のコードをコンセントに差した。「叩きだしちゃえばよかったのに」

「ロズ、わたしは彼を撃ったのよ！　そんな罰あたりなことができるわけない。それに、あのときの彼の様子を見ていないから、そんなことが言えるんだわ。どぶにでも落ちたらどうするの？」

「わかった、わかった。コーヒーでいい？」

ふたりは絵の具の飛び散った薄板の椅子に腰かけて、マグでコーヒーを飲んだ。キャロルはいでしょう？」

ロザリンドは口もとをこわばらせた。「もうその質問はやめて。正直な答なんか聞きたくないでしょう？」

「ごめんなさい」

「ねえ、キャロル、あんたと知り合って何年になるかしら。四年？　あんたは頭がよくて仕事ができて顔だちもいいけど、男に甘すぎる。父親でも恋人でもないなら、ただの慈善事業よ。あんたははねつけるってことができないのね。賭けてもいいけど、あんたの学校時代の親友は、髪が脂っぽい、眼帯をつけてる太った女の子で、みんなのきらわれ者だったでしょう？　そしてあんたは、翼の折れた小鳥を見つけるたびに家に連れ帰ったのよね？　で、あんたのいない隙に、お父さんがこっそり殺さなきゃならなかった」

キャロルはかすかに笑みを漏らした。「一度だけね。それに、殺したのは母よ。母は、具合がよくなって飛んでいったって言っていたわ。アイスキャンディの棒で添え木を作ってあげたのに。何年もたってから、マイケルに聞いたの。母が裏庭で石を使って殺すのを見たって」

「イレーンも同じようなことをしてた」ロザリンドは言った。キャロルはロズの妹イレーンの話を何度か聞かされているが、その名前がよく引き合いに出されるのは、世渡りの能力と分別に関するロズの個人的な評価において、キャロルよりも非力で情にもろい唯一の人間がイレーンだからだ。「うちの父が、あたしたちをペットショップに連れていったことがある。あたしたちが何か月も前から兎がほしいってせがんでいて、やっと折れたの。で、ふたりが一羽ずつ選んでいいことになった。あたしはかわいらしい白黒まだらのロップ種にした。耳の垂れたやつね。当然、イレーンはだれひとり見向きもしないようなのを選んだ。ばかでかい茶色の化け物で、見るからに凶暴そうで、何かの皮膚病にかかりかけてた。店の奥の檻に一羽だけ離して押しこめられてたのを、ほうっておけなかったってわけ。ロップ種のほうはこわがってたわ。家に連れ帰ると、二羽のあいだにアパルトヘイトみたいな関係ができあがった。運よくと言うべきね。だって、化け物のほうは、感染していたわけのわからない奇病のせいで、二か月もしないうちに死んだんだから。もちろん、イレーンは悲しみに打ちひしがれた。それから何日も、歯ぎしりとオペラ顔負けの叫び声を聞かされたあと、父が別の兎を買ってきた。でもイレーンは心ここにあらずって感じで、近づこうとしなかったから、二羽ともマギンズが面倒を見なきゃならなくなった。そのうち、イレーンは疥癬だらけの野良猫に心移りした。しょっちゅう裏庭に舞いこんできて、洗濯物におしっこをひっかけてた猫」

　キャロルは腹を立ててロザリンドを見た。「じゃあ、わたしも似たようなものだって言いたいの？　スティーヴンは病気のけだものと同じだって言いたいの？」

　ロザリンドはため息をついた。「厄介のもとだと言ってるのよ。とんでもないことになるって」身を乗りだして、キャロルを鋭い目で見る。「これまで男たちにひどい目にあわされつづけてきたのに、まだ懲りないの？　いったいどういうつもり？　その男が何者かも、どこから来たかもわからないのに。しかも、本人でさえ知らないと言い張ってる。人殺しかもしれないのよ」

「やめてよ、そんな……」

「本気で言ってるのよ。まあ、人殺しではないにしても、まともな神経の持ち主じゃないのは確実ね。精神異常だったらどうする？　気味が悪かったって、さっき自分で言ったじゃない」

「ほんの一時(いっとき)のことよ。つぎの日はふつうだった。彼は病気じゃないわ、ロズ。少なくとも、あなたが言うような意味では」

「そうかしら。どうしてわかるの？　妄想傾向があるのはまちがいない。精神分裂症だったらどうする？」

キャロルは首を横に振った。「ありえないわ。わたしはこの目で分裂症の患者たちを山ほど見てきた。みんな救急病棟に出たりはいったりを繰り返していたけれど、彼は……とにかく、彼は精神病じゃない。怯えているだけだと思う。記憶を失ったりしたら、だれでもそうなるはずよ」

ロザリンドは納得しかねるという顔で、しぶしぶ言った。「まあいいわ」コーヒーをひと口飲む。「その男、いまどこにいるの？」

「荒れ野のほうへ行って、散歩してるわ。ここ二、三日、かなり体調がよくなったの」

「でも、まだ納屋に住んでるのね」

キャロルはうなずいた。「母屋に来たがらないのよ。だから、わたしが食べ物を持っていって……そんな目で見ないで！　彼の力になれると思うわ、きっと」

「もちろん、あんたにはじゅうぶんな自覚があると信じてるわよ」信じていない口ぶりだった。

ロザリンドは立ちあがり、新作彫刻のすすけた表面をワイヤーブラシでこすりはじめた。「ただ、イアンとベヴァリーのことを忘れないでね」

キャロルは気色ばんだ。「卑怯よ。こんなときにイアンの話を持ちだすなんて。本人と一度も会ったことがないのに」

「ええ、そうね」ロザリンドはキャロルにブラシを向けて言った。「あたしが知ってるのは、あんたが話してくれたことだけ。だから、思いちがいをしたとしても、あれこれ言われる筋合いはない」

「あれは彼のせいだったわけじゃないわ」

「そうね」ロザリンドは声をやわらげた。「それを言うなら、あんたのせいでもなかった。彼が去ったのも……そのほかのことも。それを認めなきゃだめ。人生の中心に男を据えちゃいけないってことを、あんたはわかってなかった。男って、役に立つより厄介の種になるほうが多いのに」

「あなたとリチャードの場合はどうなの」

ロザリンドはわざとらしく作品に視線をもどした。「リチャードとあたしはちがう」

「どんなふうに？」

「まるっきりちがう。あたしは男ぎらいじゃなくて、男の思うがままにならないだけ。ひとつには、リチャードがものわかりのいい人だってことがある。あたしが自分の道を進むべきだと理解してくれてる。あの人を好きな理由はそれ」

「リーズでいちばん大きなギャラリーの経営者だってことは関係ないのかしら」

ロザリンドは動じなかった。「それもあるわ。あたしは作品を発表する場を確実に手に入れられて、彼は定期的に濃密なセックスを楽しめる。真っ当な取引よ。自分を裏切ってるわけじゃないわ」

「売春もどきだとは思わないの?」

「ぜんぜん。ふたりとも楽しんでるし、立場をわきまえてる。あの人はあたしを使って金儲けができるから、寝ようが寝まいが、あたしの才能を必要としてることに変わりはない。こっちはそんな関係を気に入ってるからこそつづけてる。大事なのは、ふたりはいっしょに暮らしてるわけじゃないし、お互いに無茶な要求を突きつけたりしないってこと」

「待ってよ」キャロルはうんざりして言った。「まるで、わたしがスティーヴンと深い仲のような口ぶりね。そういうのとはちがうわ。単なる看護婦と患者の関係よ」

「セックスしなくたって、私生活に立ち入ることはできる」

「私生活に立ち入らせるつもりなんかない。彼が記憶を取りもどす手助けをしたいだけ」

ロザリンドは彫刻をブラシでこするのをやめて、ふたたび立ちあがった。「前から不思議に思ってたんだけど」意味ありげに言う。「記憶喪失の人間は、なぜ何もかも忘れてるのに会話ができるのかしら。どうしてことばを覚えてるのかしら」

「言語は脳の別の領域で生みだされる。通常の記憶とは同じにならないの」

「なるほど……にわか勉強で覚えたのね」

キャロルの顔に赤みがさした。「ええ、少し復習したわ。世話をするには実情を知る必要があるもの」

「ちゃんとした精神科医に診てもらったほうがいいんじゃない？」

「わたしもそう言ったんだけれど、聞く耳を持たないのよ。だれであれ、人に会うのをひどく恐れてる」

ロザリンドはそれ見たかという顔をした。「なぜかしらね」

「いいかげんにしてよ、ロズ！　邪推するのはやめて。彼は危険な人間じゃない。あなた、本人を知らないんでしょう？」

ロザリンドは降参したと言わんばかりに両手をあげた。「はい、はい。でも、ひとつだけ答えて。その男はどうして車を修理できたのかしら。言語とは関係ないのに。それとも、脳には車のエンジンの知識をつかさどる特別な領域があるわけ？」

同じ問題に、当初キャロルは悩まされた。自分が何者かもどこから来たかもわからない人間が、エンジンの停止とローテンション・コードの関係を知っているなどということがありうるだろうか。演技をしているにちがいない。最初の夜、それがずっと気にかかり、彼が納屋へ向かうころには、爪を嚙み切りたくなるほど不安がつのっていた。彼が玄関を出ていくとすぐ、キャロルは本棚に駆け寄って、手もとにある唯一の心理学の教科書に目を通した。索引で記憶喪失の項目を調べたところ、ある種の記憶喪失症患者は、その本で「自伝的記憶」と呼ばれているものを失っても、ほかの記憶、たとえば機械の知識や扱い方が身についたままの場合があることがわかった。

それをロザリンドに説明したが、疑いの表情は消えなかった。「原因はなんだと思う？　頭を殴られたとか？」

「なんとも言えないわ」神経系に問題があるのではないかと思う一方、自分の知識のなさを痛感したキャロルは、早々に車でブラッドフォードまで行って、神経心理学と記憶喪失を扱った医学書を買いこんで知識を詰めこんでいた。読み進むうち、記憶喪失には気が滅入るほど多くの種類があって、スティーヴンは奇妙な一例にすぎないことがわかった。それは逆行性、順行性、脳炎後、外傷後、器質性、心因性などに分類され、それぞれのなかでも細分化されていた。スティーヴンの例は――古い記憶が完全に失われている反面、短期的な機能の欠損がない症状は――心因性の記憶喪失に類似し、脳の障害や外傷によるものとは考えにくかったので、キャロルは気が楽になった。

「やっぱりにわか勉強したのね」キャロルがいろいろな症例を語るのを聞いて、ロザリンドが言った。

「わたし、彼の力になれると思うわ、ロズ」

ロザリンドはキャロルの前に腰かけて、手にふれた。「どうやら本気みたいね」

「そうよ」

「なら、とにかく気をつけなさい。言いたいことはそれだけ」

キャロルは手を引いた。「ロズ、わたしは子供じゃないのよ。自分で決めて自分で尻拭いができるってことを、いいかげんにわかって」もうたくさんだった。キャロルは鞄を持って立ちあがった。「そろそろ帰らなきゃ。わたしがどこへ行ったか、スティーヴンが気にしてるわ」それは半分だけ真実だった。帰らなければならないのは事実だが、ほんとうの理由は、キースリーで店に寄りたいからだ。スティーヴンの衣類は、Tシャツとセーターとジャケットについては彼女のものでどうにか間に合っていたが、ズボンと下着はどうにもならず、すぐに替えてやりたかった。そんなことをロザリンドに話すつもりはないし、ましてや自腹を切るつもりだなどとは絶対に言えない。スティーヴンからなけなしの小金を預かっていたが、それは念願の脱出を本人に実行させないために隠してあった。

キャロルは玄関まで行って振り返った。「ロズ、わたしはあなたが思ってるほど鈍くないの。わたしを信じて。だいじょうぶだから」そこで急に気分が昂揚し、きびすを返して、軽い足どりで階段を歩道までおりた。満ち足りた笑みをたたえながら車を発進させ、軽快に坂をくだっていった。

冷たい港江（みなとえ）

それはごくありふれた住宅群で、〈ザ・ロッジ〉と呼ばれていた。カーリオン（ウェールズのグウェント州南部の町）にある朽ちかけた古代ローマの遺跡から四分の一マイルを隔て、その名のもととなったロッジ・ヒルにひろがる鉄器時代の砦に接した場所にある。二軒が一棟となった四角い高級住宅が並ぶごくありふれた地域で、茶色く蛇行するアスク川による豊かな緑の氾濫原が眼下に眺望できた。そこにある芸術的に曲がりくねった、それでいてごくありふれた通りのひとつに、やはりごくありふれた高級住宅が立っていた。一戸建てで寝室を四つ備え、広々とした車庫にフォード・スコーピオが、その前のタール敷きの私道にはローヴァー・メトロがとめられている。建物はごくありふれたものだが、中では、少なくともこのあたりの標準からすれば異常きわまりないことが起こっていた。穿鑿（せんさく）好きな近隣の住民たちは、それが常時起こっているのではないかと怪しんでいたが……

「どこがおかしいんだと思う？」洗濯機の裏から修理工が出てくると、シンディはきいた。青いつなぎ服の胸にとめられたプラスチックの名札を見て、さらに言う。「ねえ、ピーター。買ってからまだ二か月なのよ」

ピーターは肩をすくめた。「さあ。後ろは悪くないんですけどね」そこでいきなりウィンクをする。

彼女はわざとらしい衝撃の色をたたえて目を見開き、それからいたずらっぽく微笑んだ。「前はどうかしら」

彼女が体に密着したサテンのガウンの胸をなでつけるのを、彼はしげしげとながめた。「見てみましょう」ひざまずいて前面の扉をあけ、両袖をたくしあげて手を突っこむ。「開いて手で探る」薄笑いを浮かべる。「さあ、何が出てくるか」

シンディはくすくす笑うと、その横に膝をかがめてすわり、彼の肉づきのいい腕がドラムのなかを揺れ動くのを目で追った。これだけ近いと、薄いポリエステルのつなぎ服から発する、何やら混ざったようなにおいが鼻を突く。それはどこかしら女性的で、柔らかな含みがある。花を思わせる石鹸の香りが、筋肉質のたけだけしい体にまるでそぐわない。

「おや」彼はつぶやいた。「なんだ、これ」裂けるような音が短く響き、何やら赤いものが手にからまって出てきた。薄手のレース地であることははっきりわかるが、見た目には穴だらけの布切れにすぎない。彼は立ちあがって、それを彼女の前に掲げた。一本だけ残った吊りひもが、突きだされた人差し指に引っかかっている。

シンディがまたくすくす笑った。「どこへ行ったかと思ってたのよ！」大声で言う。「それ、大好きだったの」

「着けてるところを見たいもんですね」彼はしなやかな表面に指を滑らせながら言った。「さあ、着けて」

彼女は不安げに窓へ目をやった。「うちの人が帰ってきたらどうする？」

ピーターは不敵な笑みを漏らした。「お望みなら、見物させればいい」彼女のガウンの前をはだけて、大きな乳輪の載った豊満な乳房の一方を鷲づかみにする。練り粉のように白い柔肌を愛撫し、褐色の乳首を親指でもてあそんでいるうち、彼女の目が閉じられ、唇が開いた。

「さあ」彼は促して、裂けたブラジャーをもう一度差しだした。

「あたしの胸、気に入った？」彼女は相手の指からブラジャーをとり、肩をすくめてガウンを床へ脱ぎ捨てた。

「最高だ」彼は太い声で言い、炎のように赤いストッキングとていねいに刈りこまれた金色の恥毛の三角形を目を輝かせて見つめた。

「ねえ、どう思う？」

ブラジャーの右のカップは無傷で、中身を押しあげて高く盛りあがった半球をなしているが、もうひとつは破れて吊りひもからだらりと垂れ、左の乳房がこぼれだすのを防ぎきれない。ピーターは何も答えずに彼女を抱きすくめ、尻をかかえて洗濯機の上に乗せた。彼がつんのめったので、膝がぶつかって前面扉が閉まり、洗濯機がうなりをあげてまわりだした。

「ああ」シンディが声を潤ませた。「いいわ」体がぐらつきかけて手を突いた瞬間、大きなドライバーが手にふれた。うっとりと目を閉じながらドライバーをつかみ、握り太の柄を両腿のあいだに押しこむ。ピーターがつまみをひねると、洗濯機の音が高鳴り、きしりと震動を増しながら回転が速まった。「あああ」シンディがあえぎ声をあげた。のけぞって腰を前後に振り、手に持ったプラスチックの太い円筒に向かって深く体を沈める。「ああ、あああ!」泡のついた髪を振り乱しながら、彼女が身を震わせ、息を荒らげ、絶頂に近づくのを、ピーターは愉悦の目で見守った。洗濯機が回転をとめ、うなりが急速におさまって音が静まると、最後の絶叫とともに、彼女の体が硬直し、大きく揺れ、脱力した。

シンディは顔にかかった髪の房を掻きあげて、物ほしげに彼を見た。「さあ」息をはずませ、ドライバーを抜きとって先端で相手の胸を叩く。「早く本物をちょうだい」ピーターの顔に警戒の色がひろがるのに気づかず、彼女はつなぎ服のジッパーをつかんで股下までいっきに引きおろした。手を突っこんで中をまさぐった瞬間、目と目が合い、彼女の期待に満ちた顔つきが崩れて険しくなった。「まったく!」不満げに言う。「ぺしゃんこのバナナ」

台所の奥から笑いが湧き起こるなか、彼女はピーターを突き飛ばして洗濯機から滑りおりた。忍び笑いを漏らすカメラマンを押しのけ、ドアにかけられた黒のロングコートを引っつかむと、それを着てしっかりと前を掻き合わせた。

「カット!」監督が叫んだ。「どうしたんだ。うまくいってたのに」

「あいつにきいて」彼女はそう答えると、煙草に火をつけて口にくわえ、愚痴っぽく言った。

「これで今週三回目よ、デレク」

デレクはため息をついて、彼女の肩に手を置いた。「だれにでもあることさ」

「そういう男もいるかもね。けど、サイモンは毎度毎度よ。ふにゃまらサイモン」

デレクは彼女の腕を軽く叩き、つなぎ服のジッパーをもどそうとしているサイモンに歩み寄った。ジッパーが腹のあたりで引っかかっていて、荒々しく力をこめてもなかなかあがらない。

「どうしたんだ、サイ」

サイモンは何やら聞きとれないことばをつぶやきながら、ジッパーと格闘をつづけている。

「もういっぺんやるか？」

「言ったろ、台本がひでえって」サイモンは鋭く言った。「なんでこんなに台詞だらけなんだ。おれはアル・パチーノじゃねえ」

「また言ってるぞ」だれかが小声で言った。

「頼むよ」デレクが言った。「台詞の数なんて、たかが知れてる。テッサは問題なくやってるじゃないか」

サイモンは顔を紅潮させた。「おれだって問題はねえよ。台詞が多すぎるだけだ。これはポルノなんだぜ――大事なのはアクション、さ。しゃべくってばかりいてどうする」

テッサが台所の奥から憤然と歩いてきて、またカメラマンを押しのけた。「問題はない？」呆れ返ったように言う。「あんた、半分ぐらいキューを見落としてるのよ。あたしがブラを着けて〝ねえ、どう思う？〟ってきいたら、あんたは……」デレクのクリップボードから薄い紙束をとって読みあげる。「〝いいよ。お楽しみのあいだ、着けたままでいてくれ〟って言うことになってる。あたしが洗濯機に乗るのはそのあとよ」台本をデレクに突き返して、サイモンに言う。「なに突っ立ってんのさ。お尻の穴に火搔き棒をぶっこまれたみたいな顔で」

サイモンは色をなして、震える指を彼女の顔に突きつけたが、そこにデレクが巧みに割ってはいり、物慣れたていで両手を掲げてとりなした。「わかった、わかった。ふたりともよくやってるよ。だから――」

「それだけじゃねえ」サイモンは怒りの矛先をデレクに向けた。「いったいぜんたい、このブラジャーはなんだよ。なんでまた、おっぱいが見えたあとで、わざわざブラジャーを着けさせなきゃならねえんだ。ばかばかしいったらありゃしねえ」

「斬新じゃないか」デレクは守勢にまわった。「そのほうが味がある」

「味がある？　そんなのはくだらねえって言うんだよ」ジッパーがようやく布地に食いつくのをやめ、かすれた音を立てて閉まった。サイモンはテッサを最後に一度にらみつけると、台所を突っ切って玄関広間へ抜け、ドアを強く閉めた。

デレクは数人いるスタッフのほうを振り返って言った。「よし、休憩だ」受難者の面持ちで、サイモンを追って部屋を出ていく。

ナイジェルはそれを楽しげに見守っていた。胸のつかえがおりた気がする。撮影中は居心地が悪かった。このシーンに金がいくらかかっているか気になってしかたがなかった。テッサは美人で、体も絶品だ。こんな安っぽい場面で使うのはあまりにもったいない。ナイジェルはライトを消し、彼女に近寄って言った。

「一本もらえる？」

彼女はろくに見向きもせず、煙草の箱とライターを手渡した。

「くたびれた？」

彼女は鼻で笑った。「ならいいんだけどね」

ナイジェルも笑った。「あいつが立たなかったのは、緊張したせいだと思うな」

「ふん。それよりヤクのせいよ。道具を持ってないの、見たことないもん。体じゅう穴だらけで、篩みたい。ＶＨＳの仕事だったら、とっくにくびになってるとこね」

ナイジェルは煙草に火をつけて、箱を返した。テッサはそれをポケットに入れ、コートの襟をいっそう強く掻き合わせた。

「ああ、凍え死にそう。こうなるってわかりきってたのに。デレクに言ったのよ、ファックの場面はレイがいるうちに撮ったほうがいいって。でも聞いてくれなかった」

「だれだい、レイって？」

彼女は目をまるくした。「レイだってば。ちょっと、あんた、知らないの？」厚手のコートの腰のあたりをさすって、椅子にすわる。「あたしの旦那の役をやってるのよ。わかるでしょう？　でかまらピーターとあたしが洗濯機の上でやってるときに帰ってきて、鍵穴からのぞきながらマスをかくの。アダルトビデオを買っていくさびしいお兄さんたちと同じね。レイはきのうさっさと自分の出番を撮り終えて、ロンドンへ行ったのよ。もっといい仕事があるんだって」煙草の灰を床にはじき落とす。「レイならスタント・ディックをやれたのに」

「何をやれたって？」

「スタント・ディック」

頭から爪先までなめるように見られ、彼は顔が火照（ほて）るのを感じた。「この仕事、長いんでしょう？」嘲るような口調だが、顔は笑っている。

ナイジェルはかぶりを振った。「きょうがはじめてなんだ」

テッサはうなずいた。「どうりで見たことがないと思ったわ」

「きみはどうなんだ。長いのかい」

「二年ぐらい。そろそろ下り坂よ」

「そんなことはない」ナイジェルは微笑んだ。「すてきだよ」

彼女は自嘲気味に鼻を鳴らしたが、まんざらでもなさそうだった。「あんた、あたしのすべてを見たわよね。立った？」

「もちろん……で、スタント・ディックってなんだい」

テッサはコーヒーカップの受け皿で煙草をもみ消した。「つまり、男優のあれが立たなかったとき――」薄笑いして、背後の閉まったドアを一瞥する。「――替え玉を使って、クローズアップとか発射の瞬間とかを撮るのよ。レイがそれをやるの。目もあてられない顔をしてるから、のぞき屋の役ばっかりさせられるけど、レイの一物（ディック）は化け物みたいで、持続力抜群なの」

「なるほど」ナイジェルはまた顔が火照ってきたのに気づいた。肉感的な裸体を厚いウールの

コートで包んだ女に、眠たげであだっぽいまなざしで見つめられ、一物だの発射だのと気怠く
あけすけに口走られては、たまったものではない。彼は咳払いして言った。「で、これからどうなると思う？」

　彼女は大きな笑みを浮かべた。それからやにわに手を伸ばし、彼のズボンの前を固く握りしめた。ナイジェルはたじろいだが、驚愕してあとずさりしたい衝動はどうにか抑えつけた。

「あらら」彼女は微笑んで手を離した。「立ってるじゃない」笑い声をあげて別の煙草に火をつけ、好奇の目で彼を見つめる。「あんたならやれるわよ」

　彼は一瞬意味を呑みこめずに相手を見、それから目を大きく見開いた。「冗談じゃない！」

「どうして？　顔を撮るわけじゃないのよ。撮るのはぶちこむとこだけ」

「ずいぶん簡単に言うじゃないか。どうしてぼくじゃなきゃいけないんだ」

「ほかにいないからよ。テリーは老いぼれだし、ウェインのじゃ色がちがう」名前があがったのはカメラマンとその助手で、部屋の反対側の隅で大きなサンドイッチの箱をあけようとしていた。「ねえ」声に言いくぐめるような響きが加わる。「きょう撮れなかったら、あたしはあしたと、たぶんあさっても来なきゃならなくなるの。レイはロンドンで仕事を見つけてくれるって言ってる。いまより割のいい仕事。だけど、金曜までに行かなきゃお流れになる」

「でも……」

「ねえ、お願い。あたしのためだと思って」彼女は狡猾な笑みを漏らして、コートの前をはだけた。「考えてもみなさいよ」ささやきかける。「お金になるんだから。それも、ちょっとやそ

っとじゃない……」

彼はためらった。「絶対に顔は出さないんだな」

彼女は立ちあがった。「もちろんよ。それは俳優の仕事。裸を見せて、しかも顔を見せるのはね」ドアをあけて叫ぶ。「デレク！　こっちへ来て——新しいスタントが決まったの！」振り返って、ナイジェルに微笑みかける。「だいじょうぶ。簡単よ」

ゴムバンドを巻きつけた靴箱を胸に抱きしめて、あの最初の日のことを思い起こしながら、ナイジェルは石段をのぼり、草に覆われた高く険しい防潮堤の上に達した。

いま思うと、たしかに簡単だった。半人前の照明係が、またたく間にプロの代理勃起係に転身できた。稼ぎの面でも魅力的だった。時給に十ポンドが上乗せされ、みごとな射精の瞬間が撮れると五十ポンドのボーナスがついた。そして何より大事なのは、顔が映らなかったことだ。

デレクの家の台所で仕事をした最初の日以来、半ダース以上の女を相手に、ちがう場所、ちがう体位で、最小限のものを身に着けて、挿入し、愛撫され、まさぐられ、しゃぶられた。話の筋に大差はなく、それは女たちについても言えた。どの女も、判で押したようにあえぎ、絶叫し、果てた。カメラがまわっていないと、動物的な欲望を演技のなかで何度も燃えあがらせたせいか、みな力が抜けて冷たく、無愛想で、目に生気がなく、あたかも偽りの快楽が唯一の喜びとして残されているかのようだった。女たちの多くが麻薬にどっぷり漬かっていたこともそれで説明がつくが、ナイジェルは別の理由があるのではないかとひそかに疑っていた。女たちがこの業界にいるのは、欲望を発散させる手だてとして、この仕事が体を売るよりいくらかましだからではないだろうか。しかし、テッサは例外だった。撮影中も実生活でも変わらず生き生きと輝いている彼女に、ナイジェルはしだいに強く惹かれていった。彼女の血をたぎらせる化学物質はニコチンとアドレナリンだけで、痴態を演じることを心から楽しんでいるように見えた。残念ながらいっしょに仕事をしたのは二本しかなく、しかも二本目の折には、撮影期間中にレイから遅ればせの電話がかかって、当人がロンドンへ発ったので、ナイジェルの出番はなかった。彼女の鞄を持って駅まで送り、プラットホームに電車がはいってきたとき、彼は衝動に駆られて、荒々しく、ぎこちなく唇を奪った。むろん、彼女は拒んだりせず、舌で歯ぐきをなめまわして応じたのち、笑いながら彼を押しのけた。手紙を書くと約束したが、それが守られることはなかった。

テッサが去ったあと、仕事に退屈の影がさした。そして——出演を求められて二の足を踏むほどではなかったにせよ——自分の生活を恥じ入る思いが頭をもたげた。そしていま、見つかってしまった。防潮堤のへりにたたずみながら、彼はまるめられた手紙をポケットから取りだして、もう一度読んだ。

……おまえのいまの稼業について、不愉快な噂を耳にした……恥を知れ、ナイジェル……

どうしてわかったのか。いや、それは愚問だ。〝姿なき男〟は(どんなに奇妙な名を本人が選ぼうが、ナイジェルはつねに〝姿なき男〟と呼ぶ）何があろうとあらゆるものを見つけだす。おそらく、ビデオのどれかを見たのだろう。顔が見えなくとも、ぞんざいに編集された肉体の一部だけで看破したのだろう。信じられないことではない。羞恥心にさいなまれながらも、別件の過去の汚点ともども、よりによってこの相手から指弾されたせいで、怒りがこみあげてきた。

　彼は手紙をポケットにもどして、あたりを見まわした。自分のいる場所は、見渡すかぎりの風景のなかで最も高い位置にある。背後には、水路に深く刻まれてチェス盤のように見えるカルディコット平原が果てしなくひろがっている。前方はセヴァーン川河口の入り江で、広大な褐色の干潟が視界を占めていて、かなたへ目をやると、川の上流に立ち並ぶ橋の脚柱や、はるか対岸を占めるポーティスヘッドの発電所の煙突群を、真珠色の霧が包みこんでいる。

　ここには何度も来たことがある。この場の蕭条（しょうじょう）たるさまと、静かな、微妙な危うさに惹かれてのことだ。カメラマンのテリーが鮭釣りのために連れてきてくれたのが最初で、以来たびたび足を運んだ。はじめのころはいつもテリーがいっしょに来て、深く柔らかく滑りやすい泥の上を足をとられずに歩く秘訣や、不安定で危なっかしい場所の避け方や、満潮時に水が人の歩く速さで浅瀬を追ってくる恐ろしさを教えてくれた。そのうち、ひとりで訪れるようになった。ニューポートからマゴーへ向かうバスに乗り、轍（わだち）だらけの小道を歩いて、このコールド・ハーバー・ピル――〝冷たい港江（みなとえ）〟――の防潮堤に着いたあと、一日じゅう水辺をぶらつきながら、絶え間ない波の浸食作用によって泥炭や青い粘土の層に造られた、小さな崖や洞穴（ほらあな）のあたりを、しばしば探り歩いたものだ。やがてテリーよりもこの一帯にくわしくなり、訪れるたびに少しずつ遠くへ足を伸ばしていって、引きゆく潮を追いつづけたすえ、かけ隔たった砂州まで達し、打ちあげられた漁船の乗組員たちが満潮を待つのに出くわしたこともあった。乾燥して安全な緑の大地までは数マイルの距離があり、巨大な防潮堤ははるか北の地平線にかすかに見える糸にすぎなかった。ナイジェルは人生のなかで多くの土地を見てきたが、その場所は──理由は判然としないものの──ほかのどこよりも自分を引きつける力を持っていた。そこへ行くと、まちがいなくひとりきりになれたという安心感が得られた。数マイル以内にひとりの人間もいないし、姿を隠して近づくこともできない。知らぬ間(ま)に敵が容赦なく襲いかかることはありうるが、少なくともそれは人間ではない。

過去を完全に葬り去る場として、うってつけと言えるだろう。

彼はふたたび手紙をポケットから取りだすと、靴箱の蓋の下へ滑りこませて、アーガス紙の切り抜きやもろもろの小物といっしょにした。ゴムバンドをきつく巻きつけ、ジャケットにくるんでジッパーをしっかりと閉じた。それから腰を沈め、防潮堤のふちから脚を突きだして、コンクリートの壁面に沿って積み重なった花崗岩の丸石の上に静かにおり立った。足もとをたしかめつつ、岩から岩へと小さく跳んで、でこぼこの急斜面を下へ向かい、堤の真下を占める帯状の砂地に着いた。コールド・ハーバーはこの水辺一帯のどこよりも荒れ果てて乾いている。ここにはごわついた塩湿地(えんしっち)さえできたことがない。

彼はしばし休んだのち、前進した。ここにはじめて来た者は、たいてい泥の上をごくふつうただならぬ粘っこさでがっちりとブーツを引っつかまれて、抜けだすのに四苦八苦する。ナイジェルがテリーから教わった秘訣は、表面の滑りやすさを利用し、足を外輪に開いて滑走するというものだった。いったん習得するとさして苦もなく、風船虫よろしく、泥しぶきを両側へはね飛ばしながら浅瀬を突き進んだ。自分なりの型が決まり、ついには乾いた地面を走るよりも速く進めるようになったものだ。無辺際の空間がひろがるなか、水を含んだ地面からはしぶきが音を立ててほとばしり、彼は後方に目をやって微笑んだ。

四分の一マイル進むと、泥炭と粘土が層をなすゆるやかな斜面に裂け目が現れた。絶え間なく打ち寄せる波に足もとの地層が削られたために、高さ六フィートの小さな崖ができていて、裾のあたりに、みずからの重みに耐えかねてへりから崩れ落ちた石くれが散乱している。ナイジェルは立ちどまって自分の位置を確認した。見覚えのある深い溝のようなものがかたわらにある。砂州のふちにほど近い泥炭のなかに刻まれたもので、巨大な墓穴ぐらいの大きさがある。春にテリーと釣りをしにきたとき、これを掘っている連中に出くわした。カーディフ大学の考古学者であるリーダーの指示を受けて、四人の人間がぬかるみを這いまわっていた。リーダーは気さくな男で、訪問者が思いがけず興味を示したことをうれしく思ったらしく、ささやかな発掘作業を長々と見学させてくれた。作業員たちが五フィート四方の区画から泥を両手ですくって浚い、硬く青い粘土の表面が底に見えていた。その下には泥炭の層が横たわり、粘土層の薄い部分からところどころ顔をのぞかせていた。リーダーによると、粘土は通常の茶色の泥と成分は変わらず、圧力によって青みを帯びたとのことだった。泥炭のほうは青銅器時代の地表部分にあたり、干潮線と満潮線の狭間に伸びるこの水辺一帯は、当時はまだ草深い湿地で、植物が隙間なくからみ合い、生い茂っていたそうだ。一同が掘っている場所には、三千年以上前、湿地を抜ける小道が走っていたらしい。泥深い地面にハシバミの編み垣や小枝の束を敷き並べ、背の高い杭で固定したという。常時水に浸かっていたにもかかわらず木が残っていることに、ナイジェルは好奇心をそそられた。じれったいほどの遅さで作業員たちが引きはがしたり拾いあげたりを繰り返すなか、粘土から取りだされる木切れや小枝や杭の頭は――硬い樹皮がくっついたままのものもあった――埋もれてから一か月もたっていないように見えた。その見かけが実体といかにかけ離れているかを示すために、考古学者は頑丈そうな杭を一本手にとって、皮を剝いたバナナのように握りつぶして見せた。作業員たちは小道の脇に深い溝を刻んで、杭の高さを測っていた。溝の側面にあらわになった一本の杭は、何世紀もかけて圧縮された泥炭に引き絞られ、ゆがんで皺だらけになっていた。考古学者によれば、溝の底には旧石器時代末期の名残が見られるという。海の水位があがって陸を水びたしにする前、一万年の歴史を持つ湿地帯がまだ密林だったころの木の根株――切ってみれば白くみずみずしい――が、底ででこぼこの姿を見せている。

どうやら発掘調査は中断されたらしく、いまや溝は半ば泥で覆われている。ナイジェルはそのまわりを歩き、浸食された地層の傾きが周囲よりゆるやかな崖の一部分を見つけて、青銅器時代から最後の間氷期へと滑りおりた。湿地帯の表面より低く、セヴァーン川が元気な赤ん坊の小川にすぎなかったころの森林より低くへとくだり、この地にひとりの人間も存在しなかった時期に積もった一万年ぶんの粘土の前を通り過ぎたすえ、ブーツで泥を重くはね散らしていちばん底へ到達した。どこよりも落ち着く場所だ。人と名のつく者はまったくいない。ここなら自分の過去を、とるに足りないもの、顧みられないものとして捨て去ることができる。

粘りつく地面から逃れようと、両足を左右に揺り動かした。泥がしぶしぶ軽いあえぎを漏らして足からはがれると、彼はふたたび滑走をはじめ、褐色の浅瀬をすいすいと遠くへ進んだ。訓練を積んだ鋭い目は、ほとんど識別不能と言えるほどの、泥の微妙な光沢を見分け、硬さを読みとる。そんなふうにして、危険な深さと思われる個所を巧みに避けて通った。

昼が間近に迫り、乾いた土地から二マイル以上離れたころ、ウェールズ地盤の最初の砂州にたどり着いた。百ヤード先で、潮がなお下流へと流れている。彼は大きく息をつき、硬い砂地で足をとめてあたりを見まわした。霧が分厚く立ちこめ、直径一マイルの輝く泡のなかに自分を包みこんでいる。岸辺の風景も地上の目印も見えず、聞こえるのは水の流れるかすかな音だけだ。

「ここだ」彼はつぶやいた。「ここしかない」

ジャケットのジッパーをあけて靴箱を取りだし、泥まみれの膝を突いてしゃがみこんだ。煤色の砂が硬く湿っているが、指がすりむけて痛くなるまで地面を穿った。泡だらけの泥水が流れこむのをはね散らして掘りつづけるうち、穴は深さ二フィートにまで達した。箱を開き、これが最後という思いで中を見つめた。イン・ノミネ・ポール・ミシェル・エト・アラン・サンクティ（聖なるポール、ミシェル、アランの名のもとに）。箱をふちまで砂でいっぱいにしてから、もう一度しっかり蓋を閉め、水を含んだ穴の底に置いて、残りの砂を勢いよく掃きかけた。

それから数分間穴の横に立ちつくし、地表の様子にじっと目を凝らした。目の前にひろがる干潟や砂州と同じくらい荒涼として、特徴がない。痕跡はすっかり消えた。彼は得心して浜辺へ引き返した。

霧がますます厚く垂れこめてきたので、もどるにあたって、来たときの足跡を頼りにしなければならなくなった。外股に刻まれた不規則なジグザグの滑り跡を追っていくと、ときおり水たまりに出くわして軌跡を見失ったが、あらためて捜して先へ進んだ。三つ目の水たまりは、ほかのものよりはるかに大きかった。そのふちで立ちどまり、水たまりの向こうへ目をやって足跡を見つけようとした。だめだ。この近くで曲がったことはたしかだが、角度がどのくらいだったか思いだせない。いや増す不安を胸にかかえ、滑ってこちら側を行きつもどりつしたものの、水たまりのまわりにはなんの跡も見あたらなかった。結局、何はともあれ先へ進んで、水たまりの向こうで滑り跡を捜すことにした。泥水をはねて向こう側へ渡ったあと、霧に取り囲まれるなか、なお見える泥の表面を観察したが、何もわからなかった。パニックに陥りそうな予感がして、吐き気を覚えた。必死で呼吸を整え、恐怖を抑えつけ……

何かが変わった。重くよどんだ空気のどこかで、何かが変化し、音が聞こえなくなった……そう、水だ。河口を流れる水のかすかな音が消えたのだ。動きがとまり、潮の向きが変わった。水は砂に掘った穴を覆い、いまにも泥のなかへしみこんでいることだろう。音の特徴を探るべく耳を澄ますと……それが聞こえた。ほとんど耳につかないほど小さな、ぬかるみを這う水のささやき。

　足跡をたどるのをあきらめ、ここまでの道筋に背を向けて軽く飛びだし、全力で滑りはじめた。顔から爪先までを覆う黒く粘ついた泥をはね散らしながら、ぬかるみを焼き切らんばかりに滑走する。

　四分の一マイルも進まないうちに、突然、得体の知れない杭が目の前に現れた。高さ五フィート、太さは電柱ぐらいで、右へ傾(かし)いでいる。ナイジェルはほんの一瞬驚きを見せただけで、巧みにそれをよけて通った。いままでの探検で、こんな杭を見たことは一度もない。往きの道筋からどれほど離れてしまったかと、不安になった。その考えを打ち消しかけたとき、滑っていた足が、なぜかぴたりととまった。驚いてあたりを見まわすと、周囲に木がめぐらされている。短く不ぞろいな数本の杭が、ことごとくいま通り過ぎたばかりのものと同じ角度で傾いて、ふたつの細長い弓の形に立ち並んでいる。杭の正体がわかった。自分は船の真上にいるのだ。ここで沈没したまま忘れ去られ、空洞の船体に沈泥が流れこんで積もっていたのが、何十年かたって柔らかい表面へゆっくり浮かびあがったのだろうか。ナイジェルは足もとを見おろした。船体は泥の表面から一インチも隔たっていないところにあるらしく、硬いものが足裏に感じられる。ブーツの爪先で引っ掻くと、黒ずんだ木の板が顔を出した。船体は急勾配に傾いていて、自分がいるのは安定の悪い先端部だ。また吐き気がもよおされ、あたりを懸命に見まわしたが、泥光りする表面はとらえどころがなく、深さの手がかりを与えてくれなかった。ここから抜けだす唯一の方法は、いま来た道筋を引き返し、沈没船からできるかぎり離れた場所まで進みつづけることだろう。

　立場の危うさを自覚するや、難なく保たれていた平衡が崩れた。彼は震えながら、注意深く身をひるがえし、爪先で慎重に釣り合いをとった。古びてもろい板が足もとできしるのがわかる。ほんの少し跳べば、来たときの滑り跡にもどれる。その下にはもっと硬い板があるにちがいない。身をこわばらせ、跳ぼうとして片脚をあげた瞬間、足もとの板がたわんだ。鋭い音を立てて板が折れるのが耳よりも体に感じられ、彼は大きく横に傾いた。あがっていたほうの脚が完全にバランスを失い、ぶざまに落ちて膝まで泥に沈む一方、他方の脚も持ちこたえられなくなって腿まで没した。

　パニックに合理的思考をさらわれ、彼は冷たく吸いつくものを振りほどこうと、泥と格闘して脚を曲げたりばたつかせたりした。だが動くにつれて深みにはまり、ついには褐色の粘着物に両脚とも付け根までがっちりと捕らえられた。どんなにあがいても無駄で、ますます深々と引きこまれる。そのとき、どういうわけか、混乱した脳裏に理性の光が一閃(いっせん)した。この泥は流砂のたぐいではないから、動きをとめていさえすればこれ以上体が沈むことはないだろう。とはいえ、問題は体が泥にはまったことではない。まったく身動きがとれないというのに、かなたの霧の向こうから、高まる潮が静かに容赦なく、浅瀬の表面をじりじりと迫ってくる。

　目を閉じてひらめきを待ったが、何も浮かばなかった。ここで死ぬのだろう。過去をうずめるために来た場所で、おのれが溺れ、もろともに埋もれるのだろう。妙に落ち着いた気分だった。ひょっとしたら、心の底でこうなることを望んでいたのかもしれない。砂のなかの墓穴に眠る小さな箱が永遠の忘却の象徴にすぎなくなるのは、願ってもないことだ。彼はぬかるんだ表面に力なく両腕をおろし、ふたたび目を閉じて、水に捕らえられるのを待った。

それはいっきに襲ってきた。はじめは波の薄い膜が急速にひろがりながら近づき、しぶきをあげて船の残骸を洗った。水が腰のまわりで渦を巻き、ジーンズにしみて肌を凍らせ、勢いよくのぼって腹まで達し、あたり一帯が波に呑みこまれて、目にはいるのはうねる水面ばかりになった。水が脇腹を叩き、胸を這いあがってくるのを感じながら、彼はあとどのくらいで顎や口や鼻の穴まで届くかと考えた。冷たい液体が喉や肺に流れこむさまが頭に浮かび、恐怖がよみがえった。

「やめてくれ!」彼は叫んだ。「や、め、て、く、れ!」

両腕で水をめった打ちにしながら、渾身(こんしん)の力を振り絞って身をよじり、脱出すべく最後のあがきを試みたが、泥は執拗に食いついて離れない。そこで力を抜き、もう一度もがこうとしたとき、腿の上のあたりを冷たいものがしたたるのを感じた。再度身をよじると、その部分がひろがった。体と泥の隙間に水がはいって、吸いつく力が弱りはじめる。打ちのめされたような虚脱感が消え、闘う気力がもどった。塩気を含んだ水が顎を包み、唇をかすめるなか、繰り返し繰り返し体をひねるたびに、水が——救いの神でもあり、処刑者でもある水が——少しずつ隙間にしみこんできた。これをかぎりにとばかり思いきりひねると、ぬかるみがついに悲鳴をあげ、褐色の沈泥と泡を雲さながらに吐きだした。荒い息を漏らす鼻の穴を水が駆けのぼろうとしたその瞬間、足がブーツから滑るように抜け、桎梏が解けた。

食道や鼻腔にたまった泥混じりの水を咳きこみながら吐いたあと、彼は揺れる水面に仰向けに横たわり、疲れきった体をじっと休めながら、真珠色の空に目をやった。胸の動悸がおさまって呼吸が落ち着くと、体を返して俯せになり、岸辺へ向かって泳ぎはじめた。

彼は防潮堤の上に立って、入り江を見渡した。霧が消えかかり、広大な空は重い黒雲に満たされている。雨が降りはじめていて、岸壁から去ってゆく波の頭を軽く叩いている。そこに立ちつくして、吹きすさぶ風に身を打たれていた彼は、雨粒が顔にあたるのを感じ、きびすを返して草深い堤を滑りおりた。くぼみや水たまりだらけの小道を歩き、水かさの増したコールド・ハーバー・ピルが防潮堤の下をくぐって水辺に注ぐ暗渠に着いた。葦や低木の茂る奥に、ふくらんだビニールの買い物袋を隠してある。その袋をあけて、ジーンズとシャツとジャケットと靴を取りだした。濡れた服を素早く脱ぎ捨てて、乾いたものを身に着け、暗渠のコンクリート壁の陰で雨がやむのを待った。袋の底には十ポンドと二十ポンドの札束がある。手首ほどの厚さがあり、ゴムでしっかりと結わえられている。彼はそのゴムをはずして三つの小さな束に分け、ズボンとジャケットのポケットにひとつずつ入れた。
雨の最後のひとしずくが落ち、雲が空から掻き消えると、彼はマゴーへもどる道を歩きだし

た。マゴーでチェプストウ行きのバスに乗り、さらにブリストル行きに乗り継いだ。そしてテンプル・ミーズの駅で、北へ向かう一番列車の片道切符を買った。

5

スティーヴンは息をはずませながら、丘の頂上までの数ヤードを大股でのぼった。北の荒野の果てからうなりを立てて吹きつける風で、借り物のジャケットの前身頃がはためいている。丘には石を積みあげたケルンがたたずみ、その上に三角測量の標柱が据えてある。彼はケルンの上に乗り、コンクリートの標柱の平らな頂部に肘を置いて、ここまでの道のりを振り返った。

この三時間、ロンボールズの荒れ野を休みなく歩きつづけ、いびつな四辺形を描きながら丘から丘へと渡ってきた。そしていま、最も高い場所に立って、眼下の景色を西から東へとながめやったのち、南に目を据えた。前方では、エアデイルの広い谷に二分されながら、荒れ野がうねうねとくだっている。視界の中央を占める窪地の底には、キースリーの町が雑然とひろがっている。町の建物群はさながら灰褐色の腫れ物で、ワース・ヴァレーの峡流が広大な谷へ注ぎこむあたりを圧迫しているように見える。

あそこにキャロルがいるはずだ――キースリーではなく、谷のさらに先のホーワースに。友達に会いにいくということだった――名前はロザリンドといったろうか。いっしょに行かないかと誘ってきたが、声にはあまり熱意がこもっておらず、散歩でもしていたいと言ってことわると、あっさり引きさがった。出かける前に陸地測量部作製の地図と携帯用コンパスを渡され、あまり遠くへ行ったり長時間出歩いたりしないようにと釘を刺された。「丘の散歩にうってつけの天気とは言えないわね」風の吹きすさぶ、雲の急速に流れる空を見あげて、彼女はそう言った。「無茶はしません」と、彼は請け合った。

いまのところ、彼女が懸念したほどの悪天候にはなっていない。しかし、この風はたまらない。数時間のあいだ、風に立ち向かったり体をつかまれたりを繰り返しながら、よろめく足どりで荒れ野を進んできた。〝嵐（ワザリング）〟ということばの意味するものが、いまになってわかった。ノルド語の鈍い響きがあるからこそ、強烈な北風が体と心を打ちのめすさまを完璧に表せる。地元に住む人間は、しだいにこの風に慣れてしまうのだろう。キャロルが庭や小さな畑で仕事をしているのを見たことがあるが、風が吹いているのをほとんど気にとめていないらしく、やんだときに感づくだけだった。

キャロル……。彼女のことを思うと、気が滅入った。まる一週間、すぐに出発すると言い立ててきたが、その話題を出すたびにはねつけられた。だめよ。すっかりよくなるまではだめ。実のところ、問題は肩の具合じゃないの。完全に記憶を取りもどすまで、ここにいるべきだと思うわ。彼女にしてみれば、自分の正体も目的地もわからずにひとりでさまよい歩くなど、何が起こるかわかったものではないということらしかった。あれこれ質問責めにしたいにもかかわらず、いつも尋ねる寸前にしりごみして、好奇心を抑えつけているのが感じられた。出発したい理由をあなたが自力ではっきりさせられたら、脳から記憶を消させたトラウマの実体を知る手がかりが得られるかもしれないと、一度だけ言っていた。どことなく不安げな口ぶりだった。彼女が記憶喪失に関する本を持っているのを見たことがある。〈心因性記憶喪失と犯罪〉という副題がついた章があった。そのときはお互いに何も言わなかったが、彼女はその章を読んで恐れをいだいたのではないだろうか。

彼にとって、事態はあまりに複雑で慎重を要した。キャロルが自分をとどめておきたい理由のひとつは明らかに好奇心だが――そして、彼女の人生に自分が唐突に足を踏み入れたいきさつと理由について、多少とも説明を受ける資格があるのはたしかだが――純粋に助けたい気持ちもあるにちがいない。それこそが気を滅入らせ、罪の意識を呼び覚ます原因だった。これまであまりに多くの嘘を身にまとい、しっかりと自分を包み隠してきたので、脱ぎ捨てたものも新たに着こんだものも、その一枚一枚が主観的には真実と変わらぬものになっていた。だがここへきてはじめて、新しい嘘を口にするたびに、羞恥の熱い息が顔にかかるのを感じた。彼は、自分で望むほどには記憶を失っていなかった。打ち捨てられた過去の闇に永遠に沈められれば晴れやかな気持ちになるだろうが、それはまぎれもない醜悪な姿のまま、いまもあった。心が乱れるのは目の前の道の魅力のせいではなかった。背後にあるもの、胸の奥底に宿るものがおのれを突き動かすからだった。

この瞬間この場で、彼は翌朝出発しようと腹を決めた。必要なら、夜が明ける前にこっそり抜けだせばいい。で、どこへ逃げる？　内なる声が尋ねた。ケルンの上に立ったまま、彼はゆっくりとひとまわりしてコンパスの全方角を検討した。南はどうか。逆もどりして裏をかく？　悪くない。もう一度文明の喧騒のなかに身を隠せば、生活を立てなおして前向きな暮らしにもどれるかもしれない……東は問題外だ。また海を渡る、とりわけその方角へ渡る気にはとてもなれない……北にはなかなか惹かれる。ひたすらスコットランドへ突き進む……あるいは、西のアイルランドをめざすか。もつれ合った未来の可能性を見据えるうち、鋭い風が目を突いて、涙がこぼれた。続々と頬を伝い落ちて顎に水滴が集まると、もどかしげにぬぐった。なぜ決断を、いや、さらに言えば出発を先延ばしにしなければならないのか。いますぐ旅立って、成り行きまかせに進めばいいではないか。すぐに動けば、農場にもどってわずかな荷物をまとめ、キャロルが帰る前に出発することもできる。

彼はケルンの根もとにおりて、地図とコンパスで現在地を確認し、荒れ野を帰り路(じ)についた。

　大粒の雨がフロントガラスを叩きはじめたとき、キャロルは幹線道路をはずれてリドルズデンへ向かっていた。その村をあとにし、減速したモーリスがホールデン・ゲートへ通じる急坂をもの悲しい音を立ててのぼっていくころには、荒れ野の頂(いただき)に垂れこめる暗雲が陽光の残滓(ざんし)を黒く染めて、豪雨を降らせていた。彼女はヘッドライトをつけ、ワイパーが左右へゆるやかに滑ったあとに浮かぶおぼろな扇形を透かして、前方を凝視した。ようやく頂上に達すると、エンジンはうなりをあげて回転を速め、道端のそこここを水たまりが覆うなか、タイヤは激しくしぶきをあげて前進した。空積(からづ)みの石壁と、ずぶ濡れの低木が密生する両側の土手を、彼女はきびしい顔で見やった。スティーヴンが荒れ野から引きあげていることを祈った。まもなく夕方になるから、外にいれば雨宿りのあてもなく何時間もさまよう羽目になるだろう。彼のいまの体調を考えると、何より避けたいのは、また夜道をさまよって体を冷たく濡らすことだ。

キャロルはロザリンドの辛辣なことばにいまも憤（いきどお）っていたが、怒りはスティーヴンの症状を気づかう思いをかえってつのらせた。ロズは記憶喪失に対する疑念を隠そうともしなかった。真っ正直に信じる自分を見くだしているのが、言外に感じられた。だが、緑の山襞（ひだ）や、谷間に並ぶ優美な褐色砂岩の家々の外側にひろがる世界を、自分はこれまでロザリンドよりむしろ多く目にしてきた。人間の脳がいかに気まぐれであるかも、他人をどんな場合に信用し、どんな場合に疑うべきかも心得ている。ロンドンで育ち、街なかの忙しい病院に五年間勤めたおかげで、多少のことは学んだと思う。スティーヴンのことでは、いささか気が休まらなかったものの——なんと言ってもふたりきりでいるわけだし、彼の行動は実際奇妙で不安を掻き立てた——もはや恐怖は感じなかった（〈心因性記憶喪失と犯罪〉の項目は読んだが、その説明を受け入れる気はなく、あの症状と気質はなんらかのトラウマ、個人的な悲劇が根底にあると考えていた）。むしろ、唐突に目の前に現れた衝撃が去ったいま、その存在を喜ばしくさえ思った。贖罪の手だてとして、神の手で送りこまれたかのようだった。彼が記憶を——そして身元を、さらには人生を取りもどす手助けをすることで、おのれの良心に口をあけたほころびをつくろって、そこにひそむ罪悪感をぬぐい去れるかもしれない。

庭へ向かうぬかるんだでこぼこ道を、車でゆっくりと揺られながらくだっているとき、彼女は心に決めた。母屋へ来ないかと、もう一度スティーヴンを誘ってみよう。少なくとも、食事のときぐらいはいてもらいたい。母屋を恐れているらしいのが気がかりになってきたし、自分が壁に囲まれた空間にひとりでいることが、そろそろ自由であると同時に心細くも感じられてきた。人のぬくもりで寒さを掻き消したかった。

ハンドルをまわし、しぶきをあげながら庭を横切って、納屋と母屋の前面の石壁にヘッドライトを浴びせた瞬間、目に飛びこんだものが思考を断ち切るとともに、胸に警鐘を鳴らした。ブレーキを強く踏んで、庭のただなかで荒々しく車をとめた。心臓がいっきに高鳴りはじめた。玄関の扉があいている。それも少し開いている程度ではなく全開で、うなる風の力で壁に叩きつけられている。身震いしつつライトとエンジンを切り、しばしすわったまま、信じられない思いで目を凝らした。やがて、調べにいく以外の選択はないと意を決し、助手席の下へ手を突っこんで始動クランクを取りだした。土砂降りの雨のなかへ踏みだし、重く曲がった鉄の棒を棍棒(こんぼう)よろしく肩に斜めにもたせかけて、ゆっくりと慎重な足どりで、あいたままの扉をめざして歩いた。

スティーヴンは自分で思ったほど農場から離れておらず、荒れ野からもどったときには、まだ夕暮れまで一時間以上を残していた。庭にモーリスの影はなく、牛舎の扉は閉じられて南京錠がかかっている。納屋にまっすぐもどって、入口の扉をあけた。

中には、いちばん奥に、俵(たわら)で一時しのぎに作ったベッドがある。三つの俵を土台にし、数個をひとつの短い辺とふたつの長い辺に沿って並べて、風の吹きこまない小部屋のようになっている。表面にはキャロルから借りた寝具がかけてある。毛布と寝袋と、その上にまた毛布。ベッドの足側には木箱が置かれ、彼女が食事を運んできてくれると、それをテーブルがわりにして食べる。木箱の隅にはキャラー・ガスの風防つきランプが載っていて、その横に毛織りの手袋がある。けさ渡されたにもかかわらず、置き忘れたものだ。それを手にはめて、ベッドに掛かった寝具をまくりあげた。表面の中央に藁が薄くなった部分があり、そこに手を押しこんで藁屑の刺さる痛みを肌に感じつつまさぐったところ、この農場に来るときに携えていた唯一の所持品に手があたった。傷とへこみだらけのゴールデン・ヴァージニアの煙草缶だ。

探っているあいだ、小道から車が近づいてくる音が聞こえないかと耳を澄ました。彼女と顔を合わせないようにするために、すぐに畑から荒れ野へ抜けなければならない。彼は缶をジャケットの内ポケットに忍びこませて、立ちあがった。納屋の扉を閉めて外に出たあと、自家菜園とその先の畑をめざして庭を歩きだした。そこで足がとまった。母屋の玄関の扉が半開きになっている。もう一度牛舎に目を向けたが、閉じられて錠がかかったままだ。おかしい。夜間や外出のときは、たいがい母屋の錠をかけておくはずなのに……。歩きつづけようとしたとき、家のなかで電話が鳴った。もし彼女が中にいて電話に出たら、立ち去ろうとしているのを窓越しに見られてしまう。だから踏みとどまり、耳を傾けて待った。呼びだし音が何度か鳴って、しばらくしてやんだ。玄関へ静かに歩み寄って、隙間に耳を押しつけてみたが、物音ひとつ聞こえない。最初に脳裏をよぎったのは押しこみ強盗がはいった可能性だが、扉にも戸枠にも損傷を受けた痕跡は見られなかった。もちろん、裏の窓から忍びこんで玄関から逃げたということもありうる。その可能性や、頭のなかでささやかれるはるかに恐ろしい説明をはねのけつつ、人差し指で扉を押して、薄暗い戸口へと開くにまかせた。敷居を踏み越して、玄関広間をゆっくりと進み、静寂の奥にあるものを探ろうと耳を傾けたが、聞き分けられるのは居間の炉棚の時計が刻む重々しい音だけだった。護身の道具を持ちたい圧倒的な衝動に駆られた。ショットガンのはいったキャビネットは固く施錠されていたので、台所を調べに向かった。数段の引き出しを静かにあけ閉めしているうち、食器や各種台所用品がつぎつぎ見つかった。だが、刃物はひとつも見あたらない。水切り板や流し台の上にもない。彼は眉をひそめた。刻一刻と異常さが増していくのが感じられる。最後の可能性に賭けるべく、台所に隣接した小さな作業室をのぞいてみた。作業用ベンチの下に、ほこりと蜘蛛の巣にまみれたクリケットのバットが見つかった。持ち手のクッション部分がすり切れ、平板の部分が黒ずんでへこみが目立つ。

バットを不恰好な段平(だんびら)の剣よろしく前へ突きだしながら、彼はでこぼこの床板の上を部屋から部屋へと忍び足で歩いた。二階の部屋を調べ終えて引き返したころには、外の光が薄れて、居間はほの暗くなっていた。人の姿はどこにもない。この家には二度足を踏み入れたことがあるが、どちらの場合もまともな精神状態になかったので、何かが消えたり動かされたりしたかの判断はつかない。とはいえ、攪乱(かくらん)や破壊の形跡がないのは明らかだ。そのとき、巨大な石造りの暖炉のかたわらに置かれた棚が目にはいった。一方の端にカセットテープの山、下の段に数枚のLPレコードが並んでいるが、ステレオのあるべき場所が大きな空洞になっていて、ほこりでくすんだ棚板につややかな正方形の跡がある。彼はバットを床に突いて、ほっと息を漏らした。やはり、ただの物とりだ。強引に侵入した形跡がないことから考えると行きずりの人間のしわざにちがいない。キャロルがうっかり鍵をかけ忘れたのだろう。

いずれにせよ、ここで安心して突っ立っているひまはない。闇が急速に迫っているし、家捜しをはじめたときに降りだした雨はどんどん勢いを強めている。彼女にメモを残すべきだろうか。このままでは、ステレオを盗んだのは自分だと思われるかもしれない。自分の特徴が警察に伝えられるのは、なんとしても避けたい。しかし、彼は危険を冒す腹を決めた。向こうは警察沙汰にしたくない個人的な事情をかかえている。銃による事故（あるいは襲撃——どちらの言い分に耳を傾けるかによる）の件を通報していないというささやかな引け目があるからだ。彼は深い革張り椅子の両側の肘掛けにバットを渡して寝かせ、あわただしくポケットのなかを確認したのち、玄関へ向かった。

勢いを増す風で扉が激しく開閉し、雨粒混じりの冷たい突風が玄関広間に吹きこんでいる。戸口に近づいたとき、背後の居間で、またも唐突に電話が鳴った。彼は度肝を抜かれて、おそるおそる振り返った。その瞬間、硬く重いものが後頭部にぶつかった。頭蓋骨が脳にめりこんだような感触を覚えつつ、彼はつんのめった。倒れるとき、こめかみが玄関広間のテーブルにあたった。体が床へ崩れ落ち、すべてが闇に変わった。

グレーの濃淡

女なんて。ポールはオーシャン・ヴィレッジの波止場で、針山の針さながらに集まった帆柱のかなたへと目をやりながら、そよ風に向かってつぶやいた。唇がゆがみ、声は怒気を含んでいた。くそくらえだ。あの女に肩入れする気に半分なって、その結果……その結果、何をしてやろうとした？　自分でも驚いて、怒りをしばし忘れた。中途半端に肩入れして、多少とも力になってやったとしても、自分には大したものが残らなかったろう。急に笑みがこぼれたが、想念の車輪が短い支線から本線にもどると、また深刻な顔になった。そもそも、最初にあの女に好き放題しゃべらせたのがまちがいだった。まったくひどい女だ。いや、それを言うなら、女はみんなしたたかだ。その点は認めよう。男の脳みそをゼリーに変えて、骨なしになったところへ付けこむ手管（てくだ）には恐れ入る。もっとも、いまさら彼女に会いにいくつもりはない。もう車がない以上、無理な相談だ。

後ろから、大人びた黒のタイツを穿（は）いた少女がふたり歩いてきた。長くつややかな髪を生やし、厚化粧の肌はろうそくを思わせる。視界の隅にはいったふたりが、笑いをこらえてひそひそささやき合っているのがわかった。ポールはやにわに振り返り、憤然と言った。「何がそんなにおかしい？」ふたつの驚いた顔が同時に振り向いて、紅潮した柔らかな唇と、眉のくっきり描かれた目が見えた。少女たちは足どりを速め、一度不安げに振り返ったあと、角を曲がり、商店街に並ぶ引き戸の奥へ消えていった。

ポールは自分のいでたちを見おろした。朝着た紺のつなぎ服をいまも着ている。自分としては清潔なつもりだったが、それはつまり、洗濯ずみで、乾いた塗料が点々と散るだけで、作業場でしみついた汚れがまだらであまり目立たないということ、床のほこりを含んだ真新しい油や銀色の削り屑がべっとりこびりついてはいないということにすぎない。きょうは汚す機会がなかった。けさ仕事場へ行くと、ろくに作業もしないうちに、〝ミスター・ベイリーが話があるそうよ〟ときた。そして、わけもわからないうちに、〝週末までのおまえの給料を渡す、過分だがわたしは寛容な人間だ、さっさと目の前から消えてくれ〟ときた。まだ家に帰ってさえいなくて、もうすぐお茶の時間だ。

カフェテリアの窓の曇りガラスに、自分の姿が映っている。笑われていたのが自分なのはまちがいない。不恰好にたるんだつなぎ服、ズボンの裾から突き出た大きな風船のような靴、櫛を入れずにくしゃくしゃのまま片側へ流れた髪。かつて装いに気をつかっていた時期もあるが、その後自分を作り替え、いまはこのみすぼらしいなりが世間に向けた表玄関だ。というより、以前の土台やよけいな建物をすべて埋めてしまったせいで、ときどき奇妙な空想にふけるようになり、どれが自分の本心かわからなくなっていた。

彼は窓から離れ、波止場を足早に歩きはじめた。家に帰って、今後の計画を立てなくてはならない。

彼が見にきた車は、低木の群がる前庭を望む、ゆるやかに傾斜した私道にとめられていた。モーリス・マイナーのコンバーティブルで、車体は乳白色——製造元のBMCのカタログでオールド・イングリッシュ・ホワイトと呼ばれている色に染められ、幌と座席はチェリー・レッドに統一されている。ふくらんだボディーパネルは輝きをたたえ、幌は明るく張りがあって、年月ゆえの変色やたるみが見られない。ポールはトラックを道の端にとめて、預かっている紙片に目をやった。〝一九六五年型コンバーティブル。白。アグニュー夫人。ニューベリー・ガーデンズ十二番地、ウィンチェスター〟。あとは電話番号が載っているだけだ。つなぎ服の胸ポケットには、署名だけはいって金額が書かれていない小切手がおさまっている。千ポンドまでは自分の裁量で出していいことになっているが、それを一ペンスも超えてはならない。

背の高い中年の女が玄関のドアをあけた。車と同様、うまく齢(よわい)を重ねていて、円熟しているが老朽とは無縁に見える。薄い銅(あかがね)色の髪に包まれた彫りの深い顔には、目と口のまわりにかすかな皺が刻まれていた。「ミセス・アグニューですか」と彼はきいた。女は当惑顔で見つめ返す。「ポール・チャペルといいます。〈モーリス・マイナー修理工房〉から参りました」

「あら、そうだったわね」女は言った。「うっかりしていました。ここで待っていてくださいな――すぐにもどりますから」礼を失しない程度にドアが閉められ、玄関広間の視界が慎み深くさえぎられた。ポールは蝶番のそばに手を押しつけて、風のしわざを装って少しずつドアを引きあけた。夫人はローファーに足を滑りこませ、玄関広間の左の開いたドアからだれかに話しかけているようだ。「いいわ」彼女は私道へ出てきて、ポールに近づいて明るく言った。「ご想像どおり、これがその車よ。ずいぶんきれいでしょう」妥結点を探るというより、単に意見を述べる口ぶりだ。「息子がとても大切にしていたの。すっかり修理をすませてあるわ。そのあとすぐ……いえ、とにかく最近のことよ」

「修理はどなたがなさったんですか」

「主人の友達。腕はたしかよ。自分の修理工場を持ってるの。ほんとうにきれいでしょう？」

こんどは質問だった。ポールはうなずいた。たしかにきれいだ。明るく磨かれたボディーパネルの塗装面には錆の粒ひとつなく、ステンレス製の戸枠の細い覆いもしっかりついている。彼はつなぎ服のポケットから、柄の細長い丸頭ハンマーを取りだした。

「夫とわたくしは――」彼女は切りだした。「あら、堅苦しい言い方ね。女王陛下みたい。わたくしたち、サイモンがAレベル（教育修了一般証明試験の上級）でAを四つとったとき、これを買ってあげたの。サイモンはとっても気に入って、ニューフォレストからドーセットやブライトンまで乗りまわして……ところで、それで何をなさるの？」目を大きくしてハンマーを見る。

「底面を調べるんです」彼は答えたあと、ひざまずいて身をかがめ、幌入れの覆いのエプロンの下へ首を突っこんだ。車の下のせまい空間でハンマーを持ち替え、エプロンに沿って何度も叩くと、中空の金属全体に音が響きわたった。打ちつけるたびにアグニュー夫人が体をすくめるのが、目ではなく肌で感じとれた。

「何をしてるの？」彼女はきびしい声で言った。「壊してしまうわ」

彼はそれを無視して叩きつづけた。エプロンを震わせ、さらに板スプリングの横を矢継ぎ早に打ちつづけるうち、響きがしだいに重く鈍く変わった。突然、砕けるような音がして、錆びついた破片が地面に飛び散った。

「ほら、ごらんなさい。壊してしまうと言ったでしょう？」

ポールは車の下から身をくねらせて出た。「右前方のスプリングハンガーの近くに穴があいています」

「あなたがあけたのよ」彼女はにらんだ。「そういうことなら――」

彼は首を振ってさえぎった。「こんなに錆びついていたんだから、穴ぐらいあいて当然です。この車の実体がおわかりになったでしょう」

「さっきも言いましたけど、サイモンが修理に出して直してもらったのよ」

「ここは見落とされたんでしょう」彼は車の反対側にまわりこみ、ふたたびひざまずいて、戸枠とクロスメンバーの下をハンマーで叩きはじめた。

アグニュー夫人はその後ろから身を乗りだし、両手を握り合わせて見守った。「そんなに強く打つ必要があるの？」

彼は立ちあがって車の前に移動した。「どうして売る気になられたんですか」

「えっ？」

「息子さんです。どうして売るんですか。差し支えなければ教えてください」彼は膝を突いて車台の前面を調べだした。

「死んだの」

「はい？」

「サイモンは死んだの。白血病で。去年の十一月のことよ」

ポールは身を起こした。「すみません」頬が赤らむのがわかった。「まったく知り――」

「生きていたら絶対に売らなかったわ。あの子の誇りであり、喜びでもあったんだから」

「知りませんでした。お気の毒です」

「もう六か月になるけど、使う気になれないの。思い出があまりにいっぱい詰まっていてね」

彼女はゆっくりと車の後ろにまわり、ふくらんだ背面に手を置いてさびしげに微笑んだ。「土曜の朝になると、いつもあの子はここへ来て隅々まで磨いてたわ。病気になったあともやめなかった。はじめたのに、体がきつくて洗いきれないこともあった。あの子にとって、何よりそれがつらかったはずよ。自分の車の面倒をきちんと見られないことが。死を恐れてはいなかったけれど、自分の弱さが腹立たしかったの……」そこで姿勢を正し、ポールの目を見据えた。

「で、おいくらになるのかしら」

ポールは突然話題が変わったことにとまどいつつ、ボンネットの山や谷越しに彼女を見つめた。「はい？」

「ミスター・ベイリーは二千ポンドか、たぶんそれ以上だとおっしゃってたわ」

「ミスター・ベイリーが？」

「電話でお話ししたの」

「ミスター・ベイリーは実物を見たんですか」

彼女はためらった。「いいえ、ここにいらしたわけじゃないわ。電話でご説明したら、そのくらいになるとおっしゃったの」

「本人がそう言ったんですか？　二千ポンドと？」

「たぶんそれ以上だと。サイモンだって、修理したら二千ポンド以上の値がつくと言っていたわ。ミスター・ベイリーにそう申しあげたら、同意してくださった。もう、この車がとまってるところは見るに忍びない。すぐに処分したいの。引きとってくださるわね」

「ミスター・ベイリーが二千ポンドと言ったというのはまちがいありませんか。ふだんですと、あの人は電話で値段を口にしたりしません。現物を隅々まで調べていないかぎり」

アグニュー夫人の顔がかすかに青ざめた。「いまあなたが調べたわよね。それで、二千ポンドの価値があるのかないのか、どちらなの？」

ポールは立ちあがって顎をなでた。「全部調べたわけじゃありませんが、これまで見たところでは、ええ、ないと言わざるをえません」

「ない？」

「底の部分をいくらか直す必要があります――スプリングハンガーのところですね。仮にこの車に二千ポンドの価値があったとしても、それは当社の売り値の話です。付加価値税を持っていかれますし、売り物にするために修理代もかかります。さらに、当社としても収益をあげないわけにいきません。ですから、二千ポンドで買いとることはできないんです」

話していると、ミセス・アグニューは車のビニールの幌を見つめながら、唇をしだいに固く引き結んだ。「なら、いくらいただけるの？」

彼はため息を漏らした。「調べ終えましたら、そのときに申しあげます。テスト走行をさせてください。車検はすませていらっしゃいますか？」彼女が首を横に振る。「まあ、いいでしょう。遠くへは行きませんから」

エンジンがあたたまると、彼は私道から巧みにバックで車を出し、三日月形の道を低い音を立てて進んだ。それからウィンチェスターの市街を数マイル走った。ブレーキの効きはよく、粘りつきもフェードもない。エンジンの動きも順調で、心地よいうなりを響かせて回転する。急なのぼり坂に差しかかって速度をあげたときに、首を傾け、古いメインベアリングの鈍い反響に耳を澄ましたが、静かで心地よかった。私道にもどって停車したあと、カーペットの下の錆び方とショック・アブソーバーの具合を調べて、検査を終えた。

「それで？」両手を前で握り合わせて見守っていたアグニュー夫人が口を開いた。「いくらいただけるのかしら」

ポールは彼女の視線を避け、車を見ながら言った。「ぼくの立場では、千ポンドまでしかお支払いできません。多少上乗せするよう掛け合えなくもありませんが……」

彼女はその先に耳を貸さず、信じられないといった顔つきでき返した。「千ポンド？」

「電話を貸していただければ、千二百にならないかと交渉してみます」

「二千じゃないことに変わりはないわ」

「もちろん、ご自分でお売りになることもできますがね」

彼女は下唇を噛んで、長々と車に目を凝らしながらため息をついた。「わかったわ」声に抑えきれない怒りがこもっている。「これ以上は見るに忍びないの。千二百ポンドね」

「会社の承諾が必要です」

「玄関広間の電話をお使いなさい。足をぬぐってからよ」

ベイリーから売買に関する最終判断を一任されている取締役のデイヴ・イングラムズに、ポールは電話をかけた。書類と小切手をアグニュー夫人と交わしたあと、彼はモーリスをトラックのトレーラーまで移動してひもで縛り、それからサウサンプトンへ向かった。午後は休みをとっていたので、車を会社の庭にとめ、書類をオフィスに預けて、家へ帰った。

翌朝、ポールは職場に早く着いた。つなぎ服を着たあと、ウィンチェスターへの出張で中断した仕事をつづけるべく、塗装用の作業場へ直行した。先週、ある客からシリーズⅡサルーン

カーの全面的な修理の依頼があり、ポールは車体修理の下準備をまかされている。ここ数日のあいだに、エンジンとギアボックスを引き抜き、ブレーキとサスペンションとステアリングギアをはずし、スプリングとリアアクスルを取り払い、電気系統とガラスを除去し、シートとあらゆる装飾物を取り去って、すべての部品を隣の部屋に保管した。ボンネット、トランクの蓋、ドア、フェンダーもはずし、パネルを作業場の壁に立てかけて並べると、ピラミッド形の四つのアクスルスタンドに載った抜け殻さながらの車体が、部屋の中央に裸で残った。車全体の蒸気洗浄がすんで、砂吹きの作業をはじめられる状態になっている。それが終われば溶接工が引きとり、金属の腐食した部分を切り捨てて、ぴかぴかの新品を接合することになる。

　彼はマスクとゴーグルを着用して、砂吹き用の小部屋の壁にトランクの蓋をもたせかけた。コンプレッサーのスイッチを入れると、安全弁から圧搾空気が小刻みな音を立てて排出され、朝の静寂のなかにけたたましい振動音が満ちた。硬いゴムホースを引きだし、床の上で叩きほぐして作業にじゅうぶんなたるみをこしらえてから、トランクの蓋の端にノズルを向けて引き金を絞った。砂が噴きだして鋼鉄のパネルをはじき、力強い響きを立ててコンプレッサーの音を掻き消しながら、小部屋のアクリルの壁一面に飛び散った。車の薄緑の塗料が急速にはげ落ちはじめ、なだらかに湾曲した表面を波が横へ下へと這うように、白い下塗りや灰色の地金が徐々に顔を見せた。

　ポールは砂吹きが好きだった。目と耳への強烈な刺激で美的快感を体に満たせるし、頭を使わずに内なる想念をさまよわせることができる。ノズルをゆっくりとなめらかに動かしながら、光沢を帯びた緑がくすんだ白に、そしてつややかな灰色に変わるのを見守るうち、色への深い思いが胸に浮かんだ。

　色というものに大いなる興味を持ったのは、クレシダ・アランに出会って、色彩の世界に注目する楽しみを教わってからだ。彼女は網膜がふたつの異なった視細胞でできていることを教えてくれた。長い竿状の細胞が光の振動数に応じて明暗を脳に知らせるのに対し、ずんぐりした円錐状の細胞には光の異なった波長に対応する感光性の色素が含まれ、色の識別を可能にする。色素は数種類しかないにもかかわらず、それらの組み合わせが脳に伝える情報によって、この世にかぎりなく存在する色の強弱や濃淡がすべて知覚できるという。彼はクレシダが好きで――あの双子はうとましかったが――話していて楽しかった。いまも色彩の世界と向き合うたび、彼女のことが偲(しの)ばれる。色のスペクトルの区分けは単に便宜上のもので、ほかの文化圏では分類の仕方がちがうと言っていたのを思いだす。聞いたときは、大きな驚きだった。それまで、赤は赤、青は青でしかないと思っていた。だが彼女によると、一部の文化圏では、青と緑が濃淡のちがう同一色と位置づけられているという。だから、空も草も木々の葉も海も、すべて同じ色相であり、自然界に実在するひとつの色のさまざまな変種なのだと。青と緑が同じ色だと信じて育った人間にとっては、ほかの人間が青と緑だと考えているものが実際に異なった見え方をするのではないか、と彼は思った。

　クレシダの目はつねに自然へ向けられていた。木々や、草や、森に咲き乱れる花や、手入れされた花壇へ。パネルの塗料が落ちていくのを見ながら、ポールは機械類の色を彼女に見せてやりたかったと思った。金属の部品や機材が、色合いの豊かさと多様さで天然のものに劣らないと証明できる自信がある。たとえば、グレー。以前は、グレーにこれだけ多くの種類があるとは想像だにしなかった。塗料の跳ね飛ぶなか、いま目にしているグレー——清新な板金のつややかな鳩羽色は、自分が特に気に入っているものだ。そしてそのひとつの色のなかにも、曲面からの光の反射や、微細な粒子による無数の傷のせいで、百通りに及ぶ種類がある。金属の表面についたほこりのグレーもさまざまで、金属の質とほこりの成分があいまって微妙な差が生まれる。ステアリングのキングピンや耳軸を形成する鋳鋼には、骨のように黄味がかった鈍い灰色の土ぼこりが浮いている。車台から伸びてホイールハブの裏をうねる銅のブレーキパイプには、ほんの少しちがう、ほんの少し黄色の強いものが見られる。同じ種類のグレーのほこりは、フェンダーの裏側、しぶきの跡が波のようについたあたりに集まっていて、作動する部品を覆った緑青の膜よりも茶色の度合が大きい。グレーはほかにもある。古びたゴムの軸受け筒の、黒ずんだひび割れが混じったチャコールグレー。そして、新しい黄色のグリースをニップルから注入したときにサスペンションの接合部からしみだしてくる、古いグリースの、つやつやした濃淡がある緑がかったグレー。さらに、ほかの色もある。最もありふれているのが腐食した部分の茶色だ。板金の錆は濃い小豆色で、表面にこぶや泡や色むらが生じ、ときにはほこりで色がかすみ、ときにはグリースやオイルやガソリンやブレーキ液の汚れやしみで黒くなって、赤茶色の下地にそれぞれ異なった色合いを加える。リアサスペンションに据えられた板スプリングの錆は、パネルのそれとまったく別の茶色だ。乾いているときは明るく鮮やかな煉瓦色となり、スプリングにもろく壊れやすい印象を与える。それらはみな車の本来の色だが、ほかにも塗料や下塗り剤の色があって、想像を掻き立てる名前がカタログに並んでいる。アーモンド・グリーン、スモーク・グレー（ポールには薄い青に見える）、オールド・イングリッシュ・ホワイト、トラファルガー・ブルー、ローズ・トープ。雨風や酸化や塗料の量しだいで、それぞれが少しずつ変化する。

トランクの蓋の両面から塗料を落とし終えて、ドアに取りかかろうとしたとき、何者かが肩を叩いた。コンプレッサーの雑音に埋もれて思いにふけっていたので、ポールは人がはいってきたことに気づかず、跳びあがって危うくホースを落としかけた。それは総務部のドロシーだった。顔に驚きの色を見てとったのか、ドロシーはすまなそうに微笑んで、指先を自分の耳に向け、つぎにコンプレッサーに向けた。ポールはスイッチを切り、突然訪れた静寂のなか、掃除機で耳から鼓膜を吸いだされそうな感覚に一瞬とらわれた。

「ミスター・ベイリーが話があるそうよ」ドロシーが言った。

「なんの話だ？」彼は自分が、頭のなかで依然鳴り響く想像上の騒音と闘うべく、大声を出しているのに気づいた。

「オフィスにいらっしゃるわ」彼女はそう言ってきびすを返した。「たぶん、あんたがきのう持ちこんだ車のことよ」

彼はホースを置くと、あとを追って作業場を抜けだし、庭を横切り、薄汚れたせまい廊下を通って、母屋の正面へ出た。

〈モーリス・マイナー修理工房〉は、ポーツウッド・ロードの端にあるヴィクトリア朝風の古びた一軒家を拠点としている。母屋には総務部とベイリーのオフィスがあり、残りの部屋は修理用部品の倉庫になっている。家の前の大きな庭は全面的に舗装され、販売用のサルーンカーやコンバーティブルやバンやトラヴェラーが来客用に陳列されている。広大な裏庭は——この家の庭に、隣家が使用していない敷地四分の一エーカーを加えたものだ——作業場と倉庫でほぼ埋めつくされ、ポールがいた塗装用の作業場もそこにある。雑草と砂利に覆われた残りの地面には車体の外殻が散在し、老朽化と腐食の諸段階の実例を提供している。ほとんど損傷のない形で修復を待つものもあれば、使える部品を根こそぎ取り除かれて抜け殻の姿をさらし、錆の腐食作用が残りの構造物を無に帰するのを待つばかりのものもある。

　総務部はこの会社の表向きの顔で、建物のほかの部分と比べてほこりや煤がいくぶん少ない。部屋の一角の、派手ながら使われていない暖炉のかたわらに、ドロシーの巨大なデスクがあり、プラスチックの整理棚や、ペン立てや、かさばった電動タイプライターが載っている。デスクの前は待合所になっており、壁に接して並べられたビニール張りの椅子六脚に囲まれて、低く長いコーヒーテーブルが置かれ、クラシックカーの専門誌や、部品の価格表や、この会社の修理と改造の流れを説明するパンフレットやチラシが雑然と積まれている。壁には、黄ばんだ漆喰の軒蛇腹（のきじゃばら）の下に絵や写真が貼られている。デスクの後ろの壁は雑多な写真が所せましと並んでいる。作業場で修理中のモーリス。ウェアラム近郊の納屋で防水シートにくるまっているのを発見され、走行距離がわずか九十六マイルであることが確認された一九五三年型シリーズII

トラヴェラーなど、極上の掘りだし物の数々。モーリス・マイナーの消防車や、小型トラックの車台を特注で改造したキャンピングカーなど、珍品の数々。だがいちばん多いのは、客から持ちこまれた車が、修理を終えて前庭で傷ひとつなく輝いている姿だ。残り三つの壁は、この会社に関する新聞記事の色あせた切り抜き——ほとんどがサザン・イブニング・エコー紙からのもの——と、広告用ポスター——一九四〇年代末の、派手な原色を使った時代遅れのアールデコ調のもの（〝モーリス・マイナー——イギリス**最高の車**〟）から、一九六〇年代の、写実主義を気どった淡い水彩画まで——が占めている。

ポールが着いたとき、ドロシーはすでにデスクの自分の席にもどってタイプライターのキーを叩いていた。ベイリーはビニール張りの椅子のひとつに腰かけて、だれかと電話をしている。

「タイロッドを固定する金具をどうにかしてくれないか。この前のやつは角度がおかしかったぞ……ああ、そうだ。ひとつ溶接して取りつけたら、タイヤに傷がついてな……」歩み寄ったポールに目を向け、しばし仏頂面で見つめたあと、椅子の上で体をひねって、部屋の隅へ顔をそむける。ひねった瞬間、らせん状のコードが肩の上でぴんと張って、デスクに載った電話機を引きずった。ドロシーが小さく舌打ちし、電話機をベイリーのほうへ寄せてやって、まわりの文具をもとの位置にもどした。

ポールはベイリーの目つきを値踏みしたが、読みとれなかった。ベイリーは見かけほど恐ろしい人間ではないと、ポールは思っている。太い眉、切れ長の目、そこへ迫る肉づきのいい上向きの鼻、頰に下向きに何本も刻まれた深い皺、大きな厚板を思わせる歯がのぞく獰猛そうな半開きの口。凶暴と呼びたくなるほどの面構え（つら）だが、声を聞くと拍子抜けする。だれもが予想する凄みのきいたしわがれ声ではなく、柔らかい穏やかな声が発せられるからだ。しかし、急に無愛想になったり、ときにはあけすけに毒づいたりすることもある。

ポールはデスクのはたに所在なげに立って、電話が終わるのを待った。壁を覆うポスターや切り抜きの上を、視線がさまよった。色あせた花柄の壁紙が目立っていた数少ない場所のひとつに、新たな切り抜きが貼られている。いまにも破れそうなほどそり返った黄ばんだ紙が並ぶなかに、つやつやとなめらかなクリーム色の紙が一枚見える。サンデー・タイムズ紙から切りとられたと思われる半ページ大のもので、大きな写真が載っており、王室の遠縁（見出しのことばを借りれば〝下級王族（マイナー）〟）にあたる客のために修理した黒いコンバーティブルのフロントガラスの向こうに、不気味に微笑むベイリーがいる。切り抜きの横には一九六〇年代半ばのポスターが貼られ、新型のマイナー1000が宣伝されている。写っているのは、にこやかに笑う理想の核家族を乗せたクリーム色のサルーンカーで、コバルト・ブルーの空を右側の背後にしたがえて、白さの際立つカーフェリーの出口から颯爽と走り去ろうとしているところだ。写真の下には、楽しげな太字で〝いまが最高！〟とキャプションがつけられている。そのとき、ポスターの上の落書きに気づき、彼は身震いした。それは黒のボールペンによる力強い棒線画で、まるい頭の人間がフェリーの最上部の甲板から海へ落ちていくさまが、動きを表す線とともに描かれている。甲板の手すり沿いにも人間がいて、驚愕したように両手を掲げている。

ポールは思わずあとずさった。唇が開き、目が剝かれ、口が乾きはじめた……。いや、ただされている。ただの偶然だ。絶対に。おそらく、見習い工のだれかが退屈して、いたずらしたのだろう……いや、ただの偶然だ。彼は心のなかで言った。だがその胸は、泡だらけの奔流やしぶきを呑む荒波で満たされている。

「いつ手にはいるんだ」ベイリーの声がする。会話が終わりに近づいているのが声つきから察せられ、ポールは緊張して待った。「ああ。じゃあ、また」ベイリーは受話器を受け台に置いて立ちあがった。デスクの上に身を乗りだして、書類を整理棚のひとつの段に押しこみ、いくつかの件についてドロシーと簡単に打ち合わせたあと、ポールに顔を向けた。またも仏頂面が長々とつづいた。口を開こうとしたとき、ベイリーが指を折り曲げて静かに言った。「いっしょに来てくれ」

ポールはあとについてドアから出て、廊下を裏庭へ進んだ。ふたりは庭の隅を横切って、セロファンに包まれた入荷したてのラジエーターやヒーター装置やゴムホースの前を通り、ドアのあけひろげられた第一作業場へ向かった。ベイリーは舗装されたゆるやかな斜面をのぼっていき、敷居のあたりで急に立ちどまって振り返った。「一九六五年型のコンバーティブルだな。白の」

ポールはうなずいた。「何かあったんでしょうか」

「おまえが持ちこんだんだろう？　わたしは外出していた。デイヴから聞いた」

ポールはまたうなずいた。「ええ」

「いくら払ったんだ。会社の金をいくら払った」

「デイヴ・イングラムズからお聞きになりませんでしたか。承諾したのは彼です」

「ああ、聞いたよ。しかし、おまえの口から直接聞きたいんだ」

「千二百です。なかなかのものでした」

「ああ。たしかに、なかなかの金額だ」

「いや、そうじゃなくて――」

ベイリーはさえぎった。「おまえの買ったものを見にいこうじゃないか」身をひるがえして、作業場へはいる。

中には、車三台ぶんの作業ができる空間がある。戸口のすぐそばにある第一の区画には、水圧式の昇降機が備わっている。栗色の塗装が薄汚く酸化したバンが高い台に載せられ、ひとりの整備工が側面を溶接していた。作業を進めるにつれ、背の高い青のガスシリンダーがついた金属溶接機の滑車が、断続的に鋭い音とうなりを立てる。車台の下のずんぐりした灰色の人影が青い閃光を不規則にほとばしらせる一方、熱された金属から黄色と白の火花が放たれ、マスクをつけた整備工の顔から油っぽい床へと飛び散って、しばし走り、跳ね、踊り、そして消える。第二の区画では、トラファルガー・ブルーのトラヴェラーがアクスルスタンドの上に置かれ、木製の部分をはぎとられて修理を待ちかまえている。はるか奥の最後の区画には、カーローラーがある。一台の車が右側のホイールハブのあたりを一見もろそうな鉄の枠に固定され、横倒しの形になって、黒と褐色の迷路のような腹をさらけだしている。サイモン・アグニューのコンバーティブルだ。

「きのうは夕方帰った」ベイリーが言った。「庭であの車を見かけたもので、調べてみた。ロビーがまだいたから、いっしょにローラーに載せた。この目で見たものがとても信じられなかったからだ」

近づくにつれ、ポールの目に車台の左側がはっきりと見えてきた。なめらかな箱形であるはずの部分に、こぶやへこみがある。ベイリーがポケットから大ぶりのドライバーを取りだし、分厚い黒の下塗りの部分に突き立てて引っ掻きはじめた。ところどころから光る地金が顔をのぞかせたが、フロントサスペンションとの接合部に向かって動かしていくと、ドライバーの先端があたる部分から錆のかけらや薄片が現れ、さらにはほこり混じりの白い粉や、光るアルミホイルの細切れまで出てきた。接合部にたどり着くと、彼は手をとめてポールを見た。車台は穴と傷と錆だらけの代物になっている。

「いったいどこに目をつけていたんだ。見ろ！　そこいらじゅう、詰め物だらけじゃないか。何がはいってたと思う？　中華料理の持ち帰り用の容器だぞ！　こんなとんでもないもの、見たことがない」

「しかし――」

「戸枠も同じ状態だ。スプリングハンガーも、クロスメンバーも、フロアの半分も」

ポールは呆然と車を見つめた。「先方は修理済みだと言ってたんです」

「修理？　修理だと？　新しいカーペットと、詰め物を少々と、分厚い下塗り。修理したのはそれだけだよ」

「すみませんでした」

「すみません？」ベイリーはことばを切り、不気味な笑みを漏らした。「計算してみようじゃないか。おまえみたいな抜け作にだってできるはずだ。おまえは千二百払った。修理には千五百かかるが、売り値は付加価値税込みでたぶん二千にしかならない。ということは？」

「どうもよく――」

「教えてやろう。ということは、おまえはくびになる」

6

彼はトンネルのなかを流れ漂っていた。燐光を発する緑の棘に埋めつくされた壁が、まわりでらせんを描いている。色とりどりの痛みをたたえた矢が、かなたの暗い中枢から放たれて、顔をめがけて飛んでくる。そのとき、ひとつの声が耳をとらえた。外国語のなかに聞き分けられる単語が入り混じっているようだが、なんの意味もなさず、理解したい衝動も起こらない……

あらひほゆふろろぁきこえる？

……声に意識を集中した。それは心地よく、どことなく聞き覚えがある……

ぷぃいぶん……

……意味をつかもうと心を砕いているうち、トンネルの回転と前進がとまり、光が薄れはじめた。

おきはろ？

……目を開き、輪郭のはっきりしない物影に満たされた黄色の霞を見つめた。

ひるんわろう……

キャロルは微笑んだ。もの憂いながらも辛抱強い微笑で不安を取り除いてやろうとしたが、じゅうぶんにくつろがせたとはとうてい思えない。「こんどは少なくとも台所のテーブルよりましよね」スティーヴンは焦点の定まらない目でぼんやりと見返している。

その体はソファーの上に横たえてあり、傷ついた頭を枕に載せている。傷口はふたつあって、深手なのは後頭部、左耳の後ろのものだ。頭皮がすりむけて、髪にどす黒い血がこびりついている。すでに洗浄はすみ、わずか一週間前に肩に巻いた包帯の残りで手当てがしてあった。もうひとつの傷はそれより軽い。額のこめかみ付近に打撲による小さなこぶができており、黄色みを帯びた濃い紫の斑点がかすかに震えている。

彼女はソファーのかたわらにひざまずいて、胸にだらりと置かれた彼の手をさすった。ぬくもりが肌から伝わり、自分の指の下で、相手の指が目を覚ました小動物のように伸び縮みを繰り返している。ソファーの上の体が動いた。「起きなくていいのよ」彼女は肩に軽く手をあてて制した。

声をかけられたことばかりか、手をふれられたことさえも気づかないのか、彼は食いしばった歯から小さなうめき声を漏らしながら、ぎこちない動きで体を徐々に起こそうとした。やっとのことで苦行を終えると、ぼんやり部屋を見まわした。

「ここがどこかわかる?」彼女はためらいがちに尋ねた。

彼は周囲の観察をつづけてから、彼女の顔に視線を移した。目は充血していくぶん黄みがかり、収縮した瞳は針の先ほどの点にしか見えない。しばらくのあいだ、ゆっくりとまばたきしつつ、うつろな目を動かさずにいた。やがて、声をかけられたという情報が脳に伝達されたのか、かすれた声で「えっ？」と言った。

「ここがどこかわかる？」彼女は繰り返した。

またしても、その質問が脳に伝わるのにひどく時間がかかった。濃密な油が細かい砂のなかに沈むのを見ているようだ。彼はようやくうなずいた。見逃してしまいそうなほど、首の動きは小さい。「ええ」声というより、しわがれたつぶやきに近い。「たぶん」警戒した様子で付け加える。

その顔の前に、彼女は指を一本突き立てた。「指が何本見える？」

彼は怪訝（けげん）そうに眉を寄せた。「一本」

彼女は力を抜いた。脳震盪ではなさそうだ。「じゃあ、あなたの名前は？」

また長い時間が流れた。彼の意識を包む霧のなかを質問が通り抜けていくようだ。「スティーヴン」彼は小声で言った。「スティーヴン・ゴールドクリフ」

彼女は身を乗りだした。「生まれたのはどこ？」尋ねる声に真剣な響きがこもった。

一瞬の間（ま）。眉間（みけん）に深い皺が寄る。「わかりません」

彼女は膝を突いたまま、失望に肩を落とした。頭を打った衝撃で、眠っている記憶が呼び覚まされたのではないかと期待したが（ばかげた考えだ、と自分でも思った）、やはりだめだった。だが少なくとも、なけなしの記憶は失われていないらしい。

彼はふたたび部屋を見まわしはじめた。突然、その目が大きく見開かれた。視線をたどると、そこに始動クランクがあった。火格子の前に敷かれたラグの上に、彼女が置き去りにしたものだ。相手の胸の内が瞬時にして読みとれ、彼女は笑った。「ちがうわ。こんどはわたしじゃないの。でも、あなた、最初から玄関広間の床で伸びてたからよかったけど、そうじゃなければ殴ってたかもしれない。正直言って、ほんとうにこわかったもの」

「じゃあ、だれが……」

「だれでもないわ」彼女はにっこり笑って謎かけを楽しんだ。彼の意識が正常なレベルにもどりつつあるのが見てとれて、ひと安心だった。「ドアのへりにしみがついてたの。小さな血のしみ。あなたが歩いてるところに風が吹いてきたんだわ」彼の額を指さす。「よろめいてテーブルに頭をぶつけたってわけ。運がいい人ね。装甲板みたいな頭蓋骨なんだと思う」そこでひと息ついて、真顔になる。「ここで何をしてたの？　それより、どうやってはいったの？」じっと見つめられ、彼女は面食らった。「責めてるわけじゃないのよ」あわてて言う。「必要なら鍵を預けたって――」

「泥棒がはいったんです」彼がさえぎるように言った。人差し指と親指で鼻柱をつまみ、精神集中のためか、目を閉じている。「ドアはあいてました。覚えてます。泥棒じゃないかと思って……」それから急に目をあげた。「ほんとうに泥棒でした」

彼女は驚いてまじまじと見つめた。「姿を見たの？」

「いや。でも……ステレオがなくなってる」彼は棚板の上の空間を指さした。「おかしい。それに、ナイフも盗んだらしい」

「ああ」彼女はつぶやいて、カーペットに目を落とした。「そうね……」咳払いをする。「スティーヴン、妙に聞こえるかもしれないけど、わたしには泥棒がはいったとは思えないの」頰を赤く染めながら、彼が現れた日に自分がめぐらした防御策について説明した。「どうしてもとにもどしておかなかったのか、自分でもわからない。気がまわらなかっただけだと思うわ」

彼はうなずいた。不信感を持たれたことにとまどう様子はない。「ほかになくなったものはないんですか」

彼女は立ちあがり、彼のかたわらのソファーに腰かけた。「ええ。くわしく調べたわけじゃないけど、いま気づいてるかぎりでは問題ないわ」炉火の明かりに浮かびあがる、ひげや包帯で輪郭の崩れた彼の横顔に目をやる。「具合はどう？　よくなったのかしら」

「少しだけ。ひどい頭痛がします。アスピリンはありませんか」

彼女は危ぶむような顔をした。「いまは何も口にしないほうがいいと思う。もう少しがまんできるかしら」彼は顔をしかめたが、しぶしぶうなずいた。彼女は息をついた。「まったく、この家はあなたにとって、まるで戦場ね」

そのとき、彼が向きなおった。首がぐらつき、たじろぐ気配を見せたが、そこで突然相好（そうごう）を崩した。出会って以来、はじめて見せる笑顔だ。大きな笑みが顔いっぱいにひろがり、目に輝きとぬくもりが満ちている。彼女は微笑み返した。相手の笑みがさらに大きくなって、目のまわりが皺だらけになるのが見えると、喜びがいっきにこみあげて、笑い声が漏れた。

「ぼくは永遠にここから逃げられないらしい」うわべは苦々しい物言いだったが、声には心地よいあたたかさがひそんでいる。

　これまで厳然と立ちはだかっていた壁に思いがけず亀裂がはいったことで、彼女の心のたががゆるみ、抑える間もなくことばが口をついて出た。「望むところよ」

　微笑が揺らぎ、心なしか小さくなった。「いつかは発たなきゃならない」静かに言う。

「わかってるわ」彼女は顔を赤らめた。「だけど、いまはまだ……」彼はだまってそのことばを受け入れている。「何か飲まない？　ホット・チョコレートはどうかしら」

「最高だ」

　彼女は彼の膝を叩いて立ちあがった。台所の入口で足をとめ、振り返って言う。「スティーヴン、きょうのあなたはあの汚い納屋にもどれる状態じゃない。お客さま用の寝室に、いまもあなた用のベッドが調えてあるの。お願いだから、そこで寝ると言って」ためらいがちに目を向ける相手に、彼女は付け加えて言った。「わたしのために」

「わかった」彼は聞き入れた。「きみのために」

　台所へはいって、牛乳をソースパンに入れてレンジにかけたりマグを並べたりするあいだ、彼女はうきうきと鼻歌を口ずさんでいた。なぜ彼が急に笑いだしたかは不明だが、理由を探るために先刻のやりとりを蒸し返す気はない。目の前でようやく楽しげに打ち解けてくれた。それだけでじゅうぶんだった。そして、こちらも打ち解けた。わずかに残っていた疑惑と不安が、彼の微笑みによって掻き消された。この瞬間までまったく気がつかなかったが、あの乱れた髪と無精ひげと取りつかれたような表情の陰には、心惑わされるほど魅力的な男性が見え隠れしている……。壁の棚に吊りさがったソースパンの列を夢心地で見やりながら、彼の腕に抱きすくめられる感覚を想像して身震いしているのに気づくや、彼女は思考の流れを断ち切った。やめなさい。そう自分に言い聞かせたが、本心からではなかった。あなたはそんなに飢えてるわけじゃない。しかし、それが嘘なのはわかっていた。四年の歳月の代償は小さくない。

レンジの上の牛乳が乾いた音を立てながら沸いて、噴きこぼれた。彼女は小声で悪態をつき、ソースパンを持ちあげてオーブンの上をふきんで拭いた。

甘い香りの湯気がのぼるマグを両手にひとつずつ持って居間にもどると、彼は暖炉の横に立っていた。顔は幽霊のように不気味に青白く、手で炉棚のふちを押さえて体を支えている。彼女はあわててマグを火格子の上に置き、その肩をつかんだ。不安な思いで尋ねる。「だいじょうぶ？」

「ちょっとめまいがしてね」ソファーへと導かれる途中、彼はそう言って、力なく笑った。大儀そうに腰をおろして数回まばたきをしたあと、焦点を合わせるかのように目を大きく見開いた。「平気だ。もう治ったよ」

「ほんとう？」

「そうだな……できれば、すぐに寝たい」

くつろいだ空気が暗い影を帯びて何かの穴に吸いこまれていくのを感じ、彼女はため息をついた。「いいわ。手伝ってあげるから、立って」

立ちあがろうとする相手の肘を、彼女は軽くつかんで支えた。彼はしばし動かず、またまいがしないかと静かに待った。笑みが浮かんだ。「こんどはだいじょうぶ」

「たぶん血糖値が低いのよ。いきなり立ちあがったりしなければ、すぐによくなるわ」

彼は見おろして言った。「迷惑をかけてすまない」

「迷惑じゃないわ」彼女はきっぱりと言った。

「いや、ほんとうにすまない。きみはすばらしい。感謝してる」

彼女はぎこちなく笑い、ぞんざいで親しげな手つきで彼の腕をさすった。「ばかなこと言わないで。こちらこそ光栄よ。それに、まだ終わったわけじゃないのよ――先は長いんだから……。さあ、いっしょに階段をのぼりましょう」

彼は動こうとしなかった。彼女の目をじっと見ている。彼女は視線を返し、無意識のうちに背伸びをして、彼の髪の生え際の、黒ずんだ傷のすぐ上にそっと指先をあてた。ごく軽くふれた指で額から髪を掻きあげ、そこからこめかみへ、もみあげへ、頬へと指先を滑らせる。彼は目を閉じて、低く長いため息を漏らした。そこに豊潤な響きが混じった。やにわに手首をつかまれ、彼女は荒々しい興奮を覚えた。締めつける力は強く、放そうとしない。痛みに変わる一歩手前で、力が弱まった。

「だめだ」彼が目を閉じたまま言った。

「だめ?」彼女はとまどってきき返した。

「やめてくれ」

体のなかで頂点に達していた興奮がにわかに覆って、真っ逆さまに落下した。また手首の締めつけが強まり、彼女は息を呑んだ。「痛いわ!」と叫ぶ。

彼は目をあけて、彼女の手首を捕らえた自分の手を見、つかんだときと同じくらい唐突に放した。「すまない」視線を合わせずに言う。「ほんとうにすまない。もう……もう行くよ」

彼女は手首に浮きあがった青黒いあざをさすった。それから一歩さがって視線を床に落とした。「そうね。そのほうがいいわ」

悔いるような目で最後の一瞥をくれ、彼は玄関へ向かって歩きだした。

「どこへ行くの?」尋ねながら、彼女はあとを追った。

彼は一瞬足をとめたが、かぶりを振って歩きつづけた。

「だめよ。外なんてとんでもない! 具合がよくないんでしょう? ベッドの用意ができてるんだったら!」

返事はなかった。ドアが開いて一陣の風が吹きこみ、彼は出ていった。キャロルは階段の下で、両手で頭をかかえてへたりこんだ。自分を罵倒することばがとめどなく湧いてきた。

スティーヴンは俵のベッドで震えていた。寝袋と毛布でしっかりと体をくるんだのに、じめじめと肌寒い。目をあけて闇を見透かしながら、納屋の屋根を打つ雨のつぶやきや、庇を包む風のささめきや、瓦がときおり小さく浮いては落ちる音に、惨めな思いで耳を傾けた。

頭に受けた衝撃は予想以上にひどかったにちがいない。心の片隅でそう感じた。この一週間、多少の気持ちの揺れはあったにせよ、あの女には関心がなかった。嘘をついたことへの罪悪感に珍しくさいなまれたのを別にすると、彼女の存在を意識したことはほとんどなかった。どうやってここから立ち去るかのほうが問題だった。もちろん、あの声はすばらしい。出会ったつぎの日、意識を失って横たわっていたところに、甘美な響きのこもったあの軽やかな声が聞こえたとき、それが蜜のごとく心にしみわたって、安らぎを覚えたものだ。しかし、彼女の美しさに気づいたのはきょうがはじめてだった。若い盛りはとうに過ぎ、似合わないジーンズに不恰好な厚手のセーターといういでたちで、顔に化粧のかけらもなかったにもかかわらず、心乱されるほど魅力的だった。これまで女の肉体の魅力に強く惹かれたことは数かぎりなくあるし、それよりずっと回数は少ないが、数人の女を心からいとおしく思ったこともある。だが、ひとりの女に対して、ふたつ同時に、しかもこれほどまで強く感じたことはない。あの短い瞬間、痛む顔に彼女の冷たい指がふれ、香りが間近に迫り、目が炉火の照り返しであたたかい輝きをたたえていたあの瞬間、すべてが襲ってきた。

彼は寝返りを打ってせわしなく体を揺すり、頭の傷の痛みをこらえようと強く目をつぶった。女とは何を求めているものなのか。母親のような態度で近づくや、露骨に誘惑してくるなんて。それを言うなら、自分は何を求めているのか。以前は――さほど昔ではない――そのような機会を貪欲につかもうとしたし、そのせいでどんな災難が身に降りかかろうと、巧みにかわしてのけたものだ。罪。まったく、いままでに罪悪感にさいなまれたことなど一度も……。そこで過去を振り返って、訂正した。これほど些細なことで、この手の罪悪感にさいなまれたことは一度もない。

反対側へ寝返りを打ち、さまざまな思案を遠ざけて眠りに身をまかせようとつとめたが、無駄だった。接着剤の桶から這い出ようとするようなものだ。この家から、彼女のもとから一刻も早く立ち去らなくてはと思った。

くび。くび！　そのひとことだった。抗議も謝罪も受け入れられず、出ていけ、二度と来るなの一点張りだ。いままでの人生で解雇されたことはなく、これほどの惨めな思い、やり場のない屈辱感に襲われたのははじめてだった。彼は頭を冷やすためにオーシャン・ヴィレッジに来ていた。水に浮かぶ船をながめれば心が安まって、今後の方針が見えてくるのではないかと期待してのことだったが、頭はますます混乱し、絶望と憎悪と恥辱と重苦しさと自己憐憫と恐怖と怒りの入り混じったものがとめどなくあふれだした。

街なかを重い足どりでセント・メアリー・ストリートへ向かう途中、結論が出た。仕事を取り返す唯一の方法は、すぐにベイリーのもとへもどって、必要とあらばこびへつらい、自腹を切って例のコンバーティブルを修理すると申し出ることだ。それを思うと気が滅入った。ベイリーに職を乞いたくないからではない。港に漂う大きなヨットをいくつも見るうちに、総務部のフェリーのポスターにあった落書きのことが頭から離れなくなったのだ。考えれば考えるほど、偶然ではありえないと確信した。あれは明らかに自分に向けて描かれたもので、自分だけが理解できるいまわしい暗示だ。

内なる思いに沈んだ目を歩道に落とし、つなぎ服のポケットに両手を入れたまま、彼は角を曲がってセント・メアリー・ストリートへ出た。急停止してつぎつぎクラクションを鳴らす車をものともせずに、通りを横切ったが、その数秒後、クック・ストリートにはいろうとして、いきなり内面の世界から引きずりだされた。マウンテンバイクに乗った三人の少年がそこから飛びだしてきて、すぐ横を突っ切っていった瞬間、二台目のバイクのハンドルが脇腹をかすめて、彼を突き転ばせたのだ。少年たちはとまる気配すら見せず、彼が起きあがったころには、すでに通りを渡ってチャペル・ロードを驀進していた。罵声を浴びせるのもばかばかしく思い、彼は振り返って三人の現れた方向へ目をやった。クック・ストリートを少し行ったところに青のプジョーが駐車していて、閑散とした通りに警報器の甲高い音をむなしく響きわたらせている。ほかには人影がひとつだけ——黒いジーンズと白い毛糸の帽子を身に着けた男が道の反対側の壁にポスターを貼っているが、警報器の音に注意を払うふうではない。

ポールは車に歩み寄って様子を観察した。左側の窓が割られ、前部座席では、大きな黄色の煉瓦が粉雪のようなガラスの破片に埋もれている。わが身を嘆く気持ちが他人の不幸を知った喜びに掻き消され、ポールはこの日はじめて爽快な笑みを漏らした。ポスターを貼っている男に声をかけようと顔をあげたが、男の姿は消えていた。

その壁は無許可で広告ビラを貼ろうとする者の気に入りの場所らしく、色とりどりの鮮やかな紙が破れたりちぎれたりして幾重にも重なり、分厚い羊皮紙のようになっていた。だが最新のものはほかよりも小さくて地味で、A4サイズの白い紙が壁の中央にぽつんとあるきりだ。ほんの好奇心から、ポールはそれを見ようと道を渡った。しかし当のポスターを目の前にすると、危うく吐きそうになった。ポスターの真ん中にあしらわれたぼやけた白黒写真のなかで、太いタイプ文字の並ぶ下からこちらを見つめているのは、きびしく冷たげで、取り澄ましていると言ってもいいほど無表情な、自分の顔だった。正確には、かつての自分の顔、何年も目にしなかった顔だ。

しばし呆然とそれを見つめたあと、狂気に駆られたように通りを端から端まで見渡し、ポスターを貼っていた男を捜した。表通りのほうへ視線をやると、駐車中のバンと曲がり角のあいだに、白い毛糸の帽子がちらりと見えた。そこへ向かって駆けだしたが、重い厚底のブーツとむやみに大きいつなぎ服のせいで動きが鈍くならざるをえず、突きあたりに着いたとき、男の姿はなかった。混雑した車道から歩道を隔てる手すりにもたれかかって、素早く周囲を見まわした。セント・メアリー・プレイスのゆるやかなひろがり、道の向こうに立ち並ぶビル群、樹木に囲まれた広大なホーグランズ・パーク……。そのとき、かなたでハノーヴァー・ビルディングズのほうへ歩いていく人影が目にはいった。ポールは手すりをまたぎ越し、車の流れをかわしつつ車道を横切り、反対側の手すりをまたぎ越して、追走を再開した。

街で有数のショッピングセンターが近く、こみ合ってきたので、交差点に着くたびに注意深く立ちどまって、無数の頭が波打つまだら模様の海に目を凝らさなければならなかった。足をとめるたびに特徴のある白い帽子を捜し、心臓の高鳴りを感じながら、息もつかずにまた駆けだした。とある角に達したとき、突然、思ったよりずっと近くにそれが見えた。帽子はＨＭＶの近くで左へ曲がり、バーゲート・センターへ通じる路地を進んでいく。新たな力が湧き起こるのを感じながら、ポールは買い物客の群れのなかを、抗議の声をものともせずに肘で押しのけて掻き分け、自在ドアをつぎつぎ通って突き進み、滑る床に足をとられながら、自信なげにとまった。

彼はあたりを見まわした。買い物客――エスカレーター――店――買い物客――さらにいくつものドア――通り向かい――買い物客――エレベーター――明るく照らされたショーウィンドウ――上りエスカレーター、下りエスカレーター――まわりで動く別の買い物客。あらゆる方向へ目を向け、必死に捜す――店の戸口を、エスカレーターを、階下のカフェテラスに泉が水を降らす、円形大広間の四方八方を。しかし、白い帽子はどこにもない。見失ってしまった。捕まえる寸前で逃げられてしまった。

息を荒らげ、胸に激しい動悸を覚えながら、彼は本屋のウィンドウにもたれかかって目を閉じた。精も根も尽き果て、ずるずるとガラスの前で崩れ落ちて、絶望のうめきを漏らしながらほこりまみれの床にうずくまった。

その後、クック・ストリートに引き返してみると、ポスターはまだそこにあった。空想の産物ではないかと願ったのもむなしく、糊の湿りを残したままそこにあった。彼は周囲を見まわしてだれにも見られていないのを確認し、ポスターを注意深くはがして筒にまるめた。それからようやく、家路についた。

ふくらんだ買い物袋のひとつを玄関に置いて、開いた財布を口にくわえ、クリスティンはどうにか鍵を錠前に差しこんだ。ドアが鈍い音を立ててあき、玄関広間の慣れ親しんだ湿っぽい臭気が顔を包んだ。なおも財布を嚙んだまま、合成樹脂の不快な味が舌にしみるのを感じながら、袋を拾いあげておぼつかない足どりで中へ進み、ドアを尻で押して閉めた。

財布をしまって、階段の下に差しかかったとき、一階のフラットのドアがあいて、家主のアーファーの血色のいい大きな顔が現れた。クリスティンは気づかないふりをして歩きつづけた。「よう、ゼッタ」彼はわざとらしく腕時計に目をやって言った。「昼の三時にもう起きてるとはな！　早いお目覚めじゃねえか、ゼッタ」

彼女は息をつき、家主の薄赤い半球形の頭や、横ざまに流れたまばらな半白の髪から、汚れたナイロンシャツのボタンを飛ばしてしまいそうな太鼓腹、そして穴だらけの栗色のスリッパを履いた短くか細い脚へと視線を這わせた。

「クリスティンと呼んでください」毅然として言った。「お望みならミス・ハリスでもいいわ」

彼は皮肉っぽくうなずいて、ドアの脇柱にもたれかかった。「おや、こいつは失敬。ゼッタって呼んでいいのは客だけだったな」そこで顔をしかめる。「淑女ぶることたあねえ。虫酸（むしず）が走るってもんだ。素性はとっくに知れてるよ。おまえさんみてえな尻軽をうちに置いとく義理はねえんだ」

彼女はため息をついた。「何か用があるの？　それとも、からみたいだけ？」

「からむ？　わざわざずべ公にからみにくるほど退屈しちゃいねえ」間をとって反応をうかがう。「二階のあんちゃんにこいつが届いてたんだ。いい子だから、持ってってやってくれ」

アーファーは一通の手紙を差しだした。

「わかったわ。ここに入れてちょうだい」買い物袋のひとつを掲げると、彼は封筒を滑りこませた。近寄ったとき、アンモニアのような鋭い体臭が鼻を突き、彼女は口の端をゆがめた。

「渡しておくわ」

アーファーは不快なほど近づいたまま、離れようとしなかった。「頼むよ」そこで流し目を使う。「今夜は休みかい？」買い物袋へ顎をしゃくる。「それとも仕事かい？」

「あんたの知ったことじゃないわ」クリスティンは歩きだしたが、彼は水っぽい目を輝かせてついてきた。

「思うんだが、もし忙しくねえようだったら、下で本物の男のなんたるかを教えてやってもいいんだけどな……」

何かの動きが目にはいり、彼女は無意識に視線を下へ向けた。灰色のズボンの股間に黒光りする当て布がしてあり、脂で茶色に染まった太い指がそれをさりげなくつまんだりなでたりしている。「どうだ」彼はささやいた。「でっけえ極上肉を口いっぱい頬張るのは？」

クリスティンは思わず笑った。

アーファーは勢いづき、首をひねってひそかに後方を見た。「おまえさんみてえな女が何をほしがってるかぐらい、お見通しだよ」ズボンをまさぐりながら、熱っぽい調子で言う。突然、ジッパーを引く耳障りな音が響き、クリスティンが見おろすと、脂ぎって一部分がふくれた生焼けのソーセージを思わせる物体が目に飛びこんだ。しなびた切り株のような先端が、薄汚い指で無理やり彼女のほうへ向けられている。「わかってるさ、ほしいんだろ。こいつにかぶりつくんだ——いま、ここで！」彼は興奮気味にささやいた。

彼女はつやっぽく微笑みかけながら、買い物袋を下に置いて相手の胸に軽く手を押しあてた。体を寄せ、誘惑するような甘い声で耳打ちする。

「本気なの？　ほんとにこのたおやかな唇でそれを包んでほしいの？」

彼は耳たぶの先まで赤らめて甲高い声をあげた。「ああ」

「ほんと？　で、舌でとろけさせてほしいのね？」

アーファーは目をビリヤードの球並みに見開いて、無言でうなずいた。

彼女はさらに身を寄せて、蜂蜜のように甘く濃厚な声でささやいた。「広場へ行って、犬の一物でもしゃぶるほうがましだわ、この変態じじい」

声の心地よさに陶酔するあまり、最後のことばの意味を彼が解したときには、彼女はすでに、買い物袋を持って階段を半ばまでのぼっていた。あわててズボンを穿きなおしたアーファーは、憤然と足音荒く階段手すりへ駆け寄った。「この阿魔！」大声でわめく。「そのうち、させてくれって自分から頼みにくることになるぞ！　覚えてろ、この性病持ちのどすけべ売女！」

　クリスティンは階段の上で振り返った。「あんた、昔からマスかきじじいなの？　それとも、努力した結果がそれなの？」ひと息ついて、眠たげな目で彼を見おろす。口を軽くあけ、ゆっくりと挑発的に唇をなめまわしてから、くすくす笑って奥へ去る。

「淫売！」叫び声と同時に、彼女のフラットのドアが音を立てて閉まった。「やりまん！」

　ビニーが居間にいた。ソファーの肘掛けに腰を載せ、窓枠に立てかけた鏡を見て化粧をしている。クリスティンが台所へ向かおうとすると、声がかかった。「聞こえたわよ。老いぼれアーファーに口説かれてたでしょう」

　クリスティンは戸口にもどった。「最低よ」とがった声で言い、コートを脱いでソファーに体を沈める。「反吐が出そうだったわ。いけ好かない野郎には何度も会ったことがあるけど、あそこまで……」

　ビニーは下側のまぶたに指をあてて、目のふちに黒のアイライナーを引きはじめた。「あいつ、いくらでさせようとしたの？」

「ただよ」

「ただ？　ばかばかしい……」

「小便くさいでぶの変態じじいに、あたしがのぼせあがると思ったたってわけ」

　ビニーは舌打ちした。「あのじいさん、だんだんひどくなるわね。少なくとも、前は払おうとしたわ。しゃぶってくれたら家賃を割り引いてもいいって言ってきたこともある」片目のアイライナーを引き終え、もう一方の目に移る。「そう言えば——リンダから聞いたんだけど——昔この階に好みのうるさくない年増女が住んでたんだって。薹が立った落ち目の娼婦ね。金曜の夜に、波止場の近くのパブをシマにしていたそうよ。とにかく、その女はアーファーのものを一回二ポンドでしごいてやってたらしいの。家主特別料金ってとこね。だもんであいつ、このあばら屋に住まわせてもらうためだったら、だれもがあのへなちんをかわいがるものと思ってるのよ」

クリスティンはうなった。「こんど同じことをしたら、はさみで切ってやるわ」ひと呼吸置いてビニーを見つめる。「ところで、どうしたのよ。化粧するにはちょっと早すぎない？」

「仕事がはいったの」ビニーはそう言ってアイライナーを片づけ、バッグに手を入れて色の合う口紅を探した。

クリスティンは身を起こした。「あら。フリーの仕事？　ゲーリーは知ってるの？」

「ゲーリーのお膳立てよ。メイフラワー・ホテルでオールナイト。取引先の人か何かだと思う」

クリスティンはため息を漏らした。「あたしにもそういうのをまわしてもらいたいわ。いくら？」

「ゲーリーの取り分を引いて二百」

「ついてるわね」

ビニーは笑って立ちあがり、アイロン台から赤いカクテルドレスをつかみとった。「どう思う？」胸の前でシルクの生地をなでる。「若き日の情熱を掻き立てそう？　チップを五十ポンドよけいにはずむ気がする？」

「すてきよ。でも、その口紅は合わない。もっと明るいのがいいと思う。さて、あたしはひと眠りするわ。出かけるときに起こしてくれるかしら」

ビニーは気のないていでうなずいた。鏡に唇を突きだしたり眉を寄せてドレスを見たりを繰り返す同僚を残して、クリスティンは奥へ向かった。

彼女は玄関のドアが閉まる音で目を覚ました。大音響が貧弱な造りの家全体を揺さぶり、ベッドの足もとにまで達して、眠りを断ち切った。つづいて階段に重い足音が響き、部屋のドアの音、さっきより小さな音が外から伝わった。

ポールだ。心のなかでそう言って、手紙のことを思いだした。

彼女はふらふらと居間に歩み入った。ビニーはすでに出かけ、オピウムの香水のにおいが部屋に充満している。ばか女。上客にありついたことに浮ついて、あたしを起こすのを忘れるなんて。でもだいじょうぶ、時間はたっぷりある。〈セーフウェイ・ストア〉の買い物袋から手紙を取りだし、それを持って向かいのフラットの前へ行った。ドアを叩いて彼の名を呼んだが、返事がないので手紙をドアの隙間にはさみ、自分のフラットにもどった。

二時間後、彼女は入浴と着替えと化粧をすませて仕事に出ることにした。ドアを閉めるとき、手紙が先刻の場所にはさまったままなのに気づいた。この家にはなんでも盗む手合いがいるので、向かいへ行ってもう一度ノックした。長い沈黙のあと、チェーンの音が聞こえ、ドアがわずかに開いて不安と疑念に満ちた目がのぞいた。「こんにちは、ポール」彼女はおびえたようなその顔に微笑みかけた。

「やあ」表情がやわらぐ。「きみか」

「あけてくれない？」

「え？　ああ、ごめん」ふたたびチェーンが音を立て、ドアが大きくあけられた。

「どうかしたの？」彼女は彼の横をすり抜けて、ひと間きりの小さな部屋にはいった。「さっきノックをしたけど、返事がなかったわ」

「出かけてたんじゃないかな」

「ううん、いたはずよ。階段をのぼってくる音が聞こえたもの」

「ああ……ええっと、お茶でも飲むかい」

　クリスティンは部屋を見まわした。窓の下に、色あせたオレンジ色のフォーマイカの天板が載った、いまにも壊れそうなテーブルがある。そこに靴箱が載っていて、大小とりどりの紙片があふれだしている。さっきまで中を引っ掻きまわしていたらしい。その横には紙の筒が置かれていた。彼女が箱を見つめているのに気づいて、ポールはあわただしく蓋を閉めた。

「ごめんなさい。穿鑿（せんさく）するつもりはなかったの。あたし、きょうは心ここにあらずなのよ。何か言った？」

「お茶でも飲むかい」

「いえ、けっこうよ。すぐに仕事に行くから……ほんとうにだいじょうぶ？　ちょっと顔が青いわ」

彼はため息をつき、ベッドに腰をおろした。「大したことじゃない。さっき、しがない職場をお払い箱になっただけだ」

「嘘」

「ほんとうさ。たぶん、引っ越さなきゃならなくなると思う」

彼女はテーブルのそばの椅子にすわって、煙草に火をつけた。「ひどいわ、ポール。そんなの最低」

彼はしばし黙し、奇妙なほどうつろな目で彼女を見据えた。「ああ」そのまま視線をそらさない。

彼女は思わずひるみ、ぎこちなくあたりを見まわして灰皿を探した。見あたらないので、靴箱の横に置かれた煙草缶の蓋に灰をはたき落とした。「あなたが吸うなんて知らなかったわ」

「吸わないよ」

「あら、そう」

「すぐに仕事に行くって言わなかったかい」

「ええ、言ったわ」彼女は身を乗りだして、彼の膝に手をふれた。「ねえ、ポール、あたしはいつだって相談に乗るわよ」

「というと？」

「もし気になってることがあるんだったら――」

「ない、ない」

「わかったわ」彼女はため息をついた。「お呼びじゃないってことね」立ちあがって戸口へ向かう。ドアをあける前に、振り返って言った。「じゃあ、あとで」

「えっ？」

腕を肘で小突きながら、彼女は微笑んだ。「きょうは金曜よ。あたしに来てほしくないの？」

彼は深く息を漏らした。「さっきも言ったけど、くびになったんだ。無理だよ」

「あなたはあたしのいちばんのお得意さまでもあるわ」彼女はいたずらっぽい目を向けた。

「だから、行ってもいいのよ……」

「金がないんだ――」

彼女はマニキュアを塗った指先を彼の唇に押しあてた。「言ったでしょ」ゆっくりと繰り返す。「行ってもいいのよ、って」

ようやく彼は目に輝きを取りもどし、顔をほころばせた。「ほんとうかい？ きみがただで客をとったってわかったら、ゲーリーはなんて言う？」

「教えなきゃいいのよ。どのみち、払おうが払うまいが、向こうはあなたがあたしのお客だってことさえ知らない。おかかえの子が自分の家でお客をとるのをいやがるのよ……さあ、来てほしいのかほしくないのか、どっち？」

彼はうなずいた。「頼むよ」

彼女はその襟もとを軽くつかんだ。「まずはもうちょっと身だしなみをきちんとしてね」ドアをあけて外へ出ようとしたとき、手紙のことを思いだした。「あら、ばかみたい。さっきも言ったけど、あたし、きょうはどうかしてるわ。これを渡しにきたのに。じゃあね。十二時半ごろ来るから」

彼女が軽い足どりで階段をおりていったとき、彼は鼻腔に香水のかすかなにおいを感じながら、封筒を手に立っていた。

夜半、クリスティンは帰宅し、浴室でさっぱりと体を洗った。見知らぬ男たちの車の暗がりで窮屈な一夜を過ごしたいまとなっては、ポールと付き合う気はすっかり失せ、約束したことを後悔していた。なぜあんなふうに誘ったのか、自分でもわからなかった。たしかに彼は収入の道を断たれたわけだし、あんなひげが生えていても顔だちは悪くないし、ベッドではたいがいの客とちがって荒っぽくないし、不思議に惹かれるところがあるが、それにしてもただで体を与える理由はどこにもない。とはいえ、自分は軽々しく約束を破る女ではない。これは一度きりのお情けで、つぎからはしっかり耳をそろえて払ってもらうことだけは、はっきり伝えよう。

体を洗い終え、化粧を直したのち、彼女はポールの部屋の前へ行った。またもノックに返事がないので、取っ手をまわしてみた。ドアをあけると真っ暗だった。明かりをつけ、中へ足を踏み入れた。彼の姿がなかったので、ベッドに腰かけて待った。二十分過ぎたが、現れない。

一時間後、がまんの限界に達し、クラッチバッグから古い伝票を出して、そこに憤然とメモを書きつけた。それをテーブルの上に残し、外へ出てドアを思いきり閉めた。

そのメモは一週間後もそこにあり、ほこりをかぶっていた。アーファーが延滞家賃の請求に来たとき、それを見つけて手にとった。

――最低ね。つぎはたっぷり払いなさい。

アーファーは好奇の目を輝かせ、湿った口で小さく何度も読みあげたあと、紙をたたんでズボンのポケットに滑りこませた。そして、ひとりほくそ笑んで、向かいのゼッタの部屋のドアを叩いた。

ポールは洗面台の上にかがみこんで、顔に水をかけた。血はすでに固まって指でこすらなければ落ちず、鼻のまわりを引っ掻くうちに、苦痛で顔がゆがんだ。洗い終わると、ひび割れた汚い鏡に映った顔に目をやった。まだ自分だと見分けがつく。腫れが引けばふつうの状態に――どういう意味であれ――もどるだろう。「ばか野郎」映った顔に向かって言う。「大ばか野郎。あんな大芝居を打った報いだ」

それは二時間ほど前にはじまった。彼はニューベリーの市街にあるファーキン・ホテルのバーで、飲みかけのダブルのウィスキーを両手で包むように持ちながら、酒量分配器やグラスやボトルの列、それにレモンのかけらの並んだ物切り台をながめていたが、急に衝動にまかせてウイスキーをひと息で飲みほし、グラスを荒々しくカウンターに置いた。パイントグラスにビターをついでいたバーテンダーが目をあげた。「もう一杯だ、兄弟」ポールは空のグラスを突きだして傾けた。

「少々お待ちください」バーテンダーは職務に徹した冷静さを見せて言った。

ポールはそっけなくうなずいて、カウンターの少し離れたところに立っているふたりの男に顔を向けた。ともに大柄で、デニムのジャケットを着て、赤い野球帽をかぶっている。ポールは身を乗りだし、近いほうの男の袖口をつかんで言った。「やあ。ここのサービスをどう思う？」

ふたりは話をやめて彼を見た。「なんだって？」近いほうが言った。

「サービスさ」ポールは繰り返し、顎をバーテンダーのほうへしゃくった。

「いいんじゃないか」ふたりは顔をそむけて、話のつづきをはじめた。

「おい、瓜ふたつの兄さんたち、おまえらに話してるんだよ」ポールはバーテンダーに目をやった。「こいつらふたりだけなのか、もっといるのか、どっちなんだい、兄弟。おい、ふたり組！　いまきいたのは――」あらためて注意を引こうと近いほうに寄りかかったが、カウンターをつかんでいた手が滑り、前につんのめってその男のパイントグラスを床へはじき落とした。

「何しやがる、ぼんくら！」相手は叫んで、ポールのジャケットを鷲づかみにした。すぐさま、相棒が割ってはいった。「まあ落ち着けよ、デイヴ」そう言って、ポールに目を向ける。「こいつに一杯おごって、謝れよ」

ポールは仰々しくうなずいて、デイヴを見た。「よし、わかった。じゃあ、なんにする？」

デイヴは平静を取りもどした。「バドワイザー。パイントで」

「バドワイザー」ポールは繰り返した。それからデイヴにすり寄り、指を胸に押しつけて傲然と言う。「バドワイザーを飲むのはおかまだけだ。つまり、おまえはおか――」

どこからともなく、目にもとまらぬ速さで拳が飛んできて、顔の真ん中にぶちこまれた。店内の光景がぼやけて傾き、彼は痛みを感じる間もなく床に崩れ落ちた。

「なぜあんなことをした？」彼は鏡のなかの顔に問いかけた。「あんなことをしてなんの得があると思った？」

いまでは、かろうじて見られる顔になっている。鼻が少々腫れ、両目の下が薄紫に変色しているが、ひどい炎症を起こした経験はないので、これ以上悪化するとは思えなかった。彼はリュックサックを肩にかつぎ、公衆便所から通りへ歩み出た。霧雨で街灯が曇らされ、歩道をつややかに照らしている。襟を立てて街のはずれへ向かって歩きだし、大型トラックが轟音と水しぶきをまき散らして通るたび、立ちどまって親指を突き立てた。乗用車は見送った。ヒッチハイクを四度試み、三十分ほど過ぎたころ、一台のトレーラートラックがすぐ横を通りがかった。エアブレーキが耳障りな音を立て、そのトラックは屋外市の乗り物を思わせるブレーキランプを光らせて路肩にとまった。彼は急いで駆け寄って、荷台の横に記された文字に目をやった。ごくふつうの運送会社の名で、仕向先はクムブラーン、ニューポート、ブリッジェンド——どれもサウス・ウェールズだ。運転席のドアがあいたので、彼はステップにのぼった。

「どこまで？」運転手がきいた。背の低いやせぎすの男で、深く皺の刻まれた顔が、計器盤の明かりで薄気味悪い緑に染まっている。

「ニューポートなんだけど」

「ブリッジェンドへ行くんだがね。なんなら、モーパスのロータリーでおろしてやろう」

「頼むよ」モーパスのロータリーがどこにあるかは知らないが、着けばわかるだろうと思った。

「じゃあ乗れ」

「ありがとう」ポールは助手席に乗ってドアを閉めた。エンジンが足もとでうなりを響かせ、トラックは夜の闇へとゆっくり走りだした。

運転手は、フロントガラスに貼られた紙を信用するならレスという名前で、ありがたいことに無口な男だった。ふたりはレスのダイアー・ストレイツとセリーヌ・ディオンのテープに静かに耳を傾けながら、トラックに揺られて進んだ。レスがただ一度口を開いたのは、出発して間もないときだった。「あんた、名前は？」

「ナイジェルだ」

レスはうなずいた。それだけで社交上の義務を果たしたと思っているようだった。

ナイジェル。理由はわからない。突然、その名が口をついて出たのだった。どことなく響きが気に入って、これからも使おうと心に決めた。あとは苗字だが、それはつぎに通過する道路標識から選ぶことにした。標識が現れたとき、三つの選択肢が与えられた。アヴィントン、キントベリー、インクペン。インクペンの音がいちばん気に入った。ナイジェル・インクペンという人間になるのも悪くなさそうだ。ポール・チャペルには、あまり愛着がない。ある意味では、顔を殴られるにふさわしい名前だという気がする。むろん、ナイジェルはその痛みの名残を引き継がなければならないわけだが。ありていに言って、ポールはその場の状況に合わせて、いわば応急処置として作られたと認めざるをえない。ナイジェルはもっと周到でありたい。

それから三十分近くたち、トラックが進路を変えてM四号線にはいったころ、彼は手紙のことを思いだした。まだ封を切ってさえいなかった。封筒に書かれた文字を見た瞬間、逃げようと決めたのだった。クリスティンから手紙を渡されて四十分もしないうちに、荷物をまとめて旅立っていた。心配事が消えて晴れやかな気分になったいま、リュックサックから取りだして封を切った。それをガラスにかざし、頭上を規則的に通過するオレンジの明かりを頼りに読みはじめた。

親愛なるポール

彼は心のなかで笑った。友よ、もう時代遅れだぞ。取り逃がしたようだな。

おやおや。ずいぶんと早い旅立ちだったじゃないか。びっくりしたよ。おまえがみごとな〃汚水溝の逃亡者〃になったところから考えるに、おれがこの名を選んだのは大正解だったようだ。しかし、おまえが何から逃げようとしているかについては、正直言ってとまどいを禁じえない。おまえは実に満ち足りた生活を送っているように見えた。もちろん、逃げたのがおれのせいだったはずはない……それとも、ちがうのか？　だがポール、親しかった期間がどれほど短くとも、挨拶もなく姿をくらますのは言語道断だ。おまえはおれの力量を知るべきだった。おれを信頼しろと言いたいところだが、状況を考えれば高望みなのはじゅうぶん承知している。それなら、いっそ無自覚に徹するのも悪くない。なんと言っても、無自覚は信頼に次ぐ良策だ。政治家ならだれでも知っている。

おまえが真っ当な仕事に就いているのは喜ばしいかぎりだ。とはいえ、交際相手のことを思うと、恥ずかしくて赤面してしまう。娼婦の世界はおまえやおれの領分ではないぞ、ポール。あの女はおまえのためにならない。関係を絶つ気がないなら、おれなりの穏やかな流儀であの女を痛めつけるほかない。

ポスターには驚いたろうな（もう見ているはずだ、苦労しておまえの目にとまりそうな場所に貼ったのだから）。もちろん、彼らがあれを使うことはなかった。あのぶざまなものが印刷されたときには、もはや屑同然だった。死人を追ってもしかたがあるまい？　しかし、おれの目はごまかせない。おかげで、この前の手紙に書いた件を思いだした。彼らはおれとちがって、目を下ではなく上へ向けている。自分たちは人の心の暗い隅々を知りつくした英知の集団だと考えているかもしれないが、おれのように泥の底まで手を伸ばす欲望を持ち合わせていない。そういう場所に対して完全かつ純粋な快楽を覚えたときにのみ、人は絶対の真実を知ることができる。そして知ってのとおり、知は力だ。おれには天賦の才があり、彼らには愚かさがある。

おれから逃げるのは、もうやめにしてもらいたいものだ、ポール。今回はおまえを見つけるのに大した時間がかからなかった。次回は――次回なるものを作るほどおまえが愚かならの話だが――もっと早くにおいを嗅ぎあてよう。ついには、どこへ行っても背後にひそむことになる。逃げまわって捜しだされるか、とどまってわがささやかな贈り物に慰めを見いだすかは、おまえが決めることだ。人間はけっして過去を忘れられないものだ。おまえにそれを知らしめるために、おれはここにいる。

最も深く、最も真摯なる愛をこめて
おれはまだここにいる
汚水溝の渉猟者

こんどはその手は食わない。手紙を折りたたんで片づけながら、ナイジェルは思った。こんどは見つかるものか。彼は窓にもたれかかり、雨粒の隙間から見える薄茶色の車道と、かなたの漆黒の闇に目を凝らしながら、体じゅうにたまった疲れをトラックの震動で癒(いや)した。

第二部　変更さるべきもの（ムータンダム）

7

「どう、ベーコンは？」キャロルがコーヒーをひと口飲み、スティーヴンを見つめて尋ねた。

スティーヴンは分厚いピンクのベーコンをフォークとナイフで三日月形に切り、卵の黄身をぬぐって、勢いよく口に押しこんでいる。

「ううむ」彼は力強く嚙んで言った。「ふむふむ」吞みこんで唇をなめる。「最高だ。どこで手に入れたんだい」

「ミセス・ウィリスからいただいたの。ご主人が豚を飼っていて、奥さんが食肉処理をしてるのよ。飼育から食肉加工までひととおりやってるのは、もうこのあたりではたぶんあの老夫婦だけね。しかも有機肉よ。もともとウィリス夫妻が無機肉を提供するなんて、ありえないんだけどね」

　スティーヴンはまたフォーク一杯ぶんのベーコンと卵とキノコを嚙みこなしながら、皿から目をあげて微笑んだ。

空想の産物だった強盗事件から三週間が過ぎていた。ふたりともその件を蒸し返すことなく、にわか仕立ての日課に身をまかせていた。スティーヴンは相変わらず納屋で寝起きしていたものの、食事のときは母屋へやってきて、もっぱら台所で過ごした。農場で手助けが必要な折には些細なことでも協力したが、ほとんど一日じゅう、荒れ野を歩きまわるか、キャロルから借りた本を納屋の藁のベッドで読むかのどちらかだった。できるだけ早く退散しようという誓いは、うやむやになっていた。それが頭をもたげて答を迫ってくるたびに脇へ押しやり、根拠薄弱な、あるいは見え透いた嘘だと自分でさえ思う数々の言いわけ（まだ体調が回復していない、万全の計画が練れていない、打ち明けるべきだが心の準備ができていない）をひねりだした。真実はただひとつ、立ち去りたい――いや、立ち去らねばならないと思わせるものよりも、とどまりたい願望のほうが強かったということだ。だからつとめて考えないようにしたし、キャロルがその話題を持ちださないことが、そのあと押しになった。

彼は最後のひと口を呑みくだして、皿を脇へどけた。

「コーヒー、もっと飲む？」そう尋ねると、彼女はレンジからポットをとって、テーブルにもどした。

舌で歯をなめまわしながら、彼は片手をあげて首を左右に振った。

彼女は腰をおろし、自分のために二杯目を注いだ。「朝ごはんなんてものを、みんなどうして食べられるのかしら」煙草を箱から一本抜きとって火をつける。「コーヒーより重いものをこんなに朝早く口に入れたら、わたしならもどしてしまう」

「女の言いそうなことだな」椅子の背にもたれかかり、彼は満足そうに微笑んで言った。

彼女は鼻を鳴らした。「食い意地の張った人の言いそうなことね。そのお皿、自分で洗ってくれるといいんだけど」

彼はうなずいた。「お望みなら洗うよ」

「じゃあお願い」彼女は言った。「〝あら、ほうっておいて、わたしがやるから〟って返事が返ってくると思った？」笑みを漏らし、ゆうべから流し台の内外に積まれている食器の山に目をやる。

彼は降参したように両手を掲げて、かぶりを振った。「いや、本気で言ってるんだ。ぼくがやる」

朝食後の軽い高揚感にひたりながら、ふたりは数分間そのまま静かに過ごした。キャロルはのんびりと煙草を吸った。煙を吐く合間に、灰皿に載った灰の塊を煙草の先端でつついて粉々にした。突然、顔をあげないまま沈黙を破った。「ほかに何か思いだした？　どんな些細なことでもいいから、思い出が扉を叩いた話はない？」

彼は皿から目をあげて天井を見つめた。謎めいたぼんやりした表情をたたえていたが、頭は猛然と考えをめぐらしていた。

すべての発端となったのは、先週犯したひとつの過ち（あやま）だった。頭に一撃を食らった直後で、まともな判断力を取りもどしていなかったのだと思いたかったが、現実には自分の杜撰（ずさん）で不注意な態度が原因であり、まことしやかな症状と人物像を作るための冷静な計算を感情が狂わせたのだと自覚していた。キャロルはかなりの時間を割いて、成果のあがらない治療法をつぎつぎ試みてくれている。一般常識についての質問を浴びせたり、昔の歌のテープを聞かせたり……。ふたりはモーリスの修理に数晩を費やした。エンジンとギアボックスを抜きだして解体し、新しいベアリングやガスケットやオイルシールやバルブを使って組み立てなおした。彼は油っぽい手で工具や部品を器用に操ったが、以前の記憶が掘り起こされることはなかった。それでもキャロルがくじけなかったのは、思わぬ進展がひとつあって微光が差したからだろう。

それは日曜のことで、農場の仕事がほとんどなかったので、キャロルは彼の散歩に付き添っていた。ふたりは小さなくぼみを探したり、水をはね飛ばして小川を渡ったり、苔むした古い石を調べたりしながら、連れ立って数マイル歩いた。そのあいだ、彼女は当地の歴史や伝説に自分の幼児体験を交えて、この荒れ野にまつわる話を聞かせてくれた。

「じゃあ、きみはここで育ったんだね」ヒースの散在する広い草原を歩きながら、スティーヴンはきいた。

「ちがう、ちがう」彼女は笑った。「悪いけどロンドン生まれのロンドン育ちよ」

「たしかに訛りがないと思ってた。じゃあ、いったい……」

「長い話になるけど」

「かまわないから聞かせてくれ」

「わかったわ」彼女は語りはじめた。話している途中、自分の腕を彼の腕の下へ滑りこませた。あまりに自然な動作だったので、いつの間にと彼がとまどったのは、ずいぶんたってからだった。「もともとこの農場は父の遠い親戚のものだったの。フィチェット家のほうね。パーシヴァル家とはずっと交流がなかった——たぶん何世代も。フィチェット家の最後の人間はジョージというおじいさんだったんだけど、その人は独身で子供を持たないまま死んだ。なかなかの変人だったようで、九十歳を過ぎても農場でひとり暮らしをしていたらしいわ。ともあれ、うちの父がいちばん近い親族だとわかって、一切合財（いっさいがっさい）を相続することになった。父は事務弁護士だったけど、いまは退職してるの。あの父が農業をはじめるなんて考えもしなかったわ」彼女は笑ってスティーヴンを見あげた。「本人に会ったことがないんだから、わかりっこないか……まあ、そんなわけで、父は土地の大部分を地元の人に売り払って、休暇用の別荘にしたの。毎年夏休みになると、弟のマイケルとわたしは、母といっしょにここへ来た。父はほとんど来なかった。たぶん忙しすぎたのね」

「お父さんはお母さんが心配じゃなかったのかな。こんなところへ、子供ふたりと送りだすなんて」

「よく覚えてないわ。とにかく、いつもわたしたちだけってわけじゃなかった。ときどき、父の兄が家族を連れてきたのよ。トニー伯父さんとジェマ伯母さん。伯父さん夫婦にはわたしと同い年のキアランって男の子がいてね。よくいっしょに遊んだわ、荒れ野の隅々まで探検したり……ふたりで何マイルも何マイルも歩いた。そのころ好きだった遊びは〝嵐が丘（ワザリング・ハイツ）〟ごっこ。まったくばかばかしいの。どんな遊びかというと、ちょうどいまわたしたちがいるような、果てしなくひろがっている感じの高台に来たら、ふたりのどっちかが〝ワザリング・ハイツ〟

ってささやくわけ。それだけよ――〝ワザリング・ハイツ〟って――それだけで、ふたりとも何をするかわかった。わたしは片方へ歩いていって、スティーヴンは……いえ、キアランね――キアランは反対側へ歩いていく。まるで決闘みたいに。それから、百ヤードくらい離れたあたりで――ぴったりの頃合は、いつもなんとなくわかったんだけど――ふたり同時に向きなおって、相手に向かって狂ったように駆けだすと、腕をひろげて大声で叫んだの。〝キャシー！〟、〝ヒースクリフ！〟、〝キャシー！〟、〝ヒースクリフ！〟って」キャロルはしばし笑いに息を詰まらせた。「〝キャシー！〟、〝ヒースクリフ！〟」情感たっぷりに、ふたつの名を繰り返し叫ぶ。「なんの真似だったのかは覚えてない。テレビだったんじゃないかしら。とにかく、相手のもとへたどり着いたときには、ふたりとも走るのと叫ぶのとですっかり息を切らしていて、ただお互いの腕のなかへ倒れこんで、そのまま草の上に転がって、ばかみたいに笑ったわ。わかるでしょうけど、子供のころの笑い方って、息ができなくて胸が痛くなって……大人になると、あれはどこへ行ってしまうのかしら……」

「で、どうなったんだい」

「どうもならないわ。しばらく転げまわって、そのうち息ができるようになった。だって、まだ十歳だったのよ。妙なことになるはずがないわ。キアラン……大好きだった。向こうが気づいていたかどうかはわからないけど」

スティーヴンは眉をあげて彼女を見た。「それで、結局……？」

「え？　もちろん、それだけよ。当然でしょう。子供の感情表現なんておかしなものよ。あとになって、いつもちょっと変な気分になったわ。ちょっと興奮して、ちょっとこわくて、ちょっと不愉快で、ちょっと不満さえ感じた。まるで、あそこでゲームを終わらせてはいけなかったと知ってたみたいに。何か大事な、神秘的なものをつかみそこなったけど、それでいて正体を知るのがこわいような感じね……まったく、子供ってわけがわからないわね。とにかく、息が整うと、わたしたちは起きあがって家へ帰った。急に恥ずかしくてどうしていいかわからなくなって、口をつぐんでしまったものよ。もちろんそれは、いい高台をつぎに見つけるまでの話。見つけたとたん、また〝ワザリング・ハイツ？〟ってことになって、一からはじまったわ」キャロルは笑った。

　スティーヴンは突然歩みをとめた。「あそこは何？」と、指さして尋ねる。ふたりがいるのは荒れ野の最も高い部分で、ここからゆるやかにくだった、はるか遠方の谷底付近に目をやると、毛布の襞（ひだ）にたまったパン屑や塵のように家々が密集している。

「イルクリーよ。歌で有名なイルクリーの荒れ野。聞いたことあるでしょう？」

　彼がぼんやりしていると、キャロルは鼻歌を歌った。数小節聞いたところで、彼の唇が動きだして歌詞が漏れた。「知ってる！」彼は笑った。「子供のころ、祖父がよく歌ってた。ばかばかしい歌だから、大きらいだったよ！」

「おじいさまはヨークシャーの出身だったの？」キャロルの声に驚きの響きが混じった。

「ヨークシャー？　いや、祖父はイングランド東部の人間だ。きついノーフォーク訛りで歌ってたのを覚えてる。聞いていてものすごくおかしかったから……」彼はことばを切った。「どうかした？」キャロルが腕をつかんだままこちらを見あげている。驚きと勝利の喜びで目が輝いていた。「どうかした？」彼は引きつった笑みを漏らして繰り返した。「何を見てるんだ？」

「ほら」彼女は興奮気味に強く腕を握って言った。「思いだしたじゃない！」

彼は目を凝らした。ばか、ばか、大失敗だ！　何を考えてたんだ？　キャロルの思い出話を聞くのに夢中になって、自制心を失っていた。ほんの少し気を抜いたとたんに、このざまだ！

彼は自己嫌悪と恐怖の表情を顔から消して、かわりにとまどいの色を浮かべようとつとめた。

「どうかした？」

「記憶がもどってきたのよ！」

「そうかな？」へたくそ。しっかりやれ。

彼女は反対側の手を彼の体にまわし、その顔を引き寄せて、歓喜の声をあげた。「そうよ、ほんとうよ！　信じてたわ！」彼のひげだらけの頬にキスをして抱きつく。

そんな次第だった。巧みに織られた布地がほころびに刺繍をほどこす程度のことしかできなかった。その後数日間、彼は急にできたほころび、どれだけ糸を費やしても縫い合わせられなくなった。キャロルは注意深く抑えつけてきた親切心をいっきに解き放ち、ほころびた部分のへりをつついたり逆なでしたりして穴をひろげようとした。結局、どうにか事なきを得た。彼は慎重に矛先をかわしながら、事態を自分に有利に導こうとしさえした。いまやキャロルは記憶をよみがえらせる手助けができると信じているから、思いやりや、奇矯なふるまいを辛抱しようという気持ちはますますたしかなものになっている。一方、彼としても、記憶の片鱗さえのぞかせないように一語一語に神経をとがらせる必要はもうないので、彼女と過ごす時間が徐（じょ）徐（じょ）に快適になってきていた。しばしば故意に新鮮な食べ物をひと口差しだして——当然、子供時代の安全な食器棚から選んだものだ——彼女の食欲を増進させた。提供したのはすべて真実だったが、そのほうがほかと辻褄を合わせやすいからだ。それなら、思わず何か口を滑らせたとしても、簡単に言い抜けられる。

きょうの朝、食事をのんびり食べているときも同じだった。彼女はいつも、夜のうちに新しく頭に浮かんだものがないかを知りたがった。夢が記憶の貯蔵庫へもどる道筋になりうると考えていたからだ。彼女が答を待つあいだ、彼は思いにふけるように天井を凝視した。心のなかを探っているように見せて、実は彼女のために準備した一片を注意深く添削していた。

彼女は煙草を一服し、気づかわしげに彼を見守った。「なんでもいいから思いだせない？」いささか落胆したような声で問いかける。

「ひとつ思いだした」彼はつぶやいた。「自主値引き活動のことだ」彼女に目を向けて笑う。

「自主——何？」

「値引き活動」彼は繰り返した。「どうしてそんなことを思いだしたかなんてきかないでくれよ。目が覚めたら頭のなかにあったんだから」

「どういう意味かしら」

「確信はないけど、どうにか説明がつけられると思う。ぼくは両親とのいざこざについて考えるようになったんじゃないだろうか……。思いだしたことを話してあげよう。理由ははっきりしないんだが、ものすごく大切な気がするんだ――見かけより重要な意味がこめられてるんじゃないかって」語り聞かせる話は、いつもと同様、嘘いつわりのない記憶の断片であり、重みがどの程度かわかっているものだった。過去の行動が後日自分をさいなむ恐ろしさについては、いまは考える気になれないし、ましてキャロルに打ち明けるなどとんでもない。「子供のころのことだ。十三歳ぐらいだったか。十四歳かもしれない。ぼくはよく友達と万引きをした。盗んだのはごくふつうのものばかりで、キャンディーやポテトチップスなんかを夕食どきの食料品店からくすねてきたものだ。でも、万引きしたのはそれだけじゃない。あのころは、たしかプラモデル作りに熱中していたと思う。部品のたぐいを盗んだ覚えがあるからね。絵の具の瓶とか、チューブにはいった糊とかが多かったけど、小さい模型をまるごと持ってきたこともある……店はウールワースが多かったな……」彼はそこでことばを切り、一笑した。「ほかにも思いだしたことがある。ぼくはシュノーケル・パーカを持っていた……シュノーケル・パーカを覚えてるかい？　ひどい代物だったよ。ぼくのは青いやつで、袖の内側に焼けこげた穴がいっぱいあいてた。グラウンドで煙草を吸ってるときに先生に見つかって、そこに隠したんだ……。それはそうと、裏地をそこらじゅう切り裂いてポケットをこしらえたのを覚えてるな。もちろん、万引きのためだ」

キャロルは微笑んだ。「自主値引き活動はどうなったの？」

「ああ、あれはみごとだった」彼は笑って身を乗りだし、両の前腕をテーブルの上で休めた。「親友がいたんだ。いまきみを見てるのと同じくらい鮮明に、姿が目に焼きついてる。なのに、どうしても名前を思いだせない。不思議だよ。どんなことがあったかは何もかも覚えてるのに、名前だけが浮かばないんだから。とにかく、そいつは万引きの天才、芸術家だった。そいつもぼくと似たようなパーカを着ていたんだが、一度にどれだけの盗品を隠せたか、想像もつかないだろうな。やつもプラモデルに夢中だったんだけど、どんどん手口が大胆になった。模型のなかにはばかでかい箱にはいってるのがあって、やつでさえ、見つからずに持ちだすことはとてもできなかった。そこで自主値引き活動をはじめて、すぐにぼくもそれにならった。まず、ある品物を――じゅうぶん買える値段の品物を――ながめるふりをして、隙を見て値段のラベルをはがす。隅っこを破いたりしないように、じゅうぶん注意してやらなきゃならない。それから、ほんとうのお目当てである大きくて高い品物のラベルをはがして、かわりにさっきのやつを貼りつけるんだ。もちろん、そんな芸当ができるのは大きな店だけだ。レジにいるのが老いぼればかりで、きょうが何曜かもよくわからない、ましてエアフィクス社の装甲戦車（パンツァーカンプヴァーゲン）のほんとうの値段なんかわかるはずがないという場合にかぎる」

「じゃあ、バーコードが使われるよりも前の話ね」

「なんだって？　ああ、そうだ。おそらく、やつだったら――名前が出てこないな――やつなら、それにも対抗できる方法をいつかは編みだしたと思う」

「で、いつまでつづいたの？　覚えてる？」

彼は首を横に振った。「わからない。ただ、家のなかでものすごい罵り合いをした光景が目に浮かぶんだ。父がかんかんに起こってた。ふたりとも捕まったのか、ぼくだけが捕まったのか、だれかに告げ口されたのか。よくわからない……でも、ひとつはっきりと覚えてる。やつはステレオを万引きしたんだ」

「ステレオ？」キャロルは口をあんぐりあけて、鸚鵡返しに言った。「本物の天才だ。天才ってそういうものじゃないか――ほかのみんなが思いもつかないことをやってのける。大胆不敵だったよ。

さて、問題を出そう。どうやったらステレオを――ここにある大型ラジカセの、というか、そのころあったなかでこれにいちばん近いやつぐらいの大きさのものを、箱にはいったまま、捕まらずにウールワースから持ちだせると思う？」

キャロルは肩をすくめた。「降参よ」

「やつは大きな買い物袋をポケットに忍ばせて店にはいると、音響機器売場へさりげなく歩いていき、だれも見ていないときをねらって、ステレオを棚からおろして袋に入れた。さて、店から出なきゃならない。そんな大きな袋を持った子供がレジを素通りして出ようとしたらどうなる？　怪しいなんてものじゃない。すぐに捕まるに決まってるさ。ところが、本物の天才はそれをみごとにやってのけた。そのウールワースには、出口の近くに荷物を預けるカウンターがあるんだ。重い荷物があるときなんかは、そこに預けて外へ買い物をしに出かけることができる。やつは堂々とそのカウンターへ直行して、買い物袋を手渡し、引き換え券か何かを受けとって店の外へ出た。それは昼食の時間だった。やつは学校へもどって午後の授業に出たあと、帰りにまたウールワースに寄って、券を渡した。大成功！　新品のステレオを持ってさようなららだ」

「信じられないわ。店の人が調べるはずよ」

「どうして？　カウンターの係は、おばあさんのバッグだか傘だかを捜すのに大忙しだったのかもしれない。それに、疑われる理由があるだろうか。たしかに、子供が袋にステレオを入れていきなり出ていくのはまずい。みんないつも目を光らせてる。でも、子供が袋をとりにきただけなら――母親の買ったものかもしれないし――ちっとも怪しくないだろう？　やつはウールワースで万引きしただけじゃなく、従業員を味方につけさえしたってわけだ」

「前に本で読んだ話なんだけど」キャロルは言った。「戦争中にスパイをしていたフランス人女性にまつわる実話なの。その女性はドイツの兵士が言い寄ってくると、疑われないようにするために気安く接したそうよ。バッグを持ってもらうこともあったらしい。中にまずいものがはいっていて――よくわからないけど、無線機か何かでしょう――見つかったら拷問にかけられて銃殺されるような場合でさえ」

スティーヴンはうなずいた。「同じだよ。ちがう世界の話だけど、理屈はいっしょだ」

キャロルはすわったまま身を乗りだして、小さく笑った。「すばらしいわ、スティーヴン。考えたんだけど、あなたの話を全部書きとめたらいいんじゃないかしら。それを時代順に並べたら、いろんなつながりが見えてきて、もっとあれこれ思いだす手がかりになると思うの」

彼は肩をすくめた。「どうだろう。たぶん……」そこでことばをとめ、車が庭に乗り入れる音に耳を澄ました。「あれはだれだ？」

キャロルは驚きに目をまるくして、椅子から跳びあがった。「大変！」腕時計を見る。「ロズだわ。昼食をごちそうすることになってたの。すっかり忘れてた……ねえ、どこへ行くの？」

スティーヴンはすでにテーブルを離れ、不安げな顔で裏口の前に立っている。「わかるだろう。ここにはいられない」

「だめよ。彼女に会ってほしいの。お願い。いっしょにお昼を食べましょうよ。あなた、絶対ロズを気に入るわ」玄関扉を叩く音が大きく響く。「ねえ、お願い」

彼は疑わしげな顔つきを崩さなかったが、テーブルにもどって腰をおろした。キャロルは感謝の微笑みを向け、玄関へと歩いていった。

8

スティーヴンはキャロルの本棚を気怠げにながめていた。目の高さの棚に小説が所せましと並んでいて、左から順にその題名を読んでいった。派手な背表紙のSF小説からオレンジと白の〈ペンギン・モダン・クラシックス〉まで、さまざまなジャンルの本が入り交じっている。『武器の効用』、『共鳴』、『城』、『美術館の舞台裏』、『仔犬のような芸術家の肖像』、『指輪物語』、『嘘つき』、『真昼の暗黒』……。何冊かは納屋での長い夜に読んだが、聞いたことがない題名のものもいくつかある。『城』を抜きとって黄ばんだページをめくってみたものの、活字がぎっしり詰まっているのに嫌気がさして、もとの場所へもどした。気分がよくない。退屈であると同時に、不安だった。台所から、ロズの耳障りな大声がキャロルの静かで心地よい声といっしょに聞こえてくる。背表紙に順々に手をふれながら、彼は午後の時間が過ぎ去ることを祈った。

ロザリンドは台所の戸口に立って白ワインを飲みながら、キャロルがテーブルで野菜を切るのをながめていた。「手伝うって言ってるのに」強い口調で言う。

キャロルは薄切りにしたニンジンの山を蒸し器の網へはたき落とし、首を横に振った。「だめだったら。ただでさえ申しわけなく思ってるのに、昼食を作る手伝いまでさせるなんて」

ロザリンドは笑った。「あんたには治療が必要ね。罪悪感を分泌する腺の働きが活発すぎるのよ。病院で罪悪感の除去手術を受けなさい」

ロザリンドはきびすを返し、ふらふらと居間へ足を踏み入れた。そこにスティーヴンが余分な部品のように立っていた。まるで婦人下着売場で、試着室にいる恋人を待つ男のように見えた。どぎまぎと平静を失い、さりげなくふるまおうとして当たり障りのないものに視線を向けたり、店内に並ぶ商品やそれを物色する女性客にあまり関心がなさそうに装ったりする男だ。彼は書棚におさまった本の題名を吟味し終えて、窓際の壁にかかった額入りの絵を観察していた。

「アルフレッド・ウォリスよ」ロザリンドは彼に近寄って言った。

「えっ?」彼は驚いて視線を向けた。

「その絵。アルフレッド・ウォリスの原画なの」

「ああ、そう」その名は彼にとってなんの意味もなかったが、絵には興味を惹かれた。描かれているのは帆柱が二本ついた船で――おそらくトロール船だろう――港町が背景になっている。遠近法を完全に無視した絵だ。船は灰色の水面よりわずか上を浮遊しているふうで、輪郭から考えるに真横から描かれているにもかかわらず、卵形の甲板が見えている。背景に並ぶ家々は曲がった線で形作られて、それぞれの四隅に十字飾りつきの菓子パンのような小さな窓が配されており、かなたの通りには中世の地図よろしく建物の正面が並んで描かれている。

ロザリンドは微笑んだ。「ウォリスの作品だって、教わらなかったみたいね」

スティーヴンはかぶりを振った。「子供が描いたような絵だと思った」

「あらあら」ロザリンドは言った。「芸術家の世界にお近づきになりたかったら、〝純真な〟とか〝素朴な〟とか言わなきゃだめ。魅力を感じない?」

スティーヴンは絵をじっくりと見た。「多少はね。作者は視覚に障害でもあったんだろうか。それとも、これは特殊な仕掛け?」

「どちらでもない。これが作者の自然なスタイルよ」彼女は声を少し低くした。「キャロルには内緒にしてほしいんだけど、あたしはウォリスを本物の芸術家だと思ってないの」

「どうして?」

彼女はワインをひと口飲み、グラスを持った手を絵に差し向けた。「ウォリスは一八五〇年代にコーンウォールで生まれた。セント・アイヴズで漁師をしてたんだけど、やめて屑物売りになった。アイスクリーム売りをしていた時期もあるらしい。二十歳余り年上のスーザンという女性と結婚していて、奥さんが死んだあと、悲しみをまぎらすために絵を描きはじめた。専門的な修業はまったくしていなくて、身近にあるものをなんでも使って描いたそうよ。船大工の塗料、木のかけら、ボール紙。そして一九二〇年代に、ロンドンの知識人や芸術家によって見いだされた。素朴で明快な作風にみんな驚いたってわけ」

「じゃあ、裕福になったんだな」

「いいえ。彼は一九四二年に、一文なしのまま救貧院でひっそりと死んだ。いまでは、その絵は何千ポンドの値がつくわ。ほとんどは、三〇年代にベン・ニコルソンという画家が一枚数シリングで買いとって、知識階級の友人たちに売りつけたものよ」

「でも、救貧院から出してやろうとはしなかった」

「そう」

「ひどい連中だな」

彼女はワインをひと口飲んで、肩をすくめた。「葬式を出してあげたんだから、少なくとも極悪人ではないわね」

「で、ウォリスが本物の芸術家じゃないのはどうして?」

「ニコルソンを魅了した〝素朴さ〟――まさにそれが問題なの。わたしに言わせれば〝素朴な芸術(アート)〟という表現は撞着語法よ」そこでスティーヴンに目をやる。「つまり、矛盾した言い方だってこと」

「〝撞着語法〟の意味は知ってる」

「ごめんなさい。よけいなお世話だったようね」

「気にしないで。それより、本物の芸術家のことを聞きたい」

「素朴で、かつ芸術（アート）であるなんてことがありうると思う？　〝芸術（アート）〟ということばは、料理とかサッカーとか話しぶりとか、あらゆるものに使えるけど、どれにしたって、みごとに磨き抜かれた技術が備わっている場合にそう呼ぶのよ。となると、その点でウォリスは失格。つまるところ、へたくそな絵なんだから。美術作品について言えば、大事なのは含意の深さと独創性であるはずよ。ウォリスの作品には、船とコーンウォールの海岸が好きだという含意しかない。絵を描いたのは、自分の心の空白を満たすためだった。独創性に関しては、あなた自身がさっき、子供が描いたような絵だと言った。それはそのとおりで、程度の差こそあれ、子供はだいたいこんなふうな絵を描くわ。もしウォリスが実験として、世界を観察するひとつの自覚的な手法としてこのように描いたのなら、その手法を意識的に模倣したニコルソンと同様、芸術（アート）と呼んでかまわないと思う。そうでないかぎり、ただのお絵描きよ」

「へたくそな絵は、わざとへたくそに描いていれば真の芸術だってこと？」

ロザリンドは微笑んだ。「呑みこみが速いわね。いずれ批評家になれるわ」

「かわいそうなアルフレッド」スティーヴンはため息をつき、絵にもう一度目をやった。「気の毒だが、あんたは芸術家じゃないそうだ」

「あなた、芸術家の知り合いはいる?」ロザリンドはきいた。

「ああ」彼は上の空で答えた。

ロザリンドは鋭い目で彼を見た。「ほんとう? どこで知り合ったの?」

彼は少し顔色を変えたが、さほど動揺したふうでもなかった。「きみは芸術家だ。きみを知ってる」

「なんだ、そういうこと……ところでキャロルから聞いたんだけど、最近あなたの耳もとで記憶の女神(ムネモシュネ)がささやいたんだって?」

「ムネモシュネ?」

「記憶がもどってきたんでしょう?」

「少しだけね。映画の断片がいくつかよみがえるけど、全体としてまとまらないような感じかな。それも、ほとんどがひどく昔の、子供のころの話だ」彼はことばを切り、陶器にナイフやフォークのぶつかる音が台所から響くのに耳を澄ました。「もうすぐ準備ができそうだ。そろそろ行ったほうが……」

彼が歩きだそうとすると、ロザリンドは腕をつかんで、値踏みするような強い視線を向けた。

「ねえ。キャロルからあなたの話を聞いたとき、あたしが最初にどう思ったかわかる?」

「さあ……」

「いけ好かないぺてん師だと思った。もちろん、キャロルはそうは見ていなかったけどね。そんなふうに考えることができないのか、ひょっとしたら認めようとしないだけかもしれない。

だけど喜んで。あたしも考えを変えたから。いまは、あなたのことをいけ好かないとは思わない。頭のいいすてきな人だと思う」

「ぼくは――」

「でも嘘つきよ。それは変わらない」

彼女は理解できないという顔つきでぼんやりと目を向けた。「嘘つき？」

彼女は微笑んだ。「なかなかうまいわよ、スティーヴン。まずは控えめに無実を訴えるわけね。目を大きく見開いて〝えっ、ぼくが？〟って顔をされると、信じてしまいそう。つぎはどうする？　注意深く怒りを抑えつけて、やがて取り乱すの？　こちらはお見通しよ。事情はわからないけど、あなたはなんらかの理由で、記憶を失ったことにするのが好都合だと考えてる。何かまずいことをしたのか、だれかから逃げているのか――なんであれ、あなたを信用することはできないのよ、スティーヴン」ことばを切って、糾弾の効果を見きわめようとしたが、彼はぼんやりと見つめつづけるばかりだ。「まあいいわ。少なくとも狂人じゃないようだからあたしもかなり安心したし、どういうわけか、あなたがいるとキャロルは楽しいみたい」そこで声をひそめ、脅しつけるような口調で言う。「でも、覚えておきなさい。あなたが巻きこまれていることのせいで、ちょっとでも彼女に危害が及ぶようなことになったら……ただじゃすまないわよ。彼女はひどく不幸な出来事を乗り越えたところなの。またつらい目にあわせるなんて、あたしが絶対に許さない。わかった？」

スティーヴンは肩をすくめ、とまどい顔になった。「なんの話だか、さっぱりわからない」

彼女はとげとげしさと甘さの入り混じった微笑を向けた。「なら問題ないでしょう？」

「準備ができたわ」キャロルが戸口に現れて言った。

ロザリンドは振り向いて、にっこり微笑みかけた。「スティーヴンとあたしは、あなたのアルフレッド・ウォリスを鑑賞してたの」

キャロルも微笑んで、絵の前のふたりに近寄った。「すてきでしょう？　祖父が画家のクリストファー・ウッドの友達だったのよ。わたしがとても気に入ってたものだから、祖父が遺贈してくれたの。ときどきその椅子にすわって、ひたすら静かにながめることにしているの。催眠術みたいに」スティーヴンの前に身を乗りだす。「ロズはこれがきらいなの」こっそり言う。

「本物の芸術だと思ってないのよ」

「ずるい！」ロズは抗議した。「あたしはきらいだなんて言ったことないわ。感じのいい絵だと思ってる、でも、これは、その……」

「本物の芸術じゃない。かまわないわよ。そう言われたって傷つかない。だって、わたしはこれを描いたんじゃなくて、ながめるだけだもの……さあ、とにかく食事にしましょう」

食事中、スティーヴンはほとんどだまっていて、話題にのぼっている事柄について意見を求められたときだけ口をきいた。だが、聞き耳はしっかり立てていた。ロザリンドとキャロルの会話の進め方は興味深かった。ふたりとも打ち解けてくつろいでいて、親しい仲でしか許されないゴシップ混じりの当てこすりやちょっとした嘲りをときおり口にしたが、ふたりのあいだには、うっすらとではあるが見てとれる境界線が引かれていた。医学や心理学の領域に踏みこまないかぎり、キャロルが自分の説を素直に引っこめてしまうのは驚きだった。その他の話題になると、地元のニュースから美術、文学、国際政治に至るまで、彼女は論争好きの印象を与えないように、守りの立場を巧みに貫いているようだった。ロザリンドが機甲師団よろしく自信たっぷりに突進して、高性能爆弾を配備したり破裂させたりすると、キャロルは目立たない防戦態勢をとって、すぐに適応や降伏ができるように備えていた。

昼食がすむと、ロザリンドはコーヒーを飲み、さらに午後の紅茶を飲み、六時を過ぎてようやく青のルノーに乗りこんで、小道から本道へ滑り出ていった。キャロルは庭で手を振って見送り、車が視界から消えるのを見守った。「悪くなかったでしょう?」彼女がそう言ったのは、台所にもどって、スティーヴンとともに料理の残骸に囲まれて腰かけたときだった。

彼はあいまいに小さくうなずき、汚れた皿の山を見まわした。「うん。おいしい昼食だった」

「料理じゃなくて、ロズのことよ。あなたたちがやっと会えてよかったわ」

「彼女はぼくをきらってる」

キャロルは驚きの目を向けた。「あなたをきらってる?　どうしてそんなことが言えるの?」

「ぼくが嘘つきだと思ってる」

「嘘つき?」彼女は困惑した顔で繰り返した。

「記憶喪失のふりをしてるって。きみをだまして、どうにかするために……きみはそう思ってるのかい」

彼女はテーブル越しに手を差しだして、彼の手を握った。「もちろん、思ってないわ。知ってるでしょう？　ロズがそう考えてるなんて、どうして思ったの？　もうあなたと会ったんだから、そんなことがあるなんて信じられないの。あなたたち、馬が合ってるように見えたのに――さっき居間にいたとき、ずいぶん親しげだったわ……」眉をひそめる。「ちょっと待って。彼女、あなたに何か言ったの？」

「いや……はっきりとは何も。そういう口ぶりだったんだ。そんな印象を受けた」

「ほんとう？　わたしはロズをよく知ってる。もしあなたを困らせるようなことを言ったとしたら……」

彼は微笑んで彼女の手を強く握った。「言ってないよ。ほんとうだ。なんとなく信用されていない気がしただけなんだ。忘れてくれないか。さあ、このワインを飲みきってしまおう」

キャロルはボトルを持ちあげて振った。「あまり残ってないわね。冷蔵庫にもう一本あるの。それでひと晩楽しむのはどう？」

彼は微笑んだ。「悪くないね」

9

鼻歌を口ずさみながら、キャロルは時計の目覚ましの針を七時半に合わせ、ボタンが外に出ているのをたしかめた。それから毛織りの靴下を脱ぎ捨てて、うきうきとベッドへ滑りこんだ。

頭はワインのおかげで心地よく鈍っているが、朦朧としたりめまいがしたりということはなく、体は上掛けの柔らかい感触を楽しんでいる。あまりに爽快なので、ベッド脇のランプの明かりを消したあと、安らぎを味わうだけのために、眠るのを数分間がまんした。からみ合った指の隙間から徐々に意識がしみだして、眠りの虚空がかわりに流れこんでくる……

バン！

——頭が枕から跳ねあがり、彼女は息を呑んで闇に目を凝らした。左耳のすぐ後ろで銃声のような音がして、余韻がなお頭蓋の奥で鳴り響くなか、手を伸ばしてランプの明かりをつけた。身を起こし、呼吸の回復と鼓動の静まりを待つ。ワインを飲みすぎた自分が恨めしかった。これは入眠時幻覚と呼ばれ、眠りに落ちる間際に光や音を錯覚するもので、子供のころから何度も体験していた。自分の場合はつねに聴覚で、いつも短く鋭い音、それも大きな音が突然響いた。ドラムを叩く音やドアの閉まる音や銃声に似ている。夜に酒を飲んだときはたいがいこれを感じた。

気分が落ち着くと、明かりを消してふたたび横になり、上掛けを顎のまわりにしっかり引き寄せて気を休め、眠りがもどるのを待った。さらに待ったが、だめだった。一瞬まどろんでから衝撃に見舞われたせいで、さしつつあった眠気が散って、目が冴えてしまった。何度も寝返りを打って頭を空っぽにしようとつとめたが、そのたびに想念が小鬼のように闇から飛びだしてきて、歌声と叫びをあげながら脳裏を駆けめぐる。スティーヴンのこと、ロズのこと、ロズとスティーヴンのこと、自分とスティーヴンのことを考えた。実はロズが彼に何か話していたとしたら？　そのせいで彼が動揺して、回復が妨げられたら？　ロズの言うように、スティーヴンがほんとうに嘘をついているとしたらどうか、しかしあの切れぎれの昔話、どうやったらあんな話を作りあげられるのか、ロズはほうっておいてくれたらいいのに、あのふたりをもう一度会わせるべきか、ロズが彼の反感を買っていたり、あるいはその逆だったらどうか、とはいえロズとの関係を絶つわけにいかない、この農場はどうなるのか、彼のためにどれだけ時間を割くべきか、農場は荒れ果てるだろうか、スティーヴンは自分をどう思っているのか、ここにいることをどう思っているのか、いっしょにいるとなんとなく楽しげに見える、でもはっきりとはわからない、どうしてそんなことが気になるのか、彼への気持ちは純粋な好意なのか、それとももっと深いものなのか、彼がときどき自分に向けるまなざしはどんな意味か、腕を組んで荒れ野を歩いていたとき、テーブル越しに手を握ったとき、彼の膝にふれたとき、目を閉じてこちらの手首をつかむスティーヴン、あの腕に抱きすくめられたらどんな感じがするか

――

身を起こして目をあけると、想念が鳴りを静め、くぐもったつぶやきに変わった。体が熱い。薄い汗の膜が顔に浮かび、あれほど心地よく感じられた寝具が、いまでは熱を帯びた泥のように粘ついてうっとうしい。彼女は上掛けをはね飛ばし、ベッドのへりに腰かけて目を大きく見開いた。やにわに立ちあがって窓へ歩み寄り、カーテンをあけて夜の闇に目をやる。月も星も一面の厚い雲に覆われ、庭は漆黒の闇に包まれているが、納屋の扉の隙間から地面へひと筋の蒼い光が差している。つまり、彼も眠っていないわけだ。こちらと同じことを考えているのか

もしれない……いや、それは絶対にありえない。

ありうるわ。

そうは思わない。

なら、たしかめにいけば……

そんなこと、できない。

どうして？

寝ているところに踏みこむわけにはいかない。

向こうはそれを望んでるかも。

いいえ。

何かまずいことになってたらどうする？

……たとえば？

病気か何かになってるかも。

でも……

調べるべきよ……

……さあ、どうだか……だめ、できない……ベッドにもどって、もう一度寝よう……

ナイトガウンの上に重い厚手のコートを着て、ウェリントン・ブーツのゴムのふちが脚とふれ合うのを感じながら、キャロルは暗い庭を軽快な足どりで歩きだし、納屋の扉からこぼれるかすかな光をめざして進んだ。夕方に降った小雨のせいで地面がぬかるんで滑り、足を二度とられそうになった。

扉の閂がはずされ、わずかに開いている。彼女は隙間から中をのぞきこんだ。スティーヴンが藁のベッドのへりに腰かけて木箱の机の上に身を乗りだし、記憶がもどったときにメモをとるようにと以前渡した小さな青い手帳に、何やら書きこんでいる。すっかり夢中の様子で、鉛筆が休みなくページの上を往復している。机の上には、火屋（ほや）のついたランプの横に、ゆうべふたりで半分あけたワインのボトルがある。ながめていると、彼は鉛筆を置いてボトルのままがぶ飲みした。

一瞬ためらったのち、彼女は扉を引きあけて中へ足を踏み入れた。スティーヴンは蝶番のきしる音に驚いて目をあげたが、緊張はすぐに解けた。その顔にあたたかい歓迎の笑みがひろがるのを見てうれしくなったが、彼がこそこそと手帳を閉じて、ワインのボトルとランプの後ろへ隠すのが、いやでも目にはいった。

「眠れないのよ」彼女は戸口を物憂げにぶらつきながら言った。

「ぼくもだ」

「明かりがついているのが見えたの。様子を見にきたほうがいいんじゃないかと思って」

「だいじょうぶ。目が冴えてしまっただけだ」

「わたしも同じ」

彼は察するようにうなずいた。彼女も察するようにうなずいた。

「さあ」彼女は明るく言った。「もう行ったほうがいいわね。お邪魔しちゃ悪いわ」

「かまわないよ……そう、このボトルをあけるのに付き合ってくれないか」

「いえ、遠慮するわ。もう飲まないほうがいいと思う」

「なんにせよ、中へおいでよ。俵をひとつ出してすわるといい」

キャロルは扉を閉めて、彼のもとへゆっくりと進んだ。彼は立ちあがり、藁の山から俵をひとつとって机のかたわらまで運んだ。彼女はそれをながめていたが、腰はおろさなかった。納屋の隅を悠然と歩きまわりながら、美術館を訪れたときのような心を奪われた様子で、壁や天井や牛乳缶に目をやっていた。「悪くないわね。みごとに造り替えたじゃない。このくらいの明るさだと、ほんとうに落ち着いた気分になる」

「自分でも気に入ってる」彼はふたたびベッドのへりに腰かけて言った。

「なんならそこを仕切ったらどう？　あそこにある防水シートを使えばいい」彼女は反対側の隅へ顎を向けた。「もっと快適な部屋になるわ。隙間風がはいってこなくて」

彼は首を横に振って、ベッドの側面を叩いた。「これでじゅうぶんだよ。それに、閉じこめられるのは苦手なんだ」

彼女は俵を重ねて作ったベッドを見て、微笑んだ。「四柱式のベッドで寝るみたいな感じかしら」

彼は笑った。「ああ、たぶんね」

「小さいころ、ずっと四柱式のベッドがほしいって思ってた。大人になったら自分だけのベッドを買いたい、そうすれば中へもぐりこんで、カーテンを引いて、安心してぬくぬくと過ごせるって」彼女は笑った。「八歳ぐらいのとき、休日に父がスコットランドの古い大きなホテルへみんなを連れていってくれた——この農場が手にはいる前のことよ。ゴシック式の、広々とした蒼然たる建物で、いたるところに黒っぽい木の羽目板が張られていた。湖のほとりにあって、あたり一面が森だった。季節はずれで、ほとんどだれも泊まっていなかったから、マイケルもわたしも自分の部屋をもらった。わたしの部屋はだだっぴろくて、節くれ立ったものすごい大きさの家具が並んでいて、壁に絵が何枚もかかってて、窓から湖が見えて、それに——なんだと思う？——特大の四柱式ベッドがあったの！　いまも目に浮かぶわ。高くて太い支柱に、臙脂色のカーテンに、白い枕の山。貴族の大邸宅にありそうなベッドね。最初の夜は王女にでもなった気分だった。アンディ・パンディのパジャマを着て、ベッドによじのぼってカーテンを閉めた。ところが——どうなったかわかる？——一睡もできないの。ホテルのなかは隙間風だらけで、ベッドのまわりのカーテンがしじゅう揺れてたわ。わたしは横になったまま、カーテンが動きだすのをじっと見守っていた。部屋のなかにいる幽霊がカーテンの外をうろついていて、いまにも自分を捕まえにくるにちがいないと思いこんでたの。その夜はどうにか寝ついたと思う。でも、つぎの晩は部屋にはいることさえできなかった。マイケルに部屋を交換してくれって言ったんだけど、ばかなことに理由を話してしまったから、向こうもいやがった。結局、わたしがマイケルの部屋に寝て、マイケルは両親の部屋へ行くことになった」

　彼女はその休日の残りについて話しつづけた。森のなかを散歩したこと、父親といっしょに湖で釣りをしたこと。小石を手でもてあそびながら、壁際でランプの薄明かりに包まれて話すあいだ、スティーヴンはじっと耳を傾けていた。彼女は居心地の悪い思いで相手の視線を避けながら、とまどいを押し隠すためにひたすら語った。やがてことばの流れが尽き、彼を見つめて言った。「退屈よね」

「そんなことはない」

「いや、そうよ。顔に書いてある。もう帰るわ。あなたも少し眠りたいでしょう」

「キャロル、ぼくは聞いていたいんだ。もっときみのことを教えてもらいたい。どんなふうに育って、どこで過ごして、どうしてここに来たか。何もかもだ」

「ほんとう?」

「ほんとうだ」

彼女はあいまいに微笑んだ。「どうしてわたしのことを知りたいの?」

彼は肩をすくめた。「知りたいから知りたい。興味がある。それに、聞いてるとぼくの記憶がもどってくるんだ」

彼女は顔を輝かせた。「そう? また何か思いだしたの?」

「少しだけ」

彼女はためらいがちに机に近寄って、ようやく俵に腰かけた。「教えて」興奮気味に言う。

「こんな話、聞きたくないと思うな」

「聞きたいわ。わたしの話をしたんだから、こんどはあなたの話を聞かせて」

「いまは言いたくないんだ。そのうち話すよ」

彼女はワインのボトルに目をやった。「その話、書きとめたの？」彼が視線をあげたので、説明した。「はいってきたとき、あなたが何か書いてる姿が目にはいったのよ……見せてもらえる？」

彼はしばしキャロルを見つめていたが、やがてしぶしぶ手帳を取りだした。「支離滅裂だよ」ページを繰りながら言ったあと、彼女のほうに差しだす。「それにひどい字だ」

彼女が最初のページをあけると、冒頭に〈万引き〉と記されていた。それからページをめくりはじめ、一ページにつき数行ずつ目を通していった。書きこみは手帳全体の四分の一ほどを埋め、長いものは数ページ、短いものは数段落や、ときにはひとことだけのものまであって、それぞれの上に〈バイクに乗る〉、〈キャンプ〉、〈煙草〉、〈学校での最初の（？）日〉などの題が添えられていた。読んでいくうち、ついに最後の書きこみに達した。ここへ来たときに彼が書いていた話だ。長さは五ページに及び、〈初体験〉という題がついている。

彼女は思わず手帳から顔をあげて、笑みをこぼした。「これはいつ思いだしたの？」

彼はかすかに顔を赤らめて――顎の無精ひげの生え際より上が、ほんの少し、消え入りそうなピンクに染まった――すわったまま落ち着かなげに体を揺すった。「二、三日前だ」ぼそぼそ声で言う。

「そんなこと言わなかったじゃない」

顔がますます赤くなった。「うん。それは……ちょっと……個人的な話だから」

彼女は微笑んで手帳を閉じた。「あなたがいやだったら、読まないわ」静かに言う。

「役に立つと思うならいいよ。かまわないさ、恥ずかしいわけじゃない」とはいえ、手帳を机に置くと、ほっとした顔つきになった。

「こんど見せてもらうわ」

「わかった」

そのような記憶がなぜ表層へ浮かびあがったのかと、彼女は考えた。重要な出来事が当然のごとく顕在化しただけなのか、それとも特別な何かに刺激されて思いだしたのか。否応なく、小さな青い手帳に視線が引きもどされた。

彼はその視線の先を目でたどった。ため息をつき、手帳をとってふたたび渡してよこす。

「さあ、読んでいいよ」彼女が手を伸ばしたが、彼は突然それを引ったくった。「待ってくれ」そう言うと、ページを荒々しくめくって、最後のページに達した。驚いたことに、彼はそのページを破ってくしゃくしゃにまるめた。「どうぞ」ようやく手帳を彼女の手にもどす。

「どうしてそんなことをするの？」

「最後のところが気に入らなくてね。とんでもないことを……つまり、ぼくはちょっと熱に浮かされてたんだ」

「スティーヴン、どれもみんな大事なのよ」

彼は手のなかのまるまった紙片を見て、かぶりを振った。「これは大事じゃない。こんなものは……。さあ、読むのか、読まないのか」

彼女はためらった。手帳のへりを神経質そうになでつけながら、その手を見つめている。すばらしい手だ、とスティーヴンは思った。長く、細く、青白く、よく手入れされている。引っ掻き傷のついた爪と手のひらの小さなまめだけが、農場での重労働を思い起こさせる。その手をながめ、さらにコートの裾から顔をのぞかせる白い膝頭や、黒いウェリントン・ブーツのひろがったふちへ吸いこまれるふくらはぎの曲線に視線を滑らせるうち、彼は胸と腹に締めつけられるような感覚を味わった。

「持っていってもいいかしら」彼女は尋ねた。「それとも、要る?」

「いや、要らない。好きなだけ持っていていいさ。全部そこに書いてあるよ。これまでに思いだしたことが」

手帳をしっかりと胸に抱き、彼女は立ちあがって彼の額にキスをした。「おやすみなさい。がんばって眠ってね」そうささやき、彼の髪を掻きなでて立ち去った。

「おやすみ」彼は小声で言い、扉から出ていく彼女を見送った。

最後の五ページにスティーヴンが記したことを読みたくてたまらないのは、みだらな好奇心のせいではなく、彼が日増しに回復していくさまを楽しんでいるからだと、キャロルは自分に言い聞かせた。理由がどうあれ、読み終えるまで眠れないのはわかっていた。部屋にもどってから、ベッドのへりに寝そべって手帳を開いた。

系統立った分析を心がけて、彼女は最初のページを開き、頭から読みはじめた。彼の言ったとおりひどい字で書かれていたので、全体を何度も見返しつつ、際立って判読しづらいことばには首をひねりながら、文脈から意味を推し量って進んだ。いくつかの挿話からなる文章と、ゆっくり注意深く格闘する。どれもこれまでに耳で聞いた話とおおよそ一致している。細部がくわしくてわかりやすい話もあれば、断片的で辻褄の合わない話もある。最後の挿話以外はみなそんなふうだった。しだいに神経を高ぶらせながら、彼女は〈煙草〉の最後のページを読み終え、〈初体験〉にたどり着いた。ほかの話とちがってあわただしく記されていて、思いつくままに書きなぐったような印象を受ける。数日前に思いだしたのだとしたら、奇妙なことだった。

興奮　階段を駆けあがる、　いや興奮じゃない——むしろ一種の~~緊~~いや、　そうでもない　　何より興奮　ぼくはどこにいるんだ？　走ってる、　そう、　階段をのぼってる、〝興奮して〟　　そして彼女がいる、ベッドのへりにすわってぼくを待ってる、ぼくの寝室の小さなベッドで　ぼくは階段を駆けのぼって、　部屋へ走りこんで、　彼女を見る　やつらは消えたのか？　変だ、いまは顔が見えないけど彼女の名前はケリー　彼を思いだす、彼の姉さんだったんだろう　　彼女はぼくより年上で、　その手の経験があって、ぼくみたいにこわがっていない　そのとき彼女が出ていく、　ぼくはベッドに寝そべって、　ちょっと黄ばんだ幅木や、青いふかふかの絨毯を見つめてる、　そしてぼくは~~爆発~~胸がいっぱいになる、　幸せと興奮で、熱い蜂蜜で満たされたように　トイレの水の音、彼女が帰ってくる　　準備はいい？　彼女はベッドに横たわる、頭板に〈狂気〉のステッカーが貼ってあるのが見える　そしてそしてそして最高の瞬間、彼女がスカートをたくしあげる、パンティーを穿いていない、白い太股と黒い縮れた毛だけで、肌が透けるようだ　そして彼女は上着を脱いで、ブラジャーも小さな紫の花模様が散った白いブラジャーもはずす、本物を見たのははじめてだ、小さくてまるでわ　リンゴマシュマロにジェリー・トッツがついてるみたいだ　ダレンは赤いジェリー・トッツがいちばん好きだと言っていた、女の乳首みたいだから　彼女がキスを求めたけれどぼくはまずながめていたい、腕を太股にまわして、顔をおなかとその下にうずめて、彼女が言う　やめてよ、でもぼくは隅々までなめたい、柔らかくてみずみずしい、彼女ははじめる前にちゃんとキスをさせてから、ぼくのジッパーをおろす、他人の指がふれるのは変な感じだ、そしてはじまる　顔が見たいのに見えない、ぼくは目を閉じている、彼女の指がぼくのペニスを引きだす、滑る、そして入れる、彼女が甲高い声で叫ぶ、ペニスが万力で、柔らかい万力で締めつけられたみたいだ　好きだ好きだ好きだ、静かにして速くして、ベッドが揺れてきしる、ぼくたちもいっしょに動く、痛いんじゃないかと思ったけど彼女はやめないでと言う、赤い頬、閉じた目、何も見えなくなって、光が色とりどりの光がまぶたに浮かび、腹のなかがたけり狂う、流れ出るものが永遠にとまらない気がする、歯がぎしぎしとこすれ合う　そして彼女がぼくを押しのけて横たわる　脚のあいだへぼくの手を持っていく、ぐっしょり濡れてシーツにしたたっている、全部あんたが出したものよ、ぼくはおえっと言う、でもほんとにすごい彼女はトイレへ行って、それから服を着る、行かないでくれもう一回しないか？　どうかしら　これからゲーリーに会うの　ゲーリーはぼくのこと知ってるのかい　いいえ、彼にもだれにも言わないほうがいいわよ、でもまたできるんだろ、きみを愛してる　だめよ　彼女はぼくのなかの何かを壊し、何かを奪い去り、ほかのもっと大切なものをよみがえらせてくれた、なのに本人は気がつかない　彼女はまだ

それは四ページ目の終わりで唐突に途切れていた。スティーヴンが最後のページを破りとったぎざぎざの切り口を、キャロルはむなしく見つめた。激越なことばの数々のせいで、崖のふちから突き飛ばされて宙吊りになったような不快感に襲われていた。

混乱した頭のなかを整理しようと、もう一度文章を読みはじめた。こんどはゆっくりと、それぞれの文をじっくり吟味し、とめどない熱狂的な流れに意味の区切りをつけながら。読み進むうち、頭のなかの情景が徐々に正確で鮮明な像を結び、あいまいに語られたことばの断片が意味をなしてきた。これを見せたがらなかったのも無理はない。ためらった理由は性的な描写以外のところにある。彼がこのケリーという娘を真剣に愛していたのは明らかだが、相手は遊びに利用しただけだった。かわいそうに、このとき彼は何歳だったのだろう？　手がかりはどこにもないが、どうやらケリーのほうが年上で世慣れていて、ほかの男と付き合った経験があったようだ。彼はこの痛々しい経験の一部始終を思いだしてしまったらしい。

そのとき、目覚ましの音が響いた。メモを解読しているあいだに夜の残りが尽きてしまい、

窓の外が白んでいる。頭痛とめまいを覚えながら、彼女は起きあがって目覚ましを切った。カーテンをあけて納屋を見おろし、彼が眠りにつけたかどうかと考える。外は明るく晴れていて、空には数片の雲が漂うだけだ。きょうは仕事がたくさんあって、あまり先延ばしにはできない。彼女は目覚まし用の針を十時半に合わせ――さらに、気のとがめを感じながら十一時に進ませ――ベッドにもぐりこんで、五分もしないうちに深い眠りに落ちた。

十一時に目を覚ましたとき、気分は少しもよくなっていなかった。意識が混濁し、目の奥に鈍い痛みがあり、うずくような疲労感が全身にひろがっている。

ふだんの三倍の時間をかけて、台所でぶらぶらと朝食――特大のポットいっぱいの強烈なコーヒー――の準備をするあいだ、スティーヴンを呼びにいきたい衝動をどうにか抑えつけた。彼は朝食のできる時間を正確に察知できるようだから、姿を見せないということは、まだ眠っているにちがいない。自分の半分でも疲れを感じているなら、起こされたくないはずだ。

コーヒーを持ってテーブルの前にすわり、ひと口飲む。すでに手帳を階下に持ってきてあり、最後の文章をもう一度読みたい誘惑には勝てなかった。寝る前と同じ気持ちで読んだが、同じ驚きは得られなかった。まったく別の語句に興味が向いてしまい、乳首をジェリー・トッツにたとえているところや（何歳だったのだろうか）、〝ぼくはおえっと言う、でもほんとにすごい〟と射精を誇らしく思っているところに微笑んだ。

最後のページがあったはずの場所をながめていると、つぎのページの空白に、筆圧による字の痕跡が残っているのがわかった。ベッド脇のランプの明かりでは気づかなかったが、いまは日の光を受けてかなりくっきりと見える。蜘蛛の脚のような細い字が曲がったりくねったりしている。手帳を光にかざして前後に動かしながら、彼女は痕跡を注意深く観察して読みとろうとした。ほとんどがぼやけて読めなかったが、いくつかの文字と――確信は持てないものの――いくつかの単語を判読できた。急に好奇心が頭をもたげた。急いで居間へ行って、ペンと紙を持ってきた。目の前でコーヒーの残りが冷めていくのもかまわず、読みとれたものを書き写し、たびたびその成果を検討した。三十分すると、その紙はしるしや文字や削除線や単語らしきものでいっぱいになった。多少とも意味をなすのは末尾のくだりだけだった。ほかよりもゆっくり書かれたせいで、鮮明な跡が残っていたのだろう。

そう……………が……………（の？）………………（忘？）れていた。これ………………自
……………（彼？）女が……………もど………………ぼく……………………気
彼女の（声？）……好きだ……話……も好…………………手を…………………たまらな……
自分がこ…………る（な？）んて。ぼくは彼女を愛している。

予想どおり、このページには、はじめて性交渉を持った娘への思いがさらに記されているようだった。どれほど愛していたか。そして、相手がただの遊びと考えているのに気づいたとき、どれほど傷ついたか。たとえその場かぎりの出来事でも、はじめてのセックスの相手にはのぼ

せあがってしまうことを、キャロルは自分の体験から知っている。ここに記されたような形で痛みがよみがえったとしたら、はるか昔に癒(いや)されたはずの傷が、いきなり当時と同じくらい生生しくスティーヴンの心を切り裂いたにちがいない。

書きつけられた断片にもう一度目を通しているうち、彼をいとおしく思う気持ちがこみあげてきた。彼の内面を探り、崩れた記憶をよみがえらせる手助けをすることは予想以上の苦痛と困難をともないそうだが、ひとりの人間としてしっかり立ちなおらせてやるためにいっそう努力を傾けようと、彼女は心に誓った。

コミューン

ひとりの男が草刈りに行った、原っぱへ草刈りに行った……
クレシダは小さな前庭を歩きながら鼻歌を口ずさんだ。まるまった小石をエスパドリーユ靴の縄製の薄底で踏むときの、でこぼこした感触が心地よい。この場のすべてが――足への刺激さえもが――芸術的な昂揚を呼び起こした。なぜもっと早くここへ引っ越さなかったのだろうか。錬鉄製の大きな門を開き、振り返って母屋に目を向けた。双子(ツインズ)の部屋のシャッターはまだ固く閉じられ、朝の暑い日差しをはね返している。どうしようもない怠け者になるときもあるけれど、ふたりを自分は死ぬほど愛している。彼女は微笑んで、鼻歌をつづけながらのんびりと小道を進んだ。
ふん、ふん、ふふん、ふふふん、ララ、ラーララ、ラン……
「おはよう」小道のかたわらの囲い地で、山査子(さんざし)の木のわずかな陰を求めて身を寄せる二頭の馬に話しかける。その一頭、老いた栗毛の雌馬が、彼女を一瞥して鼻を鳴らし、もう一頭のひづめのまわりの青白い草にもの悲しげに目をやった。クレシダは舌の奥を数回鳴らして、鉄条網の上から手を差し伸べたが、二頭とも反応しなかった。「しかたがないわね。気持ちはわかるわ。わたしだって、そういう気分になる朝があるもの」

小道の端まで行くと、小石交じりの乾燥した地面が途絶え、タール舗装の路面とぶつかる。かなたの谷底にひろがるカミュの町から、森や草原のなかを縫うように進み、シュヴァレットの村へ通じる一車線道路だ。農場の入口には古びた杭が立っていて、そこに真新しい標識が打ちつけられている。白塗りの木の板に、ルーン文字を思わせるていねいな赤い装飾文字で〈ル・タンプル（聖堂）〉と記されている。クレシダはしばしそこへ賛嘆のまなざしを投げかけたあと、村へ向かって舗装道路をのぼりだした。

一キロほど進むと坂は下りに転じ、曲がりくねった村道の気配が深まるにしたがって、道幅が心なしか広くなった。シュヴァレットは大きな農業集落で、要するに、いくつかの大農場と多数の自作および小作農家の結合体であり、広大な台地一帯に母屋や農場関連施設が不規則に点在している。けさは集落全体が閑散として死んだように見える。歩を進めるにつれ、エスパドリーユ靴が道端の柔らかい塵にこすれて軽い音を立てた。生き物の気配を感じさせるのは、はるか遠方で響きをあげるトラクターと、道の反対側から速足で歩いてくる小さな茶色のダックスフントしかない。ダックスフントが近づいてくると、彼女は立ちどまって微笑みかけ、腰をかがめて片手を差しだした。犬は足をとめないまま目を合わせ、耳を寝かせ、不安げな視線をくれてから、ずんぐりした脚を振り動かして歩みを速め、カーブの向こうへ姿を消した。

「きょうは、だれもわたしとかかわりたくないようね」彼女はつぶやいた。

鍔広(つばびろ)の麦わら帽を脱ぎ、白い陽光をまともに目に受けてまばたきしながら、髪の生え際に浮かぶ汗をティッシュペーパーでぬぐった。さらに数メートル行くと、村の井戸に着いた。長いあいだ打ち捨てられていたものらしく、石壁のほうぼうがはげ落ち、はね釣瓶(つるべ)も鎖もバケツも、数十年ぶんの錆で焦げ茶に変色して、ウエハース並みにもろくなっている。かたわらに立つ石造りの小さな家は、それよりほんの少し状態がましなだけだ。かつて家畜用の小屋だったのは確実で——おそらく、この先にひろがる近代的な大農場の一部だったのだろう——戸口を人間向けの大きさに縮め、小窓をいくつか増やすことによって、大ざっぱに居住用に造り替えたにちがいない。木製の庇(ひさし)や戸口の横木は灰白色にひからびて、年月ゆえの深いひびが刻まれている。屋根のテラコッタのタイルは日に焼けて白茶け、ところどころに苔がむして色変わりしている。

話に聞いていた家だ。「すてきね」彼女は心楽しくつぶやいた。「最高にすてき」扉に歩み寄り、拳(こぶし)で勢いよくノックしたが、青みがかった灰色の塗料がはげてひらひら舞い落ちるのを見て、顔をしかめた。しばらく待った。返事がない。もう一度試みても失礼や短気にはあたるまいと思われたころ、ふたたびノックをした。またもや薄片が降り注ぎ、長い沈黙が流れた。あきらめかけたとき、耳障りな音を立てて閂が引かれ、扉がきしりながら開いた。彼女はすぐさまにこやかな笑みをつくろって、ほこりだらけの暗がりをのぞきこんだ。

扉をあけた男は、長方形の薄闇に立ったまま、何も言わず、敵意を隠そうともせずに、目をしばたたかせながらまっしぐらに彼女を見つめている。日に焼けて肌が荒れた長身痩軀(そうく)の男で、汚れの目立つ白い肌着を身に着けていた。面長で眼光鋭く、黒く濃いひげを口の両脇へ垂らしている。

「ボンジュール、ムシュー」クレシダは明るい声で言った。「ヴーゼット・ムシュー・ヴィヴォー（ムシュー・ヴィヴォーですね）？」男が無言でにらみつけるばかりなので、あわてて言い添える。「ジュ・スイ・ヴォートル・ヴォアザン・ドピュイ・ケルク・ジュール。ジャビット・ル・タンプル（数日前に近所に越してきた者です。〈ル・タンプル〉に住んでいます）」男の顔がさらに険しくなった。彼女は何か答えてほしい、少なくとも意思が通じたことを示してほしいと願った。自分のフランス語力はなかなかだといつも思っていたが、それは学校で教わる書きことばの話であって、いまのこの状況とは比べものにならない。「ジュ・マペル・マドモアゼル・アラン（マドモアゼル・アランと申します）」必死につづける。

「オン・マ・ディッ・ク・ヴーゼット（聞いたところだと、あなたは）……ええと……ブリコルー、ウィ、ヴーゼット・ブリコルー。ネ・ス・パ？（〝ブリコルー〟だそうですね。そうでしょう？）」男がうなずいたが、動きが小さくて、暗がりのなかではよく見えない。「アー、ボン……ところで……」彼女はためらった。

「オスイ、オン・マ・ディッ・ク・ヴー・パルレ・アングレ。セ・ヴレ？（それに、あなたが英語を話すとも聞きました。ほんとうですか）」

男の険しい顔に、敵意に加えて懐疑の色も浮かんだ。「ん？」とうなり声が漏れる。

「パルドン、ムシュー。モア、ジュ・パルル・フランセ・コム・ユヌ・ヴァシュ・アルマンド。オン・マ・ディッ・ク・ヴー・パルレ・アングレ（すみません。わたしのフランス語はドイツの牛並みにめちゃくちゃです。あなたは英語を話すと聞きましたが）」

男はおもむろにうなずいた。「ええ」小声で言う。英語だ。「話しますよ」

「ありがたいわ」彼女はゆっくりと大声でつづけた。「わたしの名前はクレシダ。クレシダ・アランです。つい最近、〈ル・タンプル〉に引っ越してきました。坂の下に」指を向ける。「お願いしたいことがあるの。聞いたところだと、あなたは、その、〝ブリコルー〟だそうね。ほんとうかしら」

「なんですって?」

「だから」彼女は声をあげた。「あなたがブリコルー――便利屋だと――」

男はもどかしげに首を振って、声をさえぎった。「ご用はなんですか」

「え、ええ、納屋の屋根を見てもらいたいのと、それから、ほかにもひとつふたつ」

男は一瞬の沈黙ののち、口を開いた。「忙しいんです」それだけ言って、彼女の鼻先で扉を閉めた。

彼女はしばしそれを呆然と見守ったあと、ふたたびノックをした。「ムシュー! お願いしたいのは、たった……だめだめ……ジュ・ヌ・ヴゥ・ク・ドゥ・ウ・トロワ・プティ……プティ……だから、雑用をふたつ三つだけなんだったら!」……沈黙……「お金はたっぷり払うわ!」なおも返答がなく、彼女はふたたびノックをしながら小声で毒づいて、もう一度呼びかけた。「ムシュー?」

さらに沈黙を経て、くぐもった声が聞こえた。「あすです。きょうは帰ってください」

彼女は満足げに微笑んだ。「メルシー、ムシュー!」と叫び、きびすを返して坂をおりていった。

翌日も、その翌日も、ムシュー・ヴィヴォーは姿を見せなかった。三日目が暮れるころ、彼女はいささかぶしつけな訪問を試みるべく、坂を駆けのぼろうとしたが、双子（ツインズ）がどうにか抑えつけた。そして四日目の午後、クレシダが小道で立ちどまって、手のひらに載った草の塊を馬たちに食べさせようとしているとき、彼は現れた。ふくれあがったキャンバス地のバッグを肩から吊し、数日前と同じと思われる肌着の上に、色あせた青っぽい平織りのシャツを羽織ったいでたちで、坂をおりてきた。

彼女は小道の端まで走って迎えた。「ボンジュール、ムシュー。来てくれたのね」

彼はうなずいた。「ええ、来ました」そう言って、杭に打ちつけられた標識を指さす。「みごとな立て札だ」前回会ったときより、どことなく機嫌がよさそうに見える。「あなたが作ったんですか」英語を使わずにいたせいで感覚が少々錆びついたのか、話し方がいささかたどたどしいものの、発音はほぼ完璧で、訛りのかけらも感じられない。

「いいえ」彼女ははっきりと言った。「うちの双子（ツインズ）が作ってくれたの。すごいでしょう。わたしたちがここを買いとったときに――」

「申しわけないけど」彼は顔を紅潮させてさえぎった。「観光客相手みたいな話し方をしなくていいんです。ぼくは、その、子供じゃないんだから」

彼女は手を口にあてた。「あら、ごめんなさい。こういうのに慣れてしまうと……つまり……」

「立て札の話をしていたんです」

「そうね。仲介してくれた不動産屋が言うには、もともとこの場所にはテンプル騎士団の聖堂があったそうよ」

「ありえなくはないな」

「その話、聞いたことあるの？」

「いや。この村には語り部がたくさんいましてね。ここにはいろんな歴史があるらしい」

「そうでしょうね……ところで、こちらへ来てくださる？　仕事の内容を説明するから」

クレシダは彼を連れて母屋と納屋と前庭をぐるりとまわり、修理を頼みたい場所を指さした。ひとまわり終えたころには、前庭の門の片側の蝶番から、納屋の屋根のタイルや、屋根裏にある干し草置き場の床まで、修理すべき個所のリストができあがっていた。

「かなり時間がかかります」納屋の涼しい陰で、彼は頭上に積みあげられた腐りかけの床板の山へ目を向けて言った。「それに費用もかさむ」

「でも、やってくれるんでしょう？」

彼はひと呼吸置いて言った。「おそらく」慎重な口ぶりだ。「ええ、やります」

彼女は大きな笑みを浮かべた。「よかった。さあ、食前酒でも飲んでいって」

「遠慮します。ほかの仕事がありますから。申しわけありませんが……」

「いいじゃないの。ほんのちょっとピノを飲むぐらい。うちの双子(ツインズ)を紹介するわ。あなたに会いたくてうずうずしてるのよ」

「わかりました」彼はしぶしぶ小声で答えた。

「こう言っては気を悪くするかもしれないけど」前庭を横切って母屋に向かう途中、彼女は意を決して切りだした。「あなた、ものすごく英語がじょうずなのね……その、なんて言うか……」

彼は眉を吊りあげた。「田舎者（ペイザン）なのに？」

「え、ええ」

「不思議はありません。ぼくはイギリスで育ったんです。生まれたのもね」

クレシダは足をとめた。「ほんとう？　信じられない！　イギリスのどこ？」

「クロイドンです」彼は重々しい声で言った。

彼女は思わず含み笑いをし、信じられないという声できき返した。「クロイドン？」

「何がそんなにおかしいんです。クロイドンを知ってるんですか」

彼女はかぶりを振り、なおも笑みを消さずに相手の腕を軽く叩いた。「ごめんなさい。ほんとうにごめんなさい……ところで、わたし、あなたのファースト・ネームさえ知らないんだけど」

「ミシェルです」彼はぎこちなく答えた。

「ミシェル、ごめんなさい。わたしはただ……この土地のことを考えていただけよ。わたしたちがここへ越してきたのは正真正銘のフランスを体験するためだったの。つまり、フランスらしいひなびた田園地帯ってことね。実際、ここは庇から敷石にいたるまで、まさにそういう土地柄で、フランスならではの……とにかくフランスそのものだったのに、地元の便利屋さんが――それも、たまたまだけど、マルセル・パニョルのお芝居から飛びだしてきたような風貌の男の人が――クロイドンの出身だとわかった。おもしろい。おもしろすぎるわ」

彼女は声を立てて笑い、ミシェルも微笑んだ。控えめで、少しとまどったような笑顔だ。

「おたくの子供たちに会いにいこう」彼は強烈なフランス訛りで言った。「どうだろう。こういうしゃべり方のほうが気に入ってもらえるかな」

「なかなかいいわ」彼女は顔をほころばせた。「気楽にどうぞ、ムシュー・ミシェル・ル・ブリコルー……さあ、うちのふたりの坊やに会って」

クレシダは台所のドアをあけて、彼を中へ導いた。「ティモシー！　ジェレミー！　お客さまよ！　工具を置いてここに腰かけて、ムシュー。坊やたち！　おりてらっしゃい！」階上で何かの動く音がしたあと、板張りの階段から、入り乱れたふたつの重い足音が響き、双子(ツインズ)が戸口に姿を現した。「こちら、ムシュー・ミシェル・ヴィヴォー」クレシダは言った。「うちの坊やたちを紹介するわ。ジェレミーとティモシーよ」

ミシェルはふたりを見つめた。ふたりの〝坊や〟は、クレシダ自身より若いとはとうてい思えない。おそらくやや年上で、三十歳代の半ばだろう。そして、双子にも見えない。たしかに背丈はほぼ同じで、そっくりな服を着て――よく磨かれたツートン・カラーの靴、人工的に皺を寄せたリンネルのズボン、糊のきいた白い襟なしのシャツ、仕立てが同じボタン掛けのヴェスト（ジェレミーのは緑のピーコック柄、ティモシーのは赤のペイズリー柄）――髪型はふたりともクルーカットだが、似ているのはそこまでだ。ジェレミーは髪が黒っぽく、太り肉(じし)で肌が浅黒いが、ティモシーは薄白い金髪で、貴族のようにほっそりした骨格を持ち、顔が薄赤い。

「おはよう」ジェレミーが空虚な笑いをミシェルに投げかけて言った。

「おはよう」ティモシーがまねて言い、こわばった笑みをミシェルからクレシダへ、さらにもう一度ミシェルへ向けた。

「坊やたち」クレシダが言った。「こちらがムシュー・ヴィヴォー。いろいろと力を貸してくださることになってるの。ジェレミー、ちゃんと立ちなさい」

ジェレミーはたじろぎ、両手を背中の後ろへまわして気をつけの姿勢をした。「アンシャンテ・ド・フェール・ヴォートル・コネサーンス（お近づきになれて光栄です）」ティモシーと息を合わせて、流暢に言う。

ミシェルはどうしてよいかわからず、ただうなずき返した。

「ムシュー・ヴィヴォーは英語を話すのよ、坊やたち。どう思う？」クレシダはそこでかたわらのミシェルにささやきかけた。「ふたりはわたしよりずっとフランス語がうまいの」

ティモシーが咳払いをして、ジェレミーを肘で軽く突いた。「ああ、そう言えばね」ジェレミーがそう言って、背後から巨大な紙を取りだした。「見せたいものがあるんだ」

「また絵を描いたの？」クレシダはうれしそうに言った。「わたしのために？　あらすてき！」ジェレミーの手から絵をとり、それを掲げてミシェルに見せる。「すてきでしょう。うちの坊やたちは天才だわ！」

　そのとおりだった。ミシェルは驚きに目を瞠った。それは大きなパステル画で――一メートル四方くらいだろう――この家の前庭の一角が描かれている。色調は明るく、濃密な金色の光に満たされて場面全体がいくぶんかすんだ様子は、ちょうどきょうのような日の午後遅くの日差しを感じさせる。納屋の入口の前で、三角形の影に半ば隠れて立っているのはクレシダだと、すぐに見分けられた。大きくて滑稽な麦わら帽をかぶっているばかりでなく、鳥のような立ち姿――かかとを合わせ、首をわずかに傾げて目の前の男の話に聞き入っている姿が完璧に描かれているからでもあった。そのとき、絵のなかの男が自分であることに気づき、ミシェルは衝撃を受けた。

　彼はそれを指さした。「これは……」驚愕して言う――「これは二十分足らず前のことじゃないか！」

　ティモシーが歩み出て、いたずらっぽく笑いながら絵を取り返した。「うん。勝手にあんたを入れたんだけど、よかっただろうね」

「ぼくのアイディアだ」ジェレミーが言った。

「ジェレミーのアイディアだ」ティモシーが言った。「けど、描いたのはぼくだ」

「ぼくはママを描いた」ジェレミーが付け加えた。

「すごくいいわ」クレシダがやさしい声で言った。「すてきよ。さあ、ムシュー・ヴィヴォーとママはお仕事の話をするから、ふたりで外へ遊びにいってくれない？」

「パン屋さんへ行こう」ジェレミーがティモシーを見て言った。

ティモシーはうなずいて、ジェレミーの脇腹を小突いた。「パン・オー・ショコラ（チョコレートパン）！」興奮して言う。外へ出るとき、ティモシーが絵をぞんざいにテーブルに投げつけた。

「よかったらあげるよ」ミシェルに言う。「オー・ルヴォアール（さようなら）」

「オー・ルヴォアール」ミシェルは反射的に答え、驚くべき絵に視線をもどして言い添えた。

「ありがとう」

　クレシダは食器棚をあけてピノのボトルとふたつのグラスを取りだし、ふたりぶんの酒をたっぷりとついだ。「あれがうちの坊やたちよ」テーブルの前に腰かけて、誇らしげに言う。「あなたを気に入ったにちがいないわ、絵に登場させるなんて」

「どこであんな高度な技術を身につけたんだろう」

「ふたりは直観像素質者（アイデティック）なの」

「同一人物（アイデンティック）？」

「アイデティックよ。ふたりとも直観像が見えるの。写真記憶があると言ってもいいわ。直観像素質者は、人間であれ、情景であれ、物体であれ、なんでも一度見ただけで完璧な映像を頭のなかに構築できる。いい例はないかしら……そう、たとえばエッフェル塔。たぶんあなたも数えきれないくらい見たことがあるでしょうけど、それぞれの脚の上で何本の桁が交差してるかってきかれて、記憶を呼び覚ますだけで答えられる？　塔全体ではどう？　あるいは、バッキンガム宮殿の正面に何枚の窓がはめられてるかわかる？　わからなくて当然よ。何度も見てるから、目を閉じたら、建物全体の輪郭はかなり鮮明に思いだせるでしょうけどね。だけど、直観像素質者の場合、たとえ一度しか見たことがなくても、写真を撮ったように正確な像を再現できるの。あのふたりは桁や窓の数まで答えられるのよ」彼女は絵を指さした。「もちろん、この全部を二十分で描きあげることはだれにもできないわ。前庭の部分はわたしたちが着く前に描いておいて、それにわたしたちの絵だけを付け加えたんだと思う。たいていの画家は、わたしたちをじっくり観察する必要があるから、こんなに短い時間で描けるはずがない。ところがジェレミーとティモシーは、一度見たら、あとは頭に焼きついているものを描き写すだけ。そして、それは完璧。非の打ちどころがないの」

ミシェルはうなずいた。「はじめて聞いたよ——なんて言ったっけ？——そう、直観像素質者の話」

クレシダはピノをひと口飲んだ。「めったにないことだもの。実を言うと、自閉症の人間によく見られるの。子供にその能力があると、いまわしいことに、怪物扱いされて見世物にされることがときどきある。さあ、この五歳の自閉症の少年が信じられないことをやらかしますよ。ほんの数分でセント・ポール大聖堂の絵を描けるんです！　そんなふれこみでテレビに出したりする。うんざりよ」

「じゃあ、ふたりは自閉症なのかい」

「うちの双子（ツインズ）が？　とんでもない。そういう自閉症の神童を見て驚く人たちは、直観像素質者のなんたるかも、芸術的才能のある人間とのちがいもまるでわかっていないの。自閉症の人の絵をよく見たら、全体の構図や描線の多くがちょっと不安定なのがわかるはずよ。平均的な視覚の持ち主が、ほんの少し揺さぶられた写真をなぞり書きしたときみたいに。ふつうの直観像素質者は、まさにそれと同じことをしてるのよ。つまり、少しぶれた写真をなぞり書きしてる。ちがうのは、写真が頭のなかにあるってことだけ。頭に思い描いたものを、紙の上に投影してなぞるわけね」彼女はひと息ついて、またピノに口をつけた。「ジェレミーとティモシーはそれとぜんぜんちがう。はるかに精巧な絵を描くわ。ふたりには才能がある。芸術家なのよ。それも、訓練を積んだ芸術家」彼女はミシェルの反論を待つかのように、挑発的な目を向けた。

「わかるよ」

「ほんとう？」クレシダは椅子から身を起こし、強い口調で言った。「ほんとうにわかってる？」

「もちろんだ」

「わかると思いこんでる人は山ほどいるのよ、ムシュー・ヴィヴォー。才能を見きわめられるつもりになってるけど、実はそんな力はないし、その気もない人たち……。あなたに見せたいものがあるの」

彼女は立ちあがり、ミシェルを台所の隣の部屋へ連れていった。静かで広々とした部屋で、床にタイルが敷き詰められ、高くせまい窓がふたつ前庭に臨んでいる。幅広の焚き口がついた重厚な切石積みの暖炉と、そのまわりに置かれた三つの大きな籐（とう）の肘掛け椅子以外に、家具はひとつもない。だが、漆喰の塗られていないざらざらした石壁は、絵で覆われている。それぞれの壁の中央に巨大な油絵がかけられ、それを額入りの小さな水彩画や素描画が囲んでいるが、いずれも絶妙の非対称に配されて、部屋の形や家具の並び方とみごとな調和を漂わせている。床の中央に置かれた大きな茶箱からは、数多くの写真や新聞の切れ端が突きだしている。

壁にかけられた絵の多くは肖像画で、ほとんどがクレシダと双子(ツインズ)のものだ。そのうちのひとつが、とりわけミシェルの目を引いた。横三メートル、縦一メートル半ほどの油絵で、最も広い壁の中央に位置し、それゆえ部屋全体を支配している。絵のなかでは、錬鉄製のものものしい庭用椅子に三人が並んで腰かけ、クレシダが中央、双子(ツインズ)が両脇を占めている。装いはきょうとほとんど変わらず、クレシダは丈の長い半透明の夏服、ふたりはそろいの靴とズボンとヴェストといういでたちである。ちがいと言えば、クレシダが帽子をかぶっていないことと、双子(ツインズ)がシャツの首にスカーフを巻いていることだけだ。三人とも行儀よくすわっていて、足も膝もしっかりと合わせ、背筋を伸ばし、手を膝の上で休ませているが、堅苦しい印象はない。描かれた衣服の下で、人間の生身の肉体が活動しているのがたやすく感じとれる。見る者と向かい合わせの位置にいるにもかかわらず、みな視線を正面へは飛ばしていない。クレシダの右にいるティモシーは、彼女に寄り添って何やら耳打ちしている。冗談をささやいているにちがいない。クレシダの顔に微笑が浮かんでいるからだ。ミシェルはその顔をじっと見つめながら、単なる絵の具の組み合わせがこれほど生々しく真に迫って見える理由を考えていたが、そのとき急に思いついた。作者は(どの絵にもふたりの署名があるようだから、作者たちと言ったほうがいいだろう)笑いがすっかり形作られるところまで描くという過(あやま)ちを犯していない。凡庸な画家ならやすやすと罠に陥って、冗談がまだ終わっていないのに、言いきったあとの効果まで描いてしまう。しかし、このクレシダの顔は微笑の兆し——膝を見おろす目に浮かぶ色と、頬の筋肉の緊張——を帯びはじめただけであり、冗談に笑い崩れるさまを予感させる。彼女の左にいるジェレミーは大きく顔をほころばせているが、ティモシーの冗談に笑っているふうではない。視線は左側の額縁の外へ向けられていて、心からの楽しみではなく、邪悪な愉悦に目を輝かせているようだ。

「ひとつきいていいかしら、ムシュー・ヴィヴォー」クレシダがやにわに尋ねた。

「は？」

「芸術とは何？」彼女は挑みかかるような声つきで言った。

「芸術とは？」彼は繰り返した。「さあ……絵を描くことじゃないのかい」

「ちがうわ、ムシュー・ヴィヴォー。芸術とは絵を描くことではないの」

彼は眉をひそめた。話しているうちに彼女の口調が教え諭すものとなり、いまや高圧的な感じさえ漂わせているのが癇に障ってきた。「物を作ることもあるだろうね」

「彼女はもの憂げに微笑んだ。「ちがう。だけど、同じ質問をされたら、ほとんどの人がそんなふうに答えるでしょうね。実のところ、みんな何もわかってないのよ。批評家でさえもね。連中は愚にもつかない戯言をまき散らしてるけど、無知である点では素人とぜんぜん変わらない。本来知っているべき立場にあるわけだから、素人以下とも言えるわね。これを見てごらんなさい」暖炉の上に手を伸ばして、黄ばんだ新聞の切り抜きを手にとる。「これをとっておいたのは、ふたりへ向けられたお粗末な批評のことばの数々が集約されてるからなの……読むわよ。これが全国紙に載ったんだから。〝いわゆる双子（ツインズ）による作品群に目を移すと、われわれはこの展覧会の水準がさらに低下していることを感じさせられるのである。双子（ツインズ）が〝ギルバートとジョージ〟を手本にイメージ作りをしようとしているのは明らかだが、ジェレミーとティモシーは〝ギルバートとジョージ〟とちがって、ゲイのカップルではない。また〝ギルバートとジョージ〟のような胆力やエネルギーや独創性を備えていない。ふたりの絵にはたしかにある種の素朴な魅力があるものの、ラファエロ前派の解体以降わが国の美術界からおおむね姿を消した陳腐な感傷も見られる。ラファエロ前派と同様、双子（ツインズ）もフォトリアリズムの一形態を探求しているのだが、ラファエロ前派の濃密な象徴性や社会宗教的批評性を欠いては、このスタイルに（専門家以外の目には心地よく映るだろうが）芸術的価値を認めることはなはだむずかしく……〟」クレシダは読むのをやめ、鼻を鳴らした。「わかる？　どうでもいい細かいことや性的なゴシップを取り沙汰したり、だれが何を最初にしたかで難癖をつけたり！　それに、何よ、〝胆力〟って？……もう一度きくけど、芸術とは何？」

　ミシェルは途方に暮れて肩をすくめ、かぶりを振った。

「芸術とは表現（リプリゼンテーション）よ、ムシュー・ヴィヴォー。つまり、再提示（リ・プリゼンテーション）すること。単純なことだわ。世界を自分のなかに取りこんで、外部へ再提示する。世界が魂の碾（ひ）き臼（うす）にかけられて、キャンバスへ注ぎだされたとき、それは芸術になる。独創性とか先例とか――このまぬけはなんと言ってた？　エネルギー？――〝エネルギー〟って何かしら？　胆力は？　肝心なのは愛よ。

もしも対象に愛を感じていないとしたら、もしも批評家が認めるかどうかとか、似たようなことをした人間が以前にいたかどうかとか、その手のことに気をとられていたら、世界を分析して造り替え、再提示するなんてことができるわけないでしょう？　偉大な絵画は愛によってのみ生まれる。うちの双子（ツインズ）にはそれがあるの。情熱的で愛に満ちた心が」彼女は握りしめた拳（こぶし）で自分の胸を叩いた。「同じようなスタイルの人間が昔いたとして、それがなんだって言うの？　まったくばかばかしい」

　クレシダの怒りは頂点に達した。頰が紅潮し、額（ひたい）に汗がにじんでいる。そのとき、客の当惑顔を見あげて、急に笑いだした。「ごめんなさい、ミシェル」息を深くつく。「こんなふうに演説をまくし立てるつもりはなかったの。悪い癖ね」

「気にしないで」彼はぎこちなく言った。「おもしろかったよ」

「そう言ってくれてありがとう……」クレシダは彼の目をしばしのぞきこみ、はかりごとでも打ち明けるように声を低くした。「わたしの計画を教えるわ、ミシェル。いえ、わたしたちの計画と言ったほうがいいわね」そこであえて間（ま）をとる。「コミューンを作るのよ、ミシェル。芸術家のコミューン。どう思う？　せまくて意地汚い世界に住んでる連中におとしめられたり足蹴（あしげ）にされたりした偉大な画家が、才能を正当に評価されつつ制作に励める。そんな聖域にしたいの。あなたも参加して。あなたに頼みたいのは、雑用だけじゃない。ここを偉大な芸術が生まれる場とするために、ぜひ力を貸してもらいたいの。どうかしら？」

　彼はためらった。その唇に、彼女は指を押しあてた。「だめよ、まだ返事をしないで。まず、

向こうでもう一杯飲みましょう」

目を覚ましたとき、ミシェルは汗をかき、うめき声を漏らし、眼球の奥に鋭い痛みを感じていた。ゆうべカーテンを閉め忘れたせいで、朝の光が窓から強烈に差しこんで、顔を直撃している。ベッドの上で寝返りを打ったあと、ざらついた石のタイルに素足をおろし、両手で頭をかかえながら、石の冷たさに体内の余分な熱を吸いとらせた。

「くそっ（メルド）」彼は毒づいた。「くそっ」

苦労して立ちあがり、そろそろと歩いて流しにたどり着くと、やかんに水を満たしてガスコンロにかけた。真新しい濾過紙をフィルターに準備し、コーヒーをスプーンですくって入れる。一杯、二杯……ためらったが、さらに二杯を加えた。湯が沸くのを待つあいだ、眠い目で部屋じゅうを見まわした。余分なものがあるような気がするが、それが何かはわからない。数秒直視したのち、ようやく呑みこめた。絵だ。

ゆうべ遅く、パステル画を小脇にかかえて、〈ル・タンプル〉からほろ酔い機嫌で坂をのぼって帰ったのをはっきり覚えている。絵を床にほうりだすや、ベッドに倒れこんだのも覚えている。壁にかけた記憶はまったくないが、現にそこにある。絵は入口の横の釘から吊りさげられていて、柔らかい紙の両側の上端が、重みに耐えられずにだらりと垂れている。

彼は肩をすくめ、コーヒーを淹れ終えた。謎解きをしている暇はない。あのイギリス人の女に、朝になったら納屋の屋根の修理をはじめると約束したのに、もう十時になってしまった。

クレシダはクロワッサンの並んだ鉄板をオーブンに滑りこませ、力まかせに大きな音を立てて扉を閉めた。やかんに水を満たしてガスの火口に手荒く置き、食器棚の戸をつぎつぎ開閉しながら、カップや皿のあいだを手で探った。

「坊やたち！」彼女はひざまずいた姿勢でテーブルの下の袋や箱を物色しつつ、叫び声をあげた。「いらっしゃい！　何度呼んだらわかるの？　朝ごはんよ！」

「大声を出さなくたっていいよ」肩の後ろで、ジェレミーの声が静かに響いた。

「あら！」彼女は息を呑んで、胸もとに手をやった。「びっくりさせないで。どこから出てきたの？」

「さあね」ジェレミーはそう言うと、首をひねり、真後ろに立っているティモシーに目を向けた。「どこからだろうな」

「もちろん、ベッドからさ」ティモシーが言った。「ママのすてきな声が、ぼくたちの夢をやさしく覚ましてくれたすぐあとにね」

ふたりとも着替えていて、洗顔のあとが薄赤く、ひげが剃られ、髪がしっかり整えられている。

クレシダは片手に〈ボンヌ・ママン〉のブルーベリー・ジャム、もう一方の手に〈メゾン・

デュ・カフェ〉の箱を持って立ちあがった。「上出来よ」微笑んで言う。「さあ、いい子だからテーブルについて。もうすぐ朝ごはんができるから」

ふたりは席に着いて、鼻をくんくん鳴らした。「クロワッサンのにおい？」

「そうよ。ブルーベリーでいい？」彼女はジャムの壺をテーブルに置き、ふたりからよく見えるように向きを変えた。

ふたりは同時にうなずいた。「すてきなジャムだね、ママ」ティモシーが言って、ジェレミーの目をのぞきこんだ。ふたりが声を合わせる。「おいしいおいしい（ヤミー・ヤミー）ママ（マミー）のジャム、ぼくたちはおなか（タミー）がいっぱいになる！」ふたりは笑いをこらえきれず、脇腹を押さえた。

クレシダは微笑んで、コーヒーを淹れ、オーブンからクロワッサンを取りだした。双子（ツインズ）はそれを見守っていたが、顔をあげて、部屋にしみわたるバターの濃厚な香りを深く吸いこんだ。

「大きいカップを出してくれる？」ジェレミーがきいた。「コーヒーにひたして食べたいんだ」

「もう用意してあるわ」クレシダは言い、カップと皿とコーヒーポットをテーブルに置いた。

ふたりは興奮して手を叩いた。「ぼくたちのママは霊能者だ」ティモシーが言う。

クレシダはまた微笑み、しばし手をとめて、ふたりが朝食を食べるのを有頂天で見つめた。やがて背を向け、流し台の上を片づけはじめた。

ジェレミーが唇にパン屑をつけたまま身を乗りだし、聞こえよがしにティモシーに耳打ちした。「けさのママ、楽しそうじゃないか？」

「うん、楽しそうだ」ティモシーが答えた。「というより、すっかりご満悦だな」

「どうしてあんなに浮かれてるんだろう?」ジェレミーはクレシダに目を向けた。「なんなの、ママ。何がそんなに楽しいの?」

「なんだと思う?」彼女はからかうような口調で答えた。

ジェレミーはティモシーに視線を移し、それからもう一度クレシダに目をやった。

「フランス野郎のせい? あの男、ぼくたちの計画に賛成したの?」

ティモシーがクロワッサンを下に置いた。「賛成したんだろ? い、い、い、ひと晩じゅうママといっしょにいたじゃないか。いったいなんの話をしてたんだ」

「ひと晩じゅうじゃないわ」クレシダは抗議するように言った。

「ぼくたちが寝てからも、ずっと話しこんでた」ジェレミーは指で〝おしゃべりな口〟の形を作って、ティモシーに見せながら言った。「おやすみのキスさえしてもらってないよ。で、あいつ、賛成したの?」

「ええ」クレシダは言い、流し台の湯を出して食器を洗いはじめた。「賛成してくれたわ」

双子(ツインズ)は拍手喝采した。「どうやって口説き落としたの?」ジェレミーがきいた。「頑固で堅苦しそうなやつだったのに」

「それに、毛深かった」ティモシーが付け加えた。ミシェルのひげをまねて、湾曲したクロワッサンを鼻の下に押しあてている。

ジェレミーが大笑いし、わけ知り顔を返した。「ママは毛深いやつが好きなんだ」ナプキンで唇と指を拭くと、立ちあがり、空(から)になった皿を持って、流しで鉄板を洗っているクレシダに近づく。「ママは女の武器を使って、いとしのフランス野郎を誘惑したの？」そう言って、クレシダのポニーテールに束ねた髪を横へ持ちあげ、うなじにキスをする。

彼女は身を震わせた。「もちろん、そんなことないわ」くすくす笑う。「冗談はよして。なんにせよ、いとしのフランス野郎なんて、とんでもない」

「使ったにちがいないさ」ティモシーがテーブルについたまま言った。彼女の首から肩へと、ジェレミーが器用に指を這わせるのを見ている。「そう思うだろ？」

ジェレミーはうなずいた。「ママがその気になったら、あいつに勝ち目はないよ」やにわに両手で彼女の体を抱きすくめ、服の上から乳房を鷲づかみにした。胸を愛撫しながら、耳もとで静かに口ずさむ。「男の子も女の子も遊びにおいで、ママはお楽しみ中、お股を開いて（マザーグースの替え歌）」

「やめなさい」彼女は叱りつけ、泡まみれの指でジェレミーの手を軽く叩いた。「お遊びの時間じゃないのよ。洗い物をしなくちゃならないし、ほかにもいろいろあるでしょう？」

ジェレミーはそれを無視し、彼女の服の前ボタンをはずしはじめた。「でも、ママはいつも坊やと遊びたいんじゃないの？」片手を服のなかへ入れて、肌をなでまわす。

「いまはだめ！」彼女は急に鋭い声で言い、ジェレミーの手を激しく叩いた。

ジェレミーは針で刺されたかのように後ろへ跳びのいた。顔に戦慄の色を漂わせ、手の甲のピンクに染まった部分と、クレシダの顔に、交互に目をやっている。

「大変だ」ティモシーが言った。「あざになった」

ジェレミーは頬を紅潮させた。「フランス野郎だよ！」怒りが爆発する。「あいつと、あの汚らしい口ひげのせいだ！」

「ばか言わないで」彼女は不機嫌そうに言うと、流し台から向きなおり、ボタンをとめながらジェレミーをにらみつけた。「どうしてそんなことが言えるの？」

「こっちの台詞だよ」ジェレミーは鼻で笑った。「ママなんか大きらいだ！　あいつのニンニククくさい汚れた手に、体じゅうさわられたんだろ！」

「ジェレミー！　いいかげんに——」

「淫売！」ジェレミーは発作でも起こしたように叫んだ。「梅毒にかかって、あそこが風船みたいにふくれちまえ！」最後に一度憤怒の形相で睨めつけたあと、前庭へ向かって突進し、ドアを閉めて出ていった。

「大変だ」ティモシーがまた言った。ゆっくりと立ちあがってジェレミーのあとを追い、不安げにクレシダを振り返って、それからドアを閉める。

ふたりの話す声が外から聞こえたが、歩き去るにつれて声が小さくなった。静寂が訪れると、彼女は椅子に身を沈め、永遠の受難者ならではの長く深いため息を漏らした。

10

スティーヴンは午後の中ごろになってようやく目を覚ました。庭を抜けて母屋へ行くと、裏口のドアの鍵がはずれていた。台所のテーブルに、手帳とともに一枚の紙が載っていた。

スティーヴン

頂上の畑にいます。七時までにもどる予定。コーヒーと食べ物は——どこにあるか、もうわかってるわね。午前中いっぱい無駄にしたから、大急ぎで仕事をしなくちゃならないの。

愛をこめて　C

追伸　手帳を読ませてくれてありがとう。

彼はメモを折りたたんで手帳のページのあいだにはさみ、尻のポケットに手帳を入れて、外へもどった。頂上の畑は、ここから歩いて二十分ほどのところに孤立する形で存在している。周囲の畑のいくつかは、キャロルの父親が近隣の農家に売り払ったものだ。スティーヴンは自家菜園を通り抜けて、ゆるやかに傾く広い畑を横切った。

夢が現実になりつつある。空想、ごまかし、茶番。どう呼んでもいいが、その皮膜が自分にかぶさって、凝り固まろうとしている。ゆうべあの思い出を記しはじめるまでは、想像さえしなかった。本物の記憶を呼び覚ますために意志の力を奮い起こしたせいで、記憶を覆っていた塵が払われ、驚くべきひらめきによって、半ば忘れかけていたあいまいな細部が炎に照らされたように生々しくよみがえった。最近の出来事よりはるかに鮮烈なので、そちらにしがみついていたくなる。いまや、自分でも記憶喪失を信じかけていた。ロザリンドは見破ったと言っていたが、それは筋道立った思考の産物ではなく、もともと疑り深いうえに、自分とキャロルの関係に激しい嫉妬をいだいているからにちがいない。推論というより、まぐれあたりだろう。発覚が真の脅威となるのは、はるかに邪悪な人間が相手である場合だ。

キャロルはすぐに見つかった。頂上の畑へ通じる門をよじのぼると、はるか前方の壁際に、鮮やかな緑色のスズキのバイクがとまっているのが見えた。空積み(からづみ)の壁の一部が崩れて、石が草の上に散らばっている。ながめるうち、壁の向こうから彼女の頭がのぞいた。角張った大きな石を持ちあげて置く。手を振ったところ、一拍置いて手を振り返してきた。灰色の空を背景に、黄色の手袋をはめた小さな手がつかの間揺れた。

近づいていくと、彼女は言った。「おはよう。気分はどう?」

「ぐったりだ」彼は小石の山に腰かけて、息を深くついた。「あまり眠れなかったよ」

「朝食は食べたの?」

「いや、まだだ」

「用意したのよ。ドアをあけておいたでしょう」

「知ってる。メモを読んだ」

「スティーヴン、ちゃんと朝食をとらないで出歩いちゃだめよ」

彼は皮肉っぽく微笑んだ。「で、きみは何を食べたんだい」

「痛いところを突くわね」彼女は笑った。「コーヒーだけよ。とっても、と、っ、て、も濃いやつ」

彼は壁の崩れていない部分にもたれかかって、彼女が仕事を再開するのをながめた。石の山のあいだで素早く指を動かし、石をひとつ選んでは、裏返して形をたしかめ、壁に正確にはめこむ。それから身をかがめてつぎの石を選ぶ。「ずいぶん練習したんだろうな」その動きを評して彼は言った。

「ううん」彼女は重く平たい石をひっくり返して言った。「大学で野外訓練をしたとき、やり方を覚えたのよ。あとで役に立つなんて夢にも思わなかった」

「大学での専門は？」

「医学」

「なるほど。で、なぜ医者が農場暮らしをすることになったんだ」

彼女はちらりと彼を見た。「医者にはならなかった。中退したのよ」

「おやおや。どうしてだい」

彼女は重い三角の平石を壁に押しこんでから、ひと息ついて壁にもたれかかり、分厚い手袋の甲で額の汗をぬぐった。「長い話があるの。そのうち話してあげる……。手帳は受けとった？ テーブルに置いてあったでしょう？」

　彼はポケットを叩いた。「無事にここにある。それで、どう思った？」

「手帳のこと？ なかなかよかったわ」

　彼はその声に自信なげな響きを感じとった。「正直に言ってくれ。気に入らなかっただろう？ 最後のくだりが」

「気に入るとか入らないとかの問題じゃないのよ、スティーヴン。治療が目的なんだから。あなたにもっと思いだしてもらうきっかけになればいいの」

　彼はうつむいて自分の手を見つめた。「もちろんそうさ。でも……なんというか、気に入ってもらいたいとも思うんだ」

　彼女は彼の足もとにある石の山に腰かけた。「見えてきた人間像を好きになってほしいのね。よくわかる。以前どこにいて、何をして、だれと知り合いだったのか。そういうことが、いまの自分を形作ってるんですものね。わかるわ。自分自身のことを知らなくて、何もかも一からはじめなければならないのがどんなにつらいか」

　彼はうなずいた。「で、あそこに出てきたぼくを気に入ってくれた？」

「わたしはいまのあなたが好きよ、スティーヴン」目に痛々しい不安の色が浮かぶのを見て、彼女はためらった。手袋を脱ぎ、自分の手を彼の手に重ねる。「ええ。ほんとうに気に入ったわ」静かに言う。

「最後のところも?」

「特に最後のところを。すごく心を打たれたわ……。ところで、考えたんだけど、わたしの思い出話を聞いてると記憶がもどるって、あなた、言ってたでしょう? いつか日を決めて、このあたりをもう少し案内してあげたらどうかと思ったの。わたしが以前よく行った場所を」

「いいよ。正確にはどこ?」

「ホーワースからはじめたらどうかしら」

彼の顔が暗くなった。「ホーワース?」

「だいじょうぶ、ロズに会うわけじゃないんだから。あなたの手帳を読んでいて、ブロンテ姉妹のことを思いだしたの。姉妹は子供のころ、小さい手帳にたくさん話を書きとめてたのよ。とってもかわいらしい字で、しっかり物語が書いてある。姉妹が住んでいた牧師館のなかに資料館があって、シャーロットの着ていた服なんかが見られるの——ものすごく小さくてね——エミリーが死んだソファーもあるし、トップ・ウィズンズへも歩いていける。そこは『嵐が丘』の——」

「待って」彼は手をあげてさえぎった。

「何?」

「人がたくさんいるんだろう?」

「まあ、まだ休みの季節じゃないけど、少しはいるでしょうね」

「じゃあ、行きたくない」

「そう」彼女は小声で言って、うなだれた。「そう……わかったわ」

「すまない」

「気にしないで」

「どんなところにせよ、人がたくさんいる場所へは行きたくないんだ。不安になるから」

「だいじょうぶよ、スティーヴン。わかってるわ。ほんとうに」

彼は立ちあがって荒れ野を見やった。「だからここが気に入ってるんだ。大好きだよ。閑散として、人っ子ひとりいなくて。人間にまつわるあらゆるものに〝くたばれ〟って言ってやれる景色だ。つまり、その、なんというか、うまく説明できないんだけど……」ふたたび腰をおろして、力なく肩をすくめて、弱々しく言う。「ひとりでいるのが好きなんだ」

キャロルはしっかりと彼を見据えて答えた。「あなたの言いたいこと、全部わかる。説明しなくていいのよ」突然、その目が輝いた。脚を叩かれて、彼は跳びあがった。「そうよ！　あなたにぴったりの場所がある！　この季節だと、ほとんどだれもいないわ」

「どこだい」

「どうしていままで思いつかなかったのかしら。ブリマム岩稜よ」

彼は微笑んだ。「火山か何かかい」

「ちょっとちがうわね。あした行きましょう」

彼は怪訝な顔をした。「キャロル、いまは週の真ん中だ。仕事はどうするんだい」

「かまわないわ。急ぎの仕事なんてひとつもないもの」

「これはどうする」彼は壊れた壁を指さして言った。

「そうね」彼女は立ちあがって言った。「手伝ってくれたら、夕食までに終わるんじゃないかしら。壁作りの経験は？」

「たぶんないと思う」

「まあ、すぐにわかるわ。あなたはそこにいて石を渡してちょうだい。この隙間にぴったりの大きくて平たいやつを探して……」


キャロルはサンドイッチをこしらえ、いくつか重ねて長いナイフで切った。それをふたつのビニール袋に分けたあと、魔法瓶にコーヒーを注ぎはじめた。食べ物を大きな鞄に詰め終えると、窓の外へ目をやった。スティーヴンの来る気配はない。まだ早いので、朝食の準備ができるまで、もう少し寝かせてやることにした。それに、こちらも着替えなくてはならない。

彼女はスキップでもするように一歩一歩足を運びながら、階段をのぼった。寝室で衣装棚をあけ、手入れを怠った数着の服を見て顔をしかめた。選択の幅は広くない。近ごろは、服を集めたり着飾ったりにあまり時間をかけていない。けれども、きょうは一枚一枚ていねいに検討した。相も変わらぬジーンズとセーター姿を打ち捨てるつもりだった。

どうしてそんなことをしてるの？

彼女は折り重なった布地の隙間に両手を入れて、押しひろげた。ジャケット、スカート、ズボン、スカート、ウールのヴェスト……

ふだんはそんなふうに選り好みしないのに。

短すぎる……薄すぎる……それでは凍えてしまう……いや、それだと汚れる……みっ、と、もない……だぶだぶ……その色は自信がない……どうみてもそぐわない……

ねえ、ブリマム岩稜へ行くだけなのよ……

厚すぎる……ちょっと待って……いや、たぶんだめ……どうしてこんなものを着ようなんて気を起こしたのかしら。だけどわからない、ひょっとしたらいつの日か……わからない……だめ、ズボンはやめようと思ってるのに……ああ、これがいい！

彼女は上から下までボタンがついたデニムのロングスカートを引っ張りだし、前にあてがって鏡に顔を向けた。

それじゃちょっと寒いんじゃない？

引き出しをあけて中を探ると、黒くて厚い毛織りのタイツが見つかった。それを明かりにかざし、脚の部分を伸ばして、伝線していないかをたしかめた。ジーンズを脱ぎ、化粧台のそばのスツールに腰をおろし、タイツを穿き、立ちあがり、スカートを巻きつけて、前面のボタンを全部とめる。脚が解き放たれて、軽やかで心地よかった。

ところで、急ぎの仕事がひとつもないってどういうこと？　きのうポストに何がはいってたかを忘れたの？　電気料金の請求書、飼料業者の請求書、銀行からの不愉快な手紙……

ほうっておいて。彼女は一瞬躊躇したのち、ふたたびスツールに腰かけて、鏡に映った顔を見つめながら、目のまわりの小皺や脂肪のたるみを指でなぞったり、日にさらされて荒くなった頬をなでたりした。

ちょっと待ってよ……

別の引き出しをあけて、中を引っ掻きまわした。ベルトやヘアバンドやスカーフや古いアクセサリーの一群の下に、これまでほんの数回しか開いた覚えのない、小さな黒いバッグが見つかった。ジッパーをあけて中の小物をひとつひとつ取りだし、化粧台の上に弓形(ゆみなり)に並べる。途中まで使った口紅三本(一本はケースが割れている)、アイブローペンシル一本、アイライナー一本、マスカラのチューブひとつ(中が漏れてべとついている)、アイシャドーのパレットが三枚ずつはいったほこりっぽいプラスチック・ケース三個(ひとつはひび割れし、ひとつは蓋が浮いている)、塗布用具二本、ファンデーション・ムースひと缶、コンパクトひとつ。

お化粧? ひょっとして、きょうは思いがけないことが起こるの?

大げさなのや目立ちすぎるのはだめ。化粧をしたところで彼は気づきさえしないだろうけれど——男というものは、こてこて塗りつけでもしないと気がつかない——自分の気分はよくなるはずだ。毎日味気ない服を着て、洗顔と言えば一日ぶんの垢を落とす程度のことしかしてこなかったので、古びた化粧品一式がもたらす効果について考えるだけで、胸は怪しく高ぶった。結局、アイライナーと薄いアイシャドー、それに、唇の本来の色よりもほんの少し濃い口紅を塗るにとどめた。

悪くないわね。自分が何をしてるかわかってればいいんだけど……

慣れない化学物質に体が拒否反応を起こした(アイライナーがひりひりしたし、口紅が苦い）にもかかわらず、彼女はこんな控えめな化粧が顔だちを驚くほど変えたことに胸をときめかせた。つぎは髪だ。これまで、自分の髪をいつも誇りに思っていた。豊かで色が濃くて重みがあり、わずかに灰色のものが混じっているものの、年齢ゆえの傷みはほとんど見られない。しかし、なんの色気もない、農作業向けのストレートの短髪では、どうも……そう、冴えない。指で髪を掻きなでて、いろいろな方向へ流したり、つかんで上下左右へ引っ張ったりしたが、なかなか形が整わなかった。結局あきらめて、ふつうにまっすぐブラシをかけた。いずれにせよ、こんなことをしたって労力の無駄になりかねない。荒れ野の風にあたったら、髪は十秒もしないうちにくしゃくしゃになるだろう。

ところで、気になっていたんだけど。看護婦と患者の関係はどうなったの？

いまでも看護婦と患者の関係よ。少しだけきれいになった看護婦が面倒を見てあげるだけ。

じゃあ、これは彼のためってわけね？

ばか言わないで。だまって。

彼女は最後に一度鏡に目をやって、タイツの皺を伸ばし、指でスカートの形を直してから、階段をおりてスティーヴンの朝食を作りはじめた。

予想どおり、そこにはだれもいなかった。駐車場にある車はほかに一台だけで、それもオレンジと黒の塊に成り果てたニッサン・サニーの残骸にすぎない。赤いモーリスの小型トラックは砂利の上をゆっくりと進んで、草のへりでとまった。

「どう思う？」キャロルはそう言ってハンドブレーキを引き、エンジンのスイッチを切った。

「いい場所を選んでくれた。気に入ったよ」スティーヴンはシートベルトをはずして前へ身を乗りだし、景色をながめた。見慣れた荒れ野に一脈通じるものがあるが――うらさびしく殺伐とし、荒々しく伸びた雑草に包まれ、ヒースの藪や湾曲して縮こまった木が点在している――全体の地形は同じではない。ここにはなだらかな斜面も断崖もなく、窪地と丘と小さな谷が畝となり襞をなしている。褐色の砂岩でできた不気味なまるっこい塊がそこここに立ち並んでいる。巨大で深くひび割れたものもあれば、小さくてなめらかなものもある。

風景に魅入られている彼の顔を見て、キャロルは言った。「さあ、外へ出てよく見ましょうよ」

ふたりは駐車場から出て、草深い斜面をゆっくりおりていった。下に着いたところで、土と岩の形作る砕け波のような高々とした隆起が道をはばみ、細い谷道がふた手に分かれていた。スティーヴンの選んだ右のほうを進むと、道はしだいに上りに変わり、左へとうねっていった。

「わたしたち、よく犬を連れてここへ来たわ」キャロルが言った。「なんだか、いつ来ても雨が降って雷が鳴っていた気がする。たぶん一度か二度のことでしょうけど、いつもそうだった気がするの。みんな車にもどって、外の様子をながめてた。こわかったわ。丘の上で稲妻が光って、岩にぶつかるの――そして、あの音！　大きなハンマーで車のルーフを叩かれたみたいで、いまにも自分が雷に打たれるんじゃないかと思った。タイヤがゴムだから安全だって父が言ってくれたけど、あまり気休めにはならなかった」

スティーヴンは岩の露頭にのぼって、来た道を振り返った。「きみが飼ってた犬の種類は？」

「うちの犬じゃなくて、トニー伯父さんのよ。ゴールデン・レトリバーだった」

「名前は？」

彼女は微笑んだ。「エリックとアーニー。それだけでトニー伯父さんがどういう人かわかるわね」

「えっ？」

「なんでもない。気にしないで（イギリスにエリック・モーカムとアーニー・ワイズというふたり組のコメディアンがいた）」

「最後にここへ来たのはいくつのとき？」

「ええと……待ってね……たぶん……一九七三年だから、十二歳。いまの歳がわかってしまったわね」

「今年は一九九七年だろう？　ということは、ええと、数えきれないな……」

「ほっといて！　せめて数えられないと言ってよ」

彼は岩から柔らかい芝生へ、鈍い音を立てて跳びおりた。「十二歳か」考えこむように言う。

「ここで何をしてたんだい」

「たいてい散歩よ。少なくとも、大人たちは歩いてた。わたしたちはおおかた、狂ったように走りまわってたわ。このあたりの岩はかくれんぼをするのにうってつけだったの」

彼はかぶりを振った。「もっと具体的な話を聞かせてくれないか。きみがここにいる情景をくわしく頭に描きたいんだ」

「そうね……ああ、ひとつ思いだした。最後に来たときのこと。たぶんそれがあったせいで、二度と来たくなくなったんだと思う。いまでも、思い返すたびに顔が赤くなるわ」

「教えてくれ」彼は熱っぽく言った。

「真ん中に大きな亀裂がはいった岩の塊があったの。わたしはその裏に隠れて、マイケルとキアランが前を通り過ぎるのを待っていた。裂け目からいきなり顔を突きだして、ふたりを跳びあがらせてやるつもりだった」

「で、跳びあがった？」

「よく覚えてないわ。裂け目に頭を突っこんだら、抜けなくなってしまったの。ふたりは転げまわって大笑いするばかり。わたしのほうは、顔がどんどん赤くなるは、岩にこすれて耳が痛くなるは……。正直なところ、どうやって抜けだしたか思いだせないんだけど、観客がおおぜい集まったのは覚えてる。ああ、恥ずかしい！　十二歳と言えば、自意識のメーターの針が赤のゾーンにはいって、いっきに外へ飛びだすころよ。立ちなおるのに何か月もかかったわ」ス
ティーヴンは固く閉じた唇を震わせている。「血管が破裂しちゃまずいわよ。好きなだけ笑いなさい。わたしはもう平気だから」

ダムが決壊したように笑いが噴き出た。「ごめん」呼吸がもどると、彼は息苦しそうに言った。「きみがそんな顔をしてるからだよ。いまでもはらわたが煮えくり返ってるみたいだ」

キャロルは微笑んで彼の腕をとった。「さあ、歩きましょう。行くところがいろいろあるの」

「そこへ案内してくれ」彼は突然言った。

「そこ？」

「その事件があった場所だよ。見たいんだ。どこだったか覚えてるかい」

「さあ。見当もつかないわ」彼女はあたりを見まわした。「ひょっとしたら……そうね……あっちかもしれない」

「じゃあ、行こう。これは探索の旅だ。キャロルの生涯で最も恥ずかしい瞬間を探る旅」

ふたりは一時間以上にわたって歩きつづけた。岩溝に沿い谷間を抜け、ときどき地平線を見渡しながら小さな丘をよじのぼった。それらしい岩を見つけるたび、キャロルはそのまわりを歩いて、口を結んだままじっくり観察したすえ、首を横に振った。「言ったでしょう、むずかしいって」五回試みたあと、そう言った。「二十年以上たってるのよ。浸食やら何やらで、見た目が変わってることだってありうる」

「平気だよ。耳の形がついた岩を捜せばいいだけじゃないか。簡単に見つかるはずだ」

「ばか言わないで。わたしの耳が特大だとでも？」

彼は答えなかった。地平線へ目を向けると、深い襞の中央に赤い点が見えた。「あそこに車が見える。何マイルも歩いてきたわけだ」

「ああ！」彼女は叫んだ。「車！　お弁当をシートの下に忘れてきたわ」

「おやおや」彼は低い声で言った。「引き返したほうがいいかな」

彼女は空を見あげ、うなずいた。「そうね。いずれにせよ、天気が崩れそうだし」丘で岩捜しに熱中しているあいだに、いつの間にか木炭色の雲が空に充満していて、ふたりが引き返そと歩きはじめたときには、空に一点の青も見あたらなかった。百ヤードも進まないうちに雨が降りだした。大粒の雨がまばらに落ちてきたかと思うと、まもなく土砂降りに変わった。

「最低！」キャロルは叫び声をあげて、駆けだした。「さいてい！」

　スティーヴンはすぐ前を走っていた。突然立ちどまったので、彼女はその背中にぶつかって、危うく突き倒しそうになった。「下だ！　行こう！」と彼が叫ぶ。相手を落ち着かせることも返事をすることもできぬまま、彼女は手首をつかまれた。気がつくと、後ろについて険しい坂を猛然と駆けおり、深い岩溝の底を引きずられていた。「ここがいい」彼が言って、彼女を前へ押しだした。

　岩溝の一方の側面から、家ほどの高さの巨大な岩の塊が突きだしていた。別の方向から小規模な浸食作用を受けたらしく、低い層の一部が陥没し、幅五フィート、高さ四フィートほどの洞穴（ほらあな）ができている。キャロルが身をかがめてそのなかへ駆けこみ、スティーヴンがすぐにつづいた。

「ほら」彼はジャケットを脱いでほこりまみれの地面に敷いた。「ここにすわれる。少し横へずれてくれないか」

　その穴は奥行きが数フィートに達し、並んでゆったり腰かけられるだけの余裕がある。ふたりはジャケットの上で縮こまって、雨が落ちてくるのを見つめた。

「さんざんね」キャロルはそうつぶやき、煙草を一本取りだして火をつけた。「ずぶ濡れよ。これを見て」まだらに湿った煙草を、濡れた指で掲げる。

「少しぐらいはしかたないさ」スティーヴンは言った。「服が全部濡れたわけじゃない。ジャケットを脱いで、上から羽織るといい。そうすれば、水がそれ以上しみないから」

彼女は忠告にしたがってジャケットを毛布がわりにし、震えながら身を寄せて、彼のぬくもりを吸収した。「お弁当もないのよ」ため息をつき、長い煙をもう一度吐きだす。

「おなかが空いたのかい」スティーヴンは彼女の毛先についた水滴を軽く払い落とした。

「そうでもないわ」

「この雨は長くつづくだろうか」

「十分間」彼女は言った。「一時間かもしれない。夜までかもしれない。わかりっこないわ」

ふたりは口をつぐみ、揺れ動く霞に目を凝らしながら、雨が頭上の岩を叩いては伝い落ちる音に耳を澄ました。短くなった煙草が規則的に上下して、そのたびに火のかすかにはじける音が響き、煙が流れ出る。キャロルは吸い殻を濡れた草の上へ投げ捨てて、すわりなおした。

「スティーヴン」小声で言う。

「うん？」

彼女は急に顔をあげた。「あら、わたしのせいで濡れたのね？」

「いや」セーターの、彼女の髪のふれている部分がひどく濡れていたが、彼は嘘をついた。「だいじょうぶ。何を言おうとしたんだい」

彼女は彼の胸にふたたび寄り添った。「変な質問よ。神を信じるかってきこうと思ったの」

「どうして？」

「信じる？」

彼はかぶりを振った。「いや、あまり……正直言って、まったく信じてない」

彼女は小さく笑った。「あなたが実生活で聖職者だったら大笑いね。いまの発言であなたを強請ることもできる」

「どうしてそんなことを知りたいんだ」

「わからない。ちょっと気になっただけ」

「きみは神を信じるのかい」

「どうかしら……そう、神そのものは信じていないわ。だけど、どこかに何かがあると思う。物事を引き起こしたり、導いたりする力。あらゆるものの法則を生みだす力と言ってもいい」

「占星術みたいなもの？」

「特定するつもりはないけど、そうかもしれない。運命やカルマと言ったほうが近いでしょうね。この世で起こることには、すべて理由があると思う。どんな決断をするか、だれに出会うか――自分の身に起こる出来事には、ひとつ残らず意味があるはずよ」

「どうして？　どうして意味がなきゃならない？」

彼女はひと息ついた。「だって、自然界のあらゆるものには法則や秩序があるでしょう？　遺伝子から恒星や惑星まで、すべてが完璧な原理にしたがってる。だったら、精神的なものも同じじゃないかしら」そこでためらう。「ばかげた話だと思う？」

彼は彼女の頭のてっぺんにキスをした。「思わないよ。きみの話は大好きだ」

「あなたはちゃんと話を聞いてくれる。ロズはときどきわたしをまぬけ扱いするのよ」

「へっ！　ぼくに言わせれば、ロズのほうこそ大まぬけだ。きみがなぜがまんしていられるのか、理解できない」

「そんなふうに言わないで。わたしにとってはいい友達なんだから」

「なんでも思いどおりにしないと気がすまないんだよ。きみと話してるのを聞いて、そう感じた。態度が大きすぎる」

「そうかもね……」

「まあいい。法則の話はどうなった？」

「えっ？　ああ、そうね。どんなことにも意味があると思う。人と人が出会うとき、そこには理由がある……」彼女はことばを切り、煙草をもう一本手で探しながら付け加えた。「あなたとわたしみたいに」ふと思いついたかのように、さりげなく言おうとつとめた。長い前口上の核心部分だとは気づかれたくなかった。

「ぼくときみ？」

　彼女は煙草に火をつけた。「あなたは記憶を失ったわけでしょう？　わたしのほうは、持て余すほどの記憶をかかえている……。わたしがこの土地へ来たのは、現実から抜けだし、過去に引きこもって、逃げ去るためだけど、もちろん何も手放せやしなかった」

「逃げだすことはできても、隠れられないってことかい」

「そう。それに昔の記憶にもぐりこもうとすればするほど、むなしくなって鬱々としてくる。

実を言うと、あなたが現れたころ、わたしは農場を出ていこうと本気で考えていたの――こんなところは捨てて、引っ越してしまおうってね。ところが、そこにあなたが来た。わたしを必要とする人間。すぐにそう思ったわ。それに、なかなかの組み合わせじゃない？ うんざりするほどたくさんの記憶に付きまとわれたわたしと、記憶のないあなた。これはふたつの次元でうまくいった。ひとつは、あなたがわたしを必要として、わたしがそういうあなたを必要とするという次元。もうひとつは、お互いをどんなふうに必要としたかという、ある意味でロマンチックな次元。わたしが人生の法則と呼んだのはあとのほうよ。わかる？」

「ああ」彼は驚いた口調で言った。「わかる」

彼女は満ち足りた様子で息を深くついた。「完璧すぎるくらいだったわ。こんなふうに話し合えた男の人は、この四年間であなたがはじめて……いや、生まれてこのかた、あなたがはじめてよ。こんなふうに――こんなに近づいて、なんのためらいもなく話ができたのはね。この四年間、男性とまともに話したことが一度もなかったの」最後のひと吹かしをして、吸い殻を一本目の近くへ投げ捨てた。「あなたにずっといっしょにいてもらいたい」とつぶやく。

大きな過ち（あやま）を犯してしまうのではないかと案じつつ、スティーヴンは何も言わずにジーンズのポケットへ手を突っこんで、くしゃくしゃになった紙片を取りだした。それを太股の上でひろげて延ばす。

「なんなの？」

彼は紙を差しだした。「さあ、読んで」

手帳から引きちぎられたあのページだと気づき、彼女はどきりとした。受けとって身を起こし、そこに残された鉛筆の殴り書きに目を向ける。はじめの数行は、明らかにきのう読んだ青春期の話のつづきだった。しかし最後の段落は——鉛筆の跡から判読しようとした段落は——全文を見ると予想とはかけ離れていたのがわかった。それに先立つ文章とちがって、最後の段落は意味が明瞭で筋道立っている。彼女は信じられない思いでしばしそれを見つめ、あらためて読んでみた。

そういう気持ちがどんなものだったか、すっかり忘れていた。これまではずっと自制してきた。いま、彼女がすべてを呼びもどしてくれた。ぼくはここを立ち去る気になれない。彼女の声と顔が好きだ。無駄話さえも好きだ。そばにいると、手をふれたくてたまらない。自分がこんなふうになるなんて。ぼくは彼女を愛している。

熱心に視線を動かす彼女を見ながら、彼はきまり悪げにしていた。「無駄話なんて書いてごめん」彼が言うと、彼女は顔をあげて大きな目を向けた。「本気でそう書いたわけじゃない——自分が腹立たしかったんだ」
「残りは本気なの?」抑揚のない声だった。
「あ、ああ。もちろんだ。ふざけて書いたわけじゃない」彼女はまだ見つめている。「気を悪くしないでくれ。ぼくはただ——」

ぶたれるのかと思い、彼は体をかばおうと両腕をあげた。髪がつかまれ、後頭部が洞穴の石壁に押しつけられた。赦（ゆる）しを乞うべく彼は口を開いたが、くぐもったうめきを切れぎれに漏らすにとどまった。彼女の唇が激しく重ね合わされたからだ。

四年に及ぶ孤独な日々を経て幾層も積み重ねられた、さびしさと悔恨の瞬間のすべてが、その口づけに注ぎこまれた。渇きと絶望が荒々しさをいや増す。彼女は彼の髪に指をからませ、体にまたがって、筋肉が焼けつくまで両の太股で締めつけた。息を切らしながら体を離したとき、唇はひりついて唾液とべとついた口紅に染まり、頬は赤らんで涙に濡れていた。驚きに満ちた彼の目を強烈な眼光で一瞬見つめ、ふたたびキスを浴びせる。こんどは、セーターの肩のあたりをつかんで彼を強く引き寄せ、自分は地面に仰向けに横たわって、彼の体を押しあげた。苛立ちと情欲の入り混じった小さなあえぎをあげ、ぎこちない手つきで彼のジーンズの前をまさぐったすえ、ようやくジッパーをあけて、すべてを引きおろした。ペニスが飛びだし、目の前で震えおののく。彼女はスカートのボタンをはずし、タイツの股の部分に爪を立てて裂け目から引きちぎったあと、片手でパンティーを横へずらし、反対の手で彼を中へ導いた。稲妻の痛みに彩られた快楽の雲が押し寄せて、頭のなかと股間で炸裂する。刺激が腕と脚にひろがり、手足の爪先でひらめいた瞬間、叫びが漏れた。自分の脚を彼の脚にからませたが、まだ物足りなかった。ふたつのセーターの前を掻きあげ、体の重みと素肌のぬくもりに餓（かつ）えて、彼をいちだんと深く沈めた。まだまだ物足りない。唇を離して肌に滑らせ、鼻を首に押しあてた。「もっと」かすれた声をあげる。「もっともっとつづけて、お願い、つづけて」絶頂に達しなくてもかまわなかった。全身にみなぎる淫らで猛々しいものを彼のなかに響かせたいだけだった。彼にそれを増幅させ、叩きのめしてほしかった。「もっと速く!」彼の尻をつかみ、力まかせに引き寄せて叫ぶ。「速く、もっと速く、もっと強く……そう……あ……ああ……ああああ!」彼が達した瞬間、彼女は体のなかに熱いものがほとばしるのを感じ、目を開いて、狂気じみた歓喜に満ちたまなざしで彼の顔を見た。その目は固く閉じられ、肌は緊張でぴんと張り、筋肉は盛りあがり、汗を浮かべ、まだらに赤く染まっている。小刻みに身震いしてうなり声をあげたあと、彼は動きをとめて、斜めにひろげた震える両腕で体を支えたが、しばらくして彼女の上に崩れ落ちた。彼女はその体に腕と脚を巻きつけ、目を閉じて深々と息をついた。

11

彼は目をあけた。

脈打つような力強くもの悲しいうなりが、かすかに聞きとれるほどの静かな雑音に変わった。青白い光の朦朧とした流れが静まって消え、不完全ながらもたゆたう映像がゆっくりと形作られていく。彼は親指と人差し指で鼻柱をつまんで、粘つく目と目のあいだをもみほぐした。

——もう一度目をあけた。さっきよりもいい……少しだけ。力を抜いて、雑音に耳を澄ました。天井の梁や垂木(たるき)が見覚えのある形を取りもどすと、彼はため息と微笑を漏らし、横向きになって片肘で頬杖を突いた。キャロルがこちらに背を向けた恰好で、曲げた腕を枕がわりにして寝ている。指に軽く息を吹きかけると、小さく震えて、すぐに動きをとめた。頭上から落ちた数本の藁が、黒っぽい髪にからみついている。彼はそれを注意深くつまんで脇に捨てた。髪に引っかかった一本を抜きとったが、彼女は目を覚まさなかった。

ブリマム岩稜で過ごした雨の午後から数週間たつ。そのあいだに彼女にまつわる驚くべきことをいくつも知ったが、これはそのひとつだった。毎朝早起きする人間にしては、彼女は信じられないほど眠りが深い。起きあがり、顔にキスをし、服を着てもまだ起こさずにすんだし、そのまま母屋をあとにして、深夜の闇に包まれた庭を通って納屋のベッドにもどることもできた。翌朝目覚ましが鳴ってはじめて、彼女は彼がいないことに気づく。最初のころ、彼女は傷ついて、完全に母屋へ移り住むようにあらためて説得したが、彼はここでは不安だと言って、それを拒んだ。彼女のほうは、朝起きたとき、あたたかい体があるはずの場所が空っぽで冷たいのはその倍も不安だと反論した。やがて、話をする二度目の機会がめぐってきた。彼女のほうから夜中に納屋を訪ねたのだ。そして、朝まで間に合わせのベッドに居残った。数週間がたち、日増しにあたたかくなるにつれて、そんなふうに訪れる回数が増え、母屋の快適なベッドで過ごすより納屋のベッドでいっしょに寝る機会が多くなった。寒さや寝苦しさが好きなわけではないが、彼の横で目を覚ます唯一の手だてなのだから、苦痛はなかった。

そして、その数週間のうちに、青い手帳は字で埋めつくされた。記憶の最も深い層が探られ、掘り起こされて、充実した成果がページに書きつけられた。ついには、少年時代の重要な出来事のほとんどがそこに記されることになり、彼は自分がふたつの場所だけに生きているように感じはじめた。記述のなかの遠い過去と、五感で知ることができる文字どおりの現在だけだ。結果として、自分のなろうとしていた人間になれたとも言える。

キャロルは眠ったまま穏やかにつぶやき、耳たぶを引っ張った。スティーヴンは微笑んだ。毛布の端を持ちあげて、彼女の体を長々とじっくり見つめた。豊かな髪が首のまわりで波打ち（最近は長く伸ばしている）、背中の長いゆるやかな曲線が突然揺らいで腰のあたりでくびれ、また盛りあがって白くまるみを帯び――

「ねえ！　凍えそうよ！」彼女が枕から頭をあげ、首をひねってこちらを見ている。

「ごめん、寝てたんじゃないのか」

「北極からの突風が背中に吹きつけるまではね」

彼は微笑んだ。「きみを見ていたかった。たいがい、こんなものではびくともしないんだ」

彼女は寝返りを打って、彼と向き合った。「わたしが眠ってるとき、いつもじろじろ見てるわけ？」

「がまんできないんだ」彼はそう言って、彼女の唇にキスをした。「きみはあまりに美しい」

彼女は毛布を引きあげて鼻まで覆った。「そんなことないわ。どんどん老けてるもの」

「嘘じゃない」彼は強い口調で言った。「きみは美しい」

大きなまるい目が、毛布越しに彼を見つめた。「ほんとうに？」

「信じなきゃだめだ」彼は皺だらけの毛布のなかへ手を突っこんで、彼女の胸を軽くなでた。

彼女は横になったまま身を滑らせると、腕を彼の腰に巻きつけ、頭を胸にもたせかけた。

「愛してるわ」と小声で言う。

「わかってる」

彼女は胸にキスをし、気乗り薄に上体を起こして目をこすった。「そろそろ起きてお風呂にはいらなきゃ。きょうは仕事が山ほどある」

彼は寝転がって彼女が身じまいを整えるさまを見守った。じめじめとした震えるような空気のなか、ひと晩を経てあたたかみの消えた服を彼女は身に着けた。

「ここにいると凍えそう」愚痴をこぼすのは、これがはじめてではなかった。「あなたがいつまでも強情を張るなら、暖房機を持ってきたほうがいいかもしれない」彼女はシャツのボタンをとめ、ベッドにもどって彼のかたわらに膝を突いた。「母屋で寝てくれればいいのに」とつぶやく。

彼はため息をついた。「何度も説明したじゃないか」

「わかってる。望みを口にしただけ」

彼は彼女のシャツに手を滑りこませた。「ふたりで、じゅうぶんな熱を生みだせるさ」

「やめて」彼女は笑った。彼の手を抜きだして両手で包み、指を一本一本伸ばして注意深く観察する。

「何かおもしろいことでも？」

彼女はぼんやりと笑って、彼の手のひらにキスをした。「これよ」と、薬指をつかんで言う。

「これがどうしたって?」

「なんでもない。ばかなことを考えたの」

「教えてくれ」

　彼女は目を膝に落とした。ぶつけようとしている疑問は、ふたりの仲がいっきに進展して以来、ずっと心を占めているものだ。どんな結果になるかが恐ろしくて、きょうまで持ちだす踏んぎりがつかなかった。彼女にとっては望ましくない記憶を呼び覚ますことで、ふたりの関係にひびがはいるのではないか、さらにはまっぷたつに裂けてしまうのではないかと不安だった。

「なんだい」彼は身を起こし、彼女の顔にかかった髪を掻きあげて言った。

「ちょっと気になったのよ。あなたが結婚していたらどうなるかって」彼女は急に開きなおって、彼の目を見つめた。口にしてしまった以上、どんな微妙な反応も見逃したくなかった。

「なんだって?」彼はぼんやりと言った。

「わからないでしょう? あなたは妻ある身かもしれないのよ」

「妻?」

「ありうるはずよ。子供がいる可能性だってある」

　彼はあやふやな表情で宙を見つめた。「妻? 子供?」

「考えてみて。あなたはおそらく……三十代の後半ぐらいよね。その歳で、独身で子供がいない確率はどのくらいだと思う?」

「わからない……たぶん独身だよ、ぼくは」

「たぶんね。だけど、確証はない」彼女はふたたび自分の手に目を落とし、小さなかすれ声で言った。「そのことが頭から離れないのよ。いつも……いつも。愛し合ったあとも、ベッドでいっしょに寝てるときも考えてしまう。あなたの奥さんが何も知らずにひとりベッドにいるところを。あなたがどこにいるかも、あなたの身に何が起こったかも、あなたがもう――」

「キャロル、そんな女はどこにもいないかもしれないんだ」

「いるかもしれない」

彼は首を左右に振った。「いや、ありえないと思う」

「どうしてわかるの？」彼女は引きさがらなかった。「わたし、ひどく自分勝手だった。自分だけの都合であなたを放さなかった。奥さんが死ぬほどつらい思いをしてるのに、あなたはずっとここにいて、わたしは自分のわがままだけでしがみついてる。これまでどうして――」

「やめよう」彼は手を彼女の口にあてた。「きみは取り乱しかけてる。落ち着くんだ」

「無理よ。わたしたち、ずっと前に手を打つべきだった。なんてばかだったのかしら！　すぐにあなたを警察へ連れていけばよかった。そうすれば、テレビで写真を――」

「だめだ！」彼は叫んだ。「だめだ、キャロル。そんなことはできない」

「どうして？」彼女は泣き声で言った。

「それは……それは、いやだからだ！　できないものはできない。そんなふうに責めないでくれ、キャロル」

彼女の目には涙がたまっていた。「ごめんなさい」と言った瞬間、それがあふれだした。

「こっちへおいで」彼はやさしく言って、彼女を抱きしめた。「落ち着いて……。何もかもうまくいく。家族なんかいないさ。ぼくにはわかる。信じてくれ」

「信じてるわ」彼女はすすり泣いた。「ただ、後ろめたいのよ」

「だいじょうぶだって。だれもいないんだから。万が一いたとしても、いまからもどるはずがないだろう？　ぼくにはきみがいる。絶対に放さない」

「絶対に？」

「ああ、絶対に。きみしかいない」

彼女は潤んでピンクに腫れた目で彼を見あげ、その首に腕を巻きつけた。「愛してるわ。大好き」とささやく。

「さあ、もう一度寝よう」

ふたりは並んで横たわり、しっかりと抱き合った。キャロルはしだいに平静を取りもどした。鼓動がふつうになって、手の下で穏やかに響くのをスティーヴンは感じた。

「奥さんを思いだしたらどうするの？」彼女はきかずにいられなかった。「奥さんのもとへ帰りたいと思うかもしれないでしょう？」

「いもしない人間のことを思いだすはずがない。それに、ぼくが愛してるのはきみだけだ。さあ、口をつぐんで」

彼女は話すのをやめ、体に伝わる彼のぬくもりに意識を集中した。これほど取り乱すとは自分でも意外だったが、愛する男を自分に奪われた女がどこかにひそんでいるかもしれないと思うと、骨までうずいた。順調に記憶は回復しているので、最近の出来事、大人になってからの出来事が思いだされる日は遠くないだろう。こちらとしては、たとえ妻や恋人が目の前に現れて名乗り出たとしても、彼が愛しつづけてくれると信じるほかない。そして実際、自分は固く信じている。

キャロルがあまりに長く押しだまっているので、眠りに落ちたのではないかとスティーヴンは思った。彼は緊張を解いて、遠くから聞こえるうなりに耳を澄ました。数分前から、かすかに響きを増している。

「キャロル」

「ん?」眠そうな声だ。「うつらうつらしてたの……帰ったほうがいいわね」

彼女が体を起こそうとしたとき、スティーヴンは引きとめた。「あの音はなんだ」

彼女は眠たげに眉をひそめた。「どの音?」

「あれだよ。聞いてごらん」

「何も聞こえないわ……どんな音?」

「うなるような音だ」

一瞬耳をそばだてたあと、彼女の顔に大きな笑みが浮かんだ。「ああ、あれね。気になってたの?」

「そんなことはない。いや、やっぱり気になってた。ここへ来てからずっと、なんだろうと思ってた」

「これまで、どうしてきかなかったの」

彼は肩をすくめた。「わからない。きみがいるときに思いださなかっただけだろう」

「いらっしゃい」彼女は身を起こした。「服を着て。見せてあげるわ」

キャロルが南京錠に鍵を差しこんであけた。付属棟の扉が開くのを、スティーヴンは庭で彼女の後ろから見守った。うなりが深まり、音量を増した。戸口から熱い空気が勢いよく吹きだしてきたが、何も見えない。

「おかしいわね」キャロルが腕時計に視線を落として言った。「明るくなってるはずの時間なのに」中へ進んで壁をまさぐる。歯車のついたダイアルをまわす小さな音が響き、青白い明かりがついて急にまぶしくなった。「タイマーがいかれてきたみたい。さあ、はいって。わが家の生き物を紹介するわ」

彼女のあとについて進むと、扉の内側がおよそ三フィート四方のガラス張りの小部屋になっているのがわかった。ガラスの向こうにもうひと部屋あり、それがこの大きな付属棟の残り全体を占めている。そこにある植物と――数本の枝しか生えていない小さなものだ――壁にめぐらされた金属製の枠が見えた。しかし、何より驚かされ、目を瞠(みは)らされたのは、壁と地面を覆う物体に気づいたときだった。茶色がかった緑の、分厚い絨毯だ。分厚い絨毯が動いている。それはうねり、震え、波打つばかりか、光が差しこむや浮上して濃い雲を巻きあげ、深く重いとどろきとかすれた微音を同時に響かせている。

「信じられない」彼は喉が締めつけられたように感じつつ、息を呑んだ。

「驚いた？」呆然とする彼に、キャロルはいたずらっぽく微笑みかけた。

「いったいこれは……」

「バッタよ」笑みが大きくなった。

「バッタ？」ゆらゆらと不規則に輝く物体を、彼は唖然として見つめた。顔が血の気を失っていく。

「そうよ。飛蝗（ロクスタ・ミグラトリア）。餌の時間にちょうど間に合ったわ」

「なんだって？」

小部屋にバケツが置かれていて、粉末の飼料らしきものが満たされている。彼女はプラスチックのスコップを壁からとり、蝶番で開閉する両開きの蓋がついた透明な投入口から、飼料を流しこんだ。飼料が檻の地面に散らばると、とどろくつむじ風がハリケーンへ姿を変えたかのように、何千もの虫が群がった。

「なんてことだ」スティーヴンの顔は蒼白になっている。やにわに振り返り、建物から外へ飛びだした。

「スティーヴン？　だいじょうぶ？」彼女は困惑のていでスコップを置いて、あとを追った。彼は庭で納屋の壁にもたれかかって息を切らしていた。「どうしたの？　気分でも悪い？」

　顔色はいくぶんもどりつつあるが、相変わらず呼吸がほとんどできていない。「虫」とあえぐ。「耐えられない——虫なんて」

キャロルは手を自分の口に押しあてた。「あら、ごめんなさい！　悪いことをしてしまったわ。前もって教えておくべきだったのね。考えてもみなかった」

彼は険しい顔を向けた。「笑い事じゃない」

「ごめんなさい」彼女は笑いを嚙み殺して言った。

「ぼくがバッタの住む小屋の隣で寝起きしてることを、どうして教えてくれなかったんだ」

彼女は肩をすくめた。「きかなかったからよ」

「きかなかったから？　そんなこと、思いつくはずがないだろう？　〝ところで、隣に虫の大群が住んでると思うんだが〟とでも言えというのか？　ばかばかしい」

「じゃあ、こんなちっぽけな農場で、わたしがどうやって生計を立てているって思ったの？」

「たとえば……いや、わからないさ。こんなことは思いも寄らなかった」

「わたしが出入りしてるのは何度も見たでしょう？」

彼はとまどった。「ああ、見た。発電機か何かがあるんだと思った」

彼女は笑った。「で、いま事実を知った」

彼はまじまじと見つめた。「でも、どうしてなんだ」かぶりを振って尋ねる。

「どうしてって何が？」

「なぜバッタを？　あんなものを飼ってどうするんだ？」

「売るのよ。ブラッドフォードの卸売業者と取引があるの。動物園やペットショップ行きになったり、爬虫類の餌になったり。学校の生物の授業で使うこともあるわ——そう、解剖したり

「──」

「もういい。細かい話なんか聞きたくないよ。気分が悪くなる」

彼女は両腕を彼の体にまわした。「ごめんなさい」くすくす笑う。「でも、あなたがそんなに臆病とは思わなかった」

「キャロル……」彼は唇を噛んだ。

「何？」

「母屋へ移ってもいいかな」

12

スティーヴンは牧師館を抜けだして本通りへと進んでいた。入場料金を払ったものの、ふた部屋見ただけで人の多さに耐えられなくなり、新鮮な空気を求めてあわただしく出口へ向かったのだった。

本通りもこみ合っていて、家族連れや旅行者の一団が、丸石敷きの険しい坂を行き来したり店のウィンドウの前に群がったりしている。スティーヴンは立ちどまって不安げに左右へ目をやったあと、きびすを返し、牧師館に隣接する墓地へ足を踏み入れた。ここなら、通りの喧噪はまだ耳にはいるが、灰緑色の石板や石碑がぎっしり並ぶなか、多少とも落ち着いた気分になれる。間近で老夫婦が身をかがめて墓石を見ているのを除けば、ここにはだれもいない。彼は墓地の中央までゆっくりと歩を進めると、立てられた墓石のへりに腰をおろし、牧師館の人だかりで高まった緊張を解きほぐした。

そのとき、墓地の反対側の一角にひとりの男が腰かけているのがわかった。皺だらけのベージュのレインコート姿で、スティーヴンと同様、墓石を椅子がわりにして、手を膝に置き、足首を交差させている。牧師館のジョージ王朝風の高窓に目を注いでいるようだが、帽子のふちからこぼれ落ちた影で、顔がよく見えない。しかし、どことなくだれかに似ている……

「見せたかったわ、あのときの彼の顔」キャロルは言った。「吐くんじゃないかって本気で思った」

コーヒーのマグふたつとチョコレート・クッキーの箱をトレーに載せて、ロザリンドが台所から現れた。トレーをテーブルに置き、キャロルの向かいの肘掛け椅子に腰をおろす。「なら、捕まえ方を教えなかったのは正解ね。あたしだってぞっとするもの」コーヒーをひと口飲む。「バッタなんて、くたばればいいと思う。学校で生物の時間に解剖したのを覚えてる。どれも茶色がかって、湿っぽくて、ぐにゃぐにゃ。においもひどかった。いまも忘れない――腐ったミルク入りの、冷めたコーヒーみたいなにおい」マグを見て顔をしかめる。

「信じられなかったわ」キャロルはまだ、スティーヴンの滑稽なまでの怯え方を思いだして笑っている。「納屋では気味の悪いネズミが走りまわっているかもしれないのよ。だけど、彼はぜんぜん気にしてるふうじゃなかった。ところが、隣の建物にバッタがいるとなると、あいだに分厚くて頑丈な石壁があるのに、あわてふためいてる」

「恐怖症って妙なものよ」ロザリンドはクッキーの箱をあけて、キャロルにすすめながら言った。「イレーンが昔ネアズバラ動物園のライオン飼育係と付き合ってたの。その男ったら、あのばかでかいけだものといっしょのときはご機嫌なのに、浴室で蜘蛛が見つかりでもしようものなら、とんでもない大騒ぎが三十分つづいたそうよ」椅子の背にもたれかかって、脚を組む。

「彼が母屋へ移ったって言ったわね。バッタのせい？」

「そうなの。ずっといやがっていたんだけど、母屋にどんな気に入らないものがあろうと、バッタはそれより上手（うわて）だったってこと」

「来てくれてうれしい？」

「もちろんよ。毎日の暮らしがずっと楽になったわ」

ロザリンドはうなずいた。「なら、無駄にならなかったわけね」

「何が？」

「客用寝室の片づけをしたことよ」

「ああ、そういうこと」キャロルの顔に赤みがさした。「そんなふうには考えてもみなかったわ」

「広い家でよかったわね。部屋がたくさんあって」

「まあね」

ロザリンドは身を乗りだした。「見え見えよ、キャロル。彼と寝てるんでしょう？」

キャロルの顔が真っ赤になった。「そんな！……え、ええ。そうよ」

ロザリンドはため息をついた。「まったく。いつから？」

「一か月ぐらい前……」

「何回寝たの？」

キャロルは椅子の上で身を縮こめて、マグをのぞきこんだ。「実を言うと、ほとんど毎日」

「たらしこまれるのは時間の問題だと思ってた」

「ロズ！　そんな言い方はないわ！」

「でも、嘘じゃないでしょう？　あの男、どうやって迫ったの？　いや、言わなくていい――愛してるとかなんとか叫んで、大げ――」

「ほんとうに愛してくれてるわ！　どっちにせよ、そんなふうじゃない。わたしが先に手を出したの」

ロザリンドの目が大きく見開かれた。「あんたが？」

「そうよ」

「あんたが誘惑した？　か弱い意気地なしのキャロルが？」

「からかわないで、ロズ。まるでわたしが薄ばかみたいじゃないの。とにかく、誘惑したというのもまちがいよ」そこでひと息つき、身を乗りだしていたずらっぽく笑う。「自分でも信じられなかったわ、ロズ。わたしが彼をレイプしたようなものなの」

「なんですって？」

「そう、あれはレイプ同然だった」

突然、意外にも、ロザリンドは笑った。「やるじゃない」

キャロルは驚いて目をあげた。「最高よ、ロズ」大胆になって言う。「どんなにすばらしいか説明できないくらい。こんな気持ちになったのははじめてだわ。わたしたち、これまでいろんな場所でした。納屋で、母屋で、台所で、外で……」

「外ってどこ？」

「ブリマム岩稜。それが最初だったの。洞窟で雨宿りしていたとき」

話に耳を傾けるロザリンドの顔は、驚きの——賛嘆と言ってもいいほどの——輝きに満ちていた。「なるほど」キャロルが話し終えると、ロザリンドは言った。「ブリマム岩稜ね……あそこには何か根元的なものがあるって気が前からしてた。すごいわ」

「いまは何をしていても、猥雑で、生々しくて、力強くて、満ち足りた気分なの。こんなに人間らしい気持ちになれたのはほんとうに久しぶりよ、ロズ。わたしは彼を心から愛してる。正しいことをしている自信はある。あなたも認めてくれるわね」

「ある意味ではね。これまで何度も思ったもの、あんたにとって必要なのは、元気になって男と付き合うことだって」そこでひと息つく。「問題は、相手があの男だってこと」

キャロルの顔が暗くなった。「なぜ？」

「自分でもわかってるくせに」

「ロズ、あなたは彼を誤解してるわ」

「そう？　なら、あんた、どうしてやましさを感じてるの？」

「感じてない！」

「いいえ、感じてるわ。あんたは罪悪感の塊よ。前からずっとそうだった。わからないはずがないでしょう？　あんたのことばの端々に漂ってる。猥雑とか生々しいとか、そんな小ざかしい話じゃないの。古きよき時代の、正真正銘まぎれもない罪悪感があるのよ。それについて説明してくれない？」


男は動かなかった。数分間微動だにせずに、牧師館に目を向けていた。スティーヴンはその姿勢にどことなく見覚えがあった。首をひねったのち、それが自分のすわり方を正確に鏡に映したものだと悟った。見おろすと、いまもまったく同じ恰好だった――手を膝に置き、足首を交差させている。相手の顔がまだ見えないので、近寄ってながめたい衝動に駆られた。スティーヴンは立ちあがって歩きだした。反対側の一角へ行くには、墓石の並ぶ小道を端まで歩いたうえで、背の高い石碑の一群を迂回して進まなくてはならない。片目を男からそらさずに歩きつづけたが、向こうは動く気配がなかった。ほんの一瞬、墓地の角にある石碑群を迂回するときだけ見通しがきかなくなり、反対側へ出ると男はいなくなっていた。移動しただけでなく、すっかり姿を消していた。

墓石の上に小さな花が二輪横たわっている。小さい漆黒の花びらが密生し、茎は切られてからさほど時間がたっていない。スティーヴンはその花を鼻に近づけて息を吸った。黒い花？　こんなものが見つかるとは思っていなかった。自分にとって、黒い花はなんの意味もなさない。男に見覚えがあると感じたのは、錯覚だったのかもしれない。

彼は肩をすくめ、墓石の上に花を置いて歩き去った。


「いいえ、ロズ。彼は絶対に結婚してないわ」キャロルは強い口調で言った。スティーヴンとの関係が発展したいきさつを打ち明けたことが悔やまれ、それにともなう恐怖さえ口にしてしまった自分のあまりの浅はかさが疎ましかった。

ロザリンドは疑いの目を向けた。「なぜそんなことがわかるの？」

「まず、指輪をはめていないし、指に痕もない」

ロザリンドは鼻を鳴らした。「なんの意味もないことね」

「それに、相手はいないって、本人が断言してる」

「なるほど。それを信じるわけ」

「もちろんよ」

「まあ、本人はわかってるだろうけどね」

キャロルは眉をひそめた。「どういうこと？　ああ、わかった。彼のしてることはまやかし。そう言いたいのね？」

「歩き方も見かけも話の内容も、全部まやかしだからまやかしと言ってるの。わからないのは、あの男が何を隠そうとしてるかだけ」

「ばかばかしい！　いいかげんに勘ぐるのはやめて。うちにお昼を食べにきたとき、彼に何か言ったんでしょう？　ええ、そうにちがいないわ。彼にきいたらそんなことはないって言ってたけど、ひどく傷ついていたわよ」

「あたしのしてるのは――」

キャロルは椅子から跳びあがった。「あなたのしてるのはただのお節介よ！　もううんざりだわ、ロズ。どうしてだれに対してもそんなに……そんなに疑り深いの？　あなたに言わせれば、だれもがいつでも利己的な動機に基づいて行動するんでしょう？　それはまちがってるわ。あなたの基準にそぐわない人間だっている」

「あたしの基準ってどういうこと？」ロザリンドは困惑するとともに、キャロルの思わぬ猛攻撃に屈辱と驚きを覚えた。

「あなたとリチャードのこと。あなたが人を食い物にするからといって、だれもがそうするとはかぎらないのよ。彫刻を売るためにリチャードをたぶらかしたくせに――ああ、穢らわしい！――ぬけぬけとわたしに人間関係について講釈を垂れる。〝人生を思いのままにする〟ためだなんて言うのはやめてね、真っ赤な嘘なんだから。あなたは人と深くかかわるのをこわがってる。それがいちばんの問題よ。生涯を通じて、本気で人を愛したことなんか一度もないに決まってる。そして……そう……そんな人の話を熱心に聞いていたわたしは大ばかだわ！」

「それでおしまい？」ロザリンドは静かに言った。

「まだはじまったばかりよ。ハロゲートのピーターを覚えてる？　わたしは彼が大好きだったのに、あなたが顔を気に入らなくて、わたしと付き合わせようとしなかった」

「彼は結婚してたのよ、キャロル！」

「してない！　別居中だったわ！」

「大ばか！　彼は手軽なセックスの相手を探してただけ。あたしが口を出さなかったら、あんた、好き放題されてたはずよ。いずれにせよ、何年も前の話でしょう？」

「そう。何年ものあいだ、わたしはがまんしてきたのよ！」

「くだらない昔話を聞くために、わざわざあんたをここに呼んだ覚えはないの」

「でも、恩着せがましい忠告をして大いに楽しんでいた。スティーヴンの言うとおりね。あなたはなんでも思いどおりにしないと気がすまない。友達をごみ屑程度にしか思っていないのよ」

ロザリンドは顔に怒りをみなぎらせて立ちあがった。「あら、そう。でも、少なくともだれも殺していない。彼は知ってるの？　あのことを知ってる？」

高々とうねりつつあった激情の波が一瞬にして凍りつき、深い裂け目のふちで不穏に揺らいだ。ふたりは顔を見合わせた。キャロルの目が驚愕に見開かれ、まるで肉体的な衝撃をこうむったような反応を示す一方、ロザリンドの顔から独善と勝利と怒りの入り混じった表情がゆっくりと消え、惨めな悔恨の色が浮かんだ。数秒たってようやく、キャロルはわけのわからないうなり声をどうにか発した。ロザリンドが駆け寄ってきて、両腕をつかんだ。

「とんでもないことを言ったわ、ごめんなさい」ロザリンドはささやいた。「本気じゃなかったのよ」

キャロルはうつろな目で見返した。「そんなふうに思ってたのね」淡々と言う。「よくわかった」

「ちがう！」ロザリンドは必死で叫んだ。「本気じゃなかったのよ。自分でもわけがわからずに口走ったの」

キャロルは冷たい目で見つめつづけた。「帰ったほうがよさそうね」

玄関に大きなノックの音が響いたが、ふたりとも動かなかった。しばらくすると、音が少し大きくなってもう一度響いた。

「出たほうがいいんじゃないの」キャロルは言った。

ロザリンドは力なくうなずいて玄関広間へ向かった。扉の開く音が聞こえ、くぐもった声がしたあと、ロザリンドが後ろにスティーヴンをしたがえてもどり、「スティーヴンよ」と小声で言った。キャロルはにっこり笑って彼に近寄り、両手で頭を抱いて顔にキスをした。

「さあ、帰りましょう」キャロルは言った。

「キャロル、待って」ロザリンドが言った。

キャロルは取り合わなかった。後ろを振り返ることなく、スティーヴンの手をとって玄関へと歩いていった。

「何があったんだ」車のなかで彼がきいた。

「なんでもない」キャロルは答えた。「他人に心を支配されるのに飽き飽きしただけ」

「けんかしたのか？」

彼女は一瞥をくれた。「ええ、そう。けんかしたわ……スティーヴン、ワインをひと瓶あけて、じっくり語り合う夜を過ごしたくない？　あなた、わたしのすべてを知りたい、なぜヨークシャーに越してきたかを知りたいって言ったことがあったわね。そろそろ話す頃合だと思うの」


墓地では、黒いマリゴールドの花がすでにしぼみはじめ、小さな花びらが反り返ったり落ちたりしていた。花びらは吹きつけたそよ風で墓石の上に散り、いくらかは、磨滅した碑文の浅い溝にはさまっている。数世紀に及ぶ雨と、風が運んできた塵とで、墓石の表面は風化し、そこに黄色や緑の苔がむして、表面に刻まれた文はほとんど判読できない。読みとれるのはふたつのファースト・ネームだけで、ひとつが男、ひとつが女のものだ。ここに腰かけていた男は、スティーヴンとはちがって、ふたつの名前とその意味するものに気づいていた。花を捧げたのは、ふたつの忘れられた死を顧（かえり）みるためだった。

椈(ぶな)の木

丘のふもとの、急斜面がなだらかになって底の浅い大皿に変わるあたりに、ささやかな林がひろがっていて、その林の中央にはせまい草地がある。そこをゆるやかに流れる小川は、くねくねと曲がりつつ林の外へ出たあと、サント・クローディーヌとカミュを結ぶ本道を支える橋をくぐって、サヴォンヌ川へ注ぐ。草地の川べりに立つ背の高いしだれ柳の下で、小ざっぱりしたいでたちのふたりの若い男が、ときおり背伸びをし、柳の小枝を折っては気怠(けだる)げに川へ投げこみながら、低い声で話している。

「ああ、わかったよ」ジェレミーが沈鬱に言った。「あのにおいに気がつかなかったんだな」

「ああ」ティモシーが答えた。「気がつかなかった……で、正確なところ、ママはどんなにおいがしたんだい」

ジェレミーは太い小枝を折りとって、黄色がかった樹皮を長い爪ではがしている。「あいつだ」暗い声で言う。「ママの肌から、あいつの息のにおいがした。腹のなかにあいつの精液があるのさえわかったよ」

ティモシーは眉をあげ、不快そうに動かした。「腹のなか？　ほんとうかい」

「ほんとうだ。あいつの精液はニンニクとカタツムリのにおいがする」

「まさか。どうやって、におー―」

「ここにいると思ったわ！」クレシダが明るく言いながら草地に足を踏み入れた。

ティモシーが一驚して、後ろめたげに跳びあがったが、ジェレミーはその場を動かず、執拗に、病的なほどきちょうめんに小枝の皮を剝いでいる。

「〝プーさんの枝流し〟ごっこ（橋から上流に向かって木の枝を投げ、だれの枝がいちばん早く下流に現れるかを競う遊び）をしてるの？」彼女はきいた。

「ばか言わないで」ティモシーが言った。「あれは橋がなきゃできない。話をしてたんだ」

「話？　なんの？」彼女は探るような目をふたりへ交互に向けた。

ジェレミーはかたくなに背を向けたまま、沈黙を守っている。ティモシーは口ごもって、咳払いした。「なんでもない」慎重に言ったあと、自信を取りもどしたように付け加える。「男同士の話さ」

クレシダの顔に皮肉っぽい驚きの色が浮かんだ。「男同士の話？　ふたりとも、自分がただの甘ったれたばかな子供だってこと、わかってるの？」苦々しい沈黙。ティモシーが当惑顔で自分の靴に目をやった。クレシダはジェレミーのかたわらへ行って腰をかがめ、白いロングスカートの裾を膝の裏にたくしこんで、水際の黒い土にこすれないようにした。眠気を誘う単調な水の流れを見つめた。「すてきな場所ね」静かに言う。「そのうちここの絵を描くといいわ」

小枝を拾うジェレミーの指がとまったのを、彼女は視界の片隅にとらえた。顔を見ると、怒りと苦痛と憎悪で目が潤んでいる。「勝手にしてくれよ」ジェレミーは吐き捨てるように言った。「あいつに絵を描かせればいいじゃないか」鼻息を荒らげる。「へっ！　あいつがぼくたちのかわりに描くところを見たいよ」

　クレシダはジェレミーの肩に腕をまわした。ジェレミーは肩をすくめた。嫌悪感をあらわにしたものの、手をはねつけるほどの激しさはない。一瞬の沈黙ののち、ジェレミーはささやいた。「あいつを追いだしてくれよ」

　彼女は眉をひそめた。「だれを？　ムシュー・ヴィヴォー？　そんなことできないわ、ジェレミー……ねえ、聞いて。あなた、本物のおばかさんになってるわよ。意地悪なおばかさん」

「なら、ぼくたちが出ていく」

　クレシダが見あげると、ティモシーも不敵にうなずいている。「ジェレミー、聞いて」彼女は辛抱強く言った。「わたしとムシュー・ヴィヴォーのあいだには何もないわ。どうしてそんなことを思いついたの？　わたしがうちの坊やたちを裏切るようなことをすると思う？　いちばん大切なのはあなたたちよ。ほかのだれでもない」

　ジェレミーは顔をあげ、彼女の目をのぞきこんで、嘘かどうかを見きわめようとした。首をひねってティモシーを一瞥したあと、クレシダに身をすり寄せ、目を閉じて入念に彼女のにおいを嗅ぎはじめる。差しだされた腕から肩の上や腋の下へ、さらに胸や首を通って、耳のまわりへ。どんな些細なにおいも嗅ぎあてようと鼻腔をひろげ、小刻みに呼吸を繰り返す。ひととおり終えると、目をあけて彼女に視線をもどした。

「どうだい？」ティモシーがきいた。

「なんとも言えないな」

「風呂にはいったのかもしれない」

　ジェレミーはかぶりを振った。「いや、はいってない」なおも目をのぞきこむのに対し、クレシダはじっと見つめ返した。無言のまま、表情の探り合いが数分つづいたが、突然ジェレミーがつぶやいた。「証明してくれよ、ママ」

「なんですって？」彼女は言った。「ああ……」口ごもったのち、立ちあがってティモシーに近づく。「いい子だから、しばらくママをジェレミーとふたりきりにしてくれないかしら。ジェレミーがひどく取り乱してるの」

　ティモシーは疑わしげにうなずき、ジェレミーをちらりと見た。「こいつを慰めてやるのかい」

　彼女はうなずいた。「ええ、そう」

　ティモシーの青白い顔にかすかに赤みがさした。「ぼくも取り乱してる。ママはぼくのことも慰めてくれる？」

　彼女は微笑んで、ティモシーの手にふれた。「あとでね、坊や。不公平なのはわかるけど、ちょっとだけふたりきりにさせてくれない？」

「わかった」ティモシーは背を向けたあと、ためらいがちに言った。「ママ、ぼくたちから逃げたりしないよね。いとしのフランス野郎のために」

彼女はため息をついた。「おばかさん、何度言ったらわかるの？　あの人はいとしのフランス野郎なんかじゃない。さあ、出ていって」

ティモシーが木々のあいだを歩き去るのを見届けてから、クレシダはジェレミーに向きなおった。ジェレミーは立ちあがって狡猾な笑みを向けている。彼女は微笑みを返し、服のボタンをはずしながらそこへ歩み寄った。

ミシェルはひび割れたタイルのかけらをねじって引きはがし、屋根から投げ捨てた。前庭の隅に積もった瓦礫の山に、それが音を立てて落ちると、オレンジ色のほこりが小さな煙をあげた。彼は立ちあがって伸びをし、腰をさすりながらうなった。日は盛りに達し、空気がかまどのなかのように熱い。彼は目にしたたる汗をぬぐってから、タイルの上に腰かけて休んだ。

「いる？」下から声がした。梯子の上端が揺れ動き、プラチナ色の髪に覆われた小さな頭が垣間見えたあと、クレシダの顔が現れた。「ああ、いたのね」彼女は額に手をかざして見あげながら、麦藁のバスケットを持ちあげた。「昼ごはんよ。遅くなってごめんなさい」

「ありがとう」彼は答えた。ゆるやかに傾斜した屋根を、クレシダが足もとの悪い場所を避けながら注意深くのぼってくる。「あがってこなくていいよ。危ないから。ぼくのほうがおりていくのに」

「ばか言わないで。景色が見たいのよ」彼女は屋根の棟までのぼり、彼の横に腰かけてバスケットを開いた。「バゲットをどうぞ。チーズとハム入りよ。果物と、ボルドーのハーフボトルもある。足りないかもしれないけど、けさは買い物に出る暇がなかったの」そう言って谷の向こうへ目をやると、彼はワインをボトルからがぶ飲みし、中身のたっぷり詰まったバゲットに嚙みついた。「きれいね」彼女は息をついた。「ここでこの景色をながめていたら、百年たっても飽きないんじゃないかしら。あなたはどう？」

彼は目をあげると、日差しにあたためられた木々の梢や、谷の向こうで黄色に輝くひまわり畑から、森と農場のあいだでところどころ照り映える薄鈍色のサヴォンヌ川へ、かなたのカミュの町に並ぶ薄いオレンジの屋根屋根へと、視線を移した。「うん。いいね。例のボーイフレンドふたりはどこにいるんだい」

彼女は一拍置いて答えた。「最後に会ったときは絵を描いてたわ。あっちで」谷底の森を指さす。

彼はまたバゲットにかぶりついた。「ぼくのことをあまり好きじゃないようだ」頰張ったパンとハムの隙間から声を漏らす。

「うちの双子が？　どうしてそう思うの？」

彼は口のなかのものを吞みこんだ。「けさここに来るときすれちがったんだけど、髪の黒いほうが——名前はなんだっけ？」

「ジェレミーよ」

「そう、ジェレミー。唾でも吐きかけそうな顔つきでこっちを見ていた」

彼女はうなずいた。どんな顔つきか想像がつく。「あんまり気にしないでね、ミシェル」

「気にしてないよ」

「うちの子たちはちょっと気むずかしいの。芸術家にはよくあることよ。わたしやあなたのような凡人は、天才の生みだすものを享受したかったら、少しぐらいの欠点はがまんしなきゃ。そう思わない?」

「ぼくの家にも、以前芸術家が住んでたそうだ」

「ほんとう? すてきだわ。彼の専門はなんだったの?」

「女性なんだ。よく知らないけど、気むずかしい人だったらしい。いまぼくのベッドがある真上の梁から首を吊ったそうだ」

クレシダは青くなって、片手を口にあてた。「恐ろしい! 悪い夢を見たりしない?」

彼は肩をすくめた。「最近の話じゃない。戦前のことだよ。とっくに亡くなっていて、いまじゃただの昔話だ。村の人たちはまだこわがってると思うけどね。ドイツの兵士を除けば、その女性のあと、あそこに住んだのはぼくがはじめてらしい」

「ド、い、い、ドイツの兵士がこのあたりにいたの?」

「もちろんさ。昔、ヴィシー政権下のフランスと、ドイツ占領下のフランスとの境界があそこらへんの木立のすぐそばにあった。この農場が境界線にいちばん近かったんだ。向こうに——なんと言ったっけ?——そう、検問所があって、衛兵がいたり鉄条網が張ってあったりで、森のなかを兵士が歩きまわってたらしい。カミュに親戚が住んでる村人が多かったものだから、お互いに行き来したくなったら、書類を提出して衛兵の審査を受けなきゃならなかった。何百人もの兵士がいたという。彼らの宿舎になった建物がいくつかあって、ぼくの家もそのひとつだったそうだ」

クレシダは牧歌的な景色を見渡しながら、そこに兵士たちが満ちあふれて、憎悪と恐怖が渦巻いていたさまを思い描こうとした。「やりきれなかったでしょうね」力なく言う。

彼はクレシダに顔を向けて、ワインをごくりと飲んだ。「ラクロアじいさんにきいてみるといい。いろいろ教えてくれるよ。ドイツの連中が来たころ、じいさんはまだ若かった。たぶん、仲間といっしょにいざこざを起こしたんだと思う。とうとう連中に捕まってドイツへ連行され、工場で強制労働をさせられたそうだ。戦争が終わって帰国したときには、母親でさえ本人だと気づかなかったらしい」

クレシダはため息をついた。「こんなに美しい土地でそういうことがあったなんて、信じられない」

彼は肩をすくめた。「人間は残酷なものだよ。心の底では、だれもが残酷で身勝手なんだ。でも、気にすることはないさ。いまは快適なんだから、忘れてしまえばいい。何もかも昔話だ」ワインの残りを飲みほして立ちあがった。「さあ、仕事にもどらなきゃ。けさは遅れてるんだ。昼食をありがとう」

彼女は足もとに目をやっただけで、動くそぶりを見せなかった。「ミシェル、ひどく無礼かもしれないけど、気を悪くせずに聞いてもらいたいの。あなたの仕事のことなんだけど」

「なんだい」

「あした来ないでくれって頼んだら怒る?」

彼はクレシダをまじまじと見た。「ぼくの仕事が気に入らないのか? まだはじめたばかりなのに!」

「ちがう、ちがう! そうじゃない。二、三日来るのを控えてもらいたいだけなの。心配しないで、そのあいだも報酬は払うから」

彼の目が鋭くなった。「お金のことはどうでもいい。することがなくなってしまうんだ。ここに来るために、ほかの仕事をことわったんだから」

「お願い、ミシェル。片づけなければならない問題がいくつかあるの」

彼はうなずいた。「きみの〝坊やたち〟のことだろう? やっぱりぼくをきらってるんだな」

「しかたがないのよ。ふたりは何年ものあいだ、わたしの愛情を独占してきたんだから。あなたが自分たちの立場を脅(おびや)かすわけじゃないってことを理解させるために、少し時間がほしいの……お願い」

「わかった」彼はため息をついた。「再開できる状態になったら連絡してくれないか。差し支えなければ、帰る前にタイルは全部はがしておくよ」

太陽が弧を描いて西の空へ傾くなか、ミシェルは午後六時の坂道をのぼっていた。日差しはまだ強烈ながら、激しい暑気が和らいで、潤いを帯びた暖光に変わっている。一日の仕事の疲れで筋肉が心地よくしびれているが、ふだんなら覚えるはずのゆったりした爽快感はない。クレシダが前金として無理やり千フランを渡してきて、それがいまズボンの尻ポケットを大いにふくらませているが、そんなものをもらったところで意気はあがらない。この地で生活をしっかり組み立てた——村に欠くべからざる存在として、すっかり溶けこむまでに一年近くかかったというのに、型破りな考えを持った奇妙なイギリス女がいまわしい身内を連れて現れたせいで、ここでほんとうに心安らぐことはありえないとあらためて気づかされた。それでも報酬はじゅうぶんだし、数か月間の仕事が約束されているのはいいことだ、と彼は自分に言い聞かせた。

自宅の入口に着いたところで、重い工具袋を地面に置いて、鍵を見つけようとあちこちのポケットを探った。ようやく、尻ポケットの札束の下に見つかった。だが、使う必要はなかった。鍵を錠に差しこむや、ばね錠がはずれてドアが大きく開いた。彼は工具袋をその場に残したまま、注意深く敷居をまたいだ。外の強い日差しのせいで、家のなかは夕暮れよりも暗く感じられる。扉の内側にじっと立ち、目が馴れるのを待ちながら、闇の深い部分を、視線を凝らしてたどっていく。コンロ、肘掛け椅子、テーブル、ベッド……

彼は息を呑んだ。ベッドのへりに、ひとりの男が静かに腰かけている。顔は暗くて見えない。「ボンソワール、ミシェル」男は言い、笑った。ばかにしたような耳障りな笑い声を聞いて、ミシェルは首の後ろがぞくぞくした。「ことばが出ないのかい、ムシュー・ヴィヴォー」男はその名を疎（うと）ましげに口にした。「ここで会うとは思わなかったろう？」

クレシダはオーブンから巨大な蒸し焼き鍋を取りだしてテーブルへ運び、肉と野菜と薬草の豊かな香りを深く吸いこんだ。これは特別な夕食になるだろう。ふたりの好物を出すつもりだ。牛肉の赤ワイン煮（ブフ・ブルギニョン）に、ジャガイモのドーフィネ風（ポム・ド・テール・ドフィノワーズ）と野菜の千切りと野生の新鮮なキノコを付け合わせる。さらさらとした白い麻のテーブルクロスと、わが家で最上の銀食器がすでに出されていて、あけたばかりのシャトー・ラトゥールがこの台所でかぐわしい香りを放っている。

彼女は銀食器を並べなおして腕時計を見た。七時過ぎだ。双子（ツインズ）には、七時十五分前に帰って身支度をすませるように伝えてある。階段の下まで行ってふたりの名を呼んだが、返事はなかった。冷えはじめたオーブンがカチカチ鳴る音だけが耳につき、室内は墓場のように静まり返っている。いったいどこへ行ったのか。彼女は舌打ちをし（絵の細部を描きこむことに熱中して、ふたりが時のたつのを忘れることはよくあるので、ことさらに腹を立ててはいない）、蒸し焼き鍋をオーブンにもどしてから、ふたりを捜しに外へ出た。

「どうやってここにはいった」ミシェルは詰問（きつもん）した。

「まあ、まあ」ジェレミーが静かに言った。「怒らなくてもいいじゃないか」

「どうやってはいった」ミシェルは繰り返した。

「ドアがあいてたんだ」背後からティモシーが言った。

ミシェルはとっさに振り返った。「おまえもいたのか！　気づくべきだったな。他人の家に押し入るなんて、どういうつもりだ」

「そいつの言ったとおり、ドアがあいてたんだよ」ジェレミーはみすぼらしい家具や、尻の下に敷いている皺だらけで色あせた毛布を不快そうに見やった。「ほんとうを言うと、できればこんなところには来たくなかったさ」

「そのとおりだ」ティモシーが言った。「ぼくらは清潔であってほしいと願ってる」

「清潔で、健全であってほしい」ジェレミーが付け加えた。

「何が望みなんだ」

「清潔で、健全なままでいることだよ」ジェレミーがあっさり答えた。「特に、ぼくたちのママが」

ミシェルは鋭く言った。「その〝ママ〟がどうしたこうしたというのはいったいなんだ？　彼女はおまえたちのママなんかじゃないだろう」

「ほんとうだ！」ティモシーが叫んだ。「ばかを言うな。彼女はぼくたちのママだ。あんたのものじゃないぞ！」

「なんだと？」

ジェレミーが立ちあがった。「ぼくたちのママだから、ぼくたちが守る」

「そうだ」ティモシーが言った。「その汚らしい手をママのきれいな肌に近づけるな、フランス野郎」

ミシェルは見つめ返し、急に笑いだした。「そんなことを考えてるのか？」こめかみを指でつつく。「おまえたちはばかだ！　ふたりとも狂ってる」

「なら、これを説明しろ」ジェレミーが言って、大きな紙を掲げた。

それはミシェルとクレシダを描いた絵で、壁の釘から引きはがされたらしく、上端が破れている。ミシェルは困惑に眉をひそめた。目を近づけて見ると、絵の一部が改変されているのがわかった。だれのしわざか、とがった角が二本、ミシェルの頭にペンで乱雑に描き加えられている。

「ぼくたちのすばらしい絵に、なんてことをする」ジェレミーが息巻いた。

「こいつの邪悪な心がさらけだされたんだ」ティモシーが言った。

「こんなことはしていない！」ミシェルは憤然と言ったが、ふたりとも聞く耳を持たなかった。

「悪魔！」ジェレミーが叫んだ。「屑！」

ミシェルは両手をあげた。「誓って言うが、おまえたちのマ――マダム・アランをどうこうしようと思ったことは一度もない」

ジェレミーは薄笑いを浮かべた。「マドモアゼルだよ、毛むくじゃらのまぬけ！」

ミシェルはもううんざりだった。ジェレミーに近づいて、鋭くにらみつけた。「それで？」静かに言う。「おまえたちの大切なママとファックしたかったら？　だったらどうするつもりだ？」

ジェレミーの顔が青ざめた。「薄汚いすけこまし！」と金切り声をあげる。飛びかかってくる速さは想像以上だったが、荒々しく振りまわされた小さな拳は、両方とも空を切った。ミシエルはまず左の一撃をかわし、つぎに右が飛んでくるや、その手首をつかんでジェレミーの体を一回転させ、頭から壁へ投げ飛ばしたあと、腕を背中にねじあげて全身をがっちり押さえつけた。ジェレミーは歯を食いしばったまま、ほとんど意味不明の悪罵を吐き散らした。両目から憤懣の涙があふれ出ている。

「放してやれ！」ティモシーが言った。「放せ——痛がってるじゃないか！」

「よし」ミシェルは静かに言った。ジェレミーの腕をさらにねじると、罵り声が消えて悲鳴があがった。「さあ聞け、薄ばか野郎」ミシェルは声を荒らげ、ジェレミーの顔から数インチのところまで顔を近づけた。「〝ママ〟は、おまえたちがふたりとも天才だと思ってる。おれから見ればただのまぬけだが、それを言うならこっちは無知な田舎者だ。でも、もしまたその腕で絵を描きたいんだったら、おれの言うことをしっかり聞け。おれは彼女に対してなんの下心もない。おまえたちのちっぽけなコミューンを作る手伝いをして、生活費を稼いでるだけだ。こんなばかな真似をしても、なんの意味もない。もう力ずくで思い知らせるようなことはしたくないから、よく覚えておけ。そっちが敵扱いしないかぎり、おれは敵じゃない。わかったか」

「わかった」ジェレミーは苦痛に目を固く閉じたまま、かすれた声を漏らした。

「じゃあ、いまから言うとおりにしろ。お行儀よく坂をおりてママのもとへ帰ったら、ムシュー・ヴィヴォーにぜひ仕事をつづけてもらいたいと、ママに言うこと。それから、今後はしかるべき敬意をもって彼女に接すること。約束を守らなかったら、すぐにわかるからな」彼はジェレミーの腕を放し、一歩さがった。「彼女に会う前に身なりを整えたほうがいいぞ。さあ、行け」

ティモシーがジェレミーに歩み寄って肩に腕をまわし、恐怖と怒りの入り混じった目でミシエルを一瞥したのち、ジェレミーを引き連れて家を出ていった。ミシェルは扉を閉めると、ベッドまで歩いて横たわり、冷めやらぬ怒りに身震いしつつ、息を深くついた。

「驚いたわ」落ちている小枝をまたぎ越して、クレシダが言った。「ほんとうにびっくり。あの双子(ツインズ)がすっかりなついたんだもの」
彼女はミシェルを見あげて微笑んだ。隙間だらけの木の葉の天蓋から差す木洩れ陽のせいで、艶々しい髪のプラチナ色が柔らかな緑の色合いを帯び、幸せそうにきらめく目の色と互いに映発している。
ミシェルは肩をすくめた。「ぼくに危険がないとわかったんだろう」
実のところ、ここ数週間、ジェレミーとティモシーは――特に臆病者のティモシーは――〈ル・タンプル〉にミシェルがいることを受け入れる態度を、居心地が悪くなるくらい露骨に示しており、絵を描かずにいるときには、かなり能率が悪くもったいぶってはいるものの、ミシェルの作業を手伝おうとさえした。手伝うのは親愛の情を示すためではなく、近くで目を光らせていたいからではないかとミシェルは疑っていた。

とりわけ、きょうは大げさなふるまいが目についた。日曜日で、いつになく早く起きたふたりは、日課の散歩にミシェルを誘ってくれとクレシダにせがんだ。ふたりは彼女を台所へ連れていき、あれこれ指図してピクニック用の軽食を作らせたあと、坂の上へミシェルを呼びにいかせた。ミシェルは招待されたことに驚いたが、一日の退屈さから逃れられるのは結構な話なので、気に入りの散歩道を案内してやることにした。それは曲がりくねった長い道で、丘の斜面を覆う森をシュヴァレットの北へ抜け、蜿蜒(えんえん)とくだったすえ、サヴォンヌ川がイグサに囲まれた広く穏やかな池へ注ぐあたりに達する。

一行はいま丘の中腹まで来ていて、双子(ツインズ)が少し前を小走りに進んでいた。ほどなくふたりは木々のかなたへ姿を消し、クレシダとミシェルはふたりきりで静かにそぞろ歩くことになった。

「ちがうわ」彼女は言った。「ふたりとも、ほんとうにあなたが好きなのよ。わたしにはわかる」

ミシェルには信じられなかった。ときおりジェレミーに感づかれないようにその顔をうかがうと、目に深い憎しみの光が宿っていて、鳥肌が立ったものだ。しかし、それは胸に秘めておくことにした。かわりに、前から気にかかっていた質問をぶつけた。「ふたりとはどんなふうに知り合ったんだい」

「双子(ツインズ)と？　長い話になるわ。簡単に言うと、わたしはオックスフォードからロンドンへ出たあと、トビーおじさんが経営するコーク・ストリートの画廊で働いていたの。双子(ツインズ)にはじめて会ったのは、ゴールドスミス・カレッジの卒業展を見にいったとき。もちろん、すぐにふたりの作品の虜になったから、画廊で絵を売らないかって話を持ちかけた。それ以来、ずっといっしょにいる」

「それはいつのこと？」

「ええと、そう……」彼女はつぶやき、指を折って数えた。「あら、もう十五年になるわ！五年くらいだと思ってたのに」

「本物の双子じゃないんだろう？」

「双子と変わりないわ。肌や髪の色のちがいを除けば、あれほどそっくりなふたりは本物の双子にさえいない。だけど、ふたりは美術学校ではじめて出会ったの。ものすごい確率よね」ひと息つく。「さあ、わたしたちのささやかな話をしたんだから、こんどはムシュー・ヴィヴォー・ル・ブリコルーがクロイドンで生まれたときの話を聞かせて」

「単純な話だよ。ぼくの父は一九三九年に志願兵になった。まだ子供と言っていいほどの歳だった。ドイツ軍が来たとき、父の属していた連隊はイギリス軍とともに戦った。その後、イギリス軍がダンケルクから撤退したとき、父もいっしょにイギリスへ行って、向こうでドゴールの自由フランス軍に加わった。ある日ロンドンで美しい娘と出会い、恋に落ちた。戦争が終わると、父はその娘に会うためにイギリスにもどり、結婚してそこに住み着いた」彼は指を折って数えた。「最初に兄のジャン＝マリー、それから姉のイヴェットとアルレットが生まれ、長い長い年月がたって両親が子作りをあきらめようとした矢先、突然ぼくが生まれた」

「あなたはなぜフランスにもどったの」

「ぼくが八歳のとき、父が死んだ。十二歳のとき、母が別の男と再婚した。ぼくはその男がきらいだった。母やぼくをよく殴ったからだ。ぼくは十八歳になると家を出て、父の親族を見つけるためにフランスに来た。兵役に就いて、パスポートを手に入れた」

「それはいつのこと？」彼女は微笑んで、ミシェルのことばを借用した。

「十六年前だ。でも、この村に住みはじめてからは、まだ一年しかたっていない」

「どうしてここに引っ越してきたの？」

「ひとりになるためだよ。街には飽き飽きした」

どこの街なのかとクレシダがきこうとしたとき、小道の先であがった叫び声にさえぎられた。双子(ツインズ)が名前を呼ぶのが聞こえ、ティモシーが前方のカーブから小走りにこちらへ向かってきた。興奮のあまり、青白い頬が赤く染まっている。「見つけたよ、こっちへ来て！」息を切らして言い、クレシダの手をつかんだ。

「なんなの、ティモシー」クレシダはきいた。

ティモシーが手を強く引いた。「早く来て！」

「ティモシー、やめて。暑くて走れないの。ママは気絶してしまうわ」

ティモシーはクレシダの手をつかんだまま並んで歩きだし、彼女を前へ駆り立てるように、ときおりその指を軽く引き寄せながら進んだ。

「何を見つけたって？」彼女はきいた。「ジェレミーはどこ？」

「すぐにわかるさ」ティモシーはいたずらっぽく言った。そこで興奮を隠しきれずに、口を滑らした。「立体芸術だよ!」

「立体芸術?」クレシダはミシェルに目をやったが、彼は肩をすくめた。「どんな立体芸術なの、ティモシー」

「すぐにわかるさ」ティモシーは繰り返した。

森のなかの小道をさらに五十メートルほど進むと、急に視界が開け、幅十メートルほどのちょっとした空き地が目の前に現れた。真ん中に巨大な椈の木が立っていて、下のほうの大枝が何本も、むきだしの地面近くまで湾曲して、薄暗い円蓋を頭上に形作っている。目を引くのは外側の枝であり、あの枝からもこの枝からも、クリスマスツリーの飾り物さながら、黒光りする小さな物体がさまざまな長さのひもで吊されている。木の真下では、ジェレミーが幹の向こう側に立ち、その物体のひとつを見つめていた。手でつつくと、それはひもの先でゆらゆらと前後に揺れた。ジェレミーは一行の近づく音に気づいて顔をあげた。

「ギネスの缶なんだ!」信じられないと言いたげに叫ぶ。

「ほら」ティモシーが言い、クレシダの手を強く握った。「言ったろう。立体芸術だって」

「ギネスの木だ!」ジェレミーが言う。

ティモシーが駆けつけて、ふたりで枝を揺らしはじめると、ぶらさがった缶が小枝や葉とこすれ合って音を立てた。

クレシダはミシェルを見た。「このあたりの妙な風習かしら。それとも野外パーティーでもあったの?」

彼はかぶりを振った。「わからない」

「異様だわ……ほら、ジェレミー、気をつけて。壊してしまったじゃない！」はずんで揺れていた缶のひとつが枝から落ち、地面にぶつかってうつろな金属質の音を立てた。

「風の贈り物だ！」ジェレミーが叫び、走り寄って拾った。

ジェレミーが手のなかで缶を何度もひっくり返して観察し、缶の周囲に輪縄状にめぐらされたひもをまさぐっているのを、ミシェルはじっと見守った。それに熱中するあまり、クレシダに声をかけられたのを危うく聞き逃すところだった。

「ん？」彼はうなるように言った。

「スタウトを飲む人がフランスにいるとは思わなかったって言ったのよ」

「ああ」彼は上の空で言った。「人気のある飲み物じゃない」

「でも、好きな人がどこかにいるのはまちがいないわね」

ミシェルは聞いていなかった。ジェレミーはすでにひもをまさぐるのをやめ、缶をときおり逆さにして振ったりしながら、飲み口から中をのぞきこんでいる。「何かはいってるぞ。紙切れだ」

ティモシーが近づいて、ジェレミーの肩越しに見つめた。「何かのメッセージかもしれないな」

「宝物のありかが書いてあるんだ！」ジェレミーが叫び、指を穴に突っこもうとした。

「わたしがとってあげる」クレシダが缶をつかんで言った。「あなたの指が切れたら困るもの」

穴を上にして中をのぞきこみ、二本の指の先を入れて中身をつまみだす。ふたつ折りになった細長く薄い紙切れだ。

「ぼくのだ！」ジェレミーは彼女の指から紙をもぎとって、ひろげた。

「宝物の地図じゃないな」ティモシーがそれを凝視して言った。

「なんなの？」クレシダはきいた。

ジェレミーが当惑顔で彼女を見て言った。「搭乗券だ」

「なんですって？」

「フェリーの搭乗券だよ。ほら見て。〈ブリタニー・フェリー〉って書いてある」

「へえ」クレシダは言った。「イギリスからの旅行者がここを通ったんじゃないかしら」

「けど、こんなところにあるのは妙だな」ティモシーが言った。「おりるときに渡さなきゃならないはずだろ？」

「名前が書いてあるぞ」ジェレミーが言った。「マイケル・スプリングじゃないかな。ひどい字だ——どれも大きくてまるっこくて、女が書いたみたいだよ」

「興味津々だわ」クレシダが言った。「マイケル・スプリングってだれかしら」

しばし紙切れに目を凝らしていたジェレミーが、勝ち誇ったようにそれを手で叩いた。「マイケル・スプリング！　ミシェル・ヴィヴォー！　同じ名前だ！」

「ええっ？」クレシダが言って、ミシェルのいたほうへ顔を向けた。「あら……ねえ、ふたりとも——」

「同じじゃないさ」ティモシーが言った。「泉(スプリング)はフランス語で〝ラ・スルス〟であって、〝ヴィヴォー〟じゃない。そんなことばはないぞ」

「いや、よく考えてみろよ」ジェレミーは引きさがらない。「生き生きした水(ヴィヴ・オー)——つまり泉だ。〝ラ・スルス〟より詩情豊かだよ」

「ふたりとも、ちょっとだまって」クレシダが言った。「ミシェルがどこへ行ったか、見なかった?」

ふたりは目をあげてかぶりを振った。その瞬間、ティモシーが指さした。「あそこだ! ミシェル! これを見ろよ!」

ミシェルは吊された缶を木の向こう側へ見にいっていた。幹の陰に半分隠れるように立っていたが、ティモシーの呼び声で顔をあげ、三人のもとにもどってきた。「なんだい」

ミシェルが紙切れをながめているときの表情に気づいたのは、クレシダだけだった。双子(ツインズ)は自分たちの発見に興奮しすぎている。ミシェルの茶色く日焼けした肌の奥で、頬から血の気が引き、目がかすかに大きくなり、顎がゆるんだ。だがすぐに立ちなおって咳払いをし、平然と紙切れを掲げた。「ああ、そうか。犯人がわかったよ。村に住んでる知り合いのなかには、ぼくがイギリス生まれだってことを冷やかすやつらがいる。連中はぼくのことを〝移民(リミグラン)〟と呼ぶ。これはそいつらがからかい半分にやったことだ。ぼくが日曜によくここを通るのを知ってるんだ」

クレシダの緊張が解けた。「なるほどね。でも、ちょっと悪趣味だと思わない?」

「そうだな……さて、申しわけないけど、そろそろ帰らなきゃならないんだ。ここからお宅への帰り道はわかるね」

クレシダの顔が暗くなった。「でも、ピクニックはどうなるの?」

「すまない。どうか気を悪くしないでくれ。人に会うことになってるんだよ。それじゃあ」それだけ言い、彼はきびすを返して歩き去った。

「ミシェル!」彼女は後ろから呼びかけた。「ミシェル!」

無駄だった。ミシェルはすでに木々の奥へ姿を消していた。双子(ツインズ)が近づいてきて、クレシダの両脇に立った。

「なんて変なやつだ」ティモシーが言った。

「行こう、ママ」ジェレミーが言って、彼女と腕を組んだ。「ぼくたちのぶんのサンドイッチとお酒が増えるんだから、いいじゃないか!」

彼女は不安げに後ろを盗み見ながら、ふたりに連れられ、気の進まぬていで葦(あし)の茂る沼への小道をくだっていった。


あたかも帳(とばり)がおりたかのようだった。不安がいや増して何をどうしたらいいかわからなくなり、彼は狂気に駆られたように森を突き進み、息をあえがせながら急坂をのぼった。木の根や下草の茂みが足にからみつき、垂れさがった枝が顔を叩く。つまずくたび、踏みならされた小道の外へ飛びだしかけた。逃げまどう姿は、理不尽で矛盾だらけの出来事と、半ば埋もれて雑草の生えた記憶とが森さながらにもつれ合うなかで、救いようもなく理性がぐらつくありさまを如実（にょじつ）に反映していた。

何度かよろめいて、倒れそうになった。少なくとも二回は空き缶と紙切れを落とし、苔むした腐葉土の地面を手で探らざるをえなくなった。その二回目、ひどくとげとげしいイラクサが密生している場所で紙切れを拾いあげ、痛む指をなめて毒づいていると、第二の衝撃が胸を突いた。

ほんの数メートル先にある木の幹で、何やら小さな物体がそよ風にはためいている。彼はイラクサを踏みつけながら近づいた。それは光沢紙の細長い切れ端で、仕立て用のピンで樹皮にとめられている。見かけと質感から言って雑誌の切り抜きなのはまちがいないが、一ページまるごと切りとられたものではなく、写真の被写体、もしくはその一部の輪郭を、一枚刃の剃刀でていねいになぞって切りとったものらしい。写っているのは人間の片脚だ。白いストッキングに包まれ、白のハイヒールを履いた女の脚。ストッキングの上方にわずかに素肌がのぞいているが、ミニスカートの波形の裾に沿って切られたかのように見える。

ミシェルは紙をピンからはずして、まじまじとながめた。恐怖がおさまって、ただのとまどいへ変わっていく。

小道をさらに数歩進むと、慎重に切りとられた別の紙片が別の木にとめられているのがわかった。こんどはほっそりした腕で、曲げた肘のすぐ上で切り落とされ、腰にあてた指は、そこで休んでいるかのごとくひろげられている。また少し行くと、白いストッキングを穿（は）いたもう一方の脚、さらには二本目の腕が見つかった。五番目の写真が最も大きく、服に包まれた胴体から肩にかけてが一枚に収められている。丈が極端に短い、白くぴっちりした半袖のドレスを着ている。陰毛の作りなす黒々とした小さな三角形が裾の下からのぞき、ドレスの前身頃は、首から腰の幅広ベルトのあたりまで全部のボタンがはずされてひろげられ、ピンクの乳首を載せた巨大な乳房があらわになっている。

　このジグソーパズルのピースを観察し、ひっくり返したり組み合わせたりを試みているとき、急にひらめいた。彼は振り返って、いま来た小道を顧(かえり)み、奇妙な果実の実る木を一本一本じっくりと見た。まちがいない。もし以前からあったものなら、目についていたはずだ。ということは、これが貼られてからまだ三十分もたっていない。

　恐怖が倍になってぶり返し、彼は足どりを速めた。走りながら木々の幹に目をやったが、顔の写真は見あたらなかった。捜しあてたいわけではない。これを仕掛けた張本人がすぐ近くにいて、自分を捕まえて写真と同じ目にあわせようとしているのだから。

　ようやく小道の端に着いた。彼は森からいっきに飛びだして、舗装道路を走りはじめた。立ちどまりも振り返りもせずに駆けつづけ、息を切らして身を震わせながら、自宅の入口にたどり着いた。

親愛なるミシェル

ああ、勇士は倒れたり（『旧約聖書』サムエル記下より）！　おまえはいま便利屋（ブリコルー）をして生計を立てているそうだな。なんとも奇妙だ。それに、絵のようなあの風景。実を言うと、おまえのこざっぱりした住みか（シャラント県ならではの味わいがある）を見たとき、新生活に口出しをせずに立ち去ろうかと考えたほどだ。わかるだろう。だが気を引き締めて、どんなに重かろうと全責任を負わざるをえなかった。

おれは何者か。おまえは不審に思っているにちがいない（少なくとも気になってはいるだろう、おれからのささやかな贈り物（キャドー）をすでに受けとっているはずだから。気に入ってくれたこと、そしてあれが過去の愉快な記憶をよみがえらせたことを祈っている）。実際問題、おれは呼び名を持つべきだと思わないか？　おまえの知っている名前がひとつあるが、哀れなほど想像力を欠いたものだから、そのぶざまな姿をここにペンで書きこむ気にはなれない。そこで、名前というものに対するおまえの放埒な計らいにならって（満足できなくなったらつぎつぎ捨てるなんて、売春婦並みの扱いじゃないか。これまでに何回、そんなふうに凌辱してきたんだ、ミシェル。三回か？　名前にもう少し敬意を払ったらどうだ）……なんの話だったか。そうそう、おまえにならって、名前をひねりだすとしよう。頭を絞って、自分にふさわしいものを考える。そうだな……

ひとつの記憶が浮かびあがってきた……

まだ洟（はな）たれ小僧だったころ、おれは路地裏やどぶや、薄汚く不快な場所に対して、スメアゴル（トールキン『指輪物語』に登場する邪悪な妖精）さながらのねじけた情熱をいだいていた。そういった場所について、ほかの連中なら明るい面に目を向けて見落としてしまう暗い秘密の数々を、おれは探りだす術（すべ）を身につけていた。前世では、ヴィクトリア朝ロンドンの地下深い下水溝で働いて食いつないでいたのかもしれない。また話が脱線しそうだな。要点はこうだ。子供のころ、どぶの泥で指を黒く染めていると、ばあさんが（無邪気な子供に悪態をつく、しみったれたアバディーン人だった。悪魔よ、あのしなびた女の魂を焼き焦がしたまえ）おれの手をつかんで、金切り声をあげたものだ。「あんたなんか、小汚いどぶさらいだよ！」そのことばは泥のように心にしみつき、あの女の代名詞となった。

ある意味で、おれは薄汚いもの、世界の見捨てられた秘密の数々への興味を失ったことは一度もない。いまも心の底からどぶさらいだから、それにちなんだ名をつけるとしよう。おれのことはおまえの良心だと思ってくれ、ミシェル。おまえ自身がそれを持っているかどうかは疑問だが（〈エスプリ・ド・コタンタン〉号での不幸な出来事を考えたら、持っているとは言えまい？それに、ギネスの缶はどうだ？あんなものはたいして重くないから、いずれあの海峡は暗い秘密を暴きだすにちがいない）。しかし恐れることはない。おれがここにいるのは、おまえに欠落している廉恥心を補うためだ。怠けるつもりはないから、安心してくれ。おれはつねに影のなかにひそみ、片時も眠ることなくおまえに思いださせよう。おれはおまえとともにいる。おまえのなかに、おまえの一部として。おれたちはひとつだ。

だから、おれは裏切らない。それを忘れるな、ミシェル。
おまえの忠実なる良心である
汚水溝の渉猟者

ミシェルは手紙をテーブルの上に置き、ギネスの缶、搭乗券、完成した切り貼り写真といっしょにした。手紙は、鍵をかけておいた部屋のなかで見つけたものだ。欠けていた女の顔写真が同封されていた。黒っぽいショートヘアに小さな白いボンネット帽をかぶり、眠たげな顔で唇を突きだしていた。それでわかった。ドレスだと思ったものは、実はフェティシズムの対象となる、お決まりの制服だった。

彼は両手で顔を覆って、目に指を押しつけた。こんなことになるとは思っていなかった。この小さな村はあまりに目立たない。異国の奥深くに埋もれて、布地の芯まで溶けこんでいたので、自分でも継ぎ目に気づかないほどだった。もちろん、心のなかには休まらない部分が少しあり、つねに不安が付きまとっていたため、危険が迫っていないかとひそかに振り返ることもあったが、こんな事態はまるで予想していなかった。思い描いていた展開は、ドアに予期せぬノックの音が響き、この国の警察官が――ひょっとしたらひとりかふたりの顔見知りの人間とともに――銃を構えて踏みこんでくる、というものだった。手錠をかけられた自分ははるばる帰郷させられて、果てしない質問攻めにあう、というものだった。こんなふうに謎めいた形で、顔のない相手に愚弄されるとは思わなかった。

選択の余地はない。彼は決然と立ちあがると、部屋のなかを歩きまわり、持ち物を集めてテーブルの上にまとめた。たいした時間はかからなかった。工具以外の持ち物は、バケツ一杯程度しかない。バッグがないので、便利屋（ブリコルー）用のブーツがはいっていた古い頑丈な靴箱にそれを詰めた。すべてを入れても、中身は箱の四分の三に満たなかった。彼はしばしとまどったあと、ギネスの缶、つぎはぎの写真、搭乗券、手紙をそこに加えた。双子（ツインズ）作の絵も、折りたたんで入れた（だれが悪魔の角を描きこんだかは、いまではわかっている）。最後に、藁布団のあいだに隠してあった煙草缶を詰めこんだ。

作業を終え、持ち金を確認すると（九千五百二十フランに、英貨五十ポンドだ）、彼はベッドに腰かけて待った。

「もうじゅうぶん待ったと思わない？」クレシダがさびしげに言った。

双子（ツインズ）がそれぞれの新聞から顔をあげて目を見合わせたが、何も答えない。「つまりね」彼女はつづけた。「遠慮してこちらからは近づかないようにしたんだけど、こんなふうに四日も音信不通というのは長すぎると思うでしょう？」

ジェレミーが《ル・モンド》を下に置いた。「ほうっておけばいいさ。ママはあいつの家のドアをノックした。ほかにどうしようもないじゃないか。あのばかがへそを曲げようってのなら、勝手にそうさせとけばいい」

「でも、病気だったらどうする？」クレシダは不安げにきいた。

「なら、医者にかかればいい」ティモシーが言った。「ぼくたちの知ったことじゃないよ」

クレシダはかぶりを振って立ちあがった。「そんなわけにいかないわ」きびしい目でふたりを見た。「あなたたち、こういうことになってだいぶ喜んでるみたいね。これから彼の家へ行ってくるわ。もし病気や事故だったら、なんの手も打たなかったことを悔やんでも悔やみきれないから」ふたりがまじまじと見つめているのに気づいて、付け加える。「だって、雇い主と言っていいんだから、わたしには責任があるのよ」

崩れかけた井戸のかたわらに立つ薄汚れた家の前で、クレシダは扉をノックした。もう一度。さらにもう一度。名前を呼んだが、返事はなかった。雨戸が閉まっていないので中をのぞこうとしたものの、室内は暗く、ガラスはほこりで曇っている。

その後数日間、何度か試みたのち、彼女はやむなく断念した。尋ねてみた村人のなかに、彼の姿を見た者はいなかった。それどころか、みな彼のことをあまり知らないようで、消えたと聞いてもさほど驚かなかった。だが彼女は、当地の方言をうまく話せないから成果が得られないのだと考えた。

クレシダは待ちつづけたが、ムシュー・ヴィヴォーが〈ル・タンプル〉にもどることは二度となく、偉大な芸術家たちのコミューン作りの仕事は成しとげられないままだった。

クレシダが空き家の扉をむなしくノックしていたまさにそのとき、〈デューク・ド・ノルマンディー〉号はワイト島の突端を通り過ぎ、ポーツマス港へ向かって巨体を進めていた。バーのスツールに腰かけていたダグラス・ベイリーは、新たな友のために飲み物を注文した。

「同じものでいいかね、ポール」彼はきいた。「そうかい——半パイントのビールをふたつ、こっちに頼むよ」

ふたりがはじめてことばを交わしたのは、ウィストゥルアムの海岸が水平線のかなたへ消えていくのを、船尾の手すりで見つめていたときのことだった。ベイリーは家族と休暇を過ごして帰る途中で、ゆったりと物思いにふける気分になっていた。濃い口ひげが新しい顎ひげに呑みこまれつつある見知らぬ男に、ベイリーは話しかけた。「見えるかね。あれがソード海岸だ」遠くの砂浜を指さした。「うちの親父はノルマンディー上陸の日（Dデイ）にあそこにおり立ったんだ」

相手の男は、自分の父親が戦時中に兵役に就いていたころの思い出話を語り聞かせた。爆撃機での秘密任務か何かだったらしい。ふたりの会話はのんびりと進み、ほどなく共通の趣味であるクラシックカーの話題になった。フェリーがイギリス海峡を中ほどまで渡ったころには、ベイリーはポールの人生の物語をあらかた聞かされていた。

「それで」ベイリーはビールをあおって言った。「イギリスへ帰って、仕事のあてはあるのかね」

ポールは首を横に振った。「まったくありません」

「ずいぶん離れていたわけだから、失業手当は出ないだろうな」

「たぶん無理でしょう」

ベイリーはもう一度ビールをたっぷり口へ流しこみ、向きなおって言った。「祖国へ帰ろうという人間がひどい目にあうのを見過ごすわけにはいかない。どうだ、わたしのところで働いてみないかね」

「あなたのところ？」

「ああ、悪くないだろう。古い車を愛する若者は、いつでも歓迎だ。それに、きみの顔が気に入ったよ。正直者は顔を見ればわかる。きみには才能がありそうだ。これでも鼻は利くほうなんだぞ」

「それは、なんとお礼を申しあげたらいいか……」

「そんなことはどうでもいい。いい仕事をしてくれ」ベイリーはグラスを空(あ)けた。「さあ、埠頭に着く前にもう一杯どうだ」

13

「いいと思ったら言って……」キャロルがボトルを傾けると、赤いワインが音を立ててスティーヴンのグラスへ流れこんだ。三分の二ぐらい満たされたところで、彼は手をあげて制した。彼女は自分のグラスにはあふれんばかりに注ぎ、大きくひと口飲んだあと、もう一度満杯にした。ボトルを暖炉の上に置き、肘掛け椅子に腰かけて煙草に火をつけた。

「こっちにすわらないか」彼は自分がいるソファーの、隣の部分を指さした。

彼女はかぶりを振り、またゆっくりとワインを飲んだ。今夜はいずれにせよあまり眠れないだろうから、どれだけ飲もうがどんな幻聴が起ころうがかまわなかった。

スティーヴンは彼女を見つめた。ホーワースから帰ってからというもの、恐ろしく無口で、夕食のあいだもほとんど話をせず、ロズとどんないさかいがあったかも明かそうとしない。そしていま、あすが存在しないかのようにワインをぐいぐい飲んでいる。ロズとのあいだで何か重大なこと、ただの仲たがい以上のことが起こったのはまちがいない。胸の奥深くにかかえている暗い秘密がなんであれ、それを吐きだそうという気にさせるだけの出来事があったはずだ。人知れずバッタを飼って暮らすようになるより以前の年月が暗澹とした影に覆われているのは、これまで何度もほのめかされたり中途半端な説明を聞かされたりしたから、もはや疑うべくもなかった。彼女はそのころの自身の行動か体験を、いまわしい、恥ずべきものだと思っている。大いなる秘密。自分のそれと比べてどれほどのものだろうかと、彼は思いをめぐらした。

「告白の時間だな」彼は話の口火を切らせようとして言った。

「そんなところね……スティーヴン、わたしを愛してる？」

「あたりまえだよ。さあ、こっちへ来てすわればいいのに」

「だめ……あなたの顔を見て話したいの。いまからする話を聞いても、あなたがまだわたしを愛していることを祈るわ」

「だいじょうぶだ。請け合ってもいいさ。きみがたちの悪いことをしたとは思えない」

「決めるのはあなたよ」彼女はまたグラスをあおった。「もう一本ボトルを持ってきたほうがいいみたい。二本ぶんの話になりそうな気がするの」

彼女がなかなか切りだせないので、彼は言った。「助け船を出そう。まず、医者にならなかった理由を話してくれないか。きょうの話に関係あるんだろう？」

「多少はね。医者にならなかったのは、意欲が足りなかったからよ。能力が足りなかったからかもしれない。両方かもね。医学の勉強をはじめたのは、父が望んだからだった。自分では女優か歌手になりたかったの。学校の演劇やコンサートなんかには欠かさず出演したわ」

彼は微笑んだ。「最高だったろうな。きみはすばらしい声の持ち主だ」それは本音だった。

彼女が歌を口ずさむのをこれまで何度も聞いたが、玄人はだしだと思った。その歌声には、話し声と同じく、豊かで甘美な響きがあった。それどころか、最初に彼女の虜になったのが、混濁した意識のなかに姿なき声がしみわたったときだったことを、彼は思いだした。

彼女も微笑んだ。「どうかしら。だけど、父に言わせれば、そんなものはまともな職業ではなかった。第一の計画は、わたしを自分と同じ法律家にすることだった。理科系の学問のほうが得意だとわかると、第二の計画が浮かんで——それが医学だった。わたしがまだOレベル（教育修了一般証明試験の第一段階。通常十六歳ぐらいで受験）の勉強をしているのに、父ときたら、ロンドンで顧問医師（イギリスで病院の医科の最上級医）の仕事の口を見つけてきたのよ。ともあれ、わたしはノッティンガム大学で医学の勉強をはじめた。大きらいというほどじゃなかったけど、まるで興味が持てなかったわね。あまりにひどい成績だったから、三年目の終わりに大学側とわたしとで話し合って、別の道を進んだほうがいいということになった。それから何年か、これといったことはしないでぶらぶらしてたわ。そうしたら、父が第三の計画を持ちかけてきた——それは、曲がりなりにも積みあげた経験を利用して、看護婦になることだった。そのころにはもう、父はわたしにあまり期待をかけなくなっていたの。マイケルが大学で工学を専攻していて、大きな夢を追う役を引き継いでくれたから、わたしはお役御免になったというわけ。

わたしは猛然と看護学を勉強した。自分でも驚いたことに、ほんとうに楽しかった。自分にうってつけのものを見つけた気がした。だけど、もとからの夢を捨てる気もなかった。王立演劇学校に出願して、現に入学を許可されたんだけど、そこに父が立ちはだかった。学費を出すのを断固拒否したってことね。わたしは大学時代に奨学金をもらってたから、もう受ける資格がなかったの」

「自活できなかったのかい」スティーヴンはきいた。「そのくらいの才覚は、きみにはじゅうぶんありそうじゃないか」

「できたかもしれないけど、それでは満足できなかったの。いま思うと、自分にとって父の承認を得ることは、お金をもらうことに劣らず大事だった。ずっとそうだった気がする。父は演劇を職業として認めていなかった。よく言ってたわ。〝世界じゅうに何人の役者がいるか知ってるか？　その九〇パーセント以上が仕事にありつけないのがわかってるか？　自分の娘をそんな目にあわせるわけには……〟。そんなわけで、わたしには看護の道しかなかった……」彼女は話をやめて、ワインに口をつけた。

「で、何が問題だったんだ」スティーヴンは先を促した。

彼女はかぶりを振った。「いえ、なんにも。資格をとったあと、わたしは何年か救急病棟で働いた。そこでの仕事はあまりにきつかったから、再訓練をしばらく受けて、小児科へ移った。それからは何もかもうまくいったわ。両親のもとを離れて、ベヴァリーといっしょにフラットを借りて住んだのがきっかけだった」

「ベヴァリー？」

「ごめんなさい。話を急ぎすぎたわね。ベヴァリーに会ったのは、まだ救急病棟にいたころなの。いま言ったとおり、すごくきつい仕事だった。救急病棟にしばらく勤めると、だれもが神経がまいってしまう。ところが、ベヴァリーはちがった。まったくこたえなかった。冷たかったとか鈍感だったとかいうんじゃないのよ。それどころか、彼女は親切で、辛抱強く、ほかのみんなとちがって、苛立ったり、疲れ果てたり、うろたえたりすることがなかった。いつもさりげなくふるまって、そばにいてほしいときはかならずいてくれた。本物の救いの天使みたいだった。

ある夜勤のときに、こんなことがあった。覚えているかぎり最悪の夜のひとつだったわ。その日はサッカーのサポーター同士の暴力沙汰があって、院内はごった返していた。重傷の患者も何人かいた。そのさなかに、ダートフォードの近くで大規模な交通事故が起こって、犠牲者がなだれこんできた。大型トラックがまっぷたつに折れてふたつの車線をふさいだらしくて、やけどとか首のけががとか打撲傷とか骨折とか、何十人もの患者がストレッチャーで運ばれてきた。全員の面倒を見ようとみんな躍起になってたけど、麻酔薬も血液もぜんぜん足りなかった。そんなとき、サッカーのサポーターのひとりが興奮しはじめて、ナイフで首を切りつけられた人に輸血をしているところへ、いきなり押し入ってきた。どうやら相手チームのサポーターだったようで、その患者と病院の人間を罵ったあげく、点滴器をつかんで引き抜こうとした。その場に、二十六時間の勤務のあとで呼びもどされた若手の医師がひとりいた。くたびれ果てて理性を失う寸前だったのが、とうとう爆発した。男に殴りかかろうとしたんだけど、そこにベヴァリーが割ってはいった。あのときのこと、絶対に忘れられない。その酔っぱらいはベヴァリーに毒づきはじめ、ありとあらゆる汚いことばを浴びせて脅した。ところが、ベヴァリーはまばたきひとつしなかった。男に向かってやさしく話しかけて、子羊でも扱うように待合室へ連れていって、そのまますわらせて……すばらしい手並みだった。それがすむと、患者の処置にもどった。

ほかにもいろいろあったわ。あるとき、ひとりの男が運びこまれたんだけど、その男は……ほら、あの……バイブレーターが直腸のなかにつかえていた。ストレッチャーにうつぶせになって、上にシーツがかけられて、そこがこんな──」キャロルは照れ笑いを浮かべて、両手で小さなテントの形を作った。「──こんなふうに盛りあがってた」

「信じられない」スティーヴンは苦笑した。

「ほんとうなの。それも小さなやつじゃなくて、ものすごい……そう、キュウリぐらいの大きさだった。どうやって体のなかに入れたかは神のみぞ知る。でも、ほんとうの話よ。性倒錯者が興奮を求めてどんなことをするかを知りたかったら、近くの病院の救急病棟へ行ってぶらついていればいい。拘束具で大けがをした男とか、掃除機だのフードミキサーだの、思いも寄らない電気製品だのでマスターベーションをしようとして、ペニスがずたずたになった男とか。謎としか言いようがない場合もあるわ。一度こんなカップルが来たことがある。男のほうはペニスにひどい裂傷ができていて、付き添ってきた女は顔じゅうが打撲傷だらけだった。最初は夫婦げんかだと思った。ところがそうじゃなくて、ふたりは、ええと、その、女性のほうが口を使ってしていたんだけど、どうやら彼女にはてんかんの気があって、その──」

「説明しなくていい」スティーヴンはさえぎった。「想像はつく」

「ええ、そういうこと。打撲傷は、男が女を突き放そうとして……」キャロルはことばを切って、笑みの消えた顔でぼんやり虚空をながめた。「話が脱線したわね。どこまで行った？　ああ、バイブレーターの男ね。それもベヴァリーが処置したの。男は恥ずかしさと苦痛で真っ赤な顔をしてたけど、ベヴァリーは沈着冷静に事を進めて、笑いもまばたきもしなかった。指の切り傷の手当てでもするような顔で治療してた。要するに、相手がどんな変人やつむじ曲がりだろうと、怒ったり荒れたりしていようと、ベヴァリーはだれにでもまったく同じ態度で接したの。親切に、辛抱強く、敬意をこめて。

ともあれ、さっき言ったように、わたしたちはいっしょにフラットを借りることになった。ベヴァリーは人生で最高の友達だった。親しく付き合いながらも、わたしを自分の色に染めようとしたり、生き方を指図したりしないただひとりの人間だった。こちらが悩みを打ち明けると、いつもだまって耳を傾けて、愛情深く心の支えになってくれた。非難したり決めつけたり、こちらの望まない忠告を口にしたりはしなかった……

ベヴァリーと同居して半年ほどしたころ、わたしは小児科に移った。それからはあまり顔を合わせなくなった。職場がちがうし、たいてい当番の時間帯が反対だったから。それでも、たまにいっしょに過ごすときは楽しかった。小児科の仕事は前よりずっと楽で、すべてが順調だった。それが一年ぐらいたったころ、急に何もかもうまくいかなくなった。正確な日付さえ言える。四月十七日よ。その日、新しい小児科医が着任したの。名前はイアン・レイスウェイト。看護婦全員がその魅力に圧倒されたわ。ちょっとレイフ・ファインズに似ていて、アラン・リックマンみたいな雰囲気も少しある、苦み走った美男子だった。そのころの小児科に四十歳以下の男性はほかにひとりしかいなくてね。しかもその若手医師はマーティ・フェルドマンそっくりで、〝頑固者(スターデイー)〟というあだ名がついていて、よく子供にこわがられていたの。

　わたしはイアンにすっかりのぼせあがった。どうしようもないほど惹かれてしまった。彼の担当のときに自分もいられるように、勤務時間を合わせたりしたものよ。だけど、向こうはわたしのことを気にとめていないだろう、存在すら知らないだろうと思ってた。小児科にはわたしよりきれいな看護婦が少なくとも二、三人いたんだもの。だから彼がデートに誘ってきたときは、とても信じられなかった。廊下に立っていたら、学生みたいに耳のまわりを真っ赤にしてすり寄ってきたの。まるで、彼の夢をわたしがかなえてあげるような感じだった。うっとりして、体がとろけてしまいそうだった……」

「たぶん、ほんとうに夢をかなえてやったんだと思うよ」スティーヴンは言った。

　キャロルはグラスを飲みほし、すぐにまた一杯ついだ。「ばか言わないで」声におどけた響きはない。

　彼女がひと息でグラスの半分を流しこむのを、彼は見守った。「ペースを落としたほうがいいんじゃないか」すでにボトルの三分の二がなくなったが、彼はグラス一杯しか飲んでいない。

「いやよ。わたしはこの話を打ち明けると決めてるの。しらふで話せるとは思えないわ」

　彼はソファーに身を沈めて、ため息をついた。「わかった。で、魅力的なイアン先生の話のつづきは？」

「すばらしかったわ」夢でも見ているような口調だった。「少なくとも最初はね。わたしたちはその週末にふたりで会って、つぎの週末にも会った。そして……いっきに爆発した。非番の日にはほとんど毎晩いっしょに過ごした。わたしは彼に恋いこがれて、そのあげく……」彼女はことばを切り、煙草に火をつけてから、深く息を吸って、大きな煙の雲を吐きだした。それから両目を指で押さえつけた。煙草の先端が髪のすぐ近くで危なっかしく揺れる。「そのあげく、妄想に取りつかれた」彼女はようやく言って、目から指を離した。目は赤く腫れている。「頭に血がのぼってしまったの。そのうち、彼はしりごみするようになった。わたしは彼をほうっておけなかった――一日じゅう電話をかけ、真夜中に家へ押しかけ、怒鳴り散らした。彼は別れたがっていた。自分がなんて浅はかだったのかと思うわ。彼を責めることはできない。もう同じ職場で働くのは無理だった。そんなとき、わたしは週末にインフルエンザにかかって、ひどい下痢で二週間仕事を休んだ。仕事にもどると、イアンがいなくなっていた。事の成り行きを知った上司が、手蔓を使って、イアンを西部地区のどこかの病院に転勤させていたの。そんなわけで、彼には二度と会えなくなった。

それから一週間ぐらいたったころ、わたしは妊娠に気づいた」彼女は目のふちから涙をこぼしながら、スティーヴンを見あげた。「関係を修復しようとして、一度だけ寝たことがあったの。一か月のうち、そのときだけ。一回っきりよ！　ほかのときはいつも抜かりなかったのに、気まずくなってからのたった一回で、ビンゴ！」彼女は笑った。苦々しい、空虚な声が響く。

「で、どうなったんだ」

「どうなった？　堕ろしたわよ。そのあと、仕事をやめた。とてもつづけられなかったわ。両親のもとへ帰ったけど、立ちなおれないままだった。やがて、マイケルの提案で、ここに住んだらどうかって話になった。マイケルはシェフィールドにある会社に勤めはじめていて、わたしの目付役になると約束した。最後には父も新生活のための資金をしぶしぶ出してくれて、マイケルが週末ごとにわたしの様子を見にくることになった」

スティーヴンは深く息をついた。「かわいそうなキャロル。もっと早く話してくれればよかったのに。ひとりで胸にかかえこむことはないさ」身を乗りだし、手を差し伸べる。「そんな話を聞いたぐらいで、ぼくがきみを軽蔑すると思うのかい」

キャロルは微笑んで、目をぬぐった。「ほんとうにわたしを愛してる？」と言って、その指に自分の指をふれ合わせる。

「もちろんだ」

彼女の笑みが消えた。「よかった。実はまだつづきがあるの」

「なんだって？　ぼくはてっきり……」

「ごめんなさい」彼女は手を引っこめて、ワインをさらにグラスへ注いだ。「まったく。もうボトルが空っぽ。新しいのを持ってくるわ」彼女はいくぶんふらつき気味に立ちあがり、台所から二本目のワインのボトルを持ってきた。コルクを抜き、ふたたび腰をおろして椅子に深く身を沈め、力なくため息をつく。「どこまで話したかしら？」

「謝ったところだ」

「ああ、そうね」彼女は暗い声で言った。「悪いのはいつもわたし。いつも……。ほんとうにそう。わたし、説明がうまくないわね。もう一度さかのぼって話さなきゃ。何もかもうまくいかなくなった原因を話してないのよ。脳がその出来事を忘れたがってるんだと思う。わたしだって忘れたいわ」まるで脳と自分自身が相容れない、敵対する勢力で、今回はたまたま意見が一致しているだけだとでも言いたげだ。

「その出来事？」

「ベヴァリーのこと……」彼女はひと息ついた。「スティーヴン、裏切りについてどう思う？」

彼は肩をすくめた。「質問の意味がわからないな」

「裏切り。人の信頼を、友情を裏切ること」話しているうちに顔がくしゃくしゃになり、涙声になった。スティーヴンが近寄ったが、彼女は押しのけた。「やめて」すすり泣く。「お願い」彼女は洟をかみ、嗚咽を漏らした。「すぐに持ちなおすから」ワインを少し飲んで煙草に火をつけ、心が静まったところでつづきを話しだす。「イアンと会うようになってから、ベヴァリーとの友情が崩れはじめたの。待ち合わせても約束を守れないことがつづいたし、そのうえ……彼女に嫉妬したことさえあった。イアンはかなり浮気っぽくて、ベヴァリーはとても魅力的だった。わたしは彼女に、イアンに手を出さないでと言った。ひどいことを何回か言った。いつもあとになって、後悔したわ。彼女は恐ろしく辛抱強くて理解があったのに、わたしはそんなことの繰り返しだったから。ある日の午後、仕事がいつもより三十分以上早く終わって帰ると、フラットにイアンが来ていた。わたしは逆上して、ふたりを怒鳴りつけた。ベヴァリーの顔をひっぱたいて、売女だの淫乱だのなんだのと罵ったのを覚えてる。イアンはその手を引きはがしてわたしをひっぱたいた。ヒステリーだと言った。わたしは、人の気も知らないで関係をつづけるなんて破廉恥だと言い放って、外へ飛びだした。どうにかわたしを捜しだしたふたりは、やましいことはひとつもしていないと訴えた。自分でも正気じゃなかったと思うわ。フラットに帰ったとき、ふたりは特に変なことをしていたわけじゃない。覚えてるかぎりでは、ベヴァリーは台所でお茶を淹れていて、イアンは居間で新聞を読んでいた。彼が来ていたのは、わたしが帰ってきたときに確実につかまえたいからにすぎなかった。その夜のコンサートのチケットが手にはいったから、わたしを驚かそうとしただけだった。心のこもったすてきな贈物。そこまで気づかってくれたのに、わたしがした仕打ちときたら。

わたしはベヴァリーと仲直りしようと思って、女ふたりで外出する計画を立てた。わたしたちは映画を観にいくことにした――〈ゴースト〉か何かだったと思う。わたしの好みではないんだけど、ベヴァリーがパトリック・スウェイジの大ファンだって、よく言ってたから。で、それが終わったら、クラブへ踊りにいくことにしていた。ベヴァリーは踊るのが大好きだったの。わたしたちは映画館のロビーで八時に待ち合わせていて、彼女は病院から直接向かうことになっていた。ところが、その夜の七時ごろ、イアンから電話があった。友達からチケットをもらったから、週末をいっしょにウィーンで過ごさないかって。それで、八時半までにガトウィック空港へ行かなきゃならなくなった。すぐに病院に電話したんだけど、ベヴァリーはつかまらなくて、ことづけてくれそうな人もいなかった。映画館に電話して、わたしを待たなくていいって伝言を頼んだら、できるだけのことはしてみるという返事だった……

ウィーンで何をしたかはぜんぜん記憶にないわ。つぎに覚えてるのは、日曜の夜遅くに家に帰ったこと。ベヴァリーはいなかった。わたしはそのときは特に気にとめなかった。夜勤に就いてると思った」

ワインのせいで心なしか声がうわずっているが、キャロルはもうすっかり落ち着いていた。すでに飲むのをやめ、中身の半分残ったグラスを太股の上に置いたまま、天井へ目を向けて、周囲に見てとれる現実の事物の向こうにある、現在に劣らず鮮明な過去へと視線を投げかけていた。スティーヴンは緊張で体をこわばらせて、まばたきひとつせずに彼女の顔を見据えていた。

「翌日まで、わたしは何が起こったかを知らなかった」彼女はつづけた。「ベヴァリーはたぶん、予定どおり映画館へ出かけたんだと思う。チケット売場の女性が彼女が来たのを覚えていたし、案内係のひとりが、映画が終わってひとりで帰るところを見たと言ってる。裏づけはとれていないけれど、十時半にオックスフォード・ストリートでバスに乗ってるのを目撃したという情報があって、それ以後はだれも彼女の姿を見ていない……。土曜の朝、ライムハウス地区の荒れ果てた空き地で、彼女の死体が見つかった。ハンドバッグの中身から身元が確認された。死因は窒息だったけど、抵抗の跡は見られなかった。死体は――」一瞬声が途切れたが、ひるむことなく、記憶から細部を呼び起こしてはっきりと語った。残虐で生々しい事実を語ることによって、かつてベヴァリーが味わわされた恐怖を、自分の心に追体験させているかのようだった。「死体は裸で、全身の体毛が剃り落とされていた。髪の毛も、腕の毛も、陰毛も、ワックスを塗ったみたいにきれいに消えていた。着ていた服も剃られた毛も、すべて持ち去られていた。たぶんまだ見つかっていないと思うわ。ハンドバッグだけが残されていて、中に一枚の紙がはいっていた。犯人が書いたものにまちがいない。そこに書かれていたことは正確に覚えてるわ。〝わたしの名前はベヴァリー。まもなく、わたしの顔は有名になる〟……。それだけだった。〝まもなく、わたしの顔は有名になる〟。彼女の顔は……」キャロルはことばを途切らせたが、こんどはすぐに持ちなおすことができなかった。「彼女の顔は……」曇った声が漏れた。ワインのグラスが手から滑り、椅子の肘掛けから落ちて暖炉にぶつかって割れたが、自分では気づかないふうだった。「その予言は……」ことばに詰まった彼女は、ベヴァリーの顔がどうなったかをありていに語るのを避けた。「その予言は正しかった。彼女の顔は、たしかに有名になった。顔のない被害者だからこそ、その顔は有名になった。テレビのニュースで使った写真は、わたしが撮ったものだったの。彼女の両親が最近の写真を持っていなかったから。それを撮ったのはふたりで飲んでいたときで、わたしはいまよりもっと酔っていた。ぼやけた写真で、本人は太って見えるからと言っていやがってたけど、警察は彼女が楽しそうな顔をしているという理由でそれを選んだ。楽しそうに見えれば見えるほど世間の同情を買って、犯人を検挙できる可能性が高くなるということだった。

結局犯人が捕まったのかどうか、わたしは知らない。あとで聞いた話だと、姿を消してしまったということだった。死んだのかもしれない。ほかにも殺された人がいたらしいけど、わたしはニュースを見るのも新聞を読むのもやめたし、まわりのだれにもその話をさせなかった。心は空っぽで、イアンとの仲はずたずたになった……」

キャロルはスティーヴンに目を向け、反応を探った。愛が嫌悪へと、反感へと、非難へと否応なく変わるのを待った。彼は青白くこわばった顔をして、足のあいだの床を見つめている。

「そういうことよ」彼女はため息を漏らした。「わかったでしょう。わたしの生涯最高の親友は、わたしのせいで、わたしが裏切ったせいで、わたしの自分勝手のせいで殺されてしまった。わたしが殺したようなものよ」

スティーヴンは長々と黙していたが、やがて立ちあがった。キャロルはそれを怯えた目で見た。「ぼくは……」彼はかすれた声で言った。「ぼくは、しばらく……」当惑した顔で両手をひろげ、目を合わせないまま、きびすを返して部屋から出ていった。

その後ろ姿を見守りながら、彼女の表情は少しずつゆがみ、崩れていった。裏口のドアが閉まる音が聞こえると、ついに涙があふれ、こぼれだした。

14

キャロルは目覚まし時計の鳴る直前に眠りから覚めた。目をあけて時刻を知ったとき、鋭い音が聞こえるように感じた。音そのものより前にその音の反響を耳にした気がして、妙な心地だった。ベッドから素早く転がり出て、不快な音がとどろくのを阻止すべくボタンを叩いた。

ベッドに腰かけて、目をこすってあくびをしたあと、上掛けのなかへもう一度滑りこんだ。

きょうは日曜日。世界はあと三十分待ってくれる。ここ数日、世界がどうなろうが知ったことではないと思っていた。彼女は重い上掛けを体にぴったり巻きつけ、うつらうつらした半睡状態にもどっていった。さっき目が覚めたときには、ベヴァリーのやさしい声が頭に満ちていた。夢のなかで、自分は病院にもどっていて、点滴の仕方を必死で思いだそうとしていた。知らないはずはないのに、はるか昔のことなので、知識がよみがえらなかった。どんなふうに動かしてみても、ビニールのチューブの端に針を取りつけることができない。ベッドにいる患者はスティーヴンだった。ショットガンによる傷で——彼女が負わせた傷だ——体が裂けて血まみれになり、腕に点滴注入をしなければまちがいなく死んでしまう。彼は強烈な憎悪をたたえた目で、彼女が針を不器用な手つきで動かすのを見つめていた。「わたしにまかせて」と、聞き慣れた静かな声がかたわらで響き、柔らかい手が伸びてきて針とチューブをつかんだ。その看護婦はふたつをやすやすとつないで、スティーヴンの腕に針を刺した。スティーヴンの目は閉じられていて、魔法の液体が血管を流れるにつれ、体内から輝きが発せられたように見えた。キャロルはその看護婦の声や、柔らかく安心感を与える手をよく知っていた。看護婦が顔を向けた。「知ってたわ、あなたが帰ってきたこと」ベヴァリーは言った。キャロルの質問攻めをはぐらかしたが、抱擁は受け入れた。「わたしはどこにも行かなかったわよ」ベヴァリーは言い、キャロルがもう一度抱きしめると笑った。「ずっとここにいたのよ。あなたを待ってたの」

そこで目が覚めた。目に涙が浮かび、胸は熱烈な思いでうずいていた。

彼女は夢を頭のなかで再生して、声に耳を澄まし、鮮明な顔だちをじっくりとながめた。在りし日のベヴァリーの姿を見てからずいぶんたつので、最近では正確な顔だちをなかなか思いだせなくなっていた。意識のなかに残っているのは、トウモロコシを思わせる鮮やかな金色の髪の、あいまいな、焦点の定まらない映像ばかりで、その印象が豊かなあまり、まるで内側から光を発散するように、面影を明るく包んで万華鏡さながらに柔らかく変転させた。記憶の底の冒すべからざる聖域からベヴァリーが現れて、夢のなかへ踏み入ってくることがまれにあって、そのときだけ焦点が合うのだった。その夢は数か月に一度、ちがった舞台設定、ちがった脇役陣のもとでよみがえるが、心の動きはいつも変わらない。安堵感、そして死に物狂いに願っていたことがよくも悪くもかなえられた、という思い。だが、奇妙なことに驚きはほとんどない。心のなかに、まだベヴァリーの死を信じたくない部分がほんの少しあるのだろう。そこではベヴァリーがこう語りかけてくる。ほら、言ったとおりでしょう。もう何もかもだいじょうぶよ。

心のなかのその部分は日に日にしぼみつづけ、事実を甘受したいまでは、継ぎ目のないなめらかな布にできた微細な裂け目にすぎない。信じられない気持ちが最も強かったのは葬儀の日だった。教会の前にあるビロードのかけられた架台に、明るい真鍮色の取っ手がついたつややかな棺が載っているのをながめながら、キャロルはそこにベヴァリーの体がおさめられているという事実をまったく受け入れられずにいた（セラピストはそれを〝否認〟と断じ、キャロルもその判決に異を唱えなかったが、深く傷ついたので、二度とそのセラピストのもとへは行かなかった）。その日はひどく沈んだ気分で過ごし、いま自覚のある記憶は回復不能なほどあいまいで、ぼやけていて、断片的で、ベヴァリーの顔の記憶にさえ劣る。だが、見たばかりの夢を脳裏に残したままこうしてベッドに横たわり、意識という名のあわただしい閲覧室と、なお扉を閉ざしていない視覚記憶の暗く大きな書庫とのあいだを行き来していると、葬儀の一部始終が、まるでとるに足りない細部も含めて——覚えていたかどうかを覚えていないものまで——目の前にひろがってきた。前の座席にベヴァリーの兄がいて、賛美歌集の二十三番のページを開くとき、海軍服の袖口についた金の鎖が窓の光に輝いていたこと。葬儀業者の手配した担ぎ手が棺を架台から肩へ持ちあげるのを、憂鬱な思いで見守ったこと。あの重い木の棺を担ぎ手たちが過って落とし、敷石の床に棺がぶつかって壊れたことはあるのだろうかと、何心なく思ったこと。イアンの腕にもたれかかりながら、ベヴァリーの家族の後ろについて通路を歩いたこと。教会の外へ出て、人だかりのなかでベヴァリーの母親と視線が合ったとき、その目に軽蔑と怒りの入り混じったものが浮かんだ気がしたこと。不恰好で似合わないスーツに身を包んだ父親が、まったく理解できないと言いたげな呆然とした顔で立ちつくしていたこと。そして、最後にみんなで墓のそばに集まったこと。キャロルには埋葬に立ち会った経験がなく（親族は全員火葬だった）、墓穴の生々しい現実感に拒絶反応をもよおすのではないかと思っていた。だがそれは、ある意味でぞっとするものの、滑稽と言ってもいいほどだった。さびれた食料品店の陳列棚よろしく、墓穴は側面が鮮やかな緑に染まった偽物の草で覆われ、中に土の山が積まれている。華奢な体つきの老いた教区牧師が、法衣のポケットをまさぐって小さなプラスチックの瓶を取りだし、墓に聖水をかける。何人かの参列者は、こみ合った墓地に散在する墓石につまずいたり転びそうになったりしている。キャロルは人ごみにぐるりと目をやって、見知らぬ者がほとんどのなかを、顔から顔へ視線を移した。墓のそばに集まる人々の顔から、少し離れたイチイの木の下に立つスーツ姿の男たちへと視線を動かし、もう一度墓へ、さらに男たちへ。精神安定剤で頭を混濁させながらも、彼らを凝視した。みな皺だらけのスーツを着ていて――礼服ではなく、仕事用だ――黒いネクタイをつけている。両端の男は式の進行を見守っていて、真ん中の男はこちらを――こちらの目をじっと見つめている。男の顔の映像をしばし静止させたところ、自分の顔と同じくらいなじみのある顔だとわかった……

彼女は息を吞んだ。目を大きくあけ、寝室の薄暗い灰色の天井を見あげた。心臓が早鐘を打ち、呼吸が乱れている。まぶたの裏では、墓場の木の下に立つスティーヴンの姿が明滅していた。

電話は延々と鳴りつづけ、耳のなかで呼びだし音が容赦なく響いた。キャロルはため息をついて、指先で机をもどかしそうに叩いた。十五回鳴ったあと、音が途切れた。「もしもし？」苛立たしげなとげとげしい声が聞こえる。

「ああ、ロズ」キャロルはつとめて穏やかな声で言った。ひとことも発しないうちから、厚かましいのではないかと後ろめたく感じていた。「わたしよ」

「キャロル！　絶交されたんじゃないかって心配だったのよ」

「ごめんなさい。きのうはほんとうにすまなかったわ、ロズ」

「いいえ、あたしがいけなかったの。でも、本気であんなことを言ったわけじゃないのよ。特に……ねえ、赦してくれる？」

「ばか言わないで。もちろんよ。ところで……」キャロルはことばを切った。電話の向こうから物音が聞こえてくる。「いま忙しい？」

「うん、ちょっとね」謝罪が受け入れられたせいで、ロザリンドは急に明るい声になった。「夕方までに〈情念〉をオークワースへ届けなきゃならないのに、ここに来た運送屋ときたら……」急に声が小さくなって、かすれたささやきに変わる。「ひどすぎる。最低。どうしようもない連中よ。〈呼吸・その四〉の脚を一本折られたんで、溶接しなおす羽目になったし、これ以上壊されないようにずっと見張ってなきゃならない。いったいどこであんな連中を見つけてきたのかしら」

長広舌はさらに数分間つづいた。ようやくロザリンドが息をつくと、キャロルはためらいがちに言った。「あとでかけなおすほうがいい？」

「さあ、どうかしら。今夜はオークワースに遅くまでいる予定なの。あとでこっちから電話するわ」

「そう」声に落胆の響きが混じった。ロズが電話をかけてくるのを待つのは、永遠に近い苦行になることが多い。

「だいじょうぶ？」

「ええ、平気よ。ただ……」

受話器からじれったそうなため息が響いた。「さあ、言ってみなさいよ」

「スティーヴンにベヴァリーの話をしたの」

長い沈黙があった。「全部?」

「ええ」キャロルは静かに言った。

ふたたび沈黙があり――こんどはさらに長い――おなじみの、怒気を含んだ反感と苛立ちの波がホーワースから回線を伝わってくるのを、キャロルは感じた。「それで?」ようやくロザリンドが言った。自分で答を出してしまいそうな口ぶりだ。

「彼は納屋へ帰ってしまったわ。それ以来会っていないの。そうしたら、けさ夢を見て――たぶん夢だと思うんだけど、いまではただの夢だったのか、本物の記憶がよみがえったのかわからなくなった。頭が混乱してきたのよ、ロズ。どうしていいかわからない……」

「ほんとに気が変になったみたい」

「ロズ、そんな――」

「ごめんなさい。できれば話を聞いてあげたいんだけど――そんな運び方はやめて!――まったく、最低。聞いてあげたいんだけど無理ね。あしたの昼、オークワースでランチというのはどう?」

「ええ、そうね……」

「十二時半ごろは? とりあえず駅まで来て。そこからいっしょにどこか行けばいい」

「わかったわ」

「少し落ち着きなさいよ」

「うん……」

「じゃあ、行かなきゃ。またね」

電話が切れ、残されたキャロルの耳にダイアルトーンだけが響いた。


キャロルはコンパートメントの椅子にひとりもたれかかり、目を閉じて、列車の動きが首を左右にやさしく揺り動かすのに身をまかせていた。車輪のとどろきや蒸気機関の吹鳴（すいめい）で心が静まってくる。列車に乗ったのはほんの思いつきだった。キースリーを車で走っていて、鉄道博物館の脇を通り過ぎようとしたとき、急に思い立ち、駐車場にはいってモーリスをとめた。運のいいことに、駅のプラットホームに着いたのは、列車が出発する直前だった。

最後にワース・ヴァレー鉄道に乗車したのは子供のころの休日のことで、当時の思い出は夢に劣らず非現実的なものになっている。夢に劣らず非現実的。その一節が心のなかに響きわたった。ベヴァリーの件が起こる前の記憶は、どれも夢の記憶と同じような霧に包まれ、意識と無意識がごちゃ混ぜになって境目（さかいめ）がぼやけている。キャロルはいまになってはじめて、友人や家族にとっては当初から明らかだったはずのことに思い至った。仕事をやめてヨークシャーに移り住んだ理由を尋ねてくる人間に対して――そして自分自身に対して――これまで繰り返し与えてきた説明は、都市の重圧から解放されて自己実現のために何かしたいというもの、そして――例の件についてきかれた場合は――罪悪感から解放されたいというものだった。これらはみな、少なくともいまの自分が見るかぎり、ごく単純な本質を覆い隠している。それは子供のころへ帰りたいという願望だ。思春期直前のつかみどころのない年月ではなく、学校も宿題も重圧も制限もなかった甘美な時間を取りもどしたい。ゆったりと田舎の朝食を食べ、お楽しみの待つピクニックに出かけ、荒れ野を長々とそぞろ歩き、嵐が丘ごっこに興じた、大海に浮かぶ群島のような時間。嵐が丘ごっこは、奇妙な形でそれらを集約したものだった。そこには心地よい官能のうずきがあったとはいえ、性的快楽やそれに対する欲求はなく、快楽が重大事だという意識さえなく、苦々しさもぎこちなさも、結果に対する失望も非難もなかった。反省や自責や後悔は、果てしなく入れ子の重なった未来に消え入っていた。

彼女は弱々しく微笑みながら、そのころの感情の陶然たる濃密さを思い起こした。大人になる過程でそれが傷つけられるのは避けがたかったが、ひそかに巣くっていた内なる病根によって穢されたされ、彼女とキアランがあの遊びを選んだことで具体化していたとも言える。二年ほど前、キャロルはブラッドフォードで、ブロンテの小説の記号論的解釈とエロティシズムをテーマにした一日がかりのセミナーに参加した。そのとき、講演者のひとりが――ダーラムから来た女の大学教授だった――拾い子のヒースクリフは明らかにアーンショウの私生児であり、それゆえキャサリンの異母兄にあたると指摘した。子供のころに遊んだ相手のキアランがいとこであることを思いだし、キャロルは背中の肌に不快なむずがゆさを感じた。その教授はさらに、作品の随所に隠されたエロティックな意味合いを列挙していったが、結論――とどめの一撃は、小説の終盤における究極の行動についての分析だった。証拠を積み重ねたすえ、ヒースクリフがキャサリンに屍姦を働いたことを立証しようとしたのである。話がそこに及ぶと、キャロルは動揺のあまり席を立って駆けだした。ドアをあけて外へ出たとき、神経の繊細な人がどうのこうのと教授が言う声が、背後から聞こえた気がした。

ブレーキがきしり、蒸気が噴出した。窓の外に目を向けると、線路の曲がった先にオークワースの駅舎が見えた。列車が速度を落としてプラットホームにとまるまでの数秒間、彼女はここへ来た目的をすっかり忘れていた。駅の掲示板に貼られた小さな青いポスターが目にはいってはじめて、ロズのことを思いだした。

〈眠る者たち〉

当地在住芸術家による絵画・彫刻展

出品者

スー・アナ
ロザリンド・バートン
ジム・フライド
ノエル・コヴァチック
グロリア・スコット

オークワース駅

一九九七年五月二十六日から六月八日まで

キャロルはプラットホームから切符売り場のある小さなホールへさまよい出た。ほかの乗客はほとんど立ち去っていて、ひと組の中年夫婦が展示作品を見まわしている以外はだれもいない。待合室に寄ってみたが、そこにもロズの姿はなかった。キャロルは展示作品に目をやりながらゆっくりと歩きまわった。彫刻は、作風としては、牧歌的なものから工業製品風のものまで、大きさでは、ゆがんだ卵を思わせる小さくなめらかな物体が白い板に載ったものから、麻薬の勢いを借りて、錆びた波形の鉄板の上に宇宙ロケットを作ったのではないかと思わせる、高さが天井に達するものまで、さまざまだった。目当ての彫刻は、工房で数えきれないほどながめていたので、すぐに見つかった。〈貫通・その四、ロザリンド・バートン、鉄板および真鍮針金、一九九三年〉と書かれた白いカードが、かたわらの壁に貼られている。壁の同じ並びには五フィート×四フィートの大きなキャンバスがひろがっていて、白い表面に色つきの小さな楕円がぎっしり描かれている。楕円はどれも完璧な形で、パステルの色合いがひとつひとつ異なり、それぞれ長軸が微妙にちがった角度で傾いていて、絵全体に静けさと生き生きした休みない動きとが共存しているように見えた。その横のカードには〈希望、ジム・フライド、アクリル画、一九九六年〉と印刷されている。

「形式が内容に勝利した例ね」背後から大声が響いた。

キャロルははっとして振り返った。「びっくりさせないでよ、ロズ。心臓がとまるかと思ったわ」

ロザリンドは一笑した。「ごめんなさい。外の駐車場で待ってたの」

「あら、汽車で来たのよ」

「そんなことじゃないかと思った」彼女はキャロルの横まで来て、キャンバスへ向けて顎をしゃくった。「ひどいものね」聞きとれる声でひとりごとを言う。

キャロルはふたたび絵を見やった。「うまいと思ったんだけど」

ロザリンドは彼女を横目で見て、薄笑いを浮かべた。「うまい。なるほど、たしかにうまいわね。たぶん、だからこそ新味がなくなってるんだと思う。ダミアン・ハーストでさえ似たようなことをしてるし、ブリジット・ライリーは何十年も前にこういうものを山ほど創ってる。しかも、ライリーのほうが技術は上よ。つまり、たしかによくできてるけど、何が言いたいのやらってわけ」

キャロルは意見を述べる義務を放棄するとでも言いたげに、肩をすくめた。「芸術のことはよくわからないわ」

「でも、自分の好みはわかるでしょう。語る資格はあるはずよ……まあ、それはいいとして、きょうの展示のガイドをしてあげる」

キャロルはとめどなく発せられる解説のことばを半ば聞き流しながら、ゆっくりと構内をまわってひとつひとつの展示品をながめ、切符売り場のあるホールから、大きすぎてホールに陳列できないものが並ぶプラットホームへ出ていった。ロザリンドのことばの洪水には、棘のある批判や息もつかせぬ賞賛がちりばめられていて——前者のほうがはるかに多かったが——駅を出て駐車場に着いたころには、キャロルは混乱し、圧倒されて、何がなんだかわからなくなっていた。自分自身の内なる声を信じるべきか、ロザリンドが各作品について言及した重要性や先例や内在する道徳的価値観をじっくり考えるべきか。付き合いだしてはじめてというわけではないが、ロズが絶対的に賞賛しているらしいものと美に関する自分の趣味とが大きくかけ離れていることを実感した。

ロザリンドが展示会の件で頭がいっぱいだったので、ルノー4のせまい座席にすわってオークワースの街を出たころにようやく、キャロルは話題を変えることができた。

「わざわざ時間をとってくれてありがとう」キャロルは切りだした。「近ごろ忙しそうだから、わたしの問題に巻きこむのは心苦しいの」

「ばか言わないで。とにかく何があったかを話してよ。電話では、あんた、支離滅裂だったもの」

「ほんとうに聞きたい?」

「もう芸術的思考は頭から一掃した。聞きたくてうずうずしてるわ。さあ、話して」

キャロルは息を深くついた。「事のはじまりは土曜の夜だったんだけど……」

「ほんとに何も食べなくていいの?」バーテンダーがテーブルに山盛りのランチをひとつ置くと、ロザリンドは言った。

キャロルはランチから目をそらし、激しくかぶりを振った。「食べられないわ」

「やせ細るわよ」ロザリンドはきびしい声で言った。「いまだってちょっと青白いのに」巨大な皿をぐるりとまわしてよこす。「サラダを食べなさい。あたしがグリーンサラダを苦手なの、知ってるでしょう？　さあ、かわりに全部食べて」

キャロルはキュウリの輪切りをひとつに赤唐辛子ひと切れをとった。どちらも水気を失いかけて片側に小さな皺が寄っているのを見て、気乗り薄のままそれを口にした。「どうして彼に話してしまったんだと思う、ロズ？」

ロザリンドは肩をすくめた。「さあね。どうして？」

「たぶん一種のテストだったのよ。あの話を聞いて、それでも彼がわたしを愛してくれるとしたら……よくわからないけど、自分が救われるような気がしたの。罪を清算して、赦されるんじゃないかって」キャロルはクレソンのからまったトマトの切れ端をすくいあげた。「話のあと、彼は何も言わなかった。わたしの顔を見さえしなかった。ただ立ちあがって部屋から出ていった」

ロザリンドは焼きたてのロールパンを引きちぎって、バターを塗りはじめた。「彼のために公平を期すると、あんな話をいっぺんに聞かされたとしたらひどい重荷だったはずよ。あたしだって、打ち明けられたときは、気持ちを整理するのに二、三日かかった」

「ちがうのよ、ロズ。彼はわたしを卑劣な人間だと思ってる。まちがいないわ。だけど、彼のことをだれが責められる？　あれは実際にわたしのせいだったんだもの」

「そんなふうにこぼしはじめると、またあたしと言い合いになるわよ」

「だって、ほんとうのことよ。あなただってわたしのせいだと思ってるでしょう？」

「冗談じゃない。キャロル、あたしが土曜日にあんなことを言ったのは……けんかってどういうものか知ってるでしょう？　頭にくると、相手がいちばん傷つくことをわざと言って叩きのめしたいものなのよ。ほんとのところ、あんたが悪いなんてこれっぽっちも思ってないわ」

「でも、スティーヴンは……そのときのスティーヴンを見て、わたしがだれを思いだしたかわかる？　イアンよ。立ちあがって出ていった様子が、イアンに最後に会ったときとそっくりだった。何も言わず、こちらを見もせずに立ち去った。まちがいなくわたしを責めていて、しかもそれは正当な非難だった。ふたりとも正しい」

ロザリンドはため息をついた。「その後スティーヴンとは会った？　話をした？」

「いいえ。納屋から出てこないのよ。きのう扉の外に食べ物を置いたんだけど、けさ朝食を持っていったときには、手がつけられていなかった。ゆうべ明かりがついてるのが見えたから、中にいるのはたしかよ。こちらから出向いて話をする気になれないの」

「二、三日考えさせてあげなさいよ。ほんとにあんたのことを気にかけてるんなら、そのうち近づいてくるんじゃないかしら」

「そうね、ロズ。気にかけてたらね。言いきる自信はないわ。あんな話、しなければよかった」

「キャロル、いずれはっきりするって。この先彼にきらわれたとしても、それはあんたのせいじゃない。彼の問題よ」

「ちがうわ！」キャロルは叫んだ。食事をしていた隣のテーブルの客たちが、顔をあげてこちらを見つめた。キャロルは顔を赤らめて、かすれた声でつづけた。「ちがうわ。どう考えてもわたしのせいなんだから。わたしがベヴァリーのほんとうの親友だったら、あの夜映画館へ行っていた。そうすれば、彼女はいまでも生きていた」

「どうしてそんなことがわかる？　それでも同じことが起こったかもしれないでしょう？」ロザリンドはキャロルを一瞥し、ロールパンの上に何層も重ねられたスティルトン・チーズへと視線をもどした。「なんにせよ、ほんとうの親友ってところがうさんくさいのよ。あたしはベヴァリーを直接知ってたわけじゃないし、意地の悪いことは言いたくないけど、あんたから聞いたかぎりだと、善人すぎてちょっと信じられない」

「どういうこと？」

「聖人君子を絵に描いたような人って、どうも信用できなくてね。あまりに清らかで、バラの香水のおしっこでもしそう。あんたの人を見る目を疑うわけじゃないけど……いや、やっぱり疑ってるのかも……」

キャロルは怪訝（けげん）な顔をした。「何が言いたいの？　殺されたのは彼女のせいだとでも？」

「そうじゃない。ばか言わないで。あたしが言ってるのは——」ロザリンドはナイフを置いて皿を脇へ片づけた。まるで議論を発展させるためには物理的な空間が必要であるかのようだった。「あたしが言ってるのは、ちょっとだけ冷静に物を考えてみたらどうかってこと。その夜にベヴァリーの身に何が起こるかは、予想できなかった。そうでしょう？」

「だけど――」

「できたのか、できなかったのか、どっち？」

「できなかったと思う」

「そうね。そこからはじめるの。予想できなかったとしたら、彼女の死の責任があんたにあるはずがない。あんたが殺したわけじゃないし、殺されると知ってたわけでもないんだから。わかる？」

「ええ」

「となると、あんたが彼女の死そのものに責任があるという考えは、まったく不合理だってことになる。そうでしょう？」

「もし、そんなふうに言いたいのならね」

「そりゃ言いたいわよ、だって事実なんだから。で、そこのところを無視していいとなると、残る問題は、彼女と映画館で会う約束をしていたにもかかわらず、イアンといっしょにウィーンへ行ったことが、友情を裏切ったことになるのかどうかという点だけよ。あんたが自分を責めたのは、その件があったからだものね。ところで、その夜ふたりで出かける約束をした理由は覚えてる？」

「もちろんよ。あなただってよく知ってるでしょう？　彼女とイアンに対してしたことを償うためよ。彼女にひどい仕打ちをしたから」

「彼女にひどい仕打ちをした。あんたがそんなふうに説明するたびに、あたしはどうも腑に落ちなかった。なんとなく嘘くさいところがある気がした」

「どういうこと？」

ロザリンドはひと息つき、両手を組み合わせて顎を載せた。「あんた、その日はいつもより早く家に帰ったんだったわね」

「そうよ」

「彼女といっしょに看護の仕事をしたのは何年間？」

キャロルは肩をすくめた。「学生時代も含めたら五年よ」

「その五年間に、仕事の終わりが定時より遅くなったことはどのくらいあった？」

「遅くなったこと？　わからない。週に二回ぐらいかしら。ほんの数分遅くなったのも入れたら三、四回だと思う。ほんとうに忙しい日は、一時間以上になったわ。なぜそんなことをきくの？」

「じゃあ、早く引きあげたことは？」

「まるで法廷弁護士みたいな口調ね」キャロルは引きつった笑いを浮かべて言った。「そうね……あのときと……もう一度、用があったときと、ああ、あとはフラットに引っ越したとき」

ロザリンドはうなずいた。「五年間でたった三回。にもかかわらず、イアンはあんたを待っていた。少なくともあと三十分は帰ってこないのが確実なのに。もっと遅くなる可能性も大きかったのに」

キャロルはかたくなにかぶりを振った。「彼はその晩のコンサートのチケットを持っていた。確実にわたしをつかまえたかったのよ」

「確実につかまえたかった。あんた、家に帰ってすぐに出かけることがよくあったの？」

「あまりなかったわ」

「あまり？」

「いえ、まったくなかった。たいてい三十分ほど横になって、それからシャワーを浴びた」

ロザリンドはうなずいた。「ふうん……ところで、チケットの実物は見たの？」

「見てないわ。そんな気になれなかった――怒って飛びだしたから」

ロザリンドはそこが重要だと言いたげにテーブルを軽く叩いた。「そうよね。妙なことになってると思いこんだんだったわね」

「ロズ、わたしはまともに物を考えられなかったの。嫉妬に狂っていた。そんな状態で正しい判断はできないわ」

「そうね」ロザリンドは認めた。「でも、あんたの行動は、その場に漂っていた潜在的なものが深層心理に働きかけたせいで引き起こされた可能性もある」

「潜在的？　顕在するはずがないでしょう――ベッドにいるところを見つけたわけじゃないんだから！　イアンは新聞を読んでいて、ベヴァリーは台所にいた。やましいことは何もなかったのよ」

「その瞬間はなかったかもしれない。でも、事実を集めてみたらどうなる？　あんたが早く家に帰ると、イアンがもう来ていた。あんたがあと三十分は帰ってこないと知っているにもかかわらずね。そして、その日はたまたまベヴァリーが夜勤前で家にいた。さらに、もうひとつ。あんたが帰ったときやましいことはなかったっていうけど、イアンはいつからそこにいたのかしら？　わからないでしょう？　わかるわけがない。あんたはそういうことに考えが及ばなかったのね。頭を冷やしてからは、彼は自分より少し前に着いたと決めつけてしまったんでしょう？」

キャロルはロザリンドを見つめながら口を開閉したが、声にならなかった。何度か試みたのち、どうにかつぶやきを漏らした。「だけど……だけど――」

「最後にひとつきくわ」ロザリンドがさえぎった。「ベヴァリーは夜勤前だった。ふだんはその時間帯に何をしてた？」

「わからないわ。起きたばかりで、軽食をとってるころじゃないかしら」

「なるほどね。まちがってたら訂正してほしいんだけど、その日の彼女はとっくに起きていて、着替えを全部すませていたんじゃない？　起きたばかりのように見えた？」

「よく覚えてないけど……見えなかったと思う」

ロザリンドは椅子の背にもたれかかった。「何時間も前に起きてたんでしょうね。そこできたいんだけど、救急病棟に勤める忙しい看護婦が、きつい夜勤を終えて、つぎの夜勤が待っているときに、貴重な睡眠をとらずにずっと起きてたのはなぜかしら？」

キャロルは首を左右に振った。「わからないけど、もうやめて！　あなたはわたしを困らせしていたら、感づいたはずだわ」

「実際あんたは感づいたのよ。ふたりは絶対に何もしていなかった。少なくとも疑ってた。キャロル、あんたはいつだって他人を理想化して、自分を卑下する。でも事実と向き合ったほうがいいわ。ベヴァリーは天使なんかじゃなかった。みんなと同じ、ただの人間だった。あんたは彼女を裏切ってはいないのよ。お互いさまなんだから」

キャロルは呆然として家路についた。思考が袋のなかの動物よろしく暴れまわっている。心の揺れは感じられたが、自分がそこから切り離されて孤立無援に陥っているように思われ、どうやったら結論に達するかも、ましてやどんな結論に達するかもわからなかった。キースリーで列車をおりて車に乗りこんだころには、頭が朦朧とかすみ、ロズが言ったことについて何も考えられなくなっていた。あんな話はでたらめだ。自分に責任がないとしたら、この四年間してきたことはなんだったのか。何もかもめちゃくちゃだ。もはや、よりどころにできる確固たるものがなくなってしまった。ベヴァリーが殺されたのは自分のせいだという思いは、いかに痛切であれ、少なくとも、おのれの弱さと身勝手と裏切りを厳然と指し示す道標だった。裏切りと非難と自責が織りなす必然の模様のなかに物事がどう組みこまれているかを、教えてくれたはずだった。スティーヴンはその模様の一部であり、贖罪の手段だった。ところが、目の前で、その構図はどういうわけかあっさりと崩れ落ちた。スティーヴンは憂悶を晴らすきっかけとして自分に与えられたのか。恐ろしい秘密を打ち明けると、彼は肩から罪悪感の覆いを取り去ってくれて、手のなかでそれを粉々にしてくれて、両腕で自分を包みこんでくれて……。目が曇って道路がよく見えないので、キャロルは青い涙をぬぐい去った。試すのが早すぎたのかもしれない。彼が完治するまで待つべきだったのだろうか……まだ罪滅ぼしがすんでいないのだろうか。

混乱と当惑のあまり忘れていたが、ロザリンドに夢の話をせずじまいになったことを、家に帰って牛舎の前に車をとめたあとで思いだした。牛舎の扉を押して閉めながら考えた。あの夢については、自分なりの結論が出ている。たしかにスティーヴンの顔が鮮明に見えたが、あれは想像力のいたずらにちがいない。これは完全に理にかなっている（夢の分析について研究したのは無駄ではなかった）。ベヴァリーの葬式が夢の形で呼び起こされた場合、そこに登場すべき人物として、スティーヴンは最もふさわしいはずだ。自分の人生においてほかのだれよりも重要な存在となった人間であり、心の準備もできぬままこちらの最大の秘密を知らされて、その卑劣さを裁く立場にもあるのだから。

納屋の扉はしっかり閉じられている。キャロルは庭を通り過ぎ、ためらいがちに木の扉をノックした。「スティーヴン？」こわごわ尋ねる。返事がないので、扉を数インチ開いて中をのぞいた。明かりは見えず、彼のいる気配はない。彼女は扉を大きくあけて歩み入った。ベッドがていねいに整えられ、火屋（ほや）のついたランプが足側の木箱の上にもどされている。スティーヴンの世界観において、いまや自分はバッタより低く位置づけられているのだろう。自分と同じ屋根の下で過ごすくらいなら、身の毛のよだつ恐怖が迫るのに耐えるほうがましなのだ。

背後で蝶番のきしる音が響いたので、驚いて振り返った。戸口にスティーヴンが立っている。

「あ……」彼女は口ごもった。「いま来たんだけど……出かけてたの？」

「すぐそこまで。畑にいたんだ。車の音が聞こえた」

「ああ、そう……わたし……」

彼は納屋のなかへはいり、目が合うのを避けるようにして彼女の横を通り過ぎた。ポケットから陸地測量部作製の地図を取りだして机に置き、ベッドのへりに腰かける。

「キャロル、ぼくは――」

「スティーヴン――」

ふたりはぎこちなくことばを切った。キャロルがそれとなく先を譲った。

「考えたんだけどね」彼はなおも視線を合わせずに言った。「ぼくはそろそろ出ていくべきだと思う」

彼女は驚愕して言った。「出ていく？」

「それがいちばんだ。いろいろと差し支えがあるようだから」

控えめな言い方をされたせいで、頭に血がのぼった。「差し支えがある？」彼女は不信感もあらわに繰り返した。「はっきり言ったらどうなの？　あなたは――」

「キャロル、聞いてくれ。ここへ来て以来、ぼくは厄介ばかりかけてる。ぼくのせいで、きみとロズの仲はどうなった。ぶち壊してしまったじゃないか」

「そんなことないわ。あなたはわかってない。ロズとは仲直りしたわ。いまはまたいい友達よ」

「けんかの理由は？　きみがぼくに手を焼いてるからだ。ぼくがここにいるかぎり、何もかも――」

「いいかげんにして」彼女は息をついた。とまどいと不安が怒りに変わった。「あなたって最低。臆病者！」怒鳴り声をあげて、彼の顔を張り飛ばす。

「キャロ――」

「意気地なし！」弱々しく抗おうとするスティーヴンに、彼女は荒々しく毒づいた。「最低――人間の屑――意気地なし！　ほんとうのことを言う勇気さえないのね――さあ、言いなさい――ほんとうの理由を！　いやならわたしが言う。あなたは、わたしといっしょにいるのが耐えられないのよ！」スティーヴンに手首をつかまれたが、彼女は怒りの涙を流しながら、もがき、罵りつづけた。ふいに、つかまれていた手が自由になり、彼女は飛びかかった。彼はよけきれず、足を踏みしめて殴られるのを待ったが、彼女はその首にいきなり腕を巻きつけた。

「お願い」すすり泣き、激しく抱きつく。「お願い――行かないで……」

「キャロル、無理だ」

「お願い！　あなたにきらわれたままなんて、耐えられない」

「きらってなんかいないよ」

「わたしが彼女を殺したと思ってる。わたしを卑劣な人間だと思ってる！」

「キャロル……」彼は巻きつけられた腕を解き、彼女を少し押しやって言った。「きみが……

きみが悪いことをしたなんて、ぜんぜん思ってないよ」

彼女は赤く泣き腫らした目で彼を見つめた。「なら、どうして？」

彼は腕を放し、自分の手へ、床へ、足もとへだまって目をやった。キャロルは返答を待ったが、答は返ってこなかった。緊張に耐えられず、彼女はついに背を向けて走りだし、重い扉を激しく叩きつけて出ていった。その音は床を伝わって、彼の足もとまで響いた。数秒後、母屋の扉が閉まる音も響き、それから静寂が訪れた。

また眠れない夜が来た。上掛けを相手にこわばった体で汗まみれのダンスを繰り返し演じ、熱っぽい枕の上を行きつもどりつした。彼女は何度もベッドから起きだして、窓へ歩み寄った。彼はまだ立ち去っていない。ひと晩じゅう、納屋の扉の隙間から細い明かりが漏れていた。何を待っているのか。自分をひどくきらっているなら、なぜすぐに旅立たないのか。

かなりの時間が流れたあと、真実が心にひらめいた……。朝の五時ごろ、寝不足で体がだるくて頭が痛み、意識の混濁するなかで、ある啓示を受けた。純粋な意味の啓示ではないかもしれないが、ふと心にある考えが浮かんだのはたしかだ。呼び水になったのは、前日の午後、オークワースへ引き返す車中で、ロズが口にしたさりげないひとことだった。落胆を装った口ぶりで、ロズはこう言っていた。「よりによって大問題をかかえたふたりが、いっしょにやっていこうとするなんてね」そのときはほとんど気にとめなかったが、いまになってようやく、シンバルのようなもの悲しくも鮮やかな響きをともなって、脳裏によみがえってきた。キャロルはうずく目で薄明るくなりつつあるカーテンをながめながら、そのことばを何度も口ずさんだ。

突然、心臓が高鳴って、肌が凍りついた。

入れ替わり

マイケルはCデッキの男子用トイレ兼シャワールームから出ると、しばし階段の下に立ち、縦揺れと横揺れを繰り返す船の動きに抗するべく、手すりにつかまって床を踏みしめた。新しい眼鏡がいまだに少し見づらく、口ひげが八時間前から鼻の穴を刺激して苛立たしい。心の準備ができたあと、Bデッキへの階段をあがりはじめた。のぼる途中、船が傾ぐにつれて、ふたつのふくらんだ買い物袋が振り子のように揺れ、脚に重く打ちあたったり金属の手すりにぶつかったりを繰り返した。

渡航にあたっては、理想的な夜を選んであった。フェリーがイギリス海峡を進むあいだじゅう、烈風が海を叩いて掻き乱し、上下に揺れ動く船首に波を打ちつけて、渦としぶきを散らしていた。彼はこういう海が好きだった。深く息を吸いこみながら、暗いデッキへ通じるガラス張りのドアをあけ、風で水煙が舞うなかへ足を踏み入れた。おぼつかない足どりで船尾に向かって歩きだし、バーの水しぶきで曇った長方形の窓々を通り過ぎ、救命ボートのかけられた、塗装に錆の浮かぶ鉄製の吊り柱の横を、震える甲板に足をとられつつ、よろめき進んだ。

三つ目の救命ボートの横を過ぎると、アランが（マイケルとしては、彼をアランだと考えるのが好都合だった）打ち合わせどおり待っているのが見えた。サンデッキへの階段と舷側の手すりのあいだで、背をまるめて立っている。マイケルは一瞬ためらったのち、水しぶきが投光照明を浴びてきらめくあたりへ歩を進めた。

「元気を出せよ、坊や」マイケルは言った。「だいじょうぶかもしれないじゃないか」
少年は目をあげた。顔に浮かぶ落胆の色が、ゆっくりと苛立ちの色に変わっていく。マイケルは切符売り場の反対側からこの少年に目をつけていた。見たところ十六、七歳で、体つきはか細く、売り場の隅を占めるレンタカー会社の受付デスクのそばで、膝の下に粗布のナップザックをはさんですわりこんでいた。フクロウのような眼鏡の奥から、向かいの売店で紙コップのコーラを買う家族客へ陰気な視線を送っていた。いま、こちらを見た細く青白い顔は、斑（むら）やすじだらけで目が腫れぼったく、泣いていたのではないかとマイケルは思った。「どうしようもないんだ」少年は無愛想に言った。
マイケルは同情の微笑を投げかけた。やってみる価値はある。そう思い、身をかがめて床に尻をおろした。「何が？」
少年は床に視線を落とした。「財布をなくしちまったんだ」とつぶやいて、雨に濡れて固まった金髪を細い指でとかす。「どうしたらいいかわかんないよ。フェリーに乗れないし、もどるわけにもいかないし」

「どこへ行く予定だったんだ」

「フランスさ」

マイケルは微笑んだ。「そりゃそうだろう。どこの港だ」

少年は眉をひそめた。「ケアンだかコーンだかって聞いたんだけどな」

「カーンだな」マイケルは言った。「だれから聞いた」

「仲間の連中さ。会うことになってるんだ……その、カーンだっけ？　カーンで」

「財布をどうしたって？」

「わからない」少年は目を細めて言った。「あのトラックの運転手がかっぱらったのかもしれない……ひどい野郎だ……切符も金も、全部なくしちまったよ」

「じゃあ、おまえひとりなんだな」

少年はうなずいて、いぶかしげにマイケルを見た。「それがどうしたんだよ。あんた、何者だい」

マイケルは少年に微笑みかけて、肩を叩いた。「サンタクロースと呼んでくれ、坊や。おまえにとって幸せな夜になるかもしれないぞ」ズボンのポケットを探って、小銭をひと握り取りだす。「コーヒーを二杯買ってきてくれ」そう言って、一ポンド硬貨を二枚差しだし、売店のほうへ顎をしゃくる。「話はそれからだ」

少年はその金に目をやったが、受けとらなかった。「あんた、このケツが目当てなんだろ？」マイケルをにらみつけて切り返した。「お呼びじゃないよ。とっとと消えろ」

立ちあがろうとする相手の腕を、マイケルはがっちりとつかんだ。「おまえの尻には興味ないよ、坊や。ただ――」

「それから、〝坊や〟はやめてくれ。あんたの息子じゃないんだ」少年は声を荒らげ、腕を引き抜いた。

「まあ待て」マイケルは軽く息を吐き、主導権を取りもどそうとした。「おれはゲイじゃないし、何もねらっていない。ただ、おまえを窮地から救い、おまけにこっちも得する方法を思いついただけだ……どうする？」少年は視線をそらさず、だまっている。「コーヒーを買ってきてくれないか。おれのぶんはミルクと砂糖一杯を入れてくれ」

少年は躊躇したが、しぶしぶ金を受けとった。それからナップザックを肩に引っかけて、売店のほうへ歩きだした。数分後、プラスチックのカップをふたつ持って帰ってきた。

「ほら」彼はマイケルにひとつ渡し、釣り銭を無言でポケットに入れた。

マイケルは湯気の立ちのぼる濁った液体に軽く息を吹きかけた。少年はまた床にすわりこみ、距離をできるだけ保ちながらも、いまのやりとりでつながった糸が切れないようにつとめている。「で、どうしたいんだよ」少年は無関心を装って言った。

マイケルはしばし相手を見つめて、計画を実行に移したときにほころびが生じないかと思案をめぐらした。問題はないと断じ、リュックサックのポケットに手を入れて、光沢紙の封筒を二枚取りだした。「これはおれが乗る十一時半の便の切符だ」そう言って、片方の封筒の上蓋をめくり、名前の欄を一瞥した。Ｍ・スプリング。「で、こっちは」もう一枚の封筒を掲げる。「おまえのものだ。その気があればだが」

少年はマイケルの目をじっと見つめ、身を乗りだして切符をつかんだ。「Ａ・ゴーヴィンってだれなんだい」と、中に記された名前を見て尋ねる。

マイケルはため息をついた。「仲間のアランだ。来られなかったんだよ。いっしょに建築現場の仕事をすることになってたのに――ノルマンディーにある別荘の修繕なんだけどな――かみさんに猛反対されたらしいんだ。女がどんな生き物か知ってるだろう？　切符だのなんだのは全部おれが用意して、ここで待ち合わせてたんだが……。払いもどそうと思ったら、おまえを見つけた。おやおや、自分よりひどい目にあってる人間がかならずいるものだって思ったよ」

少年は煮えきらない態度で、つややかな切符を指でもてあそんでいる。強い誘惑に駆られているのはまちがいないが、まだ懐疑の色が顔に残っている。「けど、なんでこれをくれるんだよ。あんたにとってなんの得がある？」

マイケルは肩をすくめた。「善行の喜びってところか？」少年がさらに疑り深そうな表情になったので、ことばをついだ。「いま払いもどしたら一〇パーセントのキャンセル料をとられるんだが、もしだれかがかわりに切符を使って、半券だけ返してくれれば、あとで雇い主に請求できる。アランのやつがフランスに着いてからずらかったって言えばいい。そうすれば、みんなが得をする」

「雇い主は別だろ」少年は少し打ち解けた様子で、かすかな笑みを漏らしさえした。「雇い主が払わなかったらどうする？」

「払うさ」

少年の笑みが大きくなった。「とんでもないワルだな。わかった。その話、乗ったよ」

「よし」マイケルは言った。「じゃあ、おれは行く。待ち合わせは……そうだな……おれはまず両替して、列ができる前に免税品を買って、それからひと眠りしたい。落ち合うのはカーンに着くちょっと前だ……朝の五時に、艫（とも）の左舷（きげん）で。いいな？」

少年は眉をひそめ、繰り返した。「朝の五時に、トモの、ええと……」

「左舷だ」

「サゲンって、左側ってことだよな」

「うん」

「で、トモは後ろってことかい」

「そうだ。じゃあ、そのときに」マイケルは立ちあがり、そこで動きをとめた。「ああ、忘れるところだった。係員から搭乗券を渡されたら、アランの名前と住所を書いてくれ。頼むよ」そう言って紙切れを取りだし、少年に手渡した。

別れたあと、マイケルはひそかに少年のあとを尾（つ）けて、乗船するのをたしかめた。少年は待合室からトイレへ、さらに簡易食堂へ行き、コーヒーの釣り銭でマーズ・バーを買ったあと、乗船客の列に加わった。マイケルはその二、三十人後ろに並び、制服の係員から搭乗券を受けとって、トンネルの形をした舷門に足を踏み入れた。そこで、薄く細長い搭乗券の隅を、写真のネガでも扱うように慎重につまみながら、怪訝(けげん)な顔で見つめた。

「すみません」彼は身を乗りだし、すぐ前にいる、バックパックを背負った若い女のふたり連れに話しかけた。券を見せて言う。「これはなんのためのものですかね」

ふたりの女は顔を見合わせた。「搭乗券よ」近くに立っていたほうの女が言った。てっぺんが縮れた黒っぽい髪を少年のように短くし、鼻にピアスをしている(レズの男役だろう、と彼は思った)。彼が不思議そうに眉をひそめると、女は言った。「沈没したときに乗客の身元を確認するためよ——ゼーブルージュの事故(一九八七年に大型フェリー〈ヘラルド・オブ・フリー・エンタープライズ号〉が沈没した事故)があったから」

「なるほど」彼はぼんやりと答え、さらに深く眉根を寄せて券を見た。

ふたりの女は目を見交わした。もうひとりの女が説明をはじめた。「名前と住所を書くの……ここに——」と指さす。「——書いてあるでしょう、〝氏名および住所〟って」

「ああ」彼はつぶやいた。目の端で、ふたりがささやき合っているのをとらえた。「あ、あの……こんなことを頼むのは申しわけないんだけど……」

レズ女はいぶかしげに見返したが、もうひとりの、金髪で魅力的なほうが意を汲んで微笑み、券を手にとった。「あなたの名前は?」

「マイケル・スプリング」彼は言った。その名を金髪女が券に書きこんでいるとき、マイケルはレズ女に向かって恥ずかしそうに言った。「見てのとおり、学がないもんで」レズ女がうなずいて同情を示すと、金色の鼻ピアスが頭上の蛍光灯の光できらめいた。

「住所は？」金髪女がきいた。

マイケルはばつが悪そうに身じろぎし、床に視線を落とした。「実は、決まった家がないんだ」金髪女が憐れむように彼を見る。「バターシーの救世軍宿泊所って書いてくれないかな。そこが最後の住みかみたいなものだから」金髪女はすべてを券に書きこんで返した。「ありがとう」彼はそう言って、券を見もせずに、その隅をまたつまんで持った。

女たちは小さく笑って前へ向きなおり、ひそひそ話をはじめた。くだらない、と彼は思った。だが、これはこれで悪くない。金髪女のほうはなかなかの美人で、尻の肉づきがいい。彼は背中から棚のように張りだしたバックパックの下へ目を向け、デニムの生地にぴっちり包まれた尻の双丘をじっくり観察してから、割れ目に沿って視線を下へ這わせ、急カーブを描いてたくましい太股に分かれるところまでながめた。レズ女のほうもかなりの上玉かもしれない。髪をふつうに伸ばしてあのピアスをはずしたら……。彼はあえて思考の流れを断ち切った。マイケル・スプリングはほんとうにこんなふうにものを考えるだろうか。性格作りはまだはじめるべきではないだろう——特にこういう部分は。まず慎重に検討したほうがいい。とはいえ、一見好色そうな女ぎらいというのは悪くない気がする。

舷門を上までのぼって、記載済みの搭乗券を下級乗組員に渡し、入口からフェリーの船体へと進んだ。最初に両替所に寄り、二百ポンドをフランに替えた。つぎに免税店に行くと、港の深い波が船を上下に揺るがすのを受けて、クロムメッキのボトル棚が早くもかたかた鳴っていた。店には気の早い客たちがあふれている。彼は残ったポンド貨でギネスの一ダースパックとベルのハーフボトルを買い、厚板のようなギネスのパックを肩にかついで、静かな一角を求めて歩いていった。

ケヴィンは手すりのそばに立って、バーの酔客からくすねた煙草を吸いながら、はるか眼下で黒い波が立ち騒ぐのを見つめていた。対岸に着いてからどうやって金を工面（くめん）するかが悩ましかった。いずれデイヴとウェインに会えるにしても――それさえ危ないのではないかと不安になりはじめていた――着いてすぐではない。ふたりからはカーンの所番地を教わっていて、そこへ行けば見つかるという話だったが、バーで何人かのバイク乗りから聞いたところによると、到着するのはウィースタムとかいう港で、そこからカーンまでは何マイルも離れているらしい。連中に乗せていってくれと頼んだが、みなキャンプ用の荷物がいっぱいでどうしようもないとことわられた。

腹も減りはじめている。ポーツマスの切符売り場でマーズ・バーを食べて以来、何も口にしていない。胃と喉が締めつけられるようなむかつきと空腹感に襲われ、船酔いと呼ぶほどではないものの、フェリーの荒々しい揺れのせいで、不快感が強まってめまいを覚えていた。ほかの客に金を無心してみたが、だれかが告げ口したのだろう、乗務員からきびしく注意されたので、その手はあきらめざるをえなくなった。

彼は煙草を最後の最後まで、黄ばんだフィルターのへりがくしゃくしゃに焼け焦げるまで吸いきってから、吸い殻を舷側からはじき飛ばした。吸い殻は強風に吹きもどされ、揺れ動く暗い船体に叩きつけられて鈍い色の火花を散らしたのち、泡立ってうねる波の谷間へくるくるまわりながら落ちていった。

振り返ると、切符をくれた男がおぼつかない足どりでデッキを歩いてくるところだった。

「ひどい目にあったよ」ケヴィンは苛立たしい思いで言った。寒さに顎と唇がかじかんで、うまく呂律（ろれつ）がまわらない。「タマが凍っちまいそうだ」

マイケルは微笑んだ。「ごめん。半券を持ってきたか？」そう言って手すりにもたれかかり、片手をコートのポケットに入れた。

「うん。ちょっと待ってくれ」少年は後ろを向き、半券を入れておいたナップザックの上に身をかがめた。

マイケルの手がポケットから引き抜かれ、体がひるがえり、腕が頭上へあがった。黒いものが振りおろされた。命中した瞬間、重く鈍い音がしたが、風のとどろきに掻き消された。

マイケルは素早く行動した。名もない少年の、軽いがぐったりとした息絶えだえの体を、ほど近い救命ボート用の棚の陰まで引きずっていってしまうと、なすべきことを終えるまでに数分しかかからなかった。手袋をはめ、少年の薄いボマージャケットのジッパーをあけ、赤いサッカーシャツをジーンズのなかへたくしこみ、ベルトをきつく締めた。つぎに、一番目の買い物袋を開いた。そこから未開封のギネスの缶を六つ取りだして、シャツのVネックから中へひとつひとつ落とし、少年の腰のまわりに配していった。それらがうまくおさまると、ジャケットのジッパーを引きあげ、こんどは重い缶を両側の深々としたポケットにひとつずつ押しこんだ。ナップザックから半券を抜きとり、あとふた缶滑りこませて、上蓋をかけた。全部で十缶――これでじゅうぶんだろう。彼は缶をデッキに置き、ウィスキーのボトルの封を切ってそのハーフボトルしか残っていない。一番目の買い物袋には、空の缶がふたつと、ウィスキーのボトルの横に寝かせた。ボトルの口から強烈なにおいの液体がこぼれ、小刻みに震えるデッキにいびつな水たまりをひろげていくのを、体が濡れないように腰を引いて見守った。二番目の買い物袋には、まるめたジャンパーや靴下やズボンが詰まっていたが、そのなかへは財布と半券とパスポートを入れて、片隅の隔壁にもたせかけて置いた。そこで躊躇し、半券をもう一度取りあげた。光沢のあるその紙切れをズボンの表面に何度もこすりつけたあと、手袋を脱いで、素手で数回折り曲げた。彼は納得して、紙切れを袋へもどした。

最後の仕事はもっときびしかった。ナップザックのなかに身元が判明するものがないのをもう一度確認してから（はいっていたのはパスポートだけで、すでに抜きとってあった）、それを少年の肩にしっかりと背負わせ、そして――周囲をちらりと見まわしてから――少年の脚のあいだに腕を入れ、片手で体をかかえあげてどうにか自分の肩に載せた。揺れるデッキを重みにぐらつきながら進み、手すりにぶつかってうなり声を漏らしたあと、肩の上の柔なものを舷側から投げだした。不恰好にゆがんだ人間の体が、手脚を風車のようにまわしながら、円を描いて落ちていくのが見えた。一陣の突風が吹きつけて、それを揺りもどした。それは鈍い衝撃音を立てて船体にぶつかったあと、斜めに滑り落ち、荒々しいしぶきをあげて、たぎる泡のなかへ吸いこまれた。あっという間にフェリーの鎌形の航跡が息を吹き返し、少年の体とナップザックは、泡の散る黒い海面の下に消えた。

身をひるがえしたマイケルの爪先に何かがぶつかった。足もとを見て拾いあげると、厚い毛織りの靴下に包まれたギネスの缶だった。空き缶ではないが、表面がへこんで中身が漏れている。彼は風の舞う空虚な闇にそれを投げこんだあと、近くにある救命ベルト置き場へ向かって、デッキをゆっくりと歩いていった。

コンバー部長刑事は廊下を速足で歩いていた。突きあたりに達し、右へ曲がって捜査本部のドアをあけた。室内は活気に満ちて騒がしい。三人の制服巡査がワゴンから箱やファイルをおろして中央の巨大なテーブルに載せる一方、犯罪捜査部の六人の刑事がそれらを開梱して、中身を整然と並べている。ひとりの刑事が、壁の大きなピンボードに写真をとめている。コンバーが勢いよく入室すると、開梱作業を指揮していたスピアマン警部が顔をあげた。

「うまくいったか？」スピアマンがきいた。

コンバーは不機嫌そうな顔を向けた。「冗談はよしてくださいよ。話になりませんでしたよ。

だれが来るか、決まりました？」

スピアマンは笑いを嚙み殺した。「ケネス・ハズリット警視正だ。どんぴしゃりだな」

「コンバーは巡査たちを見やり、声をひそめた。「なんですって！　フレイザーで決まりだっておっしゃいませんでした？」

「そのはずだったんだが、フレイザーはゴードン・バロウの事件でニューカースルに呼ばれてしまったんだよ」

「でも、ハ、ハズリットじゃあ……」

「選択の余地はないんだ、グレアム。署長は第二候補のラングにしてくれとかけ合ったそうだが、どうしようもなかった。急ぎだったんだから」

「しかし――」

「もうこの件でごちゃごちゃ言うな。ただでさえうんざりするほど忙しいんだ」

ドアがまた開いて、背の高いやせた男がはいってきた。暗く落ちくぼんだ目、垂れさがった頰。どことなく重々しい雰囲気を漂わせているせいで、本人とその評判を知らない者には見当ちがいの崇敬の念をいだかせる。犯罪捜査部では、この男が刑事になったのは狩猟犬に似ているからにすぎないとささやかれていた。

「こんにちは、警視正」スピアマンが言った。「コンバー部長刑事とは初対面でいらっしゃいますね。彼は当初から〝姿なき男〟の事件を担当しています。聞きこみのほとんどをおこないました」

ハズリット警視正はコンバーに抜け目なく微笑みかけ、ねらいをつけでもするように顔を凝視した。「名前はグレアム。そうだな？」

「そうです」

「思ったとおりだ」ハズリットは取り澄まして言った。「幸先がいい。名前と顔だよ、諸君。名前と顔。捜査の基本だ」

コンバーとスピアマンは目を見合わせた。ハズリットが脇見をしているあいだに、スピアマンは渋っ面をコンバーに向けた。「あちらで打ち合わせたらどうでしょうか、警視正。まず概要をお話しして、それから取りかかりましょう」

スピアマンはハズリットを、部屋の隅の、説明用チャートが用意された一角へ連れていった。一枚目のページに、経過の概略が時間順に書かれていた。「昨二十七日の夜」スピアマンはチャートを見ながら話しはじめた。「午後十時五十三分。コンバー部長刑事とわたしは、ゴーヴィン首席警部のフラットを訪問いたしました。返答がなかったため、強制的に立ち入って、捜索を開始。押収した証拠物件は現在……保管箱四二一号Aに収蔵……午後十一時四十八分、すべての港と空港で警戒態勢を敷いたものの……発令の十八分前に、A・ゴーヴィンと名乗る客が海峡横断フェリー〈エスプリ・ド・コタンタン〉号に乗船したことが判明」

「ニアミスか」ハズリットがため息をついた。

「そのとおりです。午前〇時五十五分、フランスの、ええと、対岸のウ……ウースト……」

「ウィストゥルアム」ハズリットが言った。

「ウィストゥルアムの警察に連絡。一方、〈エスプリ・ド・コタンタン〉号の船長にも通達し、フェリー会社に、搭乗券、乗客リスト、回収済みの切符を保管するよう要請。フランスの警察には、特徴覚え書きと顔写真をファックスで送付」

ハズリットは眉を寄せた。「まさか捕捉できなかったと言うつもりなのか」

「いえ、そうではありません……厳密には。午前五時十三分、転落警報装置が作動。船長の指示によって救命ボートがおろされ、その場で旋回をつづけたのち、午前五時四十一分、フランスの沿岸警備隊のランチが到着したのを受け、通常の航路にもどって港へ向かう……午前六時三十分、フェリーはウィストゥルアムに入港。フランスの警察が、下船したすべての乗り物と乗客に対して、検問とパスポートの確認を実施。成果なし。リストに名前のあった乗客で確認がとれなかったのは、スミスという夫妻、ある学童のグループ、そしてアラン・ゴーヴィンという人物のみ……。午前七時四十分、フェリー内を捜索。デッキの救命ボートかけの裏から、乗務員があれを発見しました」スピアマンは警視正をテーブルへ誘導し、大きな箱をあけた。証拠品のはいったビニール袋があふれんばかりに詰まっている。「こいつはけさ送られてきました。買い物袋のなかに衣類が——ひとりぶんの着替え一式がはいっていて、ほかにアラン・ゴーヴィンの名が記載されたチケットの半券とパスポートがありました。それから、ギネスの缶二個とウィスキーのハーフボトル。どれも空で、買い物袋の横に置いてあったそうです。船長によると、これらが発見されたのは、警報装置が作動した救命ベルト置き場のすぐ近くだということです」

「要するに」ハズリットはビニール袋におさまったウィスキーを拾いあげ、不快そうにラベルを見て言った。「しごく単純なことに思えるね。ゴーヴィンは自責の念にさいなまれ、泥酔した勢いで自殺した」

「あるいは事故かもしれません」スピアマンは言った。「海はひどく荒れていました。酔って船べりから落ちた可能性もあります」

ふたりの後ろに立っていたコンバー部長刑事が咳払いをした。「ひとつだけ問題がありましてね。フランスの沿岸警備隊に連絡したんですが、まだ死体が見つからないそうです」

ハズリットはスピアマンを見た。「こんなに早く見つかるものなのか」

「むずかしいところですね。いろいろな要因がからんできます。何を着ていたのか、沈んだのか漂流したのか、波や海流はどうだったのか、などなど……」スピアマンは無数の要素があると言いたげに手を振った。

「偽装の可能性もありますよ」コンバーが言った。

「偽装？」ハズリットは言った。「あの男の精神状態を考えると、それは疑問だな」腕を組み、テーブルの上に並んだ袋詰めの品のもの悲しい陣容を見渡す。「遺品を見るのはたまらないな。アランとは以前いっしょに仕事をしたことがある。知ってたか？　そうか。プール・ストリートにいたころ、わたしが首席警部でやつが部長刑事だった。窃盗事件での手並みは超一流だった。しかし、公安部に移ってからはそうもいかなかったようだ。ちょっと奇妙なところがあって、謎めいた男だったよ。それにしても、まだ信じられん。やつが……あんなことをやらかすなんて。この目で証拠を見るまでは、とうてい……」腕時計を見る。「さて、わたしには時間がないんだ、諸君。知ってのとおり、捜査の進展について記者会見で話さなきゃならない。いっしょに来て、補佐をしてくれる者はいないか?」

「はいれ」スピアマンは言った。「ドアを閉めて、ここにすわれ」

コンバーはデスクの前に腰かけて、分厚いマニラフォルダーを置いた。

「収穫は?」スピアマンはフォルダーをあけて、中の書類に目を通しはじめた。

「あまりありません。船長が緊急措置についてさらに供述しました。興味深いのは、警報を鳴らしたのがだれなのか、まだわかっていないということです。船内放送で名乗り出るように要請したにもかかわらず、だれも何も言ってこないそうです。おもしろいですね……。それから、ミセス・ドーソンという女性の供述がありました。問題の時刻に船室にいたところ、どさりという大きな音が聞こえたあと、何かが落ちていくのが窓から見え、それからすぐに警報が鳴ったということです」

スピアマンはうなずいた。「じゃあ、やつはほんとうに落ちたわけだ」

コンバーは口をすぼめた。「だれかが落ちたんです。何かかもしれない」

スピアマンは椅子の背にもたれて深くため息をついた。「まだ偽装説にこだわっているのか。何か証拠でも?」

「デッキで発見されたものに付着していた指紋を鑑定したんです」

「それで？」

「そこいらじゅうにゴーヴィンの指紋が残っていました。ただし――」コンバーは興奮気味に体を乗りだした。「搭乗券にはついていなかった」

スピアマンは表情を変えなかった。「そんなことか。グレアム、わたしは休暇でフランスへ行ったことがあるが、ああいうものにはおおぜいが手をふれる。渡してくれる人間、回収する人間、その他もろもろだ。やつの指紋は消えてしまったのかもしれない」

「そうかもしれませんが、関係者の指紋は判別可能ですから除外できます。身元を特定できない指紋が残っているかどうか、調べる必要があると思います」

スピアマンは首を強く左右に振った。「根拠が薄弱すぎるよ、グレアム。現実と向き合うことだ――ゴーヴィンは死んだ。いい厄介払いになった」

「死体を見たら信じます。いずれだれかの死体が浮きあがるでしょうが、ぼくはそれがゴーヴィンではないほうに賭けますね」

スピアマンはため息をついた。「ひとつ忠告させてくれ、グレアム――よけいなことはするな」

コンバーはスピアマンをにらみつけた。「ハズリットですか」

「おまえとは長い付き合いだから、くだらないことは言いたくないんだ。ハズリットはこの件の早期決着を図ろうとしているし、それを望んでいる人間はほかにもいる。これは〝姿なき男〟の事件にけりをつけるだけでなく、警察全体の混乱を収拾するいい機会だ。はっきり言って、ハズリットはすっかりご満悦だよ。自分の時間を大幅に節約できるばかりか、恥さらしな裁判にだれも出なくてすむからな。このままいけば、あと二、三日でほとぼりが冷めて、来週になったら、またマスコミはどの下院議員がだれの秘書と寝てるかってネタを追っかけてるだろう」

「じゃあ、頭のぼけた数人の幹部の不安を少しばかりまぎらすために、あの狂ったろくでなし（ファッカー）を逃がすわけですか」

「正確に言うと、やつはファックしなかった」スピアマンは薄笑いを浮かべた。「……すまん、ちと悪趣味だった」

「ごまかさないでください、警部。これは隠蔽工作だ」

「そんなことはないよ、グレアム」スピアマンは立ちあがって、デスクの横を歩いた。「現実的になれ」そう言ってデスクのへりに腰かける。「ゴーヴィンがいなくなり、あらゆる証拠はやつが死んだことを示している。だれにとってもいい結果だ。つまるところ、われわれはただでさえ緊張の連続で、亡霊を追うためにこれ以上時間や労力をかけることはできないんだ。事件は解決した。わかったな？」

コンバーはにらみつけながらも、しぶしぶうなずいた。「そうおっしゃるならしかたがありません」

「よし。さあ、おまえに面倒を見てもらいたがってる悪党は、ほかにいくらでもいるんだ。気分を変えてそっちを追ってくれ」

15

ジュディ・クレップスは年間購入雑誌一覧のプリントアウトのチェックを終えて、受付カウンター越しに外へ目を向けた。部屋の向こうの、貸出用図書室に通じる両開きのドアとコピー機のあいだに、ひとりの女が落ち着かない様子で立っている。ジュディが目をあげたのはこの五分で三度目だが、その女はずっとそこにいて、掲示板に貼られた数々のポスター――地元の劇団、夜間クラス、ブラッドフォードやリーズの美術館、ヨークシャー彫刻公園、昼食時のコンサート、各種の相互支援グループや治療グループなどのポスターをうつろな目でながめていた。ジュディは女を好奇の目で見守った。ふだんから、掲示板の前には、配偶者だの子供だの親だのと待ち合わせている人々や、読書や調べものを終えた利用者や、ただ雨宿りをしている人々などが立っていて、ひとりふたりうろついていてもおかしくない。しかし、その女には特に興味を惹かれた。外見に珍しいところがあったわけではないが――中年に差しかかったあたりの年ごろで、髪は黒っぽい長めのボブ、服装は簡素で、肩に大きなショルダーバッグをかけ、折りたたんだ傘を両手でせわしなく持ち替えている――妙に興奮した様子で、人目を避けているようでもあったからだ。不安げな目でしきりに部屋じゅうを見まわして、通りがかる人々や、辞書や人名録の並ぶ棚や、ジュディ自身へと視線を移している。落胆しているのか絶望しているのか、顔はこわばって青白い。さまざまな筋書き（暴行を受けた妻、窮地に陥った未婚の母、あるいは性的虐待の被害者か）がジュディの脳裏に浮かんだところで、突然目が合った。カウンターに近づくか、きびすを返して退散するか。選択を迫られた女は、しばしためらったのち、カウンターに歩み寄った。

ジュディは立ちあがり、誠意のこもった微笑を顔じゅうににじませて、三階の女性緊急相談センターの紹介文をあわてて胸のなかで復唱した。「何かご用ですか」

女はバッグの肩ひもを楽な位置へ持ちあげた。声量を調節するスイッチでもひねるのかと、ジュディは一瞬思った。「ここに新聞はありますか」女はきいた。

読みがはずれ、ジュディは困惑のあまり顔が引きつりそうになるのをどうにかこらえた。生きのいい蛆虫を売っていないかと尋ねられたような気分だったが、素っ頓狂な声できき返すという失態は避けられた。「はい」そう言って咳払いをし、身を乗りだして、書棚にはさまれた通路の先を指さす。「まっすぐ行って突きあたりの右です。新聞と雑誌のコーナーがあります」

「ありがとう」女はくぐもった声で言った。

ジュディは女が歩いていくのを目で追ったあと、ふたたび席に着いてファイルと書類の山にもどった。数分後、視界の隅を影がよぎるのを感じて、目をあげた。また例の女だった。

「すみません」女は言った。「ごめんなさい。探してるのは昔の新聞なんです。昔のものはとってありますか」

ジュディは微笑んだ。「ああ、なるほど。時期によりますね。当館では《ザ・タイムズ》と

《ヨークシャー・ポスト》をマイクロフィルムにおさめています。どういったものをお探しですか」

女は眉を寄せ、口をすぼめた。「《ザ・タイムズ》のほうがいいかしら。三、四年前のものです」

「それなら、だいじょうぶです。マイクロフィルム・リーダーをお使いになったことはありますか」女は当惑顔をしている。「ご説明します」ジュディは言い、立ちあがってデスクの前へ歩み出た。女を引き連れて角を曲がり、図書館の中心部を通って突きあたりまで進むと、マイクロフィッシュやマイクロフィルムを読みとる機械が壁際のテーブルに並ぶガラス張りの部屋に着いた。新聞のリールが保管してある場所と、それを機械に装塡する方法を教えたあと、女を残してデスクにもどった。

静かな日で、ジュディは一時間近くだれにも邪魔されずに仕事をつづけた。腕時計を見たとき（昼食まで十五分しかない）、さっきの女が——前にも増して動揺しているのではないだろうか——角からもどってくるのが目にはいった。顔色を失い、目が血走っている。女はジュディに一瞥もくれず、ロビーを足早に突っ切って、正面玄関からあわただしく出ていった。ドアが激しく揺れた。

ジュディはしばらくドアを見つめていたが、戯れ半分のしかめ面を自分自身と閑散とした部屋に交互に向けて、仕事にもどった。

昼食休みから帰って、午後も遅くなったころ、マイクロフィルム・リーダーのある部屋を通りがかったジュディは、椅子の下に女が傘を忘れていったことに気づいた。また、リーダーのスイッチがつけっぱなしで、だれもいない部屋に冷却用ファンの耳障りな音が響いている。機械の横のテーブルにはフィルムが数巻残っていて、茶色のボール箱におさめられているものもあるが、いくつかはフィルムがはずれかかった状態で載っている。リーダーの軸棒にも一巻かけられていて、ざらついたプラスチックの大型ディスプレイに、女が見ていた最後のページが映しだされていた。ジュディは好奇心に駆られ、椅子を引いて腰をおろした。見開き二ページの一角に焦点が合わせられ、そこに三つの異なった記事が掲載されている。ロンドンで起こった殺人事件についての一面記事のつづき。ヨークシャー北部のどこかで風力発電所の建設計画に反対する住民が抗議行動を起こしたという、見出しつきの記事。Aレベルの試験の水準に関する記事の上半分。いちばん近くの空箱を見ると、〈タイムズ　九四年一月から三月〉とラベルが貼られている。風力発電所の記事にあんなに動揺することは、昨今では考えにくい。そこでハンドルをまわし、第一面にもどって、殺人事件の記事の残りを読むことにした。それは紙面の冒頭にあり、見出しは当時読んだ覚えがあるものだった。〝姿なき男――殺人課の警部が犯人〟。その記事を追想と困惑の入り混じった思いで読んだのち、フィルムのリールを片づけて機械のスイッチを切った。それから傘をたたみ、遺失物課へ持っていった。

キャロルは商店街の端から端まで歩き、市場のある広場のただなかに来たところで、ようやく雨が降っていることに気づいた。雨は激しく降り注ぎ、店に並ぶ帆布（ほぬの）の庇（ひさし）に打ちつけて、へりから垂れ落ちて丸石敷きの路面を叩いている。コートの肩のあたりが雨で一面に黒ずみ、前髪が額(ひたい)に貼りついてずぶ濡れの巻き毛の不規則な列ができているが、感覚が鈍っていて、ほとんどそれと気づかなかった。暗く深い水の底で、鉛の足を重苦しく動かしている心地がして、周囲の喧噪は遠くくぐもって聞こえた。苦悶する子供のように、混乱した意識が体のなかでうごめいていた。

突然、すわりたいという圧倒的な衝動に駆られた。どこでもいい。戦没者記念館の、濡れて輝く大理石の階段でさえかまわないし、いまこの場で、汚れた縁石に腰かけてもいい。あたりを包む霞から、喫茶室の看板がゆらゆらと現れて焦点を結んだ。彼女はしばし見つめたのち、そこへ向かって歩きだし、不ぞろいな丸石の上をおぼつかない足どりでゆっくりと進んだ。

食器やカップのぶつかり合う音が満ちる湿っぽい店内にはいると、めまいがさらに激しくなった。運よく、入口のすぐ横の小さなテーブルがあいていたので、膝から力が抜けるのを感じつつ、すぐにそこへ腰をおろした。黒いミニスカートに白いエプロンというていでたちの、十代のやせたウェイトレスが目の前に現れ、小声の注文を聞き届けると立ち去った。キャロルは沈鬱な顔で、前の客が食べたものの残りに目をやった。皿に載ったホイップクリーム・スコーンの切れ端、そのかたわらにこびりついた赤いジャム、底にかすが薄くたまったティーカップ、乾きかけた薄茶色のミルクの泡が飲み口についたカプチーノカップ、そこへまるめて押しこまれた紙ナプキン。なまくらにせめぎ合うさまざまな感情のふちで、吐き気は危うく踏みとどまっていたが、ながめているうちに頭をもたげ、ほかの思いを蹴散らした。

かろうじてトイレにたどり着き、小部屋のドアを音を立てて開いて、前かがみになるや、最初の発作とともに嘔吐物があふれだし、プラスチックの便座、さらに便器のなかへ勢いよく落ちて跳ね返った。貯水タンクに両手を突き、雨水と噴きだす汗で額をぐっしょり濡らしながら、彼女は二度にわたって腹にむかつきと痛みを覚えつつ、液状のものをもどし、さらに空咳をして、口と鼻から唾液の筋をしたたらせた。発作がおさまると、トイレットペーパーを巻きとって顔を拭き、水を流し、洗面台に向かった。心地よくほとばしる湯を指に浴びせながら、鏡をのぞきこんだ。はじめは見えなかったが、しばらくして、ゆっくりと波が静まる池の表面のように、顔の焦点が定まってきた。映っているのはむろん自分の顔だが、髪が濡れ、皺が刻まれ、目が落ちくぼんだその顔は、別人のものと見まがうほどだ。先週、きのう、いやけさの顔と比べても、同じ人間とはとうてい思えない。自分はきょう、舞台をよろめき歩き、どうにか前面へ進み出て、精巧な書き割りを引きずりおろしたのだ。殺人課の警部が犯人。鏡のなかの顔が同じことばを繰り返しささやく。殺人課の警部が犯人……。彼の指がふれた部分がむずがゆくなってきた。首、胸、腿のあいだ――数えきれないほどの、血に染まった愛撫。セーターの前をたくしあげて腹と胸を見つめ、カタツムリが這ったような、ぬらぬらした穢らわしいものが肌を走っていないかと確認した。喉からこみあげるものがあり、また便器へ駆け寄って嘔吐した。

いくらか落ち着きを取りもどして喫茶室へ帰ると、テーブルの上はきれいに片づけられ、前の客の食べ残しのかわりに、空のカップと、クロムの蓋つきのコーヒーポットが置かれていた。

注文した記憶はない。中身を機械的にカップへ注いで、茶色の液体にミルクと砂糖を入れたところで、二年ほど前からミルクも砂糖も使わないと決めていたことを思いだした。ともあれ、掻き混ぜた。黄土色の渦を見ていると、昔の映画の安っぽい特撮よろしく、そのなかから新聞の第一面が回転しながら現れて、目の前で急にとまった。殺人課の警部が犯人……。ページのレイアウトが、現実にそこにあるかのように鮮明に見てとれる。記事自体はぼやけた灰色の列にすぎないが、見出しと、何より重要なことだが、その横の写真が見える。

彼ははなはだしく変わっていた。見づらい写真だが——車に乗りこもうと頭をひょいとさげたときに撮られた横顔であり、粗悪な新聞紙のあいまいな色調と、マイクロフィルムへの複写による劣化と、解読機のディスプレイ画面の粗(あら)さとが相まって、ぼやけてわかりにくいが——それでもだれであるかは判別がつく。画質が悪く、風貌が変わっているため（顔はいまよりかなりふくよかで、ひげがきれいに剃られていた）、ちょっとした知り合いが見てもほとんどわからないだろうが、顔のつくりを隅々まで知るキャロルは、即座にその正体を悟った。写真の下に付された名前は——アラン・ゴーヴィン首席警部という名前は——ぼやけた記憶のかなたにかすんで、ほとんど意味のないものだった。彼女にとって、その男はスティーヴン以外の何者でもなかった。

16

わたしを卑劣な人間だと思ってる……。すべての苦痛を一身に引き受けようとするなんて。彼女が真実を知ってさえいたら、と彼は思った。どれほどの見当ちがいかを、知ってさえいたら。

スティーヴンは農場からつづく丘の頂上で、草の上にすわって地平線を見やった。しばらく前から立っていたものの、うずきをはらんだ鈍いめまいに襲われて、やむなく腰を沈めたのだった。この二日間、ほとんど何も食べていない。食べ物のことを考えると吐き気をもよおしたからだが、けさは精神の気まぐれに肉体が愛想を尽かしたのか、目覚めとともに激しい空腹感を覚えた。母屋へ行ったが、キャロルは出かけていて、扉に鍵がかかっていた。腹ぺこのあまり、ベッドの藁を嚙みしめる寸前になり、納屋の反対側に積まれていたバッタの飼料に手を出す気にさえなった。結局、育ちきっていないニンジンを自家菜園から何本か引き抜いて、よく耕された黒い土の上であぐらをかいて食べた。小さくて白っぽく、泥にまみれたニンジンだったが、手でしっかりこすり、こびりついた砂が歯にこすれるのを感じながら食べた。それから少し気分がよくなったので、この地を離れる計画を立てるために周囲を観察すべく、丘をのぼりだした。

数か月前、ここまで来てケルンの上に乗ったものだが、そのときよりきびしい道のりだった。どこへ向かうべきかわからないとか、一文なしであるとか（ここへ来たときに持っていたわずかな紙幣は、新しい衣類を買うためにキャロルに渡してある）、問題はそれだけではない。かつては漠然と感じていた自責の念が、是が非でもとどまりたいという願望に形を変え、キャロルへの圧倒的な愛情、自分がいだくとは夢にも思わなかったほどの強烈な感情がふくれあがっていた。そして、その思いがあるからこそ、知るべきことを知ったいま、なんとしても立ち去らなければならない。もしこれまでに――親疎を問わず――かかわったほかの女たちが相手なら、自分は厚かましくもこのままとどまってごまかしつづけ、早晩現れるはずの追っ手が迫りくるか、女が自分の正体を見抜くか（それは絶対にありえまい）して、退散を余儀なくされるまで居座ったにちがいない。だが、キャロルが相手では無理だ。目を合わせることさえできないだろう。

そこで、この前の午後と同じく、瞬時に決断した。すぐにこの地を離れて、逃げ道を探ろう。たったいま、キャロルがもどる前に。草の上に腰かけているうちにめまいはおさまって、かわりにアドレナリンが急速にあふれだしている。彼は立ちあがって丘を速足でおり、自家菜園の門を跳び越えて納屋の前へもどった。

そのとき、音がした。扉に手をかけた瞬間、特徴のある聞き慣れた音が耳にはいった。低く、耳障りで、気の抜けたような、エンジンを過回転させる音をあげ、モーリスがスピードを落として小道にはいってくる。

扉を強く引くと、きしみを立てて開いた。納屋のなかへ駆けこんだとたん、動転のあまり急に吐き気とめまいがぶり返し、失神寸前になった。足もとがふらつき、壁に両手を突いて支えた。めまいは消えたものの、なお気分が悪く、頭がぼうっとしている。車が庭で低くとどろいて、やがて急停止するのが聞こえる――静寂――ドアが閉まる――静寂――玄関の扉が開く――何もかもが、耳のなかで脈打つ血流のうなりと溶け合って響いた。

これではしかたがない。姿を見られずに抜けだすのは造作ないが、この体調ではせいぜい一、二マイルしか歩けまい。彼は地面を踏みしめてから、納屋を出て母屋へ向かった。入口の扉があいたままになっている。中へ足を踏み入れて、声をあげた。「キャロル？」しばしの沈黙のち、居間から彼女のかすれた声が聞こえた。「こっちよ……」彼は廊下を進んだ。心臓が高鳴り、首や頭皮には、むかつきと不安のせいで脂汗（あぶらあせ）がにじんでいる。彼は居間に歩み入り、そこで急に立ちどまった。

はじめは、一瞬の混乱状態のなか、一対の目が見えた気がした。うつろにくぼんだふたつの近接した目が、ほんの数インチ先で小刻みに揺れながら、こちらの目を見つめている。ふたつの目のまわりには顔がなく、そこからなめらかな長い棒が奥へ伸びている。そのはるかかなたにキャロルの顔があり、やはり落ちくぼんだ暗い目が冷たい光をたたえていた。その下を見ると、関節の白くなった指が銃床を握っている。指は一本だけ伸びて、引き金にかけられている。何か言おうとしたが、ことばが出てこなかった。最初に頭にひらめいたのは――笑いと怒りが同時に湧き起こりそうになったが――自分をここにとどまらせるために、彼女はなんと荒っぽい手だてに訴えるのかという思いだった。朦朧とした意識のなかで、唇が動くのが見えたが、その動きと発声のあいだに時差があるように感じられた。ようやく、声が響いた。

「あと一分」その声はかすれて太かった。彼女は唾を呑んで、もう一度言った。「あと一分したら、警察に電話する。まず、ふたつの質問に答えなさい。どうやってわたしを見つけたのか。そして、わたしをどうするつもりなのか」

目の前を揺れ動く銃身にすくみながらも、彼は口をあけて話しかけようとしたが、音をことばにする力がないのがわかった。「なあああ……」彼は口を閉じ、もう一度試みた。こんどはことばになったが、声に力はなかった。「なんだって?」かろうじて相手に聞こえる程度の声だ。

彼女の蒼白な顔に赤みがさした。「もう一度だけきく。どうやってわたしを見つけたのか。わたしをどうするつもりなのか」

「何を言ってるのかわからない」彼は声を詰まらせた。

黒い目が消え、茶色いものが彼の視界をよぎった。銃床が振りおろされ、側頭部を直撃した。足がふらつき、膝を床に突いたところで、ふたたび顔にショットガンのねらいが定められた。「もう一度だけと言ったわ」キャロルは言った。「さあ、答えなさい」

彼は視線をあげた。怒りに紅潮してわななく彼女の顔が、ずきずきと脈打つ頭の痛みとともにぼやけたり鮮明になったりを繰り返し、しみわたる闇の奥へ吸いこまれていく。体が揺らぎ、筋肉が萎え、彼はカーペットへ前のめりに崩れ落ちた。

ゲイルは二度目の呼びだし音で電話に出て、肩と耳のあいだに受話器を固定させた。「ヒギンズ巡査です」そう言いながら、デスクの上に積まれたフォルダーの山から、いくつか引き抜いた。

電話は交換手からだった。「ヨークシャーの女性から電話です。犯罪捜査部のどなたかと話したいそうです」

「ヨークシャー？　用件は？」

「言わないんです。交換手とはうんざりするほど話したから、ちゃんとした警察の人と話したいんですって」

「わかりました。つないで」信号音とうなりをたっぷり聞かされたあと、カチッという音がした。「ヒギンズ巡査です」彼女はもう一度言った。

「もしもし」女の声だ。「〝姿なき男〟のことでお話ししたいんですが」

ゲイルは眉をひそめた。「〝姿なき男〟？」

「連続殺人事件です。看護婦の」

「ああ、わかりました。あの事件は数年前に捜査が打ち切られたんですけど。新しい情報をお持ちなんですか」

「ええ。どなたかとお話しできますか」

「あの事件の担当者は、退職したり異動したりで……」ゲイルは室内を見まわした。「少々お待ちください」送話口をふさいで、大声で言う。「部長刑事、たしか〝姿なき男〟の事件を担当なさいましたよね」

部長刑事が顔をあげた。「ゴーヴィンの事件？　ああ、そうだ」

「あなたと話したいという女性から電話です。おつなぎします」

彼はうなずいて、受話器をとった。「コンバー部長刑事です。どういったお話でしょうか」

「お耳に入れたいことがあるんです」女は言った。「〝姿なき男〟のことで」

「わかりました」彼は言って、手帳を開いた。「まずお名前をお願いします。それから詳細をお話しください」

ゲイルはその顔を見守った。「どうでした？」コンバーが受話器を置くと、彼女はきいた。

「わからない」彼はメモをながめながら言った。「図書館の職員からだ。ばかげてるとは思ったが、ひょっとしたら脈があるかもしれない。事件に関する昔の新聞記事を読んでいた女が、妙な態度を見せたということなんだがね」

「妙な態度？」

「ひどく取り乱していたらしい。職員はそれが一日じゅう心がかりで、いまになって通報する気になったんだと」

「その女性は職員の知り合いですか」

「いや。はじめて見かけたそうだ」

「どうなさるおつもりです？」

コンバーはかぶりを振った。「たいしたことはできまい。地元の警察の犯罪捜査部に伝えて、様子を見るさ」手帳をデスクにほうり投げて、立ちあがる。「さてと、食堂へでも行くか。コーヒーを飲まないか？」

「いいですよ」彼女はジャケットと財布を持ってきた。「ただの妄想だと思われますか」階段をのぼりながらきく。

コンバーは肩をすくめた。「わからない。ほかの事件ならイエスと言うところだが、この件にかぎって、そうはいかない」最上段で立ちどまって、ゲイルに顔を向ける。「知ってのとおり、おれはゴーヴィンが死んだなんて一度も思ったことがない。だが、死体が見つからなかったのに、警部も署長もほかの連中も結束が固かった」薄笑いを浮かべた。「あの破廉恥野郎がいまになって現れたら、みんなして赤っ恥をさらすことになるぞ」

キャロルの足もとには、くしゃくしゃのぼろ人形を思わせる体がうつぶせに横たわっていた。手からだらりとさがったショットガンは、その頭へ銃口を向けて揺れている。

彼が目をまわして倒れた瞬間、死んだのではないかと彼女は思った。自分のなかの半分はそれを願っていた。強く殴ったつもりはなかったので、急に倒れたのは驚きだった。腹の底から湧き起こる憎しみで抑えが利かなくなり、思いきり殴りつけたい、銃を振りまわして頭を打ち砕いてやりたいという衝動に駆られたが、そんなことはできなかった。なんと言っても、こちらを見ているのは彼の顔であり、彼の目なのだ。だから、耳の上に軽い一撃を加えるのが精いっぱいだった。倒したり、ましてや失神させたりするほどの力はこめていない。少なくとも自分ではそう思っていた。なぜこんなふうに崩れ落ちたのかは想像もつかない。長いあいだ隠してきたことが発覚した衝撃だろうか。

スティーヴン……いや、ちがう。新聞記事に載っていた名前を心に浮かべた。アラン。アラン・ゴーヴィン。音を出さずにその名を口ずさんだが、足もとに横たわる男とは結びつかなかった。かわりに、〝姿なき男〟と何度も繰り返した。姿なき男、姿なき男、姿なき男……ゴーヴィン……アラン……ア…ラン……。どの音も響き合わない。みな空虚で、無意味で、ばかげてさえいた。結局、また〝スティーヴン〟と言ってみた。スティー……ヴン。そう口にしたとたん、胸がかすかにうずき、ひとつの顔がまぶたにひらめいた。情動を振り払い、ふたたび〝アラン〟と呼んだ。今回は少し手応えがあり、小ぶりの鈴が鳴るくぐもった音のような、か細い響きが生まれた。もう一回、こんどは声を出して言う。アラン……アラン・ゴーヴィン……殺人者……姿なき男……マントラのように繰り返していると、殴打の瞬間には鈍っていた怒りと憎悪が、生々しく、鋭く頭をもたげた。きのうの迷いは吹っきれた。〝法則〟について、そして法則の意味についての自分の考えは正しかった。まちがっていたのは、それがどういう形で具体化したかだけだ。彼がここに現れたのは、贖罪ではなく、報復の機会を自分に与えるためだったのだ。キャロルは不埒な裏切り者の役柄をついに捨て去って、ベヴァリーの仇討ちに一身を捧げる腹を固めていた。

彼の頭の、一撃を加えたあたりに目をやった。銃の先端で髪の毛を押しのける。やはり最初の印象どおり、痕さえ残っていない……。もっとも、残すことはできる。引き金を軽く絞れば、たったひとつの弾薬で、たった一度の爆音で、すべてが終わる……。指を引き金へ移し、反動を感じながらミクロの力で引いてやると、かすかな手応えがあった。あとほんの少し、ミリ単位の動きを起こすだけでいい。顔に落ちた睫毛(まつげ)を払いのけるほどの筋力さえ要しないだろう……。

引き金から指を離し、銃を彼の頭から自分の脇にもどした。質問の答がまったく得られないまま撃ち殺すことに、なんの意味があるだろう。悲憤のはけ口を見いだすために、究極の手段に訴える必要はない。脇腹を一、二回思いきり蹴りつけてやるのもいいかもしれない。靴が彼の体にめりこむときの、重く小気味よい音が思い浮かんだ。試しに足を突きだして、間合いを計ってみた。脇腹を軽く蹴ると、うめき声が漏れた。その声がまた胸のうずきを呼び起こした瞬間、彼女はつぶやいた。だまりなさい。彼女は脚をもどし、満身の力をこめて蹴りだす構えをとった。彼がまたうめきをあげ、体を動かした。「だまりなさい！」彼女は目を涙でいっぱいにして叫んだ。

そして、蹴った。足が脇腹をとらえて、鈍く重い音が響き、彼の口からあえぎとも咳ともつかない荒い息があふれだすと、彼女は陶酔感の嵐が大きく波打って体を突き抜けるのを感じた。もう一度蹴った。彼はうなり声をあげて身をよじり、ソファーの肘掛けをつかんで半身を起こそうとした。「キャロル……」かすれた声で言う。「だまりなさい！」彼女は叫んだ。話をさせてはいけない。彼の声は心に迷いを起こさせ、怒りの炎(ほむら)を散らしかねない。彼女は銃をしっかりつかんで棍棒よろしく頭上へ振りあげ、半歩さがって間合いを正した。ここから全体重をかけて打ちおろせば、頭を叩きつぶせる。彼は目をあげて、ソファーの側面にもたれかかった。その顔は静かにあきらめの色を漂わせ、まるで誘いかけているように、打たれるのを望んでいるように見える。彼女は涙でかすんだ目を凝らし、銃を握りしめて振りおろした。銃身が空気を切る、鈍いうなり。彼は目を閉じて、忘我の瞬間が訪れるのを待った。荒い衝撃音が響き、頭が横に傾いた。

彼がふたたび目をあけたとき、キャロルは床に膝を突き、頭を垂れ、手で顔を覆って号泣していた。ショットガンは彼の脚の上に寝かされ、一撃を受けたクッションが頭の後ろにはまりこんでいる。

「できない」彼女は泣きじゃくった。嗚咽で乱れた声が、手に封じられてくぐもっている。「できない――どうしても」

彼は銃を脇へどけた。「キャロル」かすれた声で言って、彼女のほうへ手を伸ばしたが、肋骨の痛みに顔をゆがめた。「キャロル……」指先で彼女の腕にふれる。

「さわらないで！」彼女は大声で言い、その手を払いのけて目をにらみつけた。「さわるなんて冗談じゃない……」立ちあがって少しあとずさる。「あなたは穢らわしい人殺しよ。でも、なぜ？　理由を言いなさい！」

彼は彼女を見つめ、それから床に横たわる銃へ目を向けた。

彼女はその視線に気づいた。「それがほしいの？」ささやくような声だった。「そうでしょう？　わたしはあなたを殺せないけど、あなたはわたしを殺せるわ。さあ――好きになさい！　そのためにここへ来たんでしょう――なぜいつまでも待ってるの？　撃つ気ならさっさと撃ちなさい！」銃を拾って、彼の手に押しつけた。「さあ！　ひと思いに――ベヴァリーにしたのと同じことをしたら？　何を待ってるの？」彼が怯えた目を向けるのを見て、鼻で笑う。「銃は好きじゃないのね？　ナイフのほうがいいってわけ？」

彼女は全身を震わせ、彼の顔に怒鳴りつけた。彼は耐えきれず彼女を押しのけ、銃をつかんで部屋の反対側へほうり投げた。銃は壁に激突し、ふたつの銃身が火を噴いてすさまじい轟音が響いた。

爆風で麻痺した聴覚が回復すると、死の沈黙が訪れた。朦々たる煙の帳（とばり）を隔てて、ふたりは見つめ合った。彼は左へ目をやった。肩から一フィートしか離れていないソファーの側面に、いびつな黒い穴があいている。彼は布地にできた穴からキャロルへと視線を移した。その顔は蒼白だった。「だいじょうぶ？」彼女はか細い声できいた。

彼はうなずいた。また沈黙が流れる。居心地の悪い静けさを破って彼女をふたたび激昂（げっこう）させるのではないかと恐れながら、彼は発すべきことばを懸命に探した。「ぼくじゃない」ようやく小さな声が出た。「ベヴァリーにあんなことをしたのはぼくじゃないんだ」

彼女の顔に薄笑いがもどった。「嘘はもうたくさん。そんな言い草を信じるほどばかじゃないわ」

「誓って言う」彼は力をこめて言った。「ぼくじゃない。きみがぼくを何者だと思ってるかはわかってる。でも、やったのはぼくじゃない」

「言っとくけど、スティ――言っとくけど――嘘をついたって無駄よ」

「ぼくは嘘なんか……」

「ついたわ！　あなたはスティーヴン・ゴールドクリフなんかじゃない。ほんとうはアラン・ゴーヴィン。ほんとうは――」

「そのとおりだ。認める。でも、ぼくはベヴァリーを殺してない。だれも殺してない！　ぼくははめられた、だまされたんだ」彼は膝立ちになり、拝むように言った。「信じてくれ、キャロル。聞いてくれ……。〝姿なき男〟はぼくじゃない。〝汚水溝の渉猟者〟が〝姿なき男〟なんだ……」

「汚水がどうしたって？」彼女は言った。哀れな男が意味不明のことばを口走っている。

「〝汚水溝の渉猟者〟。本人はそう名乗ってる。そいつこそが〝姿なき男〟なんだ。そいつはぼくを罠にかけ、以来ずっと追いまわしてきた。休む隙を与えない。どこへ行っても、かならず捜しだす。ぼくがこの三年間逃げつづけた理由がわかるかい？」

「理由？」彼女は啞然としてきき返した。「理由ですって？　あなたが人殺しだからよ！　警察が追ってるからよ！　早く捕まって去勢されればいい！」

彼はじれったそうにかぶりを振った。「ニュースを聞かなかったのか？　聞いてないんだろうな。警察では、アラン・ゴーヴィンは死んだことになってるんだ。国じゅうのどの警察署でもいいから、〝姿なき男〟のことを問い合わせてみるといい。事件は解決したって言われる。

容疑者は三年前にイギリス海峡で死んだって」

彼女は反論しようとして、ためらった。たしかにみんなからそう聞かされた――父も母も弟もロザリンドも、犯人は死んだと言っていた。こちらの気が晴れるように、踏んぎりをつけられるようにと教えてくれたのだが、なんの効果もなかった。さらに悪いことに、事実ではないことが、いまはっきりわかった。

「だから何?」彼女は問いただした。しかし、新たに打ち立てた確信は、すでに揺らいでいた。「警察はあなたが死んだと思ってる。それで何が証明される?」

「証明されるのは」彼は辛抱強く言った。「証明されるのは……ぼくが警察から逃げてるんじゃないってことだ。敵はほかにいるんだよ、キャロル。そして、逃げても逃げても追ってきた。どこへ行って新しい生活をはじめても、何か月かするとかならずそいつが現れた」

「それは何者?」彼女は強く言った。「仮にあなたの言うことがほんとうだとして。そうは思えないけど」

「わからないんだ」彼はみじめな様子で言った。「〝姿なき男〟だと思う――でも、正体はわからない。何より、どうしてぼくにそんなことをするのかがわからない」

彼女はにらみつけた。「嘘つき。ここへ来てからずっと、あなたはわたしをだましていたのよ。それに、まださっきの答を聞いてないわ――なぜここへ来たのか、どうやってわたしを見つけたのか」

彼は首を左右に振った。「それもわからないんだ」

「なんですって？　偶然だなんて言わせないわ……そんなこと信じられるわけがない……」

「偶然なんだ！　誓って言うけど、この前の夜まで、きみが何者なのか知らなかった。ベヴァリーの話を聞いたときでさえ、最初は事件と結びつけて考えなかった。だからこそ、気がついたとき、あんな態度をとった。わかるだろう？」

「わたしにわかるわけないわ！」彼女は叫んだ。「たぶんあなたは……たぶん……ああ、何がなんだかわからない。頭が変になりそう。でも、あなたは絶対に嘘をついている」

「嘘じゃないんだったら。きみに出会ってからきょうまでについた嘘は、記憶喪失のふりをしたことだけだ。それだって、日がたつと、ほんとうにそうなんじゃないかって気がしてきたよ。子供のころの話をしたときも、メモに書いたのは全部ほんとうの話だ。なんてったって、ぼくは警察官だったんだぞ、キャロル——人生のなかで、これほど嘘をつかなかったことはない！」

　不覚にも、彼女は唇を微笑がよぎるのを抑えられなかった。とまどいながらしかめ面を作ったが、笑ったことはすでに感づかれていた。

「聞いてくれ。その……その異常者に追われるようになってから、ぼくは三度、別人として新しい人生を送らざるをえなくなった」彼は両手をひろげた。「いまが四度目だ。これまでは、何もかも嘘一色だった。偽の名前、まやかしの経歴、手にはいるかぎりの偽造書類、捏造(ねつぞう)した性格。やってみるまで、自分に演技の才能があるなんて思いもしなかったよ。まる一年フランス人だったことさえある。どこへ行っても、嘘の塊だった。でも、ここだけは別だ。なぜだか知りたいかい？　きみがいるからだ。きみを見たとたん、いや、それより前に、声を聞いたとたん、ぼくは……何もできなくなった。嘘が出てこなくなった。ほんとうのことを話すわけにはいかないから、ぼくなりに記憶喪失を演じるしかなくなった。でも、大事なのはそこなんだ――まさにそれこそがぼくだった。というか、偽りの日々を過ごしたあとの、ぼくの実感にかぎりなく近いものだった。実際、どれほど記憶なんか捨ててしまいたいと思ったか。それに、ぼくは自分で偽名を考えることさえしなかった――きみが決めてくれたんだ。スティーヴン・ゴールドクリフがどこのだれかなんて、ぼくだって知らない。ジャケットはバーミンガムのチャリティー・ショップで買ったもので、名前が書いてあることすら気づかなかった。ほかは何もかもぼく自身だ。きみはぼくの子供のころのことを、両親よりもだれよりもよく知っている人間なんだよ」

キャロルは立ちあがり、ショットガンをもう一度手にとった。銃身を折って、使用済みの薬莢をふたつ排出する。キャビネットから新しい弾薬を取りだして装塡するのを、スティーヴンは不安げに見守った。

「何をしてるんだ」彼はおずおずと尋ねた。

「警察を呼ぶのよ」彼女はそう言って銃身をもとにもどし、銃口を彼に向けた。視線をさげると、彼の目に恐怖が満ちているのが見てとれ、自分の力が確信できた。「あとでね」と付け加える。「まず、何もかも打ち明けて。何もかもよ。事の起こりから」

「わかった。なんでも望みどおりに話す」

「そのあとで、信じるか信じないかを決めるわ」

彼はうなずいた。「その前に、ひとつ頼みがある」

「えっ?」

「何か食べさせてくれないか。腹ぺこで気絶しそうなんだ」

キャロルはじゅうぶんに警戒しつつ彼を台所へ連れていった。ショットガンのふたつの銃口にじっと見守られながら、彼はふたりぶんのパンを切ってバターを塗り、チーズと蜂蜜とリンゴといっしょに皿に載せた。キャロルはまったく視線をそらさず、彼が手をふれた食器が目の届く位置にまちがいなくもどされるのを確認した。やがて、銃口を向けられたまま、彼は皿を居間へと運んだ。

ふたりは向かい合わせに腰かけて――正確には、彼はずたずたになったソファー、彼女は肘掛け椅子にすわって――食べながら話した。正確には、彼ひとりが食べながら話したと言ったほうがよく、バターつきのパンを猛然と食いちぎり、チーズにかじりつき、それと同時にしゃべろうとしたので、聞きとれないことばがたびたび発せられた。キャロルはひたすら耳を傾けた。銃を膝の上に横たえて、銃床を手でつかみ、食べ物の皿には手を出さなかった。彼が話すのを何度も制止して質問を差しはさみ、くわしく説明させたり、穴を埋めさせたり、さかのぼって話をたどりなおさせたりを繰り返した。はじめの一時間、彼は断片を途切れ途切れに語っていたが、やがて調子に乗り、抑えつけられていた過去三年間の記憶が隅々までよみがえって、ことばがあふれだした。

アラン・ゴーヴィンがマイケル・スプリングに変わり、ミシェル・ヴィヴォーに変わり、ポール・チャペルに変わり、ナイジェル・インクペンに変わったいきさつ。クレシダと双子(ツインズ)、クリスティン、テッサ。〈ル・タンプル〉と村の家、サウサンプトンと〈モーリス・マイナー修理工房〉、カルディコット平原とポルノビデオ業界。そして、〝汚水溝の渉猟者〟のことを話した。迫害者の残した不可解なしるしやメッセージの内容を残らず語り、手紙については、ほとんど一字一句たがわず、その嘲りと皮肉に満ちた、ひそかに脅しつけるような文面を再現した。それまでの人生で作った敵を列挙してみたが(公安部にいた当時に遭遇した、狡猾で残忍な犯罪者も何人か含まれていた)、いずれも〝汚水溝の渉猟者〟の正体としてはまるでふさわしくなかった。さらに、セヴァーン川の河口域ですべてを泥と砂のなかへ葬って、ウェールズから脱出したときのことを語った。その後バーミンガムへ行ったが、仕事が見つからず、残り少ない所持金を尽きさせないために、やむなく街角で物乞いをした。その暮らしにも終わりが来た。ある長い一日の終わりごろ、ブルリング・ショッピングセンターで店のウィンドウの前にすわりこんで、小走りに行き交う人々の脚に目をやっていたとき、足もとの布に載ったほんの数枚のコインの上へ、一本の手が通りしなに小さな紙切れを置いた。拾いあげてみると、こう書かれていた。おれたちはまさに穴に転落した。周囲のすべてが監視の目と死者の鋭い鉤爪だというときに、だれに救われ、どこへ逃げることができる？　もはや終わりだった。彼は手引きも計画もなく夜の闇へ飛びだして、イングランド北部をあちらこちらへさまよい、人家の戸口や水路で寝起きし、一日じゅう歩きまわり、可能なときはヒッチハイクをし、町のごみ捨て場や森や畑で食べ物をあさり、収穫が少なくてしのげないときはなけなしの金を使い、そしてある雨の夜、最後の力を振り絞って歩いていくと、人里離れた小道があり、農場があり、ほこりと藁にまみれたベッドがあった。

話し終えたとき、彼の目はうつろで、口は乾き、感覚は麻痺していた。話は何時間にも及んだ。最初のころは、日がゆっくり傾いて薄暮が迫りつつあった。それが漆黒の闇に変わり、すべてが終わったいま、窓の向こうの暗黒が灰色を帯びて、暁の色がふたたび世界を包みはじめていた。

キャロルはショットガンを足もとに置くとき以外、身動きしなかった。武器を手もとに備えておくのが、徐々(じょじょ)にばかげたことに思えてきた。すべてのことばに耳を傾けるうち、聞けば聞くほど、それらが真実だと確信できた。この状況のもとで、これだけの話を即興で作ったりでっちあげたりできる人間はいない。それにも増して、彼の素顔がじゅうぶん理解できた。話が進むにつれ、いくつもの名前と人格が――アランとマイケルとミシェルとポールとナイジェルが――溶け合って目の前の男の体とことばと声に吸いこまれ、隙間からスティーヴン自身が……まぎれもない、自分のよく知るスティーヴンが顔をのぞかせた。スティーヴンとアランが響き合うのが実感はされたが、自分にとって彼はいまだにスティーヴンであり、今後もずっとそうにちがいない。何より、その存在の核心にあるものが理解できた。彼が無実の被害者なのはまちがいないだろう。自分のよく知る、自分の愛するスティーヴンに、人殺しなどできるはずがない。

彼のことばを噛みしめ、それが真実だという不動の確信をいだくまでに、数分の沈黙が流れた。スティーヴンが内なる幻想のなかから現れ、表層へゆっくり浮かびあがって、キャロルを見つめた。

彼女は視線をそらさぬまま、椅子から立って彼のもとに歩み寄った。身をかがめ、目を閉じて、祝禱のように、彼の額(ひたい)にゆっくりと一度キスをした。赦(ゆる)しと愛と悔恨が同時にこめられた穏やかなキスだった。彼が手を差し伸べると、彼女はその腕のなかへ落ちた。

ことばを交わすにはあまりに話し疲れ、泣くにはあまりに索漠とし、愛を交わすにはあまりにくたびれていたので、ふたりはただ体を寄せ合い、手脚をぴったりとからませ、体の隙間を少しでも埋めようと強く抱擁した。

しばらくして、キャロルが体を軽くずらし、喉からかすれた音を漏らすのを、スティーヴンは感じた。

「苦しい?」彼は腕をゆるめて、動く余地を与えた。

「ううん。だいじょうぶ」彼女は息をついて、ふたたび落ち着いた。しばらくして言う。「スティーヴン?」

「何？」

「ひとつだけ、まだすっきりしないことがあるの」

「ぼくにもある」

彼女は目をあげた。「どんなこと？」

「ひとつわからないことがある。きみはなんて言おうとしたんだ」

彼女は微笑んだ。「あなたが先に言って」

「いいよ。ぼくが何者なのか、どうしてわかったんだ？　以前に会ったことはないだろう？」

「ないわ。事情聴取をしたのは部長刑事だった。実は夢を見たの。お告げみたいな、恐ろしく鮮明な夢。そのせいで、ベヴァリーのお葬式であなたを見かけたことを思いだしたのよ」

彼は眉をひそめた。「そうか。なるほど」

「あなた、いたんでしょう？　わたしの想像じゃないわよね」

「想像じゃないさ。たしかにそこにいた」

「同僚ふたりといっしょに」

「うん」彼はうなった。「きみがききたかったことは？」

「ああ」彼女は言った。「わたしがまだ腑に落ちないのは、偽装自殺のこと。事故と言うべきなのか、なんでもいいけど」

彼はためらった。呼吸がかすかに乱れたことや、彼女の頬の下にある心臓が小さく高鳴ったことを感づかれるのではないかと不安だった。「それがどうしたんだい」

「偽造パスポートと変装と二枚の切符のことはわかったけど、そのままでは乗ったのがひとりだけだってわかってしまうでしょう？　だって、実際に使った切符は一枚で、搭乗券も一枚しかもらえないわけだから」

スティーヴンは一瞬黙した。いましがた語ったことはすべて真実だが、この点だけが例外だった。だが、ほんとうのことを打ち明けてどうなるだろう。どうにもなるまい。すべてをぶち壊しにするだけだ。あんなことをした人間が、ほかの悪魔的所業には手を染めていないと言い張ったところで、だれが信じてくれるものか。

「そこのところは大変だった」彼は言った。「たしか、入口で二枚の切符を渡して、友達がトイレに行ってるって言ったんだ。そうしたら、搭乗券を二枚くれた。そのあとでぼくは一枚を提出して、もう一枚を係の男の足もとに落とした。向こうはあとになって気づくってわけだ。自分が落としたと思ったはずだ」

「そう。わかったわ。だけど、ものすごい危険を冒したんじゃない？　切符係があなたのことを覚えてたらどうしたの？」

「その点はどうしようもなかった。とにかく、覚えてなかったんだ。アラン・ゴーヴィンは死んで、事件は解決したって、新聞に出たんだから」

ついにすべての疑念が去って納得し、キャロルはまた心安らかに目を閉じた。外の日差しが強くなって、ランプの人工的な黄色い明かりが薄まり、やがて色あせるにつれ、ふたりの鼓動は静まり、息が浅くなり、眠りが訪れた。

姿なき男

黒のローヴァーが暗い街路を静かなうなりをあげて走ってきて、数少ないまともな街灯のひとつがオレンジの光で小糠雨を円錐形に照らすなか、路肩へ寄ってとまった。アランは足早に通りを横切って、ローヴァーの窓を叩いた。すれるような音がして窓がさがると、彼はジャケットの襟を立てて、肌を刺す雨粒から身を守りながら、車内をのぞきこんだ。

「こんばんは」彼は言った。「いらっしゃるとは思いませんでした」

「通りがかっただけだ」フレイザー警視が言った。「準備はできたのか」

アランはうなずいた。「ええ。車四台を一帯に配置してあります。そのほかに、私服の巡査八名とわたしの部下たち。準備万端です」

フレイザーはかぶりを振った。「時間外でここまでやったことに見合った結果が出ればいいがね。わたしとしては、見習巡査を使うことにまだ完全に納得したわけじゃない」

「面倒はしっかり見ます。いずれにせよ、彼女は囮として最高の人材ですよ。カースティー・マーズデンと瓜ふたつだ」

「ふうむ。やつは来るだろうか。この天気では……」

「何かあるとしたら、今夜しかありません。ほかはどの月も、二十一日の十時から十二時のあいだに起こっています。全力を尽くすまでです」

フレイザーはため息をついた。「アラン、これはきみの事件だ。犯人が、わたしが思うほどずる賢くなければいいと思うね。とにかく幸運を祈るよ」

「ありがとうございます」

窓が巻きあげられ、ローヴァーは去った。アランはきびすを返し、通りの反対側にとめてある自分の車へ駆けもどった。助手席に乗りこんでドアを閉め、小声で言う。「くそっ。最悪の天気だ」

「じきにやむと思いますよ」コンバー部長刑事が言った。「フレイザーはなんの用でした?」

「嗅ぎまわってるだけだ」

アランは腕時計を見て、座席の上で身をよじった。後部座席には、スピアマン警部と、自主的に協力を申し出た若い女性巡査がすわっている。あてがわれた服に身を包んだ巡査は、居心地が悪そうに見えた。革のジャケットにミニスカートというでたちがまるで不似合いで、母親の服を着た少女のようだ。しかし、カースティー・マーズデンに実によく似ていて、すらりと背が高く、黒髪を長く伸ばし、息を呑むほど美しい。

「よし」アランは言った。「行こう。あと……三分で。心の準備はいいかい、クリシー?」彼女がうなずく。「もちろん、もっと待ってもいいんだが」

「いえ、結構です」自信ありげな口ぶりだった。「だいじょうぶですよ」

「いい子だ。無線は？　快適か？」

「はい」彼女は片手を耳にあて、反対の手で胸を軽く叩いた。

「よし。わかってると思うが、きみには定期的に連絡してもらう。どんな問題が起ころうと、われわれもしくは巡査のだれかが十秒以内の場所にいる」彼は腕時計を見た。「さあ、行こう」

クリシーは車からおりて、歩道をゆっくりと歩きだした。

「美人だ」コンバー部長刑事が彼女を目で追いながら言った。「ぼくがやつだったら、絶対にねらいますね」

「ふふん」アランはつぶやいた。ボタンを押したり、液晶画面に現れる数字をながめたりしながら、受信機の周波数を調整している。

コンバーはハンドルをつかみ、うめき声を漏らしながら腰を揺すった。「彼女を顔に乗っけてなら、何百ヤードでも突っ走れる」

コンバーとスピアマンは笑った。アランは一瞥をくれたが、何か言おうとしたところで受信機から雑音がした。「お誘いをかけるんじゃありませんよ、部長刑事」クリシーの声がスピーカーから響いた。「お顔に乗っけるのはあたしのブーツだけですからね」

アランはにやりと笑った。「無線は順調だ……クリシー、もうちょっと速く歩いてくれないか。きみは客引きをしてるんじゃなくて、家へ帰る途中ってことになってるんだから」

「わかりました。すみません」

アランはスピアマンを見た。「よし、グリン、彼女が角に着いたら……さあ……行くぞ！」

スピアマンが車から出て、クリシーのあとを追って歩きはじめた。スピアマンが角に着くと、コンバーはエンジンをかけて車を動かし、とまっている車の列の横をゆっくりと進んだ。

「どうぞ」アランは呼び入れた。オフィスのドアが開いて、コンバー部長刑事がはいってきた。

「やあ、グレアム。どうだ？」

コンバーはデスクの前に腰かけた。「彼女は上の階で、またモンタージュ写真の作成を手伝ってます」

アランはため息をついて、ペンをデスクに投げつけた。「時間の無駄だよ。なんでもない連中ばかりだ。彼女の近くにはだれも寄ってこなかった……。犯罪捜査部史上最高の作戦とはいかなかったな」

コンバーが心得顔で微笑んだ。「そうとも言えませんよ。こんなものが手にはいりました」ポケットから、紙片をおさめたビニール袋を取りだして、デスクの上に置く。「やつのしわざです」

アランはそれを見つめた。「これはどこで？」

「彼女のジャケットのポケット――ジャケットの内ポケットにありました。ゆうべ家に帰ってから、本人が見つけたんです」

「なんだって？」

コンバーはなおも自慢げな顔で、肩をすくめた。「たしかに、彼女にはだれも近づきませんでした」アランは紙片を裏返して、透明なビニール越しに凝視した。「どう思われます？」

青い万年筆を使って、いびつな大文字で書かれたメモを、アランは読んだ。


諸君の努力は認めるが、ぺてんはいけない。この女は囮だ。実に魅力的でかなり心を惹かれるが、悲しいかな、まぎれもない囮だ。おれはひどく傷ついている。


「筆跡鑑定にまわしてくれ」アランは命じた。

「もう手配しました」コンバーは言った。「右利きの人間が左手で書いている。ほかと同じですね。目新しくはない」

アランはじっくりとメモを見つめた。「左手で書いたにしてはうまい字だな」

「思ってらっしゃるほどむずかしいことじゃありませんよ」コンバーはひと息ついた。「失礼ながら、肝心なことを見落としていらっしゃいませんか？」

アランは目をあげた。「何を？」

「だれも彼女に近づかなかった。メモはジャケットの内ポケットにあった。ということは、メモは彼女がジャケットを着る前に入れられたんです」

「なんだって？　たしかにそうだな……ジャケットはどこで手に入れた」

「店で買ったんです。やつはここにいた。署のなかにいたわけです。しかもこの計画について、前もって知っていたことになる――だれがかかわり、だれが囮で、どんな服を着るかまで、ひとつ残らず」

アランは目を瞠（みは）った。「つまり、何が言いたい」

コンバーの得意顔が曇り、恐怖の色がはっきり浮かんだ。彼は静かに言った。「犯人は警察の人間ではないかと思います」

部長刑事が出ていったあと、アランはしばらくデスクで頭をかかえていた。警察の人間？この建物のなかにいる？考えただけで背筋がぞっとした。彼はメモをにらんだ。コンバーの言うとおりだ。警察関係者ではないとしても、ここに出入りできる人間なのはまちがいない。だからこそ新聞からばかげた名前を賜（たまわ）ったのではなかったか。犯人はどこへ行っても、だれにも姿を見られず、痕跡も残していない。むろん、自分の意志で残したあのグロテスクで残忍な遺留品は別だが、そこから身元の手がかりを得ることはできなかった。

〝姿なき男〟を見たという人間がひとりだけいた。ベヴァリー・カニンガムが殺害された夜、アルバート・ロウという警備員がボンド・ストリートに並ぶ商店のいくつかを巡回していた。アルバートは定年間近で視力に不安があるものの、後日被害者の頭部が発見された店のそばの横道から、男が出てきたと言い張った。スピアマンとコンバーの事情聴取にアルバートが答えたところによると、街灯の光が男をとらえて、一瞬その顔が見えたという。それは〝姿なき男〟の最初の事件であり、すぐにアランはギルバート・デイシーを逮捕した。デイシーはこの地域の出身で、何度も性犯罪を犯して十六年の刑期をつとめたのち、釈放されたばかりだった。被害者を殺害したことは一度もなかったが、頭髪や体毛を切ったり剃ったりする手口が〝姿なき男〟と同じだった。急いで面通しの列を作ったが、ひとり足りないためアラン自身がそこに加わった。マジックミラーの向こうでは、アルバートがデイシーとガス工事業者のウェインを交互に見比べると、興奮混じりの緊張感がみなぎった。しかしアルバートは首を横に振り、つぎへ進んだ。その瞬間、立ちどまって指さした。あいつだ！　興奮していた。一番のやつ――いいい、絶対あいつだ！　一番はアランだった。アルバートは感謝のことばをかけられ――状況を考えれば丁重すぎるものだったろう――家へ帰された。以来、犯人の悪名が高まるにつれて数かぎりない目撃情報が寄せられたが、整然とした犯人像が得られる気配はまるでなかった。未解決のまま時が流れ、捜査班の士気は低下していた。

アランは絶望的な気分で立ちあがり、階段をおりて捜査本部にはいった。ひとつの壁に巨大なピンボードがあって、その中央にロンドンの地図が貼られ、色分けされたピンがところどころに刺さっている。黄色が被害者の目撃された場所、緑が犯人と考えられる男の目撃された場所、赤が犯行現場という具合だ。赤のピンからはそれぞれ赤いひもが伸びていて、その先におのおの被害者にまつわる写真が集められている。

被害者は三人いた。最初が九か月前のベヴァリー・カニンガム。つぎが六か月前のアンジー・ディフィールド。最後が八週間余り前のカースティー・マーズデン。三人とも看護婦で、勤めていた病院はちがうが、みな救急病棟で働いていた。そのほかの共通点は、体つき（長身でやせ形）や、顔だち（魅力的で上品）や、髪型（長くつややかな直毛）がなんとなく似ていることぐらいだった。被害者を結ぶ環については、過去と現在に関して考えうるかぎりの要素を――恋人、患者、同僚、家族、社交上の習慣、家庭の事情、医療記録、さらには不動産業者、車のディーラー、自動車教習員までも――徹底的に調査したが、なんのつながりも見つからなかった。犯人から受けた仕打ちでさえ、細かい点では微妙に異なっている。全員が着衣を剝ぎとられ、だれもレイプはされていない。抵抗した形跡がないため、被害者が知っているか、信用できると判断した人間によって、手早く苦痛もなく殺害されたと考えられる。にもかかわらず、死後に受けた扱いは残虐きわまりない。頭髪や体毛が剃られて現場から持ち去られ、体の一部が――ベヴァリーの場合は顔、アンジーは胸と尻、カースティーは性器と太股が――皮をはがれていた。

アランは写真をじっくりと見た。そして、どの死体にも、内容のちがう短いメモが残されていた。おのおのに、生前の写真が一枚ずつ添えられている。アンジーとカースティーの写真は、看護学校の卒業式でのものだ。粒子の微細なカラー写真で、顔だちはくっきりと清らかで飾り気がなく、白衣が真新しい。誇りと含羞のあいだで微笑が揺れている。一方、ベヴァリーの写真はパーティーのときにでも撮ったものらしく、家のなかにいるところだ。顔はくつろいだ笑みをたたえ、瞳がフラッシュで赤い。それぞれの写真のまわりには、凄惨なイメージを掻き立てる犯行現場の写真が並んでいた。むきだしの青白い肌に散った、土くれやどす黒い血の塊。さまざまな角度からおざなりに撮られたせいか、生気のない腹や胸や肩や背中や手脚が、あまりに忌々（いまいま）しく、毒々しく、痛々しいばらばらの肉塊に見えて、生前の顔写真にみなぎる活気と鮮烈な対照をなしている。

この事件の最大の特徴は「矛盾」だろう。犯行はどのようにおこなわれたのか。当初は、被害者たちの信頼する人物が犯人だと思われたが、捜査を進めるうち、共通の知り合いはいないことが判明した。となると、その男は被害者の女性に――ひとりきりで、警戒していたはずなのに――どうやって自分のことを信頼に足る人間だと思いこませ、抵抗なく、おそらくは快く死の淵へ進ませることができたのか。そして、もうひとつの矛盾。この犯人の殺害の手口は、殺しの衝動にまつわるアランの知識とまるで矛盾していた。被害者たちは静かに、素早く、苦しまず、たぶん外傷もなく死へ導かれている。ところが、死後の損傷からは計算ずくの悪意が感じられる。それは最も毒性の強い、情け知らずの憎悪と軽蔑にほかならない。

あるいは、そうではないのか？　正常な人間ならまちがいなくそう感じるだろうが、この男の心のなかを気乗り薄ながらも注意深くのぞいてみると、これらの残虐行為が熟練工の配慮と技術をもってなされているのではないかと思えてきた。職業にたとえると何になるか。剝製師でも外科医でもなく、おそらく生体解剖学者だろう。そう、そのとおりだ。細部へのこだわりは、体を切り刻む恐怖がこの男にはとるに足りないものであることを意味している。狐狩りをする者と研究室の解剖者のちがいを考えるといい。前者にとっては、汗を流して追跡し、血染めの死を荒々しくもたらすことにこそ快楽があるのだが、後者は生き物のぬくもりや活気にはまったく興味がなく、区分けをすることにのみ興奮を見いだす。

しかし、なぜだろうか。入念な探究を繰り返す目的はなんだろう。アランは絶望と徒労の思いにさいなまれながら顔写真を見つめ、それぞれの目に向かって問いかけた。だれがきみにこんなことをしたんだ？　こんな仕打ちができるのはだれなんだ？　殺人事件の被害者の網膜を顕微鏡で観察すると、最後に見た光景がそこに焼きつけられていて、うまくすれば犯人の顔の映像が残っているという仮説が、十九世紀にあった。死の直前の被害者の顔を観察すれば、だれが、どんな人間が彼女を殺して切り裂こうとしたかがわかるかもしれない……。彼はそこでわれに返った。なぜこんなことを考えているのか。〝姿なき男〟が警察の人間で、自分の部下の可能性さえあるというコンバーの指摘が、強烈にこたえたからだ。珍妙な心理分析やばかげた神秘的幻想は、なんの手助けにもならない。いま必要なのは眠ることだ。たっぷり睡眠をとって、すっきりした頭で朝を迎えよう。写真を凝然と見据えたい思いを断ち切り、アランは捜査本部を出て駐車場へ向かった。

囮捜査が失敗した三日後、スピアマン警部が署の廊下を裏口へ歩いていると、耳障りな嗄れた声が注意を引いた。声は男子用ロッカールームの戸口から聞こえる。彼は足をとめて振り返った。「警部」コンバー部長刑事だ。「こちらへどうぞ。急いでください！」

スピアマンは廊下の前後を見渡してから、コンバーにつづいて中へはいった。「どうした。帰るところだったのに」

コンバーはドアを閉め、そこにもたれかかった。顔が土色で暗然としている。「捕まえました」と小声で言う。

「だれを?」

「〝姿なき男〟です」

スピアマンは目をまるくした。「な、な、なんだって?」

「捕まえました!」コンバーは繰り返した。

「捕まえた? 何を言ってる? グレアム、冗談なら……」

「ぼくの言ったとおりでした! おそらくここの人間だと申しあげたでしょう? 警察の人間だと。正体がわかりました!」

「じゃあ、だ、だれだ?」

「信じられないでしょうが、ゴーヴィンだと思います」

スピアマンは目を瞠った。「ゴーヴィン首席警部か?」

「そうです」

「ア、アラン・ゴーヴィン?」

「そうです」

突然、スピアマンは笑いだした。「大ばか野郎。冗談はよせ」

「冗談では……」

「グレアム、こう言ってはなんだが、おまえはこの星の人間か? 地球人扱いしてもらいたいかったら、いまの話はだれにも――」

「見てください」コンバーはクリシーのジャケットにはいっていた紙片をポケットから取りだした。「手がかりはこの紙です。おかげでわかりました。おとといの夜、こいつを返してもらおうと思って、首席警部のオフィスに行ったんです。本人はいませんでしたが、そのとき、デスクの上でこれを見つけました」そう言って一枚の紙を出し、ビニール袋に包まれた紙片と並べて見せた。「ほら。同じ筆跡だ！」

スピアマンはふたつを見比べた。驚くほど似ている。「それで？　これだけでやつをしょっぴくことはできない」

「それだけじゃありません。面通しのときのことを覚えてらっしゃるでしょう？　アルバート・ロウじいさんの視力は、こちらが思うほど悪くなかったのかもしれない。まだあります。ぼくだって、最初はあなたと同じ気持ちだった。信じられないから、二日間ゆっくり考えました。で、けさになって、ゴーヴィンの過去九か月間のタイムシートを調べてみたんです。殺人があった日はすべて、非番か外出していたかのどちらかでした！」

「どうかな」スピアマンは問題の紙をうちわよろしく振って言った。「眉唾物だな。こんなふうに自分の首を絞めるような真似をしたのはなぜだ」

コンバーは肩をすくめた。「知りませんよ。左手で書く練習でもしたんでしょう。だけど、そっくりなのは認めていただけますね？　ひょっとしたら、逮捕されたかったのかもしれない――狂人にはありがちなことです」

スピアマンは二枚の紙をもう一度見た。「やつはいまどこにいる」

「来ていません。ご存じのとおり、きのうの朝、具合が悪いって電話してきました——きょうも欠勤です」

「ううむ……わかった、少しばかり調べてみよう」スピアマンはコンバーの腕をつかんだ。「グレアム、この件には細心の注意をもって臨んでもらいたい。キッド革の手袋で扱うようにな。よし、こうしよう。犯罪捜査部のなかで、おまえがいちばん信頼してるのはだれだ。健全な判断力の持ち主で、できればこの事件にかかわっていない者が望ましいんだが……」

コンバーは眉を寄せた。「ジャック・アランでしょう」

「よし——じゃあ、ジャックをつかまえて、いまと同じ話をしてやれ。そのうえで、犯行当日の首席警部の足どりを洗わせて、直接わたしに報告させるようにしてほしい。絶対だれにも感づかれないように。わかったな？　では、一時間後に駐車場で会おう」

「中にいますよ」コンバーはそう言って、車のトランクから大ハンマーを取りだした。「あそこの青いカールトンと、隣のおんぼろブリストル——両方ともあの人の車です」

「やつの心の準備ができてることを祈るよ」スピアマンは身をひるがえし、フラットのある建物へ向かって歩きだした。

「警部」コンバーはためらいがちに言った。

スピアマンは振り返った。「なんだ」

「われわれは正しいとお思いですね？　勇み足ではなく？」

スピアマンはコンバーのもとに歩み寄った。「勇み足？　言いだしたのはおまえだぞ」

「わかってます。ただ、どうも自信が持てなくて。非番だったという話です。事件があったのはいつも夜だった――ひょっとしたら、夜はほとんど非番だったんじゃないかってね。だとしたら、なんの意味もないことなのかもしれない」

「その点については、ジャックから報告があった。アンジーが殺害されたのは、ウォルトン・ロードで張りこみをしているさなかだった。ゴーヴィンはほとんどの夜張りついていたが、事件当夜はいなかったそうだ。脈はあると思うね。ほかにも思いあたることがあるんだ。第一の現場で発見した紙切れを覚えてるか」

「〝わたしの名前はベヴァリー〟ってやつですか」

「そうだ。あの紙からゴーヴィンの親指の指紋が検出されたのを覚えてるか。あのときわれわれは、やつが犯行現場で手をふれたか何かしたんだろうと思って、現場にいた者がそれはありえないと反論したにもかかわらず、取り合わなかった。取り合うはずがあるまい？　相手は担当の首席警部なんだから」

コンバーはうなずいて、建物を見あげた。「そうですね。ただ……なんと言えばいいのか。こういうのは好きじゃなくて」

スピアマンはコンバーの肩に手を置いて、自分の心にも疑念と不安があったにもかかわらず、毅然として言った。「いまになって怖じ気づくんじゃないぞ、グレアム。さあ、慎重にいこう。

わたしが話をするから、おまえはやつから目を離すな。穏やかにやるつもりだ。中を見せてもらえないだろうか、われわれはあなたが犯人だとは思ってない、確認したいだけだとかなんとか言って。向こうも文句は言わないさ。万が一手に負えなくなったら、そのときは取り押さえて、しかるべき手続きをとる」

コンバーはため息をついた。「わかりました……勘ちがいじゃないことを祈ります。勘ちがいだったら、われわれはおしまいです。向こうに金玉を握られることになるんだから」

アランのフラットのドアを叩いたものの、返答はなかった。隣人たちにきいてまわったが、少なくともこの二日間、彼の姿を見た者はなかった。慎重を期して、ふたりは三十分待ってもう一度ノックした。やはり返答がないので、コンバーは歯を食いしばってハンマーを振るった。二発目で鍵があいた。

「首席警部?」スピアマンは戸口へ足を踏み入れて呼んだ。「アラン? だれかいませんか?」

明かりをつける。「グレアム、台所と居間を頼む。あとはわたしが見る」

コンバーは居間へ行って明かりをつけた。ここ一、二日だれかのいたような形跡はなかった。台所のテーブルから、テイクアウトの中華料理の食べかけが腐臭を漂わせており、ソファーに載ったテレグラフ紙は三日前の日付のものだ。だが、ろくに観察しないうちに、スピアマンの叫び声が聞こえた。

「グレアム! 来てくれ!」

コンバーが行くと、スピアマンは寝室の入口に立っていた。明かりをつけたばかりで、手をスイッチにふれたまま、全身を凍りつかせている。コンバーはその肩越しに部屋のなかをのぞき見た。のぞき見が凝視になり、さらに口をあけた驚愕に変わった。コンバーはスピアマンを押しのけて、室内にはいった。

「なんてことだ」彼はつぶやいた。「まったく、こんな……」

背後から、スピアマンの携帯電話の電子音が聞こえた。「もしもし、ミセス・フレイザーですね。スピアマン警部です。恐れ入りますが、警視を呼んでくださいますか……ええ、急用です」

アランはフラットのある建物に歩み入り、重い足どりで階段をのぼって自室にたどり着いた。気分は重苦しく、考え事で頭がいっぱいで、深い虚脱感がある。玄関広間の明かりがついていたが、深く考えなかった。居間の明かりもついている。怪訝（けげん）に感じたものの、気にとめることなく、袋をテーブルに置いて中身を出しはじめた。蓋に29と書かれたアルミホイルの箱には、チキン入り五目焼きそばがはいっている。ポリスチレンの器には、甘酸っぱい鮮紅色のソース。脂（あぶら）のしみた茶色い紙袋には、ポークの肉団子。61と記されたふたつのアルミの箱には、カレー麺とチャーハン。とうていひとりで食べきれる量ではないが、残ったら翌朝電子レンジであたためて食べるのが常だった。

朝食のときに出して使わずじまいだったフォークとスプーンで、容器から直接食べた。食べながら考えた。いや、考えようとした。なんでもいいから、事件以外のことを考えようとした。テレビをつけ、片手にリモコン、片手にフォークを持って、料理をつつきながらチャンネルをつぎつぎ替えた。目に映るものすべてが、事件を思いださせた。ニュース（ウィルトシャーの自宅から誘拐された少年の話題）、ITVの刑事ドラマ（連続殺人犯の話）、BBC2のオペラ（一瞬映ったコーラスラインの女がカースティー・マーズデンに酷似）、チャンネル4の野生生物のドキュメンタリー（何かの動物の内臓にハイエナがかぶりつく様子）。

アランは奇妙きわまりない心境になりつつあった。捜査に向けてのいまの自分の精神状態は、かつて同僚の幾人かが陥っていたものの、自分ではけっして陥るまいと信じていたものにほかならない。つまり、取りつかれた状態になっている。被害者に取りつかれ、犯人を罠にかけようというむなしい試みに取りつかれ、切り刻まれた死体の謎に取りつかれている。犯人はなぜほかの連中とちがって、被害者をレイプしなかったのか。皮をはいで体毛を剃った理由は？ 捜査本部の壁に貼られた数々の写真がいまもまぶたによみがえり、犯行現場の様子が思いだされる。おぞましい写真ではあるが、どことなく客観的で、清潔で、冷めた部分があり――機械的に撮影し、紙に完璧な光沢があるせいだが――現実の生々しさを覆い隠していた。実際の現場では、冷たくじめついた空気が濡れた地面を包み、生気のないむきだしの肌に霧雨が降り……そして、湿った土と濁った空気のにおいが、立ちのぼりはじめた肉の腐臭と入り混じっていた。

スプーンを焼きそばの容器の上で一瞬もてあそび、麺とモヤシと灰色のチキンのもつれ合うなかへ投げ落として、容器を押しのけた。こんな考えは断ち切らなくてはならない。自分の仕事は捜査であって、死者たちの面影を鬱然と追いつづけることではない。捜査だけ……。捜査にまつわることもつぎつぎ胸に浮かんできた。たとえば、コンバーの主張する、署内に犯人がいるという説。もちろん、それには一理ある。女性巡査のポケットにメモを入れられる人間がほかにいるだろうか？　いや、やはりそれでは筋が通らない。見つかったすべてのメモの文体を鑑定させたところ、書き手はある程度の教養人か、場合によっては文学的趣味の持ち主、あるいはその両方ということだった。署に在籍する警察官のなかで（少なくとも自分の知るうちで）それに該当するのは、おそらく自分（少々）とフレイザー警視（かなり）ぐらいのものだ。もちろん、当の女性巡査クリシーもだ。彼女はなかなかの大学を出ているが、それにしても……。そこで思考が凍りつき、口がだらりと開いた——メモは彼女のポケットにあり、被害者たちはレイプされていない……。いかれた考えがしばしば脳裏を駆けめぐり、やがて崩れ去った。何を血迷っているのか。彼はその考えを一蹴し、もとの思考の道筋にもどった。だが、この種の犯罪に手を染めそうな人間は思い浮かばなかった。明らかにサディスティックな性向を持つ者は何人かいるが——さらに言えば、自分自身も穏やかで抑制がきいた取り調べをおこなう人間として名高いわけではないが——殺人を犯すなど考えられない。

　容赦ない緊張につねにさらされたせいで、頭痛を起こしていた。肩胛骨のあいだの筋肉が張って、首の付け根から頭蓋骨との境目までが一本の硬い帯となり、そこから痛みが絶え間なく頭へ注ぎこんでいる。彼はブリーフケースをあけ、いつも入れてあるアスピリンを手で探った。見つからなかったが、フォルダー類と封筒類とのあいだに分厚いハードカバーの本がはさまっているのに気づいた。それを取りだして、見つめた。文字のない緑色のカバーがかけてあって、見返しにロンドン大学のスタンプが押されている。妙だ。そんなところの図書館へ行ったことなどないし、ましてや本を借りるはずがない。彼は表題の記されたページに目をやった。エズラ・シャッツ編『臨床精神病理学ハンドブック』。本の終わり近くに黄色の付箋が貼られていて、〈多重人格〉という見出しの下の二段落が鉛筆書きの枠で囲まれている。

……この症例として、最も信頼できる資料が残された（にもかかわらず議論を巻き起こした）ものは、ドナルド・シシアーニ、いわゆる〝ブーントンの狼〟（ワイスバウム他、一九七九年。シュヴァルツ、一九八一年参照）の例である。一九七五年、ニュージャージー州マウンテンレイクスの四十一歳の建設業者シシアーニは、ブーントン、ハイアワサ湖、パーシパニーの一帯で五人の少年を強姦および殺害したとして、逮捕・起訴された。当人を犯行と結びつける証拠は強力だった。指紋が犯行現場からいくつも検出され、唯一生存した被害者の述べた身体的特徴と一致し、自宅の地下室から被害者の所持品や衣類が発見された。そのうえ、どの犯行日時にもアリバイがなかった。にもかかわらず、モーリス郡保安官事務所によって、さらには後日ＦＢＩによって尋問を受けたとき、シシアーニはペントタール・ナトリウムの投与時にさえ、一貫して事件との関係を否定した。ポリグラフ・テストでも否認の壁に亀裂を生じさせられなかったので（たとえば、被害者の写真を見せても、ポリグラフにはなんの反応も記録されなかった）、ＦＢＩの捜査官たちが催眠の手段に訴えた結果、驚くべきことが明らかになった。ロレンツォという名の第二の人格が現れたのである。〝ロレンツォ〟はすべての殺人への関与を堂々と認め、犯行時の状況を事細かに説明した。話し終えたあと、ドナルドは催眠時のこともロレンツォのこともまったく覚えておらず、相変わらず無実を主張しつづけた。

多重人格症（より正確には、選択的心因性記憶喪失（SPA）――クランツ、一九八六年参照）の原因は定かではないが、長期記憶においてある程度の区画化が起こって、不快な記憶を選択的に抑圧しているものと考えられる。この種の症状は、戦地から帰還した軍人や重度の精神的トラウマを体験した人間に多く見られる（ストーヴァル他、一九八二年）。これはまた、興味深い倫理的・法的問題を提起する。ドナルド・シシアーニはロレンツォの犯した罪によって責めを負うべきであろうか。法はそれを認め、証拠としても減刑理由としても精神科医の報告書を採用するのを拒否した。シシアーニはすべての訴因について有罪と見なされ、のちに処刑された……

アランはこのうえないとまどいを覚えながら、本を置いた。テーブルから立ちあがり、浴室へ行ってアスピリンを探した。見あたらなかったので、ベッド脇のテーブルの引き出しを調べることにした。

いままで気づかなかったが、奇妙なことに寝室の明かりもついていた。日頃の習慣で部屋にはいるなりスイッチを押すと、闇が訪れたのだった。一瞬頭が混乱したのち、舌打ちして明かりをつけなおした。長々しい数秒間、自分が夢を見ている気がした。このような辻褄が合わない夢を、何度か見たことがある。よく知っている場所に——自分のフラット、両親の家、警察署、以前かよっていた学校などにいるにもかかわらず、目に見えるものがことごとく辻褄が合わない夢。見慣れたものが形を変え、それでいて見慣れたままなのだ。いま、ベッドは変わらぬ場所にあり、けさ自分が抜け出たときのまま、しわくちゃの上掛けの山に半ば覆われている。しかし、同じなのはそこまでだ。そのほかは、何もかもが異常を訴えている。不気味で、非現実的で、はなはだしい異常を……

彼は驚きにめまいを覚えながら、部屋のなかをさまよった。衣装棚と洗濯物かごと収納箱が、すべて部屋の一角、ベッドの横へ移されている。残り三面の壁は、いまや家具が取り除かれ、画像のコラージュによる巨大な三連祭壇画と化していた。捜査本部で先刻見た写真の寄せ集めを卑猥に変形したものだ。それぞれの壁の半分が、〝姿なき男〟の犠牲者ひとりひとり——ヴァリー、アンジー、カースティーに割りあてられている。捜査本部のものと同様、女たちのコラージュは円形に配されていて、生前の写真を死後の写真が取り囲んでいる。だが、いくつかちがいがある。第一のちがいは、生前の写真が本人の気づかないうちに撮られたものであること。混雑した路上で歩行者に囲まれた横顔と、家の玄関から歩きだしたところと、パブの庭でテーブルについている姿だ。第二のちがいは、どのコラージュにも、ポルノ雑誌から切り抜いたと思われる画像がちりばめられていること。細かく刻まれた男女の裸体や、胴体から切り離された手脚が、ジグソーパズルの断片さながら散在している。第三のちがいは、箱が置かれていること。アランは一年ほど前、アンティークの小箱の六点セットをオークションで買った。磨かれたマホガニー材で作られていて、輝かしい真鍮の蝶番と留め金がついていたが、これまで使い道がなかったので、ずっと衣装棚の裏にしまってあった。それらがいま、六つの小さな聖餐台よろしく、それぞれの壁の前にふたつずつ、色つきの布をかぶせて置いてある。三つの聖餐台は——コラージュの真下にあるものだ——中身がはいっている。ひもでまとめられた三本の長く太い髪束——鮮やかな金色、濃い栗色、淡い金色——と、黒っぽい綿毛でできた小鼠の巣のようなものを載せた三つの陶器の碗が見える。第四のちがいは、アランの胸中を、迷走気味に回転する混沌状態から急旋回する大混乱へと一変させた。壁の空白部分のひとつの中央、空(から)の聖餐台の上方に、新たなコラージュができはじめている。死後に切り刻まれた体の残虐なカラー写真が到着するのを待つ、白黒写真のささやかな列。そこではパターンが崩れている。三つぎの被害者らしき人物も白衣を着ていて、背が高くやせ形だが、今回は男性なのである。三人の女、ひとりの男、ふたつの空白。

　突然スイッチが入れられたかのように、悪魔的で不可解な論理によって、すべてがおさまるべきところにおさまった。メモの数々、クリシーのジャケット、左手での試し書きが実物そっくりだったこと、面通し、親指の指紋。もつれ乱れた脳裏から、ひとつひとつが水晶のように際(きわ)やかにこぼれ落ちた。

彼はきびすを返し、寝室から飛びだした。酸っぱい胆汁（たんじゅう）が喉の奥を焼けつかせる。浴室へ行って便器の前にかがみ、吐こうとしたが、何も出なかった。胆汁は舌までこみあげて、口のなかの隅々までしみわたった。もどせなかったので、彼は台所へ行って蛇口から水を飲んだ。頭が働かなかった。衝撃で無感覚に陥り、胆汁の味だけが感じられる。水ではすべてを洗い流せないため、もっと強いものを求めて冷蔵庫へ近づいた。ドアをあけて、中をのぞきこむ。いつものことだが、空っぽに近かった。オレンジジュースの箱と、半パイントの牛乳と、チーズと……おかしい、いいや、あんなものを入れた覚えはない。子供のころ家にあった冷蔵庫のことが、急に思い浮かんだ。ソーセージとマッシュポテトの夜に（決まって火曜日だった）、母はいつも食べきれないほどのソーセージを出した。つぎの日に冷蔵庫をあけると、陶器の皿に冷たく色を失った食べ残しが載っていたものだ。白い脂肪が蜘蛛の巣のように表面に浮きだしていた。きらいだった冷たいソーセージが、どうしてこんなところにあるんだろう？　太く短く、薄茶色で、わずかにでこぼこがあり、こちらの端に襞（ひだ）や皺が寄ってカリフラワーの小球のように見える。反射的に指を近づけた瞬間、その正体をようやく悟った。

　彼は冷蔵庫のドアを思いきり閉め、大きくあとずさった。体が震え、顔から血の気が引いていた。なんだこれはやめろぐぁぁぁぁぁぁ……。彼はふたたび浴室へ駆けこんだ。こんどは胃が痙攣し、大量のものが便器に吐きだされた。

……よし、これならどうだ。自分は罠にかけられている。何もかもだれかの仕組んだことだ、足を引っ張ろうとしている者によって、すさまじい怨念をいだいた者によって。たしかに筋は通る……。しかし、自分でやったのかもしれない。知らないうちに？　意識が変性した状態か何かで？　そんなことがありうると本気で信じてるのか？　わかった、わかった。はじめにもどろう。自分は罠にかけられている……

彼はソファーに腰かけて、部屋の反対側に置かれた、しじゅう水を与え忘れる発育不全のサンセベリアを見やった。心は奇妙なほど静かで感覚がなく、あたかも頭のなかで湧き起こる激論から切り離されたかのようであり、狂気の淵へ転落する前に結論が出ることをひたすら願っている……

決心がついた。二十四時間後、彼はルーイシャムのパブの奥部屋にいた。はじめての店だが、噂では、ここはロンドンへ潜入したIRA工作員のたまり場だという。慎重な交渉を長々とつづけたのち、手助けをしてくれるらしいショーンという男のもとへ案内された。アランは朝のうちに引きだした銀行預金の三分の二を使って、期限まで五年残っている十年物のパスポートを手に入れた。

その二十四時間後、彼はイギリスを離れた。二度ともどらないつもりだった。

その日の午前六時、地下鉄ピカディリー駅のトンネルにはいってすぐの線路上で、裸にされ、剃毛され、切り刻まれたロビー・ダニエルズの死体が発見された。死体を検分した監察医によると、二十四時間から四十八時間放置されていたということだった。その青年が殺害され、切り刻まれた状況は三つの事件と似ていたが、当初警察は〝姿なき男〟と直接の関連を見いだすことには懐疑的で、模倣犯の可能性を示唆した。翌日、スピアマン警部とコンバー部長刑事が鑑識の専門家とともにアラン・ゴーヴィンのフラットを徹底的に捜索し、青年の写真と切断されたペニスを発見してはじめて、関連は決定的とされた。むろん、その時点では、アラン・ゴーヴィンは暗いイギリス海峡の波濤へ落ちて命を失っていたはずであり、巨大な三連祭壇画の二個所の空白は埋められずじまいとなった。

一年以上にわたって、彼は自分を恐れて生きてきた。頭のなかのどこかに、まったく手に負えない存在である、自分自身のロレンツォがいると信じていた。おのれが犯したかもしれない近郊の事件を探して、シャラント・リーブル紙のページを日々めくった。自分に対する不信感は外へも向けられた。他人との付き合いをできるだけ避けようとつとめ、避けられない相手にはとげとげしく無愛想に接した。異国での生活が数か月つづいたが、やがて肩の力が抜けて、驚くほど簡単に新しい人生をはじめられた。大学の第一学期に挫折してから警察勤めをはじめるまでのあいだに大工の修業を積んでいたことが、新しい仕事を決める要因となり、入学前に蓄えたフランス語の知識が、転身の手助けとなった。とはいえ、身を守るための寡黙さは捨てず、自分の殻に閉じこもったままだった。そして、汚水溝の渉猟者からの最初の謎めいたメッセージを受けとったとき、ようやく目の曇りが消え、殺人者は自分のなかに住んでいるのではないと確信した。自由に逃げていいことに気づいた。しかし、頭のなかに他人が住むという事態が文字どおりの意味以外にありうるということはなお理解できず、その後長いあいだ理解できぬままだった。

第三部　名前を変更して（ムータート・ノーミネ）

17

外はまだ雨が降っている。雨が草を軽く叩いたり、細い流れとなって岩づたいにしたたったりする音が聞こえた。洞穴(ほらあな)の入口からひややかな外気へと伸ばしたストッキングの足に、冷たい滴(しずく)がふれて気持ちがいい。そして彼の重みが甘く心地よくのしかかり、体が岩床(いわどこ)に押しつけられる。心のなかはさらなる重み――愛の重みに占められて、息苦しいほどだ。彼を愛撫し、ふくらはぎの裏側を足の土踏まずでとらえ、頭を両手でそっといだく。そして身を起こさせ、頭を肩から引き離し、顔を象牙色の手で包む。まばゆい金色(こんじき)の帳(とばり)がおりてきて、自分の顔にこすれる。笑顔で見あげるが、思いがけない見慣れた目が微笑み返してくる。ベヴァリーだ。ベヴァリーは目を閉じて、しだいに重く、重く、重くなっていく。もう笑っていない。つぶれていく。岩の上で、手脚の骨が砕け、肩胛骨が割れ、肋骨がはじけ、背骨が粉々になる。キャロルは涙のたまった目を閉じ、口をあけて叫び、

――そして覚醒した。目が突然開き、またゆっくり閉じた。肩にスティーヴンの頭が載って、

重みを伝えてくる。ふたりは早朝の薄明かりのなかで眠りに落ちたまま、ソファーの上にいた。目をあけた瞬間に見てとったかぎり、外の日差しはまだ明るく、居間の窓から斜めに差しこんでいたので、眠りはじめて数時間しかたっていないはずだ。深く息をついて彼にすり寄り、柔らかなクッションのような髪に頰をふれ合わせた。うなり声があがり、彼女は微笑んだ。「起きてる？」まどろみながら小声できく。返事はなかった。彼の体がさらに重くなったようで、ずしりと全体重を預けられ、彼女にはもう支えきれなくなった。肩をやさしくぶつけたが、なお返事がないので、もう一度、ほんの少し強くぶつけた。「スティーヴン」疲れのあまり愚痴っぽい口調になった。「重いわ。お願い。ちょっとずれて……」そう言って目をあけると、

――そこに彼がいた。向かいの肘掛け椅子にすわっているのがぼんやりと見える。彼女はまた目をつぶった。おかしい。眠気で粘つくまぶたをもう一度こじあける。こすって……。彼はまだそこにいて、肘掛け椅子からこちらを見つめているのに、このソファーの上では、ぐったりした体の重みがのしかかってくる。彼女は自分に微笑んだ。夢を見ているのだ。夢を自覚するという稀有の感覚が心地よかった。夢のさなかに夢だと感づくのは、はじめてではないにせよ、珍しい経験だった。つぎに何が起こるのか興味深かった。向かいのスティーヴンがベヴァリーに姿を変えるのでないかぎり。それだけは耐えられない。もう一度目を閉じて開いたが、第二のスティーヴンはまだそこにいて、こちらへ微笑みかけている。そうか、これが夢の源なのか。そのスティーヴンは見かけがいつもとかなりちがった。服装がこぎれいで、顔の肉づき

がよく、昔のスティーヴン、新聞記事で見たスティーヴンにむしろ近い。また微笑んだので、こんどは彼女も微笑み返した。なんという名前だったか？　スティーヴンではなくて、ほんとうの名前は……

「おはよう」彼はさわやかに言った。

その声で、妄想の呪縛が解けた。部屋の細部がいっきに目に飛びこんできた。夢にしては濃密すぎた。肘掛け椅子にすわっているのはスティーヴンそのものだ。まったくおかしい。体に力をこめて、まっすぐすわりなおそうとしたが、重みをはね返せなかった。上にいるのはだれ？　その瞬間、周囲のすべてが速度をゆるめた。彼女は向かいのスティーヴンを凝視してから、体をひねり、上にいる人間へと、長く、ゆるやかに、ぼんやりと視線をめぐらし、その頭を押しあげ、閉じた目と開いた口をのぞきこみ――スティーヴンだ――こんどは大きく目を見開いて、ゆっくり部屋のなかを見まわしたあと、肘掛け椅子のスティーヴンへ目をもどし、膝の上に立てかけられたショットガンの銃身に視線を這わせ、そこから目をあげて顔を視界にとらえた。その顔は、相変わらずこちらへ微笑みかけている。夢にちがいない。ゆうべの出来事の数々がよみがえってきた。彼を殺人者と断じ、銃を持って厳重に警戒したこと。すべての疑念が晴れ、ふたたび自分だけが責めを負うべき立場になって、いまは逆に彼の裁きを受けていること。彼への疑念がなぜ晴れたのかを、必死で思いだそうとした。昔の写真にそっくりの、向かいにいるスティーヴンが、ゆっくりと口をあけて、何か言おうとしている。その瞬間、記憶がよみがえった。彼の声が湧きあがって、その響きが耳へなだれこみ、現実の時間が呼びもどされた。

「おはよう」彼はまた言った。「ドアがあいてたもので……」と肩をすくめる。

彼女は怯えて目を瞠（みは）った。混乱は去り、ついに相手の正体に気がついた。「信じられない」小声で言い、スティーヴンの肩をつかんで揺り動かした。「スティーヴン、例の男よ。起きて、例の男よ！」だがスティーヴンは目を覚まさない。彼女は全力で揺さぶって、重い体を押しのけた。彼は力なく滑り落ち、ソファーの肘掛けにもたれかかった。目は閉じたままで、口はだらりと開いている。「スティーヴン！」彼女は叫んだ。

「落ち着いて」闖入者（ちんにゅうしゃ）が言った。

「スティーヴン！　起きて！」彼女はもう一度揺り動かしたが、もはや無駄だろう、生きていないのだろうと直感していた。「スティーヴン！」

「静かに」闖入者は言った。声が大きくなり、きびしさを増している。

恐怖にむかつきながら、彼女は男とその膝の上のショットガンに目を向けた。

「そう」男は言った。「そのほうがいい。さて、できれば――」

「彼女に何をしたの？　あなたが……」彼女は立ちあがり、相手に飛びかかろうとしたが、ショットガンを振り向けられて凍りついた。

「だいじょうぶ。眠ってるだけだ。ほかにどうしようもなかった」男は指にはさんだ小さな皮下注射器を煙草よろしく掲げた。

相手をじっと見つめながら、キャロルは猛烈な勢いで頭を回転させた。ドアまでの距離を目測し、そこへ到達するのと、相手が銃を構えて一発ぶっぱなすのと、どちらが速いかを考えた。車かバイクのある場所までたどり着けるだろうか……

「大事な質問がひとつある」男は静かに言った。「さっききみは〝例の男〟と言った……。それは、正確にはだれのことだ？」

「例の男よ」彼女は弱々しくつぶやいた。声はくぐもって張りがなく、ソファーの上で体を縮こめている。

「それはそうだ。例の男にはちがいない。でも、どこのだれだと思ったのか、教えてくれないか」

　彼女は記憶をたどった……なんだか妙な名前、たしか……「汚水溝の渉猟者よ」小声で言う。

「汚水溝の渉猟者、姿なき男」それから、語気を強める。「あなたは――」

「ちがう」男は言った。急に笑みが消え、目に怯えの色が浮かんで、彼女をとまどわせた。

「ちがうんだ。ぼくは……そうじゃない。きみは勘ちがいをしてる」男はスティーヴンを指さした。「きみはこいつをだれだと思ってる？」

　困惑し、やはり夢を見ているのではないかといぶかりながら、キャロルはスティーヴンの顔を確認するかのようにながめた。「スティーヴンよ。どうしてあなたに似てるのかしら。どうして――」

「スティーヴン？」

「ええ、つまり、アラン。ほんとうの名前はアランよ。何者だか、あなたが知らないはずないわ。わたしもあなたが何者か知ってる。何をねらってるの?」

男は拍子抜けするほどの当惑顔を見せた。「何をねらってるだって? 何もねらってやしないさ。こいつに会いたかっただけだ」男は椅子にすわったまま身を乗りだした。「聞いてくれ……キャロル……だったね? 聞いてくれ、キャロル。どんな説明を受けたか知らないが、こいつはアラン・ゴーヴィンじゃない」ことばを切って、かぶりを振った。「すまない。こんなことになってるとは思いもしなかった」男は彼女の目を見、自分を指さして静かに言った。「アラン・ゴーヴィンはぼくだ」

炉棚の時計が刻む鈍い音だけが響くなか、キャロルはその男をじっと見つめつづけた。あとになって、このとき唐突に直観と確信が得られた理由が自分でもうまく説明できなくて当惑したものだが、いまこの瞬間は結論に少しの疑問もいだかなかった。いかに抗(あらが)っても、それが厳然たる真実だという思いが頭のなかにしみこんできた。

見返してくる表情は、これまでスティーヴンの顔に幾度かその残像が見てとれたものだった。ただし、こちらは本物だ。穏やかな――茫然自失しているのではなく、穏やかな――とまどいの表情。人生が最後に配った不公平なカードに失望している表情とでも言おうか。幾多の辛酸をなめさせられたすえ、これまで自分を執拗に痛めつけてきた相手によって、名前を、自分のすべてを奪われたというわけだ。この男を信じたのは、そんな表情のせいかもしれないし、顔の造りのせいかもしれない。この顔のほうが新聞に出ていた写真にはるかに近いのは疑うべくもない。本物の顔だ。理由はどうあれ、彼女は男をすぐさま全面的に信じた。しかし、導きだされた結論はさほど単純ではなかった。アラン・ゴーヴィンがふたりいて、ともに痛めつけられ、ともに罪がなく、虐待者はほかにいることになる。またもや夢へ引きこまれていくような感覚にとらわれながら、彼女はスティーヴンへ視線をもどした。いまも変わらないスティーヴン、自分が愛し、大切にしてきたスティーヴン……

闖入者——アランと名乗る男——いや、アラン自身——がまた口を開いた。声ははるかかなたから響いてくる気がする。「きみが何を考えてるかはわかる」

「なんですって？」彼女は自分の声を聞いた。目はスティーヴンに向けたままだ。

「きみが考えてるのは、もしぼくがアランなら、いったいこいつは……」

キャロルはゆっくりとかぶりを振ったが、自分のなかのある部分はたしかにそう考えていた。それは疑念というより確信に近く、きのう図書館で覚えた戦慄がぶり返していた……あれから一日しかたっていないのか？　その短い時間に、スティーヴンは告発され、裁かれ、放免され、赦(ゆる)され、いままた告発された。そして、同じ罪がふたたび彼の足もとに並べられ、さらに新しい罪が加わった。他人の人格を、経歴を、全人生を奪った罪。彼の発したことばと、呼び起こしたイメージと、奪った物語とがその皮膚の下で集まって、不協和音を奏でながら体外へ噴きだし、抜け殻となった体の上をひとしきり漂ったのち、部屋のなかを渦巻いて、本来の持ち主の体に吸いこまれていくさまが見えるようで、目くるめく思いがした。

「こいつはこんなことになるとは夢にも思わなかったろう」アランが言った。「どんなひどい悪夢にうなされていても、ちらりとも脳裏をよぎらなかったはずだ。ぼくへのこれまでの仕打ちを考えるとね。こいつはぼくの人生を叩き壊し、発狂寸前、死の寸前まで追いこんだ。こんなことが起こるなんて、まったく予想していなかったんだよ。自分が無敵だと思ってた。不死身だとさえ思ってたかもしれないが、ぼくはついにこの手で捕まえた」

「ちがう」キャロルはつぶやいた。「そんなの嘘よ。彼はあなたの言ってるような人じゃない。彼はわたしのスティーヴン。あなたの言うような人なら、わたしにだって見当がつけられたはずだもの。卑怯よ！　いきなりやってきて、こんな目にあわせるなんて！」

「キャロル、きみは現に見当をつけた。そうだろう？」

不覚にも、彼女はうなずいた。疲れた目に涙が浮かびはじめた。「そうよ」弱々しく言う。

「だけど、まちがってたわ！」

彼は首を横に振った。「きみは正しかった。正しかったと知っている……。これはただの好奇心から言うんだが、キャロル、きみは正確なところ、どうやって見当をつけたんだ？」

彼女はためらった。「昔、彼を見かけたことがあったの……つまり、あなたを。そうでなければ、彼を。お葬式のときに顔を見たのを思いだしたのよ」

「葬式？」

「ベヴァリーの……。それで彼は認めたの、自分がアラン・ゴーヴィンだって」

彼はため息をついた。「そして、罠にかかって連続殺人犯に仕立てあげられた話をしたわけだな。すべて事実だ。こいつがアラン・ゴーヴィンじゃないという一点を除いてね。もし本人なら、アラン・ゴーヴィンがベヴァリー・カニンガムの葬式に出なかったことを知っているはずなんだ。あの日、ぼくははずせない用があって署に残った。葬式には部下をふたり送りこんだ。きみがぼくを見たのは別の場所にちがいない。二、三回テレビの記者会見に出たから、それを見たんじゃないか」彼はことばを切って、彼女の顔をしっかり見据えた。「きみはキャロル・パーシヴァルだろう？　そうだと思ったんだ。会って話したことはないけど、きみの姿は一度見かけたことがあるし、ベヴァリー殺しの件で、供述書も読んだよ。その件では、こいつもいくらかきまり悪い思いをしたと思う。ベヴァリー殺しの件で、きみは自分を責めていたからね。そう、こいつはきみについて、何もかも知ってたんだ。ぼくの手でようやく叩きつぶされたあとに、こいつがきみを捜しだしたのは、多少の人間味の現れかもしれない」

「わたしを捜しだした？」彼女はきいた。肌がひりつきはじめている。

「そうさ。偶然だと思ったのか？」

キャロルはまたスティーヴンに目をやった。「叩きつぶされたってどういうこと？」

アランは立ちあがった。キャロルの目に恐怖の色がよみがえるのを見てとり、ショットガンを肘掛け椅子の上に置いて、心配ないと言いたげに両手をあげた。「だいじょうぶだ」穏やかに言う。「きみはもう安全だ。でも、こいつをどうにかしなきゃならない。いつまでも眠ってるわけじゃないし、薬は一回ぶんしか持ってこなかった」

スティーヴンがいまにも目を覚まして、凶暴な猛禽に姿を変えるような気がし、キャロルは身を遠ざけた。「彼をどうするつもり？」

「どこかに閉じこめておくから、警察に連絡してくれないか」アランはスティーヴンの力の抜けた腕をつかんで引き起こした。「ずいぶん前から、このときが来るのを待ってたよ」身をかがめ、うなり声をあげて、意識のないスティーヴンを肩にかつぐ。「鍵はどこだ？　こいつを外へ出す」

キャロルは耳障りな音を立てて暖炉の上の鍵束をとり、アランのあいている手に押しこんだ。彼はまたうなりながら、スティーヴンを扱いやすいように背負いなおして、ふらつきつつ入口へ進んだ。

彼が出ていくなり、彼女は電話に飛びついて九九九番をまわした。一字ごとにダイアルがゆっくり回転してはとまるのを待っていると、旧来の型にこだわってプッシュ式に変えなかった自分の感傷癖が呪わしく思われた。ようやくつながった。「どちらをお呼びしますか？」と女性の声。「警察です」キャロルは間髪を容れず言った。一瞬の沈黙ののち、同じ声が繰り返した。「どちらをお呼びしますか？」少し声が大きい。「警察です！」とキャロルは叫んだ。「聞こえますか？」と苛立たしげな声。「聞こえるわ！」とキャロルは怒鳴った。「お願いだから、いまだけは勘弁して！」この訴えは電話機に向けられたものだった。この数日、送話機能が気まぐれに故障と回復を繰り返している。「どうしてよりによっていまなの？」悪ふざけの緊急電話は刑罰の対象になるという交換手の警告に耳を貸さず、キャロルは腹立ちまぎれに受話器を机に投げつけた。鈍い音がした。「もしもし？」と、ふたたび受話器を耳にあてて言ったが、交換手はすでに回線を切っていた。キャロルは受話器を受け台に叩きつけ、頭に血がのぼったまま部屋を見まわした。ショットガンに視線が釘づけになった。それをつかんで両手で持ちあげたが、気分は少しも落ち着かなかった。本気で使う覚悟がなければ無意味だということは、苦い経験から学んでいる。だれがだれで何がどうなっているかについて、揺るぎない、絶対の確信が得られるまでは、引き返せない枝の端までおぼつかない足どりで進むのは避けたい。逆に、まちがった場所に身を置くのも耐えられなかった。彼女は銃身を折って遊底から弾薬を取りだし、ポケットに滑りこませてから、きのう暴発させた際の空薬莢が落ちていないかと床を捜しまわった。サイドボードの下に見つかったので、それを装填した。遊底を閉じようとしたとき、迷いが生まれた。撃針によって真鍮の円盤が小さくへこんでいるのが、ひと目で見てとれる。彼女としては、嘘をついていたとわかった場合に、相手を精神的な優位に立たせておきたかった。不利な立場に追いこまれたと感じさせると、最も危険な存在になると考えたからだ。彼女は空薬莢を抜きとって投げ捨て、銃器用キャビネットから新しい弾薬をふたつだけ持ってきて、残りはサイドボードに積まれた皿の山の奥へ隠した。はさみを使って、オレンジ色の管の端を急いで開き、詰め物と鉛の玉を抜きとって紙屑かごへ捨てた。薬莢を装填して遊底を閉じ、銃を肘掛け椅子の上へもどした。彼がまだもどってこないので、台所へと走った。刃物類のはいった引き出しから、ずっしりしたプラスチックの持ち手がついた、刃渡り四インチの鋭い野菜切りナイフを取りだした。ジーンズのベルトにはうまく合わないので、居間へ駆けもどり、机のなかを掻きまわしてセロテープを見つけた。セーターのゆるい袖を片方まくりあげ、前腕部の内側に、ナイフを二枚のセロテープで固定した。急いで持とうとしたときに刃先が袖口から飛びださないように、持ち手を下にした。ふたたび袖をおろすと、ナイフがあるように は外から見えなかった。駆け足でソファーへ飛びこんで、息を整えようとしたとき、裏口の開く音が聞こえた。

戸口から彼が微笑みかけた。「いつ来るって?」

「えっ? ああ……」一瞬、嘘をつこうかどうかと迷った。ええ、二十分くらいで…… 「つながらなかったの。電話が故障していて」

「故障?」彼は受話器をとってダイアルしたが、警察の出動を要請しても返答はなかった。

「おかしいな。あいつが壊したってことはない?」

「わからないわ」そんなことは考えてもみなかった。「あの人をどうしたの?」

彼は肘掛け椅子へもどった。銃を手にとった瞬間、キャロルは緊張したが、それを床に置いて腰かけたのでほっとした。「閉じこめたよ」彼は言った。「当座は安心だ」

彼女は態度を決めかねて彼を見た。「あなたはほんとうにアラン・ゴーヴィンなの?」

それを聞いた相手が怒りよりも落胆の表情を見せたので、彼女は少し警戒を解いた。「そうだ」彼は静かに言った。「ぼくの写真を見たろう? 実のところ、ぼくらを見分けるのは簡単なんだ。ふつうの一卵性双生児みたいに瓜ふたつというわけじゃない。あいつのほうがずっときびしい環境で育ってきた。きっとその影響があるよ。ぼくだって、双子の兄がいることを知ったのはほんの数か月前だ。それでいろいろと説明がついた。たとえば、面通しで〝姿なき男〟だと名指しされたこと。あいつが執念深くぼくの人生を奪っていた話は聞いたろう?」さびしげに彼女を見る。「みごとに言いくるめたんだな。いまだにきみはぼくを信用できない。責める気はないよ——まことしやかな話だったはずだ。あいつにはものすごい才能がある」ひと息ついて、小さく笑う。「きみにはほんとうに驚かされたよ。やつとぼくを取りちがえているとわかったときにはね。目を覚ますまでは、ぐるなんじゃないかと思ってたんだけど」

「ぐる？」

「わかってる。ぐる——大げさな言い方だ。でも、ありえないことじゃないだろう？　イアン・ブレイディーにはマイラがいたし、フレッド・ウェストにはローズマリーがいた。怪物に毒婦の相棒がいるのは、珍しい話じゃない」

「でも、その人たちは……その人たちは——」

「異常者だって？　じゃあ、あいつはなんだ。ドナルド・ダックかい？」彼はいぶかるように彼女を見て、静かにつづけた。「きみが目をあけたとたん、ぼくはまちがっていたことに気がついた。あんなに怯えた様子を、無意識のうちに演じられる人間はいない。あのときのきみの顔は絶対に忘れないだろう。ぼくを人殺しだと思いこんでる人間はああいう目で見るんだって、よくわかった。一生忘れない。あいつにはそんな経験がないだろうな——あいつに殺された被害者たちは、危ない目にあうなんてこれっぽっちも思わなかったはずだ。ぼくにその十分の一でいいから、他人を信じさせる才能があればいいのに」彼は身を乗りだして、生真面目なまなざしを向けた。「きみの気持ちはわかる。ほんとうに。あいつにだまされたなんて、まだ信じられないだろう。だまされやすい性格でさえないんだろう？　でも、きみは異常者の頭の働きを理解していない。連中はたいてい、そんな気配はまったく見せない——だからこそなかなか捕まらないんだ、ほかの殺人者と行動のパターンがちがうから。だれにも疑われないし、なんの手がかりも残さない。ほんとうだ。〝姿なき男〟以前に、ぼくは殺人事件を山ほど手がけたけど、ほとんどが単純なものだった。現実の殺人事件の九九・九パーセントは、テレビの刑事ドラマとはまるっきりちがう。人が殺人を犯すのは、ほとんどの場合、怒りや憎悪や恐怖など、激情に駆られたときだ。まともに頭が働いていないから混乱を招き、いざ自分のしたことに気づくとパニックに陥る。だから、そこらじゅうに証拠を残していく。かなり頭脳明晰な殺人者でも、すべてを隠すことはできない。モース警部の出番はないんだ。謎解きのために何日も駆けずりまわったことなんか、ぼくには一度もない。四十八時間以内に解決しない事件は、たいてい未解決のまま終わるものだ」

話に没入するにつれ、相手の姿が警察官としての姿と自然に溶け合うかに見えた。長いあいだ埋もれていた本物の自分が表面へ浮かびあがってきたかのようだった。「例外がふたつ」彼はつづけた。「いま言ったようにふるまわない殺人者が二種類いる。異常者とプロの殺し屋なんだけど、ぼくに言わせれば、プロの殺し屋は異常者の一種で、たまたま商売に利用しやすい病状をかかえてるだけだ。異常者とふつうの殺人者のちがいは、ルールが通用しないことだ。何かが欠けていて——実体はわからないけど、良心のたぐいだろう——自分が倫理的にまちがったことをしているという意識がない。善行だと思って殺す場合さえある。こいつは死んだほうが身のためだとか、いなくなれば世の中がよくなるとか。もちろん、自分の行動を世間が悪だと見なしていることや、発覚したら罰せられることは知っているから、証拠は残さない。捜査側の人間としては、そこでふたつの問題に直面する――第一に、感情の乱れがないから、実行計画やあと始末が能率よく効果的におこなわれている。第二に、悪事を働いている意識がないから罪悪感もなく、そのせいで行動上の特徴をまったくつかめない」

彼はまたことばを切って、キャロルを見た。「きみの考えてることはわかる。あいつが何者かを知ったとき、過去に何をした人間かを知ったとき、それでもなかなか信じられなかったろう？　その……名前はなんだった？　スティーヴンか。スティーヴンがそんなことをしたはずがない、人殺しのはずがない、人殺しだったらとっくに気づいていたはずだってね。この手の連中がいつまでも捕まらないのは、まさにそのためだ。まわりのだれもが疑わないんだ。もちろん、異常者のなかには気づかれるタイプの人間もいる。おそらく社交性のたぐいが欠けているんだろう、そういうタイプは見るからに風変わりで邪悪だ。その場合は、単なる一匹狼にすぎない。ところが、そうじゃないタイプは――あいつのような、兄のようなタイプは――偽装して社会生活を送れるから、危険きわまりない。連中を捕まえるには、本人のミスを待つしかない。だれでもいつかはミスを犯す。ケヴィンも犯した。だから捕まった」

「ケヴィン？」キャロルは言った。事態の変転に呆然とするあまり、その名はスティーヴンとまるで結びつかなかった。

「あいつの名前はケヴィンだ。あまりドラマチックじゃないな。〝姿なき男〟や〝汚水溝の渉猟者〟にはとうていかなわない。一九五九年八月十八日、ベスナルグリーンのオムダーマン・

ロードで生まれた。その約二分半後、ぼくがそこへ滑り落ちた。ケヴィンとアラン。ゴーヴィン夫妻にしてみれば願ってもない、元気な双子の男の子だった。だけど、あいつが兄だとぼくが知ったのは、ほんのふた月ほど前だ。くわしい話はいまも知らない」彼は自分の手を見おろした。片方の手のまるみを帯びた爪で、反対の手を掻いている。「残念だけど、ぼくは結局暴力に訴えざるをえなかった。十五年間の警察勤めでそんなことは一度もなかったが、あいつにはどうしようもなかった。最低の人間が相手だったとはいえ、ぼくだって自分のしたことを誇りに思ってるわけじゃない。少しばかり痛めつけてやったけど、また逃げられた。ぼくは狡猾さではあいつに遠く及ばない。ここで捕まえるまで、とんでもなく骨が折れた」

「昔、何があったの？」キャロルは尋ねた。「なぜお互いのことを知らなかったの？」

「向こうは知ってたんだ。どうにかしてぼくを見つけたらしい。いつ見つけたのかは知らないな。ぼくらが三歳のとき、あいつだけが里親に預けられたんだ。理由はいまもわからないな。両親はあいつが存在した痕跡をひとつも残さなかったようだ。子供のころ、なんの疑問も感じなかったからね。ぼく自身は、あいつの記憶を自分のなかから消してしまったんだと思う。両親が見捨てたり、ぼくが記憶を抑圧したりするほど、ひどいことがあったんだろうか。ある意味では、気の毒に思うべきなのかもしれない。子供の心にどんな影響を与えるものか、考えてみるといい——自分がもらい子だとわかり、おまけに双子の弟だけが実の親のもとにいるんだ。なぜだって言いたくなるさ。想像できるかい？　頭のなかで原爆が破裂するようなものだろう。拒絶、衝撃、混乱、嫉妬。ぼくへの恨みをつのらせるのも当然だよ。あいつが何人も殺した理由を、ぼくらはみんな、まちがった角度から見ていたんだ。実は、標的は被害者ではなく、ぼくだった。ぼくを事件に巻きこんで、自分が受けた苦痛や恥辱や無形の迫害と同じものを体験させ、借りを百倍にして返そうとしたわけだ」

キャロルはどこを見るともなく、ぼんやりうなずいた。「あなたは……彼が……わたしを……わたしも……」

アランは同情するように彼女を見つめた。「殺すつもりだったかってことかい？」口をすぼめてかぶりを振る。「わからない。正直なところ、わからない。きみを捜したのには何か理由があったにちがいないけど、どういうつもりだったかは、ぼくには知りようがない。最後に見かけたとき、あいつは完全に打ちのめされていた。あのあとでは、何をやらかしてもおかしくない。計画の第二段階として、被害者の親友をねらったのかもしれない。それとも、ようやく良心のとがめを感じて、弁明をしたくなったのか」

「弁明？」

「わかるだろう——改心、告白、贖罪。なんとでも呼べばいい」

「ありえないわ」キャロルは消沈した声で言った。「わたしが見破るまで、正体を隠していたんだもの。だけど、敵意のたぐいを一度も見せなかったのも事実よ……たぶん、最初は別として」

「どうだろうか。これは推測にすぎないんだが——きみたちふたりの様子を見たところ、かなり親密な関係になっていたんじゃないかという気がする。あたってるかい？」

彼女は顔を少し赤らめた。「え、ええ……」

「ということは、たぶん……そうだな、あいつが送ってきた人生や、卑劣な行為へと駆り立てたものを考えてみるといい。予想もしなかったときに、生涯ではじめて、自分に本物の愛を与えてくれる人間に出会ったわけだ。とてつもない心の傷や憎悪の奥に、なお残っていたわずかな人間性を、きみは引きだしたのかもしれない」

キャロルはゆっくりとあいまいにうなずいた。「そうかもね」そう言って、アランの目をのぞきこむ。

彼はその表情の意味を察し、首を強く横に振った。「いや、キャロル、あいつは昔と同じ人間だ。あいつのしたことを忘れちゃいけない――ベヴァリーに対してしたことを。きみはあいつを別人に変えたわけじゃない。手を打たなければ、あいつは殺人をまた繰り返す。ぼくがここに現れてきみと会った瞬間、きみはもう安全じゃなくなったんだ。あいつは秘密を暴かれて、たぶん裏切られた気になってさえいる。もうどうしようもないんだ、キャロル。ぼくはずっとあいつから逃げてきたけど、もう終わりにしなくちゃいけない。警察へ突きだそう」

「だめ」彼女がそう言ったので、彼は目を瞠った。「だめよ。もう少しだけ待って。わたしにはまだわからない。事実を知りたいの。彼があなたに叩きつぶされたというのはどういう意味なのか」

18

「見つけたぞ！」コンバーは勝ち誇ったように言って、ヒギンズ巡査のデスクの端に腰をおろし、相手の前にコンピューターのプリントアウトを投げだした。

「何を見つけたんですか」気のないていで、彼女は紙に目をやった。「忙しくてたまらないんです、部長刑事」

「ゴーヴィンだ。やつを見つけた！」コンバーは紙を彼女のほうへ押しやった。「さあ、読んでみろ」

ため息をついて、彼女はプリントアウトに目を通した。「ニューポート犯罪捜査部」とつぶやく。「ふん、ふん、一九九六年十月十七日、ふん、ふん……看護婦」ことばを切って彼を見あげてから、調書をもう一度しっかり読む。「手口がちょっとちがうんじゃありません？」読み終わると、そう言った。

「大差はない。そう思わないか？　たった八か月前の事件だ！　やつが永遠に身を隠せるはずがないのはわかってた——遅かれ早かれ、また人を殺さずにはいられないってね。そして、とうとうヨークシャーで尻尾を出した」

「ただの模倣犯かもしれませんよ。手口がちょっとちがいます」

「やつの地元じゃないからだよ、ゲイル。前と同じようにはいかなかったんだ」

「なるほど。でも、すでに当人が死亡しているというささやかな問題は、まだ解決なさっていませんでしたね」

コンバーは微笑んだ。「それについては、あらゆる情報を集めて検討したよ。ウェサン島という場所を知ってるか？　知らないだろうな。ブルターニュ半島の先っぽにある小さな島だ。二年ほど前、そこの漁師がトロール網で引きあげたなかに、タラとは似ても似つかないものがあったそうだ。腐敗が激しくて、着衣のおかげで、かろうじてつながっているというありさまだった。監察医によると、一年以上水に浸かっていたということだ。ギネスの缶の重りで沈められていたらしい。信じられるか――ギネスだと！　フランスの警察には何も突きとめられなかったので、それはイギリスの当局へ送られた。調査の結果、該当する可能性のある失踪者は五人いた」

「そのなかにゴーヴィンがいたんですか」

「とんでもない――いたらとっくに話が伝わってきてるよ。もちろん綿密に調べられたが、ゴーヴィンの特徴とはまったく一致しなかった」彼は鼻を鳴らした。「それこそが最大のポイントだということに、でくの坊たちは気づかなかった」ポケットから別の紙を取りだして、ゲイルに手渡す。「これが五人のリストだ。三番目を見てごらん。ケヴィン・マッケンジー、十八歳。一九九四年二月二十五日前後に失踪。フランスで友達と会うことになっていたが、姿を現さなかったそうだ」紙を指で叩く。「こいつが本命だよ、ゲイル」

「でも、当時どうしてそのことが話題にならなかったんですか」

彼は肩をすくめた。「その週の署内がどんな雰囲気だったか、きみにはわかるまい。上層部が決着を望んだから、こちらは手もとにある証拠だけを調べてさっさとけりをつけた。しかし、もう——これで捜査を再開できるぞ！」紙を引ったくって立ちあがる。「レイノルズと会ってくる。あしたには捜査をはじめられるだろう」興奮したように、デスクに手を叩きつける。「やつを見つけたんだよ、ゲイル。とうとう見つけた！」


アランは椅子の上で、すり切れた肘掛けの布地をもてあそびながら、へりからほつれた糸を引っ張ったり撚り合わせたりしていた。数分後、自分のしていることに気づいてそれをやめ、指で布地をなでつけて、きまり悪そうにキャロルを一瞥した。彼女は気にもとめず、彼の顔を見つめたまま、説明がはじまるのを待っていた。

「ウェールズでの最後の日」彼は言った。「その日、ぼくは死にかけた。あいつはその話をしたかい？」

「ええ。溺れそうになったのね」

アランはうなずいた。「そう、溺れそうになった。あいつはそこまでは正確に話したはずだ。でも、その日ぼくが二度死にかけたことまでは言わなかったにちがいない。二度目はあいつのせいだ。たぶん、その時点では本人も知らなかったろうけどね。水のなかでさんざんもがいて一命を取りとめたというのに、そのまま機嫌よくぶらぶら歩いて帰ったなんて、おかしいと思わなかったかい？」

「そんなふうには考えなかったわ」

「そうか。たぶんきみは、寒い日にセヴァーン川の河口域へ行ったことがないんだろう。水辺にたどり着いたとき、ぼくの体は冷えきってへとへとだったから、やっとのことで防潮堤を這いあがった。どうにかのぼりきったあとも、一マイル近く離れた暗渠に服と金を置きっぱなしだったので、そこまで歩かなきゃならなかった。ところが、着いてみたら、何もかも消えていた。あいつが持っていったんだ。あいつはぼくをずっと見張っていた。ぼくが防潮堤を越えたとたん、服と金を奪って逃げたんだろう。そんなわけで、ぼくは体力を消耗し、ずぶぬれで凍えそうになっていた。死にそうだった。何時間かたって、水路の端で体をまるめて意識を失っているところを、農夫が見つけてくれた。新しい服をもらって、ふた晩泊めてもらったんだが、一文なしだったから、その、つまり、農夫と妻が出かけた隙に、少しだけ金を頂戴して失礼した。それからブリストルへ出て、列車に乗ってバーミンガムへ行った。そこで――」

「物乞いをした」彼女は口をはさんだ。「知ってるわ。彼から聞いた」

「そうだろうな。そんなふうに自分の人生を奪われる気持ちがわかるかい？」

「たぶん、彼もあなたに奪われた気がしたのよ」キャロルはほのめかすというより論評するような口ぶりで言った。「たぶん、だからこそあなたをひどい目にあわせた」

「そうかもしれない。いや、きっとそうだ。何より腹が立つのは、あいつの説明がぼくよりずっとうまかったにちがいないってことだ。桁ちがいだったと思う。こういう場合、説明のうまさは決定的に重要だ。それは警察官として最初に学んだことのひとつだよ。正真正銘の悪党が、話がうまいせいで——話の中身だけでなく、話術も含めてなんだが——無罪になった例をいくつも見たことがあるし、逆に、疑わしいと思ったやつがほんとうは無実で、早く犯人を挙げるためにぶちこまれた例も多い。そういう連中はやたら嘘をついて墓穴を掘るんだよ。それでじゅうぶんなんだ——たいてい、アリバイはまったくないし、あったとしてもいいかげんなもので、法廷で明らかにされるころには、もう嘘の山が築かれてる。陪審員の印象は悪い。そうなったら、有能な訴追弁護士なら、叩くのは朝めし前だ。陪審員感情に訴えて、説明の欠陥を指摘すれば、逃げ道はない」

「無実なのに?」

アランは肩をすくめた。「そういう場合もあるということだよ。ぼくのようにね。だから、証拠がそろったとき、逃げざるをえなかった。説明がへただから、正面から立ち向かうことができなかった。もし立場が逆だったら、ケヴィンはうまく言い抜けたはずだ。きみだってあいつの言うことを信じたろう? たぶん、きみはほかのだれよりもあいつと親密になったはずだ。そのきみを欺くことができたんだから……」

「どうやって彼を見つけたの?」彼女はきいた。スティーヴンとの関係の骸(むくろ)をつつきまわしたいとは思わない。いや、ケヴィンとの関係だ。スティーヴン——アラン——ケヴィン——マイケル——ポール——ナイジェル——名前の回転木馬はめまぐるしくまわった。そのとき、微妙に異なる双子の顔のどちらにどの名前があてはまるのかを考えるのは骨が折れた。そのとき、彼が奇妙な顔でこちらを見ているのに気づいた。

「そこはどうかしたのかい？」キャロルの左腕に目をやりながら、そう尋ねた。

彼女はぎくりとした。相手が話しているあいだ、自分はセーターの袖の上からナイフをさすっていたのだ。すぐさま、その動きを指で搔くしぐさに変えた。「ただの虫さされよ。何日も前からかゆいの。さあ、話して。どうやって彼を見つけたのか」

アランはしばし眉をひそめた。「薬でもつけたらどうだ。ちょっと見せてくれないか……」

「いえ、気にしないで。平気だから。何があったのか、早く話して」

彼はいぶかしげに彼女の腕を見たまま、また椅子の背にもたれかかった。「わかった。どこまで話したろう」

「バーミンガム。物乞いをしたこと」

「そうか」彼はため息をついた。「これまで生きてきて、あんな惨めな思いをしたことはない。自分がこのうえなく穢れ、さげすまれ、恥辱を受けていると心の底から思ったのは、あのときだけだ。みんながぼくの姿を見えなくしてしまいたい、この世から抹殺したいと思ってるような気がした。精神異常の殺人者だと思われてたら、少なくともみんな恐れをいだき、ある種のゆがんだ敬意を払う。恐れられるにせよ憎まれるにせよ、穢らわしいと思われるよりはましだ。物乞いが殺人者より卑しまれるなんて、とんでもない世の中だよ」

「そんなことがあるとは思えないけど」

「そうかい？　試してみたらどうだ。小便まみれで店の戸口にすわりこんで、通行人の反応をうかがってみるといい。みんな、ぼくを不快に思うんじゃなく、ぼくを見たことを不快に思うんだ。存在自体を消してしまいたいと願うのさ。そして何よりいやなことに、ぼく自身、同じ気持ちになることがある。雨の夜、宿泊所がいっぱいで、大酒飲みがひしめき合ってぺちゃくちゃしゃべっていると、眠ろうにも眠れない。金玉が凍りつきそうだし、つぎは自分にちょっかいを出されるんじゃないかと思って、小便を漏らしそうになる」彼はことばを切って、興奮を静めようとした。頰が赤く染まり、息が荒い。「あのメモを見たとき」落ち着くと、また話をはじめた。「あいつがあの紙切れを置いたとき、ぼくはとうとう堪忍袋の緒が切れた。それで、あとを尾けはじめた。あいつが人ごみへ吸いこまれていくのが見えた。以前尾行に失敗したことがあるけれど、こんどは逃げられなかった。ブルリング・ショッピングセンターから出て街なかへ向かっても、見失わなかった。何度か車に轢かれそうになったけど、遠ざかったり近づいたりを繰り返しながらも、ずっと目を離さなかった。捕まえたと確信したのは、街のはずれへ出てほかにだれもいなくなり、どうにも隠れられなくなったときだ。あいつは走りだした。ようやく、水路のそばにある荒れ果てた工場で追いついた。そのときはじめて、あいつの顔を見た。ショックで失神しそうになった……。ぼくらは汚れた床の上で、油とほこりにまみれて組み合った。殺されそうになった。馬乗りになって首を絞められたんだが、どうにかぼくが勝ち、あいつを柱に縛りつけて、五日間そこに閉じこめた。人を拷問にかけたことなんか一度もなかったけど、そのときは抑えが利かなかった。ぼくはあいつに食べ物をいっさい与えず、濡れたぼろ切れを六時間ごとに嚙ませて水分を補給させた。四日目の終わりに、とうとう落ちた。ぼくへの仕打ちを認めて、理由を打ち明けた。もっといろいろ聞きだすつもりだったんだが、五日目の夜に食べ物を持っていったら、気絶していた。でも、表情が読めた。あいつは打ちのめされていた。さっきも言ったように、叩きつぶされていた。それまであいつが優位に立っていたのは、ぼくが恐れをいだき、向こうが匿名の存在だったからだ。いざ顔を合わせて、ぼくが恐れていないと知ったら、お手あげだ。そうなると、こんどはあいつがぼくの餌食だった。捕まえるまでに何か月もかかったけど、ついに終わった」

話が結ばれると、居心地の悪い沈黙が部屋を支配した。

「終わったのね」キャロルはうつろな声で言った。

アランはキャロルのほうへ身を乗りだして、表情をうかがった。「きみを信じていいんだね、キャロル」懇願するように尋ねる。

その眼光があまりに強烈なので、彼女は魂の奥まで探られている気がした。嘘のかけらでもあれば、彼の目には白いシーツについた血痕のように映るだろう。「ええ」彼女はささやいた。

「もちろんよ」

「そして、きみはぼくを信じてくれる？」

彼女がためらうと、彼は不安げな顔をした。「ええ。信じられると思う……いえ、絶対に信じるわ」

彼は微笑んだ。「よかった。きみにはぜひ――」目をあげる。「あれはなんだ？　音がするんだが」やにわに立ちあがり、静かに窓に歩み寄って注意深く外を見た。「キャロル」小声で言い、もどってきて彼女の腕をつかむ。「ここから出よう！」

「どうしたの？　何も聞こえないわ」彼はキャロルを立ちあがらせ、ドアへとせき立てようとしている。「彼をどこに置いたの？」

「急いで」彼はあわただしく言い、彼女の両手をつかんだ。「二階へ行くんだ。寝室のドアには鍵がかかる？　よし。鍵をかけて、ドアがあかないようにしてくれ。ぼくはここに残る。決着がつくまで、きみの身に危険が及ぶ可能性がある。キャロル、ぼくはひとりでけりをつけなきゃならない。きみはすぐに安全になる。あいつを痛めつけるつもりはない。さあ、行って！」

キャロルは部屋から走り出た。アランは階段をのぼる足音に聞き耳を立てた。寝室のドアが閉まる音がすると、彼は階段の下まで行ってしばし耳を澄まし、それから台所へ向かった。そこで静かに、速やかに引き出しを探り、剃刀のように刃の鋭い中型の肉切りナイフを取りだしたのち、慎重な足どりで裏口へ進み、庭へ歩み出た。

鏡の向こうへ

深く……もっと深く……どこよりも深く……

ごくふつうの通りにある、ごくふつうの家。黄昏(たそがれ)の迫るクリーヴィス・テラス二十二番地に静寂が落ちている。半ば引かれたカーテンから、ひっそり閑(かん)とした部屋へ夕日が斜めに差す。この時刻にはティータイムに似た喧噪と気ぜわしさが満ちるはずの家なのに、中空の卵さながら、音も動きもすっかり失われている。この家である実験がおこなわれたのだが、それを企てた者は成果についてまだ結論を出していない。

実験の対象になったのは、ミセス・ジーン・グッドマンスン、三十二歳。愛らしい幼子の養母であり、数か月前までは、突然不実になった夫を持つ、悩める献身的な妻でもあった。界隈(かいわい)ではすさまじい音と動きの発信源として名高いが、きょうの薄暮のなかでは、この小さく簡素な家を造っているもの——煉瓦や石膏や紙や塗料と変わらず、静かで微動だにしない。実験の結果を知りたければ、玄関広間にジーンを見つけることができる。いや、正確には、半分が玄関広間、残り半分はおりずじまいになった階段の、下のほうの数段の上だ。むきだしの左足は、日曜にサウスエンドへ日帰りで出かけた名残で爪にシェルピンクのペディキュアが塗られたまま、手すりの三本目と四本目の小柱にはさまり、白い塗料をほどこした木部でくるぶしの肌が裂けて、出血はないが深いみみず腫れができている。右の脚は膝を曲げて壁へ達し、下から三段目に敷かれたすり切れたピンクのナイロン製カーペットに、ふくらはぎが載っている。体が斜めに傾いているせいで、けさ着たレモンイエローの綿ネル製ガウンの裾が腰までめくれあがって、（潔癖な性格だから、本人が気づいたら慄然とするだろうが）きのうからの下着があらわになり、実験がはじまってまだ数秒、不安のさなかに思いがけず排出された体液がしみている。手は両側にだらりと横たわって、一方が上、もう一方が下へ向けられ、ふだんならよく手入れされているはずの爪には、階段のはるか上の壁紙に残る痕跡と対をなす、掻き傷やすり傷が見られる。頭は一方へねじれ、早朝の撚れた髪が烏賊の触腕さながらにひろがり、蒼ざめた頬の輪郭をひとすじの血がたどっている。大きく見開かれた薄茶色の目が、玄関広間のカーペットの表面から暗い居間のあけっ放しの扉へと、光のない視線をじっと向けている。

　そして床の上では、レディーバード社製の赤く柔らかいガウンに身を包んだケヴィンが、母親と同じくらい静かに、微動だにせず、体を小さくまるめてすわっている。目の前では、パイ社のレコードプレーヤーつきラジオのプレーヤー部分が開かれて、ターンテーブルの上でLPがまわり、レコードのいちばん内側の溝で針が不安定に躍っている。ケヴィンは身を乗りだし、スピーカーキャビネットの曇った真鍮色の編み目模様へ頭を傾けて、途切れることのない音に聞き入っている。ススススススススス、ツッ、ススススススススス……。『白雪姫と七人のこびとのぬり絵・パズル帳』と真新しい『きかんしゃトーマス』がカーペットの上に打ち捨てられた横で、レコードプレーヤーのささやきに耳を澄ます。実験は終局を迎えつつあると、少なくとも本人は思っている――はじめた理由も目的もよくわかっていないのだが。それでも楽しいんだから、何が問題なんだ？　かかっているレコードは母のお気に入り――「音楽の喜び」シリーズの〈ピアノ・ロマンス〉というコレクションで、これはケヴィンが自分で選んだものだ。ケヴィンが生み落として、培（つちか）った理論によると（考えついたのは、階段に腰をおろして、母のねじ曲がった物言わぬ体を見たときだ）、最期のメッセージは母の好きなLPの溝の終わりにこめられているはずだ。魂が天上に召されたいま、母は想像もつかない知識を手に入れたにちがいなく、そのメッセージには重大な答が含まれていて、まだ理解できないこの世界全体の謎を解く鍵になるだろう。それこそが実験の究極の目的だ……。しかし、まだだめらしい。ささやき声が耳にはいる気がするが、何を言っているかはまったく聞きとれない。彼は手を伸ばし、右側にあるベークライトのつまみをひねって音量を最大にする。**ススススススススススス、ツッ、ススススススススス……**かすかな、聞き分けられない音を耳に感じる。

バン、バン、バン、バン！

やにわに響いたドアノッカーの音に、ほかの子供ならたじろぐところだが、ケヴィンは動じない。そびえ立つプレーヤーつきラジオから漏れる絶え間ない雑音を聞くのに熱中するあまり、そちらにはほとんど注意が向けられない。ノッカーがこんなふうに叩きつけられたのは、午後になって三度目だ。郵便受けがきしみを立てて開く。「ジーン？」と女の声。「ジーン？　だれかいる？」一瞬の間（ま）のあと、垂れ蓋が閉まり、緊張した低い声が入り混じって響く。ケヴィンは目をあげさえせず、ひずんだ音を漏らす真鍮色の編み目模様をなおも見据えている。

　クリーヴィス・テラス二十一番地はいろいろな点で隣とそっくりだ、とケヴィンは見て思う。同じ間取り、同じ階段、同じ木製の手すり。スリッパの下の階段用カーペットが、フクシアのピンクのかわりにウマグリの濃い小豆色（あずきいろ）で、ひろげた指でなでている壁紙の模様が、小さな青白いわすれな草のかわりに大きな黄色のバラである以外には、まったくちがいがない。壁や床に住みついた亡霊たちのささやきさえも、同じように感じられる。名もない、忘れられた世代の者たちが、それぞれの身に起こったありきたりな悲劇を口々に語っている。ケヴィンが階段をおりるにつれ、亡霊たちのささやきが消え、居間からひそひそ声が聞こえてくる。

「――あの子がかわいそう」閉じられたドアに耳を押しつけると、鼻にかかったような、女の悲しげな高い声がする。「一日じゅうひとりぼっちなんて……」声が力なく絶える。「様子が変なのも無理ないわ」ドーリーンの声だ、とケヴィンは思う。けさ、大きらいな父の腕にしがみついて現れた、髪をブロンドに染めた赤ら顔の女だ。この女の要望で、今夜父は彼女とゴードン・ロードの簡易ホテル（B&B）に泊まることになっている。〝あんな場所〟に長居したくないと、彼女が愛人のかつての家を評して言ったからだ。「ばかばかしい」と、父の辛辣な声。「あの子は前からずっとあんなふうだ。そもそも、あいつがうちの子になったのはぼくの望んだことじゃない。ジーンが何がなんでもと言ったんだ」「ジーンの魂の安らかならんことを」と、なめらかなアルトの声が割りこむ。声の主は、枕のような胸を持つ、二十一番地の女主人ミセス・セプティマス。最高級の陶器のカップがソーサーの上で穏やかにふれ合って、沈黙を埋める。「あの子のもの「お葬式が終わったら連れていってくださいますね」とミセス・セプティマス。「あの子のものは全部洗濯して袋に詰めましたよ」そのことばを受けて、手でふれられそうなくらい露骨な困惑と恥辱と怒りをはらんだ静寂がひろがる。ケヴィンにはそれが、硬い木のドア越しにさえ感じとれる。何やらはっきりしないひそひそ声（父の声だ）が響き、ときおりドーリーンの寸詰まりの叫び声が差しはさまれる。さっきの憐れみ深い発言とは裏腹な内容の、甲高い声があがる。「あの子が殺したんだとしても、あたしは驚かないわ」また痛々しい沈黙。「あの子の両親が連れもどしにいらっしゃるかもしれませんね」と、ミセス・セプティマスの不可解なことば。ケヴィンは眉をひそめる。一方が消え、もう一方が消えたも同然なのに、どうしてそんなことができるのか？　さらにひそひそ声がつづき、〝施設〟なる不吉なことばが繰り返される。聞き覚えがあることばだ。両親の書き物机の奥で見つけた紙に、そのことばが書いてあった。意味はわからない。自分の名前――ケヴィン・アンソニー・グッドマンスンという名前があり、その下の〈両親の名前および住所〉という欄に〝秘匿〟という見慣れないことばが書きこまれていた。なぜ両親は〝施設〟なる謎の組織に対して、秘匿（意味は『コンサイス・オックスフォード辞典』で調べた）にしたのだろうか。だれかから身を隠しているのか。だとしたら、なぜ子供の名前は隠さないのか。「しばらくで結構ですから、あの子を引きとってくださらないかしら」と、ミセス・セプティマス。「面倒を見るのはとても楽しかったけれど、この歳になると、できることにかぎりがあるんですよ」「感謝しています」と、ケヴィンの父親が早口で言う。「しかし、引きとれないんです」悔しさより怒りの響きがある。〝引きとれない〟というより〝引きとる気がない〟ように聞こえる。「あたしとジョージは結婚するの」と、ドーリーンが誇らしげに、挑戦的に言う。「離婚が成立するのを待ってたんだけど、まあ、こうなったらすぐに結婚しようってことになったのよ」また沈黙。「そうですか」と、ミセス・セプティマス。唇を固く引き結ぶのが、ケヴィンには感じられる。「ぼくたちふたりの子供がほしいんです」と、父の声。「何しろ、さっきも言ったように、あの子をほしがったのはジーンであって、ぼくじゃないんだから」

もうたくさんだ。ケヴィンは振り返って階段をのぼりはじめる。実験については後悔していないが（メッセージを聞くことはできなかったにしても）、この先自分がどうなるのか、不安でたまらなくなってきた。

「アラン！　早く来なさい！」ポーリーン・ゴーヴィンが息子の手を引く。疲れ果て、苛立っている。きょうはクリスマス・イブで、ハムリーズ（ロンドンにある高級玩具デパート）の四つの階すべてを引きずりまわされ（財布のひもをゆるめざるをえないきょうは、ウールワースのほうがよかった

ろうが）、ディンキーやコーギーのミニカー、キールクラフトの飛行機組み立てキットやアクションマン（兵士の着せ替え人形）の装備一式を息子が物色するのに付き合って、叫びや笑いの渦巻く人ごみに押されつづけている。いま、リージェント・ストリートへ出て五十ヤードも歩いていないのに、息子が足をとめる。「さあ、早く！」彼女は怒鳴って、息子の手をもう一度強く引く。ゴムの吸着器がガラス板から引きはがされるように、アランはようやく動きだし、母についていく。行き交う人々の脚や母の買い物袋に何度もぶつかりながらも、不思議そうに後ろへ目を向けている。

　彼はとまどっている。そのあまり、楽しいおもちゃがいっぱい詰まった紙の買い物袋が肘にあたるのにも気づかない。たったいま、異様な経験をした。歩道に二列で並ぶバス待ちの人々と店の並びとのあいだで、ごった返す買い物客の群れを掻き分けながら、カフェの窓に映る自分の姿へ視線を向けたとき、少しだけずれて重なり合ったふたつの顔が映りこんでいる気がして、目がまわるような感覚を突然味わった。ふたつの像のうち奥にあるほうは、自分の動きにしたがわない。ウィンクをすると、一番目の像はウィンクを返すが、二番目はうつろな目を動かさない。うなずいてしかめ面を作っても、一番目は忠実にまねるが、二番目は首を傾げて眉をひそめる。なぜこんなことになるのか調べようとしたとき、母の腕にヘラクレスの力が加わって、引きずり去られたのだった。

　リージェント・ストリートを歩くあいだじゅう振り返るものの、不思議なカフェの窓は、まもなく歩行者の海のかなたへ消えてしまう。ふたりは階段をおりてオックスフォード広場へ向かう。ハムリーズは別として、地下鉄に乗るのはウェストエンドでのいちばんのお楽しみなので、奇妙な二重の影への思いはまもなく消え、巨大なエスカレーターの目がくらむような爽快感や、こだまの響くトンネルを電車で通るときの喧噪に呑みこまれる。

「何か注文するのか、どうなんだ」

ウェイターの声は、ケヴィンには聞こえない。たったいま、異様な経験をした。ひずんだ鏡をのぞきこんだかのようで、もうひとりの少年の顔があったところにとどまるかすかな残像からいまも目が離せない。

「どうなんだ？」ウェイターがせき立てる。ウェイターは目を細めて値踏みしようとしているが、やにわに身を乗りだして、怒気を含んだ声でささやく。「出ていけ。おまえみたいなのが来る場所じゃないんだ。ほら、さっさと！」ケヴィンはしばし落ち着き払って相手を見据えたのち、立ちあがる。自分の顔が記憶され、将来の照会用に記録に残されるのではないかという居心地の悪さを、ウェイターは覚える。九歳の子供に脅威を感じたことはないが、少年が去ってほっとする。

ケヴィンは混濁した頭でピカディリーへ向かって歩いていく。幻覚のなんたるかは理解している。自分が別の人生を歩んでいたらと考えた経験もある。とはいえ、あの少年の顔が夢や幻でないことには、なんの疑いも持っていない。クリーヴィス・テラスから追いだされてしまうと、生まれ育った道筋を本人に知らせないよう心を砕く者はいなくなった。最初の養護院の関係者も、ミセス・マーチー（一年間だけ里親になったアバディーン出身の口うるさい老婆だったが、死亡学にまつわる実験を彼がつづけた結果、ほどなくその関係に終止符が打たれた）も、二番目の養護院（一番目の院は再度の受け入れを拒んだ）の関係者も、ふたつの家族から見捨てられた事実を伏せようとしなかった。ふた組以上の親に（少なくとも、まともな親に）捨てられた子供などほかにいないので、彼はたぐいまれな存在となっている。これまでにかなりの情報を得ているから、いま見かけた少年が幻覚やたまたま現れた分身だとは思わない。あすの朝あの少年が目を覚ますと、そこには家族がいて、飾りつけやあたたかい部屋やプレゼントや七面鳥やケーキが待っているにちがいないが、自分は薄ら寒い部屋の金属製のベッドで、体につけられた数々の掻き傷の痛みに耐え、邪悪な行為の苦い後味を嚙みしめながら起きるしかない。

いずれにせよ、きょうの収穫は多くない。にもかかわらず、彼はピカディリー広場へ歩を進め、柱に背をもたせかけて、行き交う人々を慣れた目で観察しながら、神経質そうな者、悩める者、不安げな者、そして、クリスマスで広場じゅうが店じまいする前に最後の快楽を求める者がいないかと見定めようとしている。こういう暮らしはトムから教わった。トムに会ったのは二番目の養護院だ。同室になったトムは、ここでの金の作り方を伝授してくれた。観察から誘惑、仕掛け、処理に至る技巧や、どんなサービスに対していくら請求すべきかや、単なる不快感と致命的な危険とのあいだにどう線を引くかを、残らず教えてくれた。ケヴィンはすぐにこの稼業に慣れ、トイレの小部屋であわただしく熱く結ばれる関係の邪悪さ、汚らしさに魅せられた。ふてぶてしいトムですらあからさまに見せた羞恥や自己嫌悪は、ケヴィンには無縁で、この世で最も深く汚い溝を見つけたこと、それも人生の早い時期に出会えたことが心地よくさえある。一方ではまた、これは序曲にすぎないのではないかと疑ってもいる。つまり、この溝は正真正銘の下水溝に通じているのではないかと。身を守るために警戒を怠ってはならないこと、流れにはじき飛ばされる前に自制すべきであることはわかっている。下水溝に何が泳いでいるかを知りたいが、必死にもがきながらではなく、ほどよい近さで見たいものだ。

その考えに熱中するあまり、まもなく溝の底が口をあけて、自分を下水溝のいちばんの深みへさらっていくことに、彼は気づいていない。それは彼にとって最も苦い教訓となる——下水溝にはなんの標識もない。

「ぜんぜんよくなってないでしょう?」ポーリーンが心配そうに見守るなか、アランのなめらかなピンクの頬にできた長いぎざぎざの傷を、ドクター・ジェラードが診察している。傷は目尻から唇の上に達し、赤紫のなかに、ところどころ黄色い水ぶくれが目立つ。はた目には痛々しいが、アランは医師の指がふれてもほとんど身じろぎがない。毛織りの兎の人形をつかんで胸に押しつけていて、そのピンクの前肢(まえあし)は彼の腕へ垂れさがり、首は一方にだらりと傾いている。この人形はかつてケヴィンが〝死んだ兎〟と呼んだもので、首に青い縫い目がある。ケヴィン

が台所のはさみで即興の気管切開術をほどこしたときに、ポーリーンが縫い合わせた痕だ。

医師は診察を終えて、往診用の鞄のなかを手で探る。「少し化膿しているだけです。しばらくペニシリンを投与しましょう。それで治りますよ」

医師を見送ったあと、ポーリーンは居間にもどる。アランは彼女が出ていったときと同じく、長椅子で兎を抱いている。「痛いの?」ポーリーンは前にひざまずいて、傷に目をやる。アランは聞いていない。視線を彼女の後ろへ向けている。突然、その顔が不安に曇り、ずんぐりした指が突きだされる。「ケ・ビ・ン!」彼は叫ぶ。ポーリーンは驚いて首をひねるが、そこにはだれもいない。「ケビン!」アランはまた叫ぶ。彼女はその恐怖の源を探す。ようやく、テレビの暗いスクリーンに自分たちふたりの姿が映っているのに気づく。凸型のスクリーンのせいで、彼女の尻がまるくゆがみ、アランの体は自分の肩の後ろにぼんやりと小さく見える。彼女はため息をつく。「だれもいないわ。影が映ってるだけよ。ほら、ママが手を振ってるでしょう? 見える?」アランはうなずき、彼女はその髪をなでる。「ケビン?」彼は言う。「ケヴインなんかいないわ」彼女は頭のてっぺんにキスをする。「もういない。消えたのよ」

ポーリーンのことばはおおむね正しい。ケヴィンはいないが、その痕跡が消えるにはしばらくかかる。このときから数か月間、アランは鏡への恐怖に取りつかれる。自分の姿が映っているのを見るたびに恐怖で凍りつき、辛抱強く言い聞かせないと落ち着きを取りもどさない。時が流れ、さらには一家がベスナルグリーンからルーイシャムの新居へ引っ越すと、様子は変わる。アランはケヴィンにまつわるあらゆることを忘れ、顔の傷が薄れるにつれて、恐怖は去っていく。数年のうちに、ケヴィンが存在したことさえ忘れてしまう。そして、その名を聞いても（たまたま耳にはいることがときどきある）なんの反応も示さなくなる。

アルフレッド・バターマン巡査部長は長く警察に勤めている。ロンドン大空襲のときすでに巡査で、当時いくつかの惨事を目撃し、その後もあれこれ目にしてきたが、その彼でさえ、こんなものを見るのははじめてだ。衝撃を受けた度合は、勤めはじめて九か月にしかならない、十九歳のフレイザー巡査とほとんど変わらない。ふたりがピカディリー一帯を巡回していると、地下鉄の駅から興奮した客が飛びだしてきて、ぶつからんばかりの勢いで近寄るや、しどろもどろで助けを求めた。ふたりはその客のあとについて階段をおり、駅の広場を通って男子トイレにたどり着き、いま目の前にあるものに出くわした。立っているのは入口からはいってすぐのところだが、付近の数枚のタイル以外はすべて厚い血の膜に覆われていて、前方では、最も近い小部屋の施錠されたドアの下から、男の死体が半分突きだして、青白い顔を天井へ向けている。

アルフレッドは首を伸ばして、その顔に目を凝らす。「こいつ、知ってるよ。ゲリー・コトレルだ。去年、未成年者への猥褻行為で二、三回しょっぴいた。起訴はしなかったけどな」フレイザー巡査を見る。「もっと近くで見るか?」フレイザーが大きく見開いた目を巡査部長に向ける。その顔は血まみれの死体に劣らず青白い。「わかったよ。おれにまかせろ」死体の下半身を見ようと、アルフレッドは血の海を進み、靴底に濃い油のような粘り気とぬめりを感じつつ歩いていって、隣の小部屋の便座にのぼる。アルフレッドのヘルメット頭が仕切り板の上に現れて下をのぞきこむと、フレイザー巡査が尋ねる。「刺されてるんですか、巡査部長」アルフレッドはすぐには答えない。目にしたもののおぞましさで身震いしそうだが、強烈な自尊心が、若い巡査の前で取り乱すことをかろうじて踏みとどまらせている。死体のズボンがさげられて足首にまとわりつき、そして……。「いや」アルフレッドは力なく言う。「いや、たぶん刺されたんじゃない。正確に言えばの話だがな」足もとに軽いふらつきを覚えながら下へおり、フレイザーのいる入口へもどる。「ここにいてくれ。絶対にだれも近づけるな。おれは署に電話してこなきゃならない」

ベイカールー線北方面行きトンネルのじめついた闇の奥で、ケヴィンはほこりっぽい煉瓦の壁に背をもたせかけて体をまるめている。列車が甲高い音や地響きを立てて通ると、客席の明かりが顔を照らし、線路の火花が断続的に青い閃光を放つ。本人にはわからないことだが、心を落ち着かせようと腰をおろしたこの場所はリージェント・ストリートの真下、それどころか、自分の鏡像が歩道に立って、カフェの窓ガラス越しにこちらを唖然と見ていたまさにその地点の真下だ。彼にわからないことがもうひとつある。なぜさっきあんなことをしたかだ。覚えているのは、口を閉じたいという抑えがたい衝動に駆られて上下の歯を嚙み合わせ、蛇口からほとばしる湯のように噴出する血を、顔と胸に浴びたことだけだ。頭に受けた狂暴な打撃の数々を、自分では覚えていないし、叫び声を聞いた記憶もない。つぎに覚えているのは、閑散としたプラットホームを走り抜け、柔らかくなった肉塊を吐きだしながら線路の溝に飛びおりて、トンネルの熱風のなかへ闇雲に駆けこんだことだった。

いまは傷がうずきはじめ、血が皮膚の上で固まって、まぶたを粘つかせている。彼は両手に唾を吐きかけ、血の最も目立つ部分をぬぐったあと、立ちあがって歩きはじめる。深く深く、地下をめざして。

ほんの短い期間隠れるつもりだったが、ケヴィンがつぎに日の光を見るのは三年後になる。彼は地下に住み、深いトンネルを通り抜け、送水管内を這い進み、長く使われていない通路を発見し、鼠と煤と煙と闇のなかでスメアゴルのように暮らし、夜になって飲食物をあさるときだけ地上に現れる。目は地下の明かりのかすかな明滅や、高みにある通風口から漏れる光に馴れ、耳は空気や煉瓦や石や金属など、この世を形作るあらゆるものの振動に反応するようになる。地下であれ、地上の夜であれ、最も醜い場所にいつの間にかはいりこんで、自分でさえ存在をはじめて知るような連中と交わる。三年後、まばゆい日の光のなかへ現れるときには、あらためてこの世に生み落とされたかのように感じて、物事を貪欲に習得し、吸収し、活用することになる。闇のなかで継ぎ目のない昼と夜を過ごしながらも、彼はガラスの向こうから見つめていた少年の顔をけっして忘れない。その像を胸にいだきつづけ、いつの日か、鏡の向こうへ抜ける術(すべ)を見つけるだろう。

19

彼は人ごみを掻き分けて、静まりつつある水面に身を乗りだした。水の揺れがおさまると、青空と白銀の雲に包まれた自分の顔が映しだされた。水面の下で何か動いている。目を近づけたところ、驚いたことに、一番目の顔よりも奥深くに第二の顔が横たわっている。彼は魅入られたように、ガラスを思わせる浅い水の層を通してそれを見つめた。下の顔が浮上をはじめ、徐々(じょじょ)に鮮明になったのち、穏やかなさざ波を立てて上の顔を突き破り、水泡と滴(しずく)に覆われたまま、水面を漂った。顔がこちらに微笑みかけ、彼が身じろぎもせず見守っていると、一本の手が水面から伸びた。その指のあいだにはさまった、ゆがんだガラスによるエメラルド・グリーンの三角形が、日の光を浴びて一瞬輝きを放ち、それから不透明になって頰をせりあがり、目から唇までを切り裂いた。血が口のなかへ流れこむや、彼は息を呑んで顎を水にひたした。はじめは前へつんのめり、しぶきをあげ、まごついたが、やがて静かに横たわって、口のなかで水が血と混じり合うにまかせた。すべてが黒く染まって音を失ったあと、人ごみから足音が聞こえ、何本もの手に襟首をつかまれ、引きあげられ――

――柔らかい芝生に仰向けに寝転がっていると、いくつかの小さな声が入り混じって響き、そのひとつが美しい音色を奏でた。ムシュー・ヴィヴォォォー……。深い洞穴からこだましているようだ。「死んでると思うわ」と別の声がもっと近くで言う。「ばかばかしい、眠ってるだけよ」と最初の声。「ほら、起きる……」彼が目をあけると、日の光を受けてシルエットになった顔が両脇からのぞきこんでいるのがおぼろに見えた。「いなくなったかと思ったわ」クレシダが言う。「こんなに水の近くまで来ちゃだめよ、ムシュー」ひんやりした指先で顔をなでてくれ、甘いささやき声が耳をくすぐる。「やっぱり死んでるんじゃないかしら」ともうひとつの声。「調べてみましょう」胸と首をなでられるのがわかる。「脈がないわ」「どうすれば息を吹き返すか、知ってるわよ」と第三の声（名前を思いだせないが、脳裏で洗濯機とサテンのガウンの映像が重なった）。「彼はこれが好きなの。いつもしてあげた。きっとうまくいくわ」それぞれの顔に焦点を定めようとしたが、見分けられたのはクレシダの顔だけで、帽子の幅広のふちから強烈な陽光がこぼれている。全身がやさしくさすられる――顔、首、胸、股間、脚。

彼は快楽のうめきを漏らす。クレシダのつぶやきにテッサの声が混じり（テッサ！　そういう名前だった！）、さらにクリスティンの声が加わって、異なった音色が重なり合い、女たちの指が体と顔を這いまわり、愛撫する……

――「どうしたの、スティーヴン」目をあけて見あげると、キャロルの憤然とした顔があった。「もう終わりよ。撃つわ」何本もの手に押さえつけられ、耐えがたい恐怖をつのらせて見守っていたところ、顔にショットガンが突きつけられた。目のくらむほどの煙と炎がひろがり、

頭が爆発し、

――そして彼は、汗まみれであえぎながら目を覚ました。光がまぶしくて何も見えない。痛む背中の下の床は石のように硬く、顔じゅうが指でなでられる感覚も、耳にささやく声も、まだ消えていない気がする。彼は夢と現実の境目を切り離そうとつとめた。しばし不安げに身を震わせ……

――そして叫んだ。腹の底から絞りだされた、荒々しいしゃがれ声。かすかに動く覆面が顔から飛びあがり、空気中に溶けておどろおどろしい雲となって、首から上を取り囲んだ。彼は身を起こし、もう一度叫んだ。驚愕のあまり腕と脚を大きく振りまわし、分厚い毛布をなすバッタの群れを天井へはじき飛ばす。全身が激しく震えた。両手で顔を包もうとしたが、バッタが執拗に指について離れない。体を揺すって落としても、さらに多くが現れて、あるものは肌の上を這いまわり、あるものは脚を小刻みに動かしてからみつき、体じゅうにぎっしり群がる。もがけばもがくほど数が増し、分厚くうねった絨毯から舞いあがるや、そのまま一陣のつむじ風と化す。それは彼の体に跳ね返って、袖やズボンの脚に舞いおりて這いあがったり、髪のなかでもつれたり、首筋を小走りに動いたりしている。叫びは必死のあえぎに変わり、手脚を荒々しく振り動かすにしたがい、呼吸が異常に速まった。

あとになって思ったのだが、もしこのとき、わずかに漏れる明かりを頼りに、部屋の向こうのガラス張りの小部屋を見つけていなかったら、恐怖に押しつぶされて失神していたかもしれない。バッタを叩く手をゆるめぬまま、彼は頭をあげずに駆けだした。筒状の殻が足の下でつぶれるのがわかる。彼はガラスのドアを引きあけて小部屋へ滑りこみ、ドアを後ろ手に強く閉めた。外へ通じる木製の扉を開こうとしたが、固く錠がかかっていた。猛然と押したり引いたりを繰り返し、何度も肩をぶつけたものの、びくともしない。絶望の涙が頰を伝い落ちた。小部屋へ運ばれてきたバッタがなお這いまわっているので、彼は激しく体を揺り動かし、服や髪についたぶんを叩き落とし、振り払った。すべてが床に落ちて動きが静まると、それらを思いきり踏みつけた。やがて、つぶれた死体が薄い層を作るまでになり、ようやくうずきとむずがゆさから解放された。

彼はうずくまり、両手で顔を覆った。頭の混乱がおさまり、狂おしくはずんでいた呼吸が静まってはじめて、なぜここにいるのかという疑問が頭をもたげた。キャロルのしたことではあるまい。自分を起こさずにここへ連れてこられたはずがない。それとも、錯乱状態のなか、自分の足でたどり着いたのだろうか。ともあれ、最優先の問題は、どうやってここを出るかだ。どのようにはいったのであれ、だれかが自分を閉じこめたのはまちがいない。彼は立ちあがってもう一度無駄な抵抗を試み、やがてあきらめた。小部屋のなかを見まわして、役に立ちそうなものがないかと探した。飼料のはいったバケツの横に、キャロルがタイマーを直すのに使ったマイナスのドライバーがある。あとはどこにそれを使うかだが、入口の扉には蝶番も留め金も見あたらず、どうにもならない。脱出口になりそうなのはふたつの換気用パネルだろう。ともに約二フィート四方で、胸の高さで壁に組みこまれている。鉄製の網をはずして這い出ればいい。唯一の問題は、ふたつとも反対側の壁にあることだ。どちらを使うにせよ、そこへ行くにはバッタのいるところを通らなければならない。

恐怖にひたる余裕はなかった。ここはすさまじく暑いし、ガラス張りの小部屋に満ちた空気などたかが知れている。どうにか進路からバッタを取り除ければいいのだが……。彼はバケツの飼料をひと握りつかみ、腹をくくって、ガラスのドアをあけた。飼料をいちばん近い隅へ――換気口の反対側へ――投げつけ、素早くドアを閉める。近くのバッタが飼料に飛びついて、残りの群れに衝撃波のような模様がひろがった。うなりが高くなり、群れが蠢きはじめる。彼はバケツを持ちあげ、こんどは中身をまるごと隅へぶちまけた。薄気味悪さに身の毛がよだち、喉が締めつけられるような感覚を味わいながらも、ガラス越しに見守っていると、バッタは荒荒しいうなりをあげて飼料の山へ押し寄せ、部屋の隅で固まって、逆巻く巨大な雲となった。チャンスだ。彼はドアを思いきって開き、いっきに部屋を突っ切った。虫の羽音は相変わらず空気を震わせていたが、いましがたの濃密さとは比べものにならない。何より恐ろしいのは顔にふれることなので、両手で顔をかばい、肩をまるめて走ったが、四方八方からバッタが勢いよく衝突してくるため、全身の筋肉が固く縮んだ。恐怖がこみあげるなか、ドライバーを動かしてようやくねじを全部はずし、網のパネルを取り去った。奥には二重の層をなす煉瓦に正方形の穴が切られ、外側に別の網が取りつけられている。彼は満身の力をこめて、両の拳をパネルに叩きつけた。パネルは反り返り、二発目で外へ飛んだ。彼は足を壁面にぶつけながらも、体をよじって外へ抜けだし、一瞬不安定な姿勢でとまったあと、滑り出て、納屋の裏の草原に転がり落ちた。

仰向けのまましばし横たわり、目を閉じて涼しく新鮮な空気を味わった。頰の上で何かが動いたので、払い落とした。見あげると、何匹かのバッタが後ろから迫っていて、開いた穴から外へ出ようとしている。彼は飛びあがり、パネルを拾いあげたが、それは曲がっていて、ねじがすべて受け口からはずれていた。彼は生け垣で牧草貯蔵用の黒いビニール袋を見つけて、穴へ押しこんだ。

ようやく、事態に思いをめぐらす余裕ができた。必死に頭を絞ったが、キャロルが自分を殴ってバッタの棲む建物へ引きずりこんだ可能性ぐらいしか思いつかなかった。しかし、なぜそんなことをする？　自分の話を信用しないことにしたのか？　あるいは、はじめから信じていなかったのか？　だとしたら、いますぐ警察が来てもおかしくない。

彼は這い進んで建物の角を曲がり、庭へ目をやった。警察の車はどこにもなく、モーリス・マイナーはきのう彼女がとめた場所にそのままある。窓から目をそらさずに、庭を母屋まで慎重に歩いたあと、壁に身を寄せて腰を落とし、頭が窓から見えないように気をつけながら、ゆっくりとていねいに歩を進めた。窓から中を順々に見るが、台所にも食堂にも人影はない。彼は息をひそめ、背筋を伸ばして、居間の窓の下枠から室内を一瞥し、急いでまた中腰になった。中にふたりの人間がいる。キャロルがすわっているのは斜めからでもすぐにわかったが、向かいに腰かけている男は、見覚えがあるものの、とっさにはだれだかわからなかった。それから、思いだした。ホーワースの墓地にいた男だ。帽子はかぶっていないが、あの男にちがいない。スティーヴンは顔を見ようと、もう一度のぞきこんだ。男は頭を揺り動かしながらキャロルに話しかけている。突然、光を受けて、顔の全体が明らかになった……

スティーヴンはふたたび身をかがめ、壁にのろのろともたれかかった。心臓の高鳴りを覚えた。彼はふいに跳びあがって庭から納屋へ駆け抜けた。心のなかに雪崩が押し寄せてくる。何年も凍りついていた雪の塊が滑り落ちて、通り道にあるものすべてを押しつぶし、照りつける日の光のもと、明白な真実を鮮烈にさらけだす。最も深く、最も暗く、最も古い記憶のなかから、答が現れた。光の照り返す窓から、あの顔を見たことが発端だった。母親の苛立った声と、鏡の奥からこちらをながめていた、見覚えのある顔が胸によみがえった。

彼は納屋にもどって扉を閉めた。突然、すべてがはっきりと呑みこめた。自分に対して何がなされたか、どうやってそれが実行されたか、そしてとりわけ、その理由。自分が何をすべきかもわかった。彼は藁のベッドにもどって寝具を引きはがし、毛布やシーツや枕を山なすまで地面に投げつけた。それからベッドを掘りさげ、藁の塊をつぎつぎ引きむしって投げ散らしたすえ、煙草缶を探りあてた。彼は腰をおろし、震える指でそれをあけた。中には、油のしみた布にしっかり覆われた三つの包みがある。一番目の包みを取りだして包装を解くと、きらきらと輝く中身が手のなかへ落ちた。両脇に穴のあいた長さ四インチの鉄管ふたつと、鉄の棒二本。ふたつの管をつなぎ合わせて長さ七インチの管にし、両脇の穴に棒を差しこんで、いささかいびつな十字架の形を作った。残りふたつの包みは、それより小さい。二番目のなかには、ライターよりやや大きめの平たい鉄のブロックと、短く強靭なゴムひも二本がついた、長い指ぬきのような鉄製のカップ。彼は管の底部にブロックをしっかりはめこんで、ゴムひもの両端をそれぞれの棒に引っかけ、それから三番目の包みをあけた。中には、太く短い、磨き抜かれた三八口径の銃弾が三発。そのひとつを管の先端に挿入し、ゴムひもを石弓の弦よろしく強く引っ張って、カップを静かにゆっくりとずらして固定した。残り二発の銃弾をズボンのポケットに入れ、伸ばした腕で銃を持って立ちあがった。この扱いは慎重を要する。カップのなかの撃針が銃弾の雷管に直接ふれているので、急に動かせば暴発しかねない。

彼は出口へ静かに歩み寄って、扉をあけた。ほんの少しだけ、母屋と庭を垣間見られる程度に。人の気配はない。状況を冷静に分析しようとつとめた。一瞥したにすぎないが、自分の印象では、キャロルはあの男（名前を思いだそうとしているのだが、出てこない）を信用しているふうに見えた。ということは、あの男を自分――ほんとうの自分、すなわちアラン・ゴーヴィンだと思っている……おそらくそうだ。だとしたら、相手を興奮させずにいるかぎり、彼女の身は安全だと言える。疑念をあらわにしたり――もっとまずいことだが――対決の姿勢を見せたりしなければだいじょうぶだろう。スティーヴンはある程度の自信を持ってそう考えたが、ほどなくまちがいだと悟った。何しろ、敵は〝姿なき男〟だ。被害者が毒牙にかかるのは、あの男が絶対の信頼を贏ちえたときだということを、自分はだれよりもよく知っているではないか。相手をアラン・ゴーヴィンだと思いこんで、信じるそぶりを見せているとしたら、キャロルは決定的な生命の危険にさらされている。

その考えがひらめいて、母屋へと駆けだそうとした矢先、キャロルの顔が客用寝室の窓に見えた。鍵のかかる部屋だ。彼女の後ろにもうひとつの顔が現れるのを半ば予想して待っていると、裏口のドアが開く音が聞こえ、訪問者が母屋の角をまわって、庭をバッタのいる付属棟へと進むのが見えた。二階では、キャロルが窓の外へ目をやって、何が起こるかを見届けようとしているが、あの寝室からでは、庭の一角と納屋の端しか視界にはいらないはずだ。納屋の前を男が通り過ぎて、見えなくなりかけたとき、その右手に金属製の光るものが見えた。鍵束が揺れる音。付属棟の扉が開く音。スティーヴンは日の光のなかへ足を踏みだした。窓を見あげると、キャロルが驚いて手を口へ動かすのが目にとまった。その瞬間、バッタのいる棟から男が猛然と飛びだしてきた。スティーヴンは銃でねらいをつけた。男は驚愕のあまり、納屋の扉の陰に身をひそめる人影と、輝く銃身とを見落として通り越しかけた。スティーヴンは一瞬、冷たい喜びを覚えた。男はぬかるみで足を滑らせてとまり、無駄な抵抗を試みて台所のナイフを構えた。

ところが、恐怖の表情はほとんど瞬時に消え、男は自信に満ちた悠揚たる顔つきで立ちあがった。「おや、おや、おや」微笑を浮かべ、異形の投石器のような、棒とゴムひもからなる珍妙な銃を静かに見つめた。「変てこな手製拳銃だな。そんな代物(しろもの)には二十年以上お目にかかったことがない」と言って、前へ一歩踏みだす。「見せてくれるか?」

「そこを動くんじゃない」スティーヴンは叫んだ。「これで脳みそを吹っ飛ばせないとは思うなよ」男の声を聞いて、不思議な気持ちになっていた。自分の声の録音テープをはじめて耳にしたときのように、近しさと違和感が不気味に混在していた。

男は足をとめたが、にこやかな顔つきは崩さなかった。「もちろんだ。言いすぎたよ」

「それから、ナイフを捨てろ――ちがう、落とすんじゃない。そっちへ投げろ」スティーヴンは銃を振り動かした。「よし。さあ、両手を頭に載せて膝を突け」

「驚いたな、処刑でもするつもりか」

「だまって言うとおりにしろ！」

男は憐れむようにかぶりを振った。「こういうときは、脇を固めないとな」スティーヴンの左を見て言う。

「なんだと？」

「つまり――」

「銃を置きなさい、スティーヴン」キャロルが言った。

左へ目をやると、ショットガンの双銃身が突きつけられているのがわかった。この二日間で二回目だ。男が――認めたくないが、自分の兄だ（名前はなんだったか？）――眉をあげた。

「刻一刻とおもしろくなるじゃないか。銃を持ってこなかったのは正解だったよ。三すくみになったら、永遠に手詰まりだ」

「やめて、アラン」キャロルが苛立たしげに言った。

「アラン？」怒りを抑え、ねらいを保とうとつとめながら、スティーヴンは叫んだ。「冗談じゃない、キャロル、こいつは――」

「だまりなさい！」彼女は怒鳴った。「だまって！　あなたの嘘にはうんざり。もう聞きたくないの。わかった？」そう言って深く息をつき（銃身がかすかに上下しているのを、スティーヴンは視界の隅でとらえた）、声の乱れを抑える。「終わったのよ、ケヴィン」きっぱりした口調だった。「永遠に逃げつづけることはできない。もう終わったの」

ケヴィン……。そう、それだ！　ケヴィン……消え去ったもの、はるか昔、忘却のかなた……。鏡のことや、頭上で揺れていた庭のブランコのことや、目の下に激痛が走ったことが記憶によみがえった。「ケヴィン」彼はつぶやいた。「ケヴィン……」

その名が脳裏に響きわたるにつれ、スティーヴンは何をすべきかを悟った。時間が足どりをゆるめ、いくつかのことが同時に起こりはじめる。銃を握る手に力がこもり、左の前腕部が張り詰め、カップを引きつけながら、頭部へのねらいをもう一度目で確認する――男の顔が警戒してこわばり、両腕が顔へ向かい、体が飛びこみをはじめるかのように一方に傾く――スティーヴンの左で、キャロルがショットガンをしっかり構え、銃身がさがり、照準が彼の頭から胴体へ移る――スティーヴンがカップを放し、撃発が起こるまでの張り詰めた一瞬、ショットガンの双銃身が閃光と煙の奔流をほとばしらせ、手製拳銃の弱々しい炸裂音を轟音が呑みこむ――爆風がスティーヴンの脇腹を直撃し、足が地面につかまれて体が吹き飛ばされる――飛ばされながら、自分の撃った銃弾が影のような弾道を描いて敵の頭をかすめるのが見えた気がする――ほんの一瞬宙を飛んだあと、ぬかるんだ地面が傾いで迫り、スティーヴンにぶつかって仰向けに転がす。見おろしているケヴィンの顔に浮かぶ色が、警戒から、抑えきれぬ歓喜のそれに変わるのがわかった。スティーヴンは生気を失いつつ、キャロルがショットガンを持ち替えるのを見た——ケヴィンはなおスティーヴンに視線を向けていて、ショットガンの重い銃床が振りおろされたのに気づかない。それはにじんだ弧を描いて勢いよく側頭部にぶちあたり、ケヴィンはスティーヴン同様、足をすくわれて地面に叩きつけられた。

最後に見えた映像はそれだった。目がまわるほどの苦痛に胸の側面と脇腹が悲鳴をあげ、スティーヴンは目を閉じて、生きるための闘いを放棄した。

20

ふたり目の男の体が転がって動きをとめたころ、キャロルはすでにショットガンを持ち替えて遊底を開いていた。ポケットから新しい弾薬をふたつ取りだし、そこに装填する。どちらの男も身動きひとつせず、体をねじ曲げて泥まみれで横たわっている。安全な距離を保ちながら、彼女はその上に身を乗りだした。スティーヴンの足の裏を蹴る。「スティーヴン」と大声で言ったが、反応がないので、もう一度蹴った。「スティーヴン！」彼はこんどは小さくうめき、体を動かした。「起きなさい」

「死にそうだ」あえぎながら、彼は横っ腹にぎこちなくふれた。ジャケットとセーターが血で黒ずんで穴があき、地肌が生々しく顔をのぞかせている。

「ばか言わないで」彼女はそっけなく言った。「ただのやけどよ。起きなさい」彼は片肘を突いて身を起こし、内臓が地面にこぼれ落ちるのを懸念するかのように、落ち着かなげに脇腹をかかえた。当惑顔で彼女を見あげている。「空包だったのよ。だから、ちょっとやけどして、吹き飛ばされただけ。だけど——」彼女はショットガンを揺り動かした。「いま装塡したのは空包じゃない。さあ、彼をかついで運ぶのよ。できるだけ慎重に、ゆっくりゆっくり」

スティーヴンはかたわらにくずおれている男の体に目をやった。もう予備の銃弾はないにちがいない、とふと思った。男の側頭部に、もつれた髪のあいだから血のしたたる傷が見える。こめかみと頰に浮かぶ鮮やかな赤の斑点は、いずれ大きな虹色の打ち傷に変わるだろう。スティーヴンは彼女を見あげた。「運ぶ？　たぶん、立つのだって……」

「だまってやりなさい」彼女はもどかしげに言い、銃を振って威嚇した。彼はしたがった。膝を突いて立ち、歯を食いしばって横っ腹の痛みに耐えながら、男を肩へかつぎあげた。

「生きてる？」彼女の声は、気づかいよりも好奇心からそう尋ねているふうだった。

「ああ」スティーヴンは言った。「息をしてる。どこへ運べばいい？　遠いのは勘弁してくれ」

「そこよ」彼女は納屋を指さした。扉を大きく開き、じゅうぶんな距離を保って、彼のあとについていく。彼がふらついた足どりで納屋の真ん中まで行くと、彼女は命じた。「そこでおろして……そう。さあ、縛って——ロープはあっちにある」壁の錆びついた掛け釘から、彼が青いナイロンのロープを数束はずすのを、彼女は見守った。「両脚を縛って、手は背中にまわして……。終わったら、その俵を背にしてすわらせて。まっすぐね」

縄目を締めなおしながら、スティーヴンは彼女を見あげて微笑んだ。「キャロル、さっきは本気で思ったよ。きみがこいつにだまされたって」命じられたとおり、意識のない男を引き起こして俵にもたせかけ、それから立ちあがった。「前に言ったとおりだ。きみは女優になるべきだった」

彼女はひややかに見返した。これだけ冷たく平静でいられるのが、自分でも信じられなかった。

「つぎはあなた」彼女は静かに言った。

「なんだって？」

「最初に足首。結び目をごまかさないで。しっかり縛って」

「どうしてだ」彼は早口で言った。「例の男なんだぞ。キャロル――こいつこそ――」

「だまりなさい！　きかれたことだけ答えればいいの。さあ、早く」

彼は顔を紅潮させ、抗（あらが）うようにかぶりを振った。「ばかな！　ぼくは何もしてないじゃないか！」銃に目をやる。「ぼくをどうするつもりだ。撃つのか？」皮肉っぽく言う。

この状況で、その態度は得策と言えなかった。キャロルは銃床を肩にあてて、彼の頭にねらいをつけた。「試してみる？」声にこもった嘲りの響きに、彼女自身も驚いた。「どういう扱いになるかしら。故殺？　正当防衛？　おそらく懲役刑にさえならないわ」状況を見きわめようとする彼の目に迷いがあるのを、彼女は見てとった。自分がまた危うい枝の上にいて、足もとの枝がたわんだり不安定に揺らいだりするのが感じられた。今回、彼はかなり離れているので、銃で殴りつけるわけにはいかないし、いずれにせよ、その手はすでに読まれているはずだ。こちらとしては、撃つか屈するか、どちらかだろう。互いに見つめ合うなか、ふたりのあいだに緊張がみなぎった。張り詰めた時間が数秒流れたのち、スティーヴンが降参し、不機嫌そうにすわりこんだ。キャロルはスティーヴンが足首を縛るのを見守りながら、しだいに余裕を取りもどした。「もっと強く」彼女は言った。「いいわ。じゃあ、うつぶせに寝て、背中の後ろで手を組みなさい」

手首を縛られるあいだ、彼はまったく抵抗を試みなかった。精神的にも肉体的にも打ちのめされていた。それが終わると、彼は半身を起こし、ぎこちなく体をくねらせたり揺さぶったりしたあと、自分も俵にもたれかかった。「で、どうする？」

彼女は第三の俵を引きだしてきて、その上に腰かけ、ふたりの囚われ人と裁判官のように向き合った。「待つの」

「何を？」

「彼が目を覚ますのを。さあ、だまらないと猿ぐつわをはめるわよ」

彼は憤然と彼女をにらみつけたが、何も言わなかった。そしてふたりは待ちつづけ……

……さらに待ちつづけた。何時間も黙（もく）したままだった。キャロルは一度立ちあがって、意識不明の男が昏睡状態にあるのではないかと調べたが、その心配はなさそうだった。だが、頭の傷はひどいものだった。血が固まり、打ち傷のまわりには、濃厚な紫の花が咲いて、黄色と藍色が入り混じっている。はじめてその傷を間近に見て、病的とも言える奇妙な興奮を覚えた。自分の力強さに、想像もしなかったほどの暴力を自分が行使できたことに、気分が高ぶって身震いした。調べながら、相手が失神したふりをしているのではないかと思いついて、敏感な部分を数個所——耳たぶ、目の下、喉の柔らかい皮膚を——指先で強くつねってみたが、わずかな反応さえ見られなかった。やはり、あまり強く殴るのは禁物だ。脳震盪の処置をした経験がないので、慎重に看護せざるをえなかった。

彼女はすわりなおし、またふたりで待ちつづけた。退屈な時間なのはたしかだが、嘘つきか善人かを見分けるには、これからふたりを直接対決させるしかない。そうすれば嘘をつくのがむずかしくなり、性格のちがいを観察できる。

午後が尽きて夕闇が迫るにつれ、スティーヴンがへたばりだした。まぶたが落ちて頭が垂れ、沈みつつある太陽が納屋の扉から最後のぬくもりを流しこむころには、顎が胸まで沈み、静かないびきが漏れはじめた。キャロル自身も、自制心がゆるんでいくのを感じていた。目の前で眠るふたりの男を見守り、スティーヴンの穏やかな寝息に耳を澄まし、夕刻の柔らかなぬくもりを肌に感じる。何もかもが眠気を引き寄せ、全身を包みこんだ。首をしっかりと垂直に保ち、眠りの淵から滑り落ちることのないよう、強くかぶりを振った。

やがて、縛っているロープがはずれることはないと決めつけて、彼女は納屋にふたりを残し、人工的な刺激を求めて母屋へもどった。最初にまず煙草を探して(母屋から出たときと変わらず、居間の床の上にあった)一本に火をつけ、目を閉じて体を震わせながら、煙を肺へ深く吸いこんだ。まる一日煙草を吸っていなかったので、口から唾液がこみあげ、禁断症状で頬がうずいている。半分吸いきると、彼女は思いきり濃いコーヒーを大きなポットに淹れはじめた。

頭が後ろへ倒れて首に痛みを感じ、スティーヴンははっと目を覚ました。夢のなかでカルデイコット平原のぬかるみにもどっていたが、いまはがっちり体を捕らえられ、塩水が寄せて口へ流れこんでも、身動きさえできそうにない……

すでにかなり暗く、納屋の扉からそよ風が軽やかに吹いてくる。キャロルの姿がなく、不安におののいたが、囚われ人の片割れが自分の横に縛りつけられているのがわかり、気が楽になった。その男がついに目を覚ましていたので、スティーヴンは無言で観察した。あけ放たれた扉にうつろな目を向けているが、顔には表情がなく、体は微動だにしない。言ってやろうと思っていたものが、胸にどんどんこみあげてきた。質問、悪態、要求、抗議、そして、自分ではとうてい思い起こせない、記憶の黒い井戸。四十年近い年月がふたりを隔てていたにもかかわらず、一世紀ぶんに相当する苛烈な責め苦がそれを埋め合わせた。痛み分けだったのかもしれない、とスティーヴンは思った。とはいえ、どれほどの怨恨をいだけば、人は殺人や拷問へと駆り立てられるものなのか、想像もつかなかった。

結局、口に出したことばは「彼女はどこへ行った?」だけだった。返事はない。なんの反応もなく、質問が聞こえたかどうかさえわからなかったので、もう一度言ってみた。「キャロルはどこへ行った?」こんどは肩が小さく揺れた。スティーヴンはその横顔を凝視した。「なぜだ、ケヴィン」小声で言う。「なぜこんな目にあわせた。憎らしい気持ちはわからないでもないが、おまえの身に起こったことはおれのせいじゃない。それに、あの看護婦たちがおまえに何をした？　おれを破滅させたかったら、直接おれのもとへ来ればよかったじゃないか」

ケヴィンは答えなかった。戸口に向けていた視線を弟へ移した。予想された憎悪の表情はなく、目から涙が流れ、口もとに苦い微笑が漂っている。「哀れなアラン」そのつぶやきを聞いて、スティーヴンはあまりに長い年月を経て本名で呼ばれたことに、戦慄を覚えた。ケヴィンはつづけた。「いつにも増して鈍感でとんちんかんだな。そこまで天真爛漫で、犬っころ並みに愚かだと、だれにも憎めない。がっかりだよ、わが弟――はっきりわからせたつもりだったのに。手紙を読まなかったのか？　ちんけで安っぽい復讐だけのためにあんなに手をかけたと、本気で思ってるのか？　ところで、おまえたちふたりは信頼感が欠けていたせいで墓穴を掘った。おれがだれだか――何者だか――わかってるのか？」

ケヴィンの微笑が、狂気のにじんだ大きな笑みに変わった。驚いたことに、ケヴィンは立ちあがって両腕を掲げ、ロープをゆるゆると地面に落とした。それからスティーヴンの横にひざまずいて、輝きを放つ湾曲した物体を見せつけた。スティーヴンは叫ぼうとしたが、声を漏らす前に、大きな布の塊を口に押しこまれた。ことばを発することのできない恐怖のなかで、開かれた剃刀の刃を見つめた。ケヴィンが笑って言った。「ばかな女だ。おれを信用していたわけじゃあるまい？　おまえでさえ、身体検査をするぐらいの知恵はあっただろうに」剃刀の刃をそっと親指でなでる。「みんなあの女と同じくらい浅はかだったんだ。ベヴァリー、アンジー、カースティー、ロビー——とるに足りないつまらない名前と、ばか正直な心の持ち主だった。おまえだったら、おれがおまわりだなんて話を聞いてどう思う？　まともに頭が働く人間が信じるか？　でも、あの連中は信じたんだ。あいつらがいなくなったところで、困るのは愚鈍さで引けをとらない連中だけだ。この世から消えたって、なんの害もなかった」ケヴィンは剃刀をスティーヴンの喉にぴったり押しつけた。「一度あの手合いに痛い目にあわされたことがあるだろう？」微笑んで、さらに強く押しつけたので、スティーヴンは肌に刃が食いこむのを感じた。恐怖に目を剝くのを見て、ケヴィンは声をあげて笑った。「どうして看護婦を選んだのか、いまごろわかったのか。おそらく、かの優秀なコンバー部長刑事ならそのうち見抜くだろう。鈍い頭を絞れば、最後にはシンディー・マカッチャンにたどり着くはずだ……。そう、はるか昔のことだが、傷を残したのはまちがいない。幸せなカップルだった——出世盛りの若い刑事と、美しい看護婦。輝かしい未来を描いていたのに、あの女はおまえを捨てて、汚らしい放射線技師のもとへ走った。あのとき、なぜおまえが何もしなかったのか、おれには理解できない……ああ、気にするな——かわりに埋め合わせをしてやったよ。あの女の黄色のダットサンを覚えてるだろう？　後ろの座席におまえの精液のしみが残ってたやつだ。そう、あの車にはさみとのこぎりで少しばかり細工をしてやったら……。いまじゃあの女も人工器官にすっかり慣れたと思うが、それでも顔の四分の三しかないのは楽じゃないだろう……」そう言って眉をひそめる。「どうした、アラン。なぜそんな顔で見る。感謝してくれないのか。忠誠心には、計り知れない値打ちがある。あの安物の座席に残っていたしみは、おまえのものだけじゃなかったはずだ。あの女はおまえに忠実じゃなかった。この家の女もそうだ」母屋のほうへ顎をしゃくって、かぶりを振る。「最後にそうなる。ほんとうに大事なときにこそ」

ケヴィンは剃刀をスティーヴンの喉にゆっくりと、ていねいに這わせ、それから急に離して、柄(え)のなかへ刃をしまいこんだ。「さて、行かないと」快活に言う。「また会おう。そうすれば、いま別れを惜しむ必要はない」立ちあがり、愛想のいい笑みを最後に一度浮かべて、入口から出ていった。


キャロルはコーヒーを魔法瓶に入れて蓋を閉めたあと、ポットの残りをマグへ注ぎ、口をつけた。やけどをしそうなほど熱かったので、三本目の煙草に火をつけて、台所の窓際で、暮れかかった庭へ目をやった。ここなら、首を少し伸ばしてガラスに頬を押しつければ、納屋の入口がいつでも目にはいる。

いったいどうして、こんなわけのわからないことになったのか。数日前までは、もし問われれば、人間と怪物を見分ける能力に、自分はなんの不安もないと答えただろう。多少とも常識のある人間なら、直観的に読みとれるしるしがあるにちがいない、と。『指輪物語』のなかで、フロドが馳夫(ストライダー)の正体をアラゴルンと見破ったのは、もし冥王サウロンの手下なら、〝見かけはもっとよく、感じはもっと悪い〟はずだと考えたからだ。そんなふうに単純だといいのだが。きのう、いったんはスティーヴンが殺人者だと確信したが、彼への思いの深さゆえ、本人の言い分を信じるようになった。ところが、なんの前ぶれもなく、まったく予想外の新事実が突きつけられた。本物のアラン・ゴーヴィンだと主張する男のほうが、たしかに見かけはよかった。新聞の写真に似ていたし、警察官ならではの説得力のある話し方をしたし、あちらの話のほうが――あけすけで、やましい話を恥じ入りながら正直に語っているようで――真実らしく聞こえた。一方、感じはしっくりこなかったが、それはスティーヴンへの思いが冷静な分析の邪魔をしたせいかもしれない。あの男のなかに、感じがしっくりこない原因として指摘できるものは皆無で、目に邪悪な光が宿ったり、声に冷たく醜悪な響きが混じったり、そぶりに脅すような様子が表れたりということはまったくなかった。彼の話したことのひとつは、明らかに真実だ。最も危険な異常者は手がかりをまったく残さない。ふたりに会った結果、そのとおりだとわかった。彼女はすぐに見分けがつくような、単純で賢明な手だてを考えようとした。たとえば、ふたりの目の前でナイフを取りだして手首を見せ（そのときは巧妙で魅力的だと思えた）、両者の反応を探ること。本物の怪物なら、こちらが血を出すのを見たとき、驚いたそぶりをするのか、冷たい無関心を装うのか……

思考の流れは、玄関広間から響く静かな衝撃音によって断ち切られた。彼女は窓から振り返り、耳を澄ました。しばしの沈黙ののち、もう一度何かが軽くぶつかる音がした。彼女はショットガンを手にとって、注意深く玄関広間へ進んだ。玄関の扉が少し開き、ゆっくりと揺れてそよ風を吹きこませている。彼女は一瞬気むずかしげに目をやってから、扉を押して閉めた。

スティーヴンは締めつけるロープと格闘しつづけた。やがて手首と足首が焼けついて、ねじ曲がった関節を鋭い痛みが突き抜けた。口に詰められた布を吐きだそうとしたものの、しっかり押しこまれてどうにもならなかった。ついには、猛烈な意志の力で体を前へ傾け、ゆっくりと地面の上でもがき苦しみはじめ、足を蹴りだしたり身をくねらせたりしながら、開いた扉へ向かって一インチずつ進んだ。焼けついて敏感になった横っ腹の皮膚がざらざらした地面とこすれるにつれ、神経が悲鳴をあげ、口からうめきと叫びが漏れた。戸口まであと半分の距離に縮めたところで、呼吸を整えようとひと息ついた。あえぐたび、口のなかの布が喉の奥へと引かれ、激しく嘔吐した。

突然、息ができなくなり、恐怖に目を大きく見開いた。母屋の扉の閉まる音が聞こえたのだ。耳を傾けると、静寂を破って、規則的な足音が庭からこちらへ向かってくるのがわかった。彼は横へ倒れこみ、ドアから壁際の暗がりまで転がっていった。足音が近づくと、ランプの明かりが納屋の深い闇をゆらゆらと切り裂き、影を飛び散らせて踊りまわった。光が強まり、ひとつの人影が戸口へ足を踏み入れて、強烈な灯光に輪郭を浮かびあがらせた。

それがキャロルだとわかり、いっきに安堵が訪れた。彼女はショットガンを肩にもたせかけ、反対側の腋に魔法瓶をはさみ、手首にランプの取っ手をかけている。立ちどまり、ふたりの男が縛りつけられているはずの俵に目をやった。「むむ――んむむ――んふふ――ふん！」彼は湿った布を喉に詰まらせながら、声を漏らした。キャロルがはっとして、素早くこちらへ顔を向けた。「むむむむむ！」彼は必死で叫んだ。

彼女がランプを掲げ、彼の顔を凝視した。「どうして……」とつぶやく。「大変……扉が！」

魔法瓶とランプを落とし、銃を両手で持って庭へ駆けもどっていく。ランプの光が消え、納屋はふたたび闇をたたえた。「ふんん——んふ！」足音が遠ざかるにつれ、彼は絶叫した。「くむ——ぶむむん！」

彼は渾身の力で身を起こして膝を突き、それから立ちあがって、ぐらつきながら片足跳びで戸口へ進んだ。たどり着いたとき、キャロルは視界から消えていた。母屋の窓にひとつずつ明かりが灯り、ドアの閉まる音とキャロルの悲鳴が立てつづけに聞こえた。彼は狂ったように庭を跳んで横切ったが、安定が悪く、しかも地面がぬかるんで滑るせいで、三度目に跳んだとき、着地に失敗し、頭から地面へ突っこんだ。そのまま息を切らし、呆然と横たわりながら、母屋で繰りひろげられる狂騒的な音と光の芸術（ソン・エ・リュミエール）をむなしく見守った。まもなく、すべての窓に明かりが灯り、彼女の影が部屋から部屋へ目まぐるしく動くのがわかった。やがて、沈黙が母屋を支配した。彼は聞き耳を立てて、窓から窓へと視線を動かしながら、数分間不安な思いで待った。もう一度脚をばたつかせようとしたとき、母屋の遠くの隅で人影が動き、キャロルが歩いてもどってきた。ショットガンは持っていない。手にした懐中電灯から光の矢が放たれ、庭を数回泳ぎまわったのち、彼を照らしだし、そして消えた。

「ここにいたのね」彼女は言って、かたわらにひざまずいた。彼の顎を持ちあげ、口に手を突っこんで、湿った布の塊を引き抜いた。「だいじょうぶ？」

彼は吐き気をもよおしつつ、空気を求めてあえいだ。「ロープを——」咳きこんで言う。「ロープを……ほど……いて……」

「何？」彼女は言った。「ああ、そうね。いいわよ」彼を横倒しにして、結び目を解きはじめる。

「やつはどこだ」彼は身を起こし、手首が自由になるともみほぐした。

「いなくなった」彼女は足首のロープをゆるめて、投げ捨てた。

彼は目を凝らした。「どういう意味だ、いなくなったって」

「いなくなったの」彼女は立ちあがって手を差し伸べた。「消えた、去った、失踪した……いなくなった。さあ、家にはいったほうがいいわ」

彼はその場を動かず、いぶかしい思いで彼女を見つめた。「どっちがどっちか、はっきりわかったってことかい？」

彼女はため息をつき、うなずいた。「あなたに書き置きをしていったの」そう言って彼の手を握る。「行きましょう、アラン」

21

ロザリンドはトレーを持ちあげて、夕食を居間へ運んだ。熱いミルクをかけて砂糖をたっぷりまぶしたシュレッデッド・ウィート（小麦粉を焼きあげたビスケット状のシリアル）がふたつ。気に入りの映画〈カミーユ・クローデル〉の放映に合わせて、気に入りのメニューを特別に選んでいた。碗を持ってソファーに腰かけ、テレビのスイッチを入れる。最高のタイミング。ちょうどコマーシャルが終わったところだった。ところが、映画はすぐにはじまらず、クライムストッパーズ（犯罪撲滅基金）の時間枠になった。安っぽい大げさなテーマ音楽を聞きながら、ロザリンドはシュレッデッド・ウィートを横に置いて、ガーディアン紙のテレビ欄に目をやった。「あとへずれこんだのね」不平がましい口調になった。「あしたにしてくれない？」ふたたび碗を持って、砂糖をまぶした塊を苛立ちながら細かく砕いていると、〈クライムウォッチUK〉（視聴者に犯人逮捕の協力を呼びかける番組）にしてはありきたりな地元の事件の概要が、つぎつぎスクリーンで紹介された。ブラッドフォードのデパート襲撃事件、オクスンホープ地区で年金受給者が立てつづけに貯金をだましとられた事件。詐欺行為を働いた男女の似顔絵が映しだされた。「はいはい、見かけたら絶対にわかりますとも」皮肉っぽく言う。「宇宙人の突然変異種がオクスンホープに何人住んでると思ってるの？」犯罪者が似顔絵にほんとうに似ていたら、警察の仕事はどれだけ楽になるだろう、と思った。ええ、その男を目撃しました。目つきが鋭くて、耳がなくて、顎はゴーディルの断崖みたいでしたよ。ああ、それから、頭の横幅が背丈より大きかったんです。主要事件ふたつが終わったあと、リーズの銀行のクレジット・カード詐欺犯のぼやけたビデオ画像が数秒流され、それからとってつけたように、鮮やかなオレンジ色を背景にしたパスポート写真が映されて、〈この男を見ませんでしたか？〉の時間がはじまった。すっかり腹を立てていたので（シュレッデッド・ウィートは〈カミーユ・クローデル〉のオープニング・タイトルの時間までも持ちそうにない）、ロザリンドはほとんど画面に目を向けていなかった。そのとき、非常に危険です、ということばが耳にはいり、画面を見なおした。絶対にこの男に近づいてはいけません。声が言う。何かご存じのことがあれば、この番号にお電話ください……ロザリンドの目はスクリーンに釘づけになった。食べ物の載ったスプーンは口に運ばれる途中で凍りつき、あたたかいミルクをシャツの前へしたたらせていた。「大変」彼女はつぶやいた。「大変、大変……」ベヴァリーの話をしたの……わたしの顔を見さえしなかった……彼はわたしを卑劣な人間だと思ってる……

「出なさい」耳のなかで響く呼びだし音を聞きながら、ロザリンドは苛立たしげに言った。「出て出て、電話に出て、キャロル、お願い……」音は鳴りつづけたが、だれも出なかった。彼女は受話器をフックに叩きつけ、もう一度持ちあげてダイアルした。ピッ、ピッ、ピッ……。「警察よ！」しゃべる隙を交換手に与えずに叫んだ。「警察につないで！」

キャロルは肘掛け椅子に深く腰を沈めて、指先で額を押さえた。「なんてばかなことをしたのか、われながら信じられない」小声で言う。「警察へ行くべきなのはもちろんわかってた。きのう、図書館から直行すればよかった」椅子の背にもたれ、アランを見る。「いや、そうじゃないかもしれない」そこで考える。「そうなったら、たぶん警察はあなたを逮捕するだけだったでしょうね」

彼はうなずいた。「ああ、逮捕しただろうな。無実の人間を」

「無実の人間をね」彼女はぼんやりと繰り返した。

彼はもう一度書き置きを読んだ。数年にわたって受けとっていたものは、どれも高価な便箋にていねいに書きつけられていたが、今回はちぎった紙切れに鉛筆で走り書きした短いメッセージだった。

親愛なるスティーヴン

知ってのとおり、おれはおまえの選んだ名前をつねに尊重してきた。くどくど説明する暇はない。立ち去って、おまえと距離を置こうというときに、あれこれ書くのは無駄なことだ。とはいえ、おれがおまえを憎んでいるとか、復讐を望んでいるなどと思われたまま別れるわけにはいかない。おまえは双子の弟であり、あらゆる点で自分の生き写しだ。おれのしたことは、どれも憎しみではなく愛ゆえのものだった。いずれは理解してくれると信じている。おれとおまえは切っても切れない兄弟だ。おまえとあの女は自分たちが一心同体だと思っているかもしれないが、実のところ、そこまで深く結ばれているのはおれたちふたりのほうだ。おまえの信頼が得られないなら、次善の策に訴えることにする。

ともあれ、時が尽きたので、これでさらばだ。

愛をこめて・(信じてくれ)

~~清水~~(いまさら隠してどうする？)――ケヴィン

「どこでこれを見つけたんだ」彼はきいた。

「あの上よ」彼女は顎を暖炉のほうへしゃくった。

「やつがいなくなったのは、まちがいないのか」

彼女は肩をすくめた。「くまなく捜したわ――棚のなかも、ベッドの下も、カーテンの後ろも。どこにもいる気配がなかった」

「屋根裏は？」

「いなかった」

「なら、地下室は？」

彼女はかぶりを振った。「地下室なんかないわ」彼の手に握られた紙片を見つめる。「最後のくだり、どう思う？」

彼はまた目を通した。「どこのことだい」

「信頼が得られないなら、次善の策に訴えるってところ」

彼は両手をひろげた。「たしかに、やつにとって信頼は重要なものだ――人を殺すには、相手に信頼されなきゃならない」

「じゃあ、次善の策って何？」

アランはその行を何度も読み返したが、さっぱりわからない……。だが、はるかかなたで何か響いた気がする――〝汚水溝の渉猟者〟からの手紙のどれかに、信頼について書かれてはいなかったか……信頼に次ぐ良策……「わからない」思いだせないので、彼はぎこちなく答えた。

キャロルは眉を寄せた。「信頼に次ぐもの。いったい何かしら」

「わからない」彼はもう一度言って、首を左右に振った。ため息をつき、彼女の椅子の肘掛けに腰をおろす。髪をなでてやろうとしたが、驚いたことに、彼女はびくりとして身を遠ざけた。

「だいじょうぶだよ」彼はやさしく言った。「ぼくだ」

彼女は苛立ちと懐疑の入り混じった目で彼を見あげた。「ちがうわ。ちがう人よ」

彼は笑った。「ぼくだったら。ぼくは何も変わらない」

彼女は立ちあがって、彼から離れた。「ちがう。ちがうわ。あなたはもうスティーヴンじゃない」

彼は目を伏せた。「いや……いまもスティーヴンだ……アランでもスティーヴンでも、どっちだっていい。同一人物なんだから」

「そして、ケヴィンとも同一人物なの？　本人はそう考えてるようだけど」彼女は紙片を指さした。

「やつがどう考えようが、知ったことじゃない！　やつは異常だよ、キャロル、正気じゃない……きみはぼくを愛してるんじゃなかったのか」

「愛してる……いえ、愛してた……でも、いまはわからない」彼女は目をこすった。「自分の気持ちがもうわからないの。わたしが愛したのはスティーヴンであって、アランじゃない。あなたにとっては同一人物だからどうでもいいことでしょうけど、わたしにとってはちがうのよ」ぐったりとソファーに崩れ落ちる。「とにかく、待ってくれない？　いまは何も考えられないの。人生でいちばん過ごしやすい日じゃなかったのはまちがいないから」

アランはうなずいて沈黙に陥った。火掻き棒を拾いあげ、暖炉の柔らかい灰をもの憂げにつつく。あたたかい日だが、重圧から解放されたあとに寒気とうずきが残り、なんとなく火を熾したい気分だった。

「彼の身には何があったの？」キャロルがきいた。

「えっ？」

「ケヴィンよ。どうしてふたりは離ればなれになったの？」

アランは火掻き棒を置いて、息を深くついた。「思いだしたのはきょうなんだ。やつが存在したことさえ忘れていたんだけど、姿を見て思いだした」落ち着かなげに体を揺すった。「ぼくらが三歳のとき、母が庭へ来たら、やつがガラスの破片でぼくの顔を切ろうとしていたらしい」頬に指をあてて、目から唇までなぞる。「ここからここまでだ。日焼けすると、いまでも痕が見える。乳母車に乗っていたときにアルザス犬に襲われたんだって、母はいつも言っていた」

キャロルは戦慄を覚えつつ彼を見つめた。「どうして？」

彼は肩をすくめた。「やつがいなくなったあと、家族の者にしてみれば、あんなやつは最初から存在しなかったものと思いたかったんだろう」

「そうじゃない。どうして彼はあなたにそんなことをしたの？」

「ああ、そうか。この種の人間に理由は不要だ。両親が耐えられなかったのは、まさにそこだったと思う。しじゅう叫び声があがり、そこらじゅう血だらけになった。母が半狂乱になっていたのを覚えてるけど、ケヴィンは笑ってるだけだった。この顔を切るときも笑っていた。怒ってたわけでもなんでもない。ファジー・フェルト（毛羽立ったボードの上にフェルトの人形を並べる玩具）か何かで遊んでいるかのように、静かに笑ってたよ。ほかにもいろいろあったんだろうが、そのときぼくが居合わせなかったか、忘れてしまったかのどちらかだ。やつは里子に出されて、その後どうなったか知らない」

「ご両親がかわいそう」キャロルはつぶやいた。「自分の子供を手放さなきゃならなかったなんて……だけど、ちょっと待って」眉をひそめる。「一連の事件がはじまったとき――つまり、あなたのことが新聞だのなんだので報道されたとき――ご両親はだれが裏にいるか想像できたはずでしょう？　どうして真実を訴えなかったの？」

「死んでいたからさ」アランは重苦しい声で言った。「みんな死んだ。両親は一九七七年のクリスマス・イブに、家が火事になって死んだんだ。兄のティムも、妻と小さな娘といっしょにそこにいた。みんな死んでしまった」

キャロルは口を手で覆った。「ああ、なんて気の毒な……」

「ぼくもその場に居合わせてもおかしくなかったんだが、リエージュで雪に閉じこめられていたんだよ」

「リエージュで何をしてたの？」記憶喪失が演技であり、彼の過去二十年の人生について、問えば答が返ってくることが明らかになったいま、彼女は互いを隔てる未知の闇の広さに愕然とした。

「建設現場で働いていたんだ。一月に帰国して、ようやく事件のことを知った……。よく思うんだけど、警察にはいったほんとうの理由はそのあたりにあるのかもしれない──家族を失って、自分が属するものがほしくてたまらなかった」

キャロルは同情をこめてうなずいたあと、はっとして彼を見た。「ちょっと待って。その火事は、ひょっとして……」いいえ、そんな恐ろしいことがあるはずが……

アランは静かに目を向けた。「ケヴィンが？　だとしても不思議はないな」

彼女は身震いした。「それだけじゃないわ──あなたはこれがほんとうに偶然の出来事だったと思う？　あなたがわたしのもとへ来たことだけど」

長い沈黙を経て、彼は口を開いた。「もっと奇妙なことだってあるさ。ぼくは以前、ケン・ヘレフォードという男を知っていた。一時期名をはせた男だが、一九八八年に、イーストエンド一帯で違法賭博場を経営していたのを逮捕した。ケンはまだ若造だった六〇年代に、ポケットに五十ポンド持ってモンテカルロのクラブに足を踏み入れたそうだ。そして、いちばん近くのルーレットのところへ行って、黒の6に全額賭けた。大あたりだった。そこで帰らずに、同じ目にまるごと──賭け金も儲けも──残して、つぎを待った。信じられないことに、またあたった。自分が無敵の存在だと信じて、彼はもう一度そこに残した。新聞によると、三度目に黒の6が出るのを五十人近くが見守っていたらしい。カジノをあとにしたとき、彼は億万長者になっていた。儲けを元手に自分の帝国を築いたわけだが、本人はその後一度たりともギャンブルに手を出さなかったそうだ。人生の幸運をひと晩で使い果たしたと思ったんだろう」アランはことばを切って、キャロルを見た。「確率を計算しようとしたら、一枚の紙には書ききれないかもしれない。それに比べたら、きみとぼくが出会ったことなんか、当然の成り行きと言ってもいいくらいだ」身を乗りだして、暖炉の灰をまた掻きまわす。「凍えそうだ。火をつけないか」

「いいわ。石炭を入れてこなきゃ」彼女は立ちあがって石炭入れを拾い、おずおずと彼に目をやった。「いっしょに来る？」

「ああ」彼はサイドボードから手製拳銃をとって、銃弾を装塡した。「ただの気休めだよ」不安げな顔に気づいて言う。

「もうもどってこないと思う？」

彼はかぶりを振った。「やつの心のなかを探るのはあきらめたよ。でも、二度ともどらない気がする。化けの皮がはがれた以上、やつは力の多くを失った。つまり、信頼だ——やつはぼくらに信頼されていない。だから危険はないんだ」

キャロルはあいまいにうなずいた。「うん」とつぶやきながら、ドアをあけて玄関広間へ出る。「だけど、信頼に次ぐのは——なんのにおい？」眉をひそめ、すぐに足をとめて空気のにおいを嗅いだ。突然、目が大きく見開かれた。「油だわ！」息を呑んで、台所のドアへと走る。ドアをあけた瞬間、石油の刺激臭のこもった空気があふれだし、ふたりは息を詰まらせた。蛍光灯をつけると、床に石油の黒い膜がひろがっているのが見えた。すでに敷石全体を覆い、ドアの下までしみはじめている。「大変！」キャロルは叫び、足を滑らせてオーブンまで進んだ。オーブンの裏側の給油管にひびがはいり、油が絶え間なく床へしたたり落ちている。「とめられないわ！」泣き声で叫ぶ。「管が壊れてるの！」

「どこかに元栓は？」

「あるわ。あの――」そこでことばが途切れ、ふたりは目を合わせた。深い轟音が石壁そのものから聞こえてきた気がした。

「なんだ、あれは？」また音がしたが、こんどは居間のほうからだ。アランは唇に指をあて、小声で言った。「調べてみる。行って、見てくるよ」玄関広間へ静かに出て、居間のドアまで歩く。銃の先でドアを押しあけて、中へ足を踏み入れる。

……信頼に次ぐ良策……

炭の強烈なにおいが部屋を満たし、暖炉のまわりのカーペットを、煤の分厚い雲が広い半円をなして覆っている。暖炉に目をやると、砕けた煉瓦の入り交じった灰色の山に、煤が散っていた。それが見えたとたん、彼は悟った。

無自覚。無自覚は信頼に次ぐ良策だ。

メモを一読したときから頭の片隅でささやきつづけていた小さな声が、その刹那、耳をつんざく絶叫に変わった。やつはここだ！　やつはここだ！　やつはここだ！

「やつはここだ！」彼は叫んだが、そのことばが脳から舌へ伝えられる瞬間、背後に突如動きを感じて振り返ったので、発せられたのは途切れた悲鳴にすぎなかった。居間のドアの陰から人影が現れた。つかの間、煤で黒くなったゆがんだ顔がアランの目に映り、小さな金属質の物体が空気を切り裂いて迫った。左腕をあげてのけぞると、弧を描いて喉に向かってきた剃刀はジャケットとセーターの布地を破り、前腕部の皮膚を深くえぐった。後ろへよろめいて本棚に倒れこみながら、銃を持ちあげてゴムを引いたが、人影はすでにドアの外に半分出て、台所へ向かっていた。カップを放し、銃口が火を噴いたものの、弾丸は逃げていくケヴィンの肩をかすめて、階段手すりのへりから破片を飛び散らせた。「キャロル！」アランは出血する腕をかばうようにして起きあがりながら、叫んだ。「キャロル！　やつだ！」

装塡しなおす余裕はなく、銃を投げ捨てて暖炉の火掻き棒をつかんだ。玄関広間に着くなり、キャロルの悲鳴が聞こえた。甲高い叫びはすぐに途切れた。彼は台所のあけ放されたドアへ突進したが、敷居につまずいて油で足を滑らせ、両腕を狂ったように振りまわしながら床に叩きつけられた。落ちていく途中、目の前の光景が揺らいで大きく傾いた。ケヴィンは赤く染まった剃刀を右手に持ってそびえ立ち、キャロルは台所のテーブルにもたれかかり、両手を顔にやって、恐怖に目と口を大きく開いている。アランが起きあがろうとすると、ケヴィンは一歩あとずさって脚を踏みつけ、その拍子にバランスを崩して後ろへ倒れ、鈍い音を立ててカーペットの上に落ちた。剃刀が手から飛んで、幅木にぶつかった。アランは驚きに目を瞠（みは）った。ケヴィンのシャツの前がどす黒い赤に染まり、その中央からナイフの黒いプラスチックの柄（え）が突き出て、もつれ合ったセロテープをたなびかせている。刃は肋骨のすぐ下の腹部に深く突き刺さっている。ケヴィンはそのあたりを指で押さえ、アランとキャロルが息を呑んで見守るなか、玄関広間のテーブルの端をつかんでゆっくりと立ちあがった。そうして、ふたりの目を凝視したまま、ナイフの柄をしっかり握って引き抜いた。しばしあえぎ声を漏らし、ナイフを落ちるにまかせた。

「いいさ」ケヴィンはかすれた声で言った。「大いに結構だが、こっちだって簡単には屈しない」冷たい薄笑いを浮かべて、ふたりに目を凝らす。

その笑みを見て、アランのなかの堰が切れ、憎しみの洪水があふれだした。アランは火掻き棒をつかんで躍りあがった。左へ動くふりをして、ケヴィンが頭をかばおうと両腕をあげた瞬間、火掻き棒を振りおろし、両脚の向こうずねに思いきり叩きつけた。ケヴィンはまたあえぎ声をあげ、砕けた脚を折ってテーブルにつかまった。アランはもう一度火掻き棒を振りあげて、こんどはすぼめられた肩に重く鈍い一撃を加え、ケヴィンを床に沈めた。目的も打算も頭から消え去り、アランは狂気に駆られたように、のたうちまわるケヴィンをめった打ちしはじめた。

「だめよ!」キャロルが叫んだ。「だめ! やめて、やめて!」アランの背中に飛び乗り、腕をつかんで火掻き棒をもぎとろうとする。「やめなさい! 死んでしまうわ!」

「かまわないさ!」アランは声を荒らげて、もう一発見舞おうと火掻き棒を振りあげたが、キャロルがどうにかその手首をつかまえ、渾身の力で彼を引きはがした。

「こんなの、ひどすぎる!」向きなおった彼の目に激情の炎が宿っているのを見て、彼女は叫んだ。

「ひどすぎる？」彼はその顔を見据えてわめいた。「この畜生が何をしたか忘れたのか？　ぼくに対して、ベヴァリーに対して。それを忘れたのか？　どうなんだ？　たしかにきみはあの写真を見ていないけど——」

「だまりなさい！」彼女はアランのセーターを強く引いて叫び返した。「こんなの、だめよ！　彼はもう死にかけてる。殺してしまったら、あなたも同罪よ！」

アランはあとずさり、真っ赤な顔で壁に背をもたせかけた。荒々しい息づかいが、ケヴィンの途切れがちなあえぎ声と重なって響く。

「もう同罪さ」ケヴィンが苦しげに息を詰まらせながら言った。ふたりはそれを見おろした。けさどこからともなく出現したアランの精巧な複製は、いまや壊れてくしゃくしゃになっていた。体じゅうの切り傷やすり傷から血がにじみだし、服や肌に散る黒い煤と混じり合っている。ナイフの刺さっていた腹からの出血はおびただしく、シャツの前全体が鮮やかな赤に輝いている。「もう同罪だよ」かすれた声が喉から絞りだされた。「人殺しだ……おれと……同じ……」

キャロルはアランに目を向けた。「何を言ってるの？」

「ケヴィン」ケヴィンが言った。「ケヴィンのことを……そいつにきいてみろ」

「どういうこと？」キャロルは尋ねたが、アランは何も答えない。兄に目を凝らし、顔は怒りの赤から血の気のない青へ変わっていく。

「おれと同じ名前だった」ケヴィンはつぶやいてアランを見あげた。「わざと選んだのか？　たぶんちがうだろうな……おまえにそんな……想像力はない……」目をくるくる動かして、キャロルの顔を探す。「こいつがどうやって……自分の死を……でっちあげたと思う？　だれかが身代わりにならなきゃならなかったのさ」どうにかアランへ視線をもどした。「いくつ……何歳だったと思う？　十七か？　もっと若かったかもしれない……。いなくなって……悲しんでる連中がどこかにいるんじゃないか……。気分はよかったか……あいつが……落ちたとき」

「アラン」キャロルは激しい口調で尋ねた。「この人、何を言ってるの？」

「ほかにどうしようもなかった」アランはケヴィンに向かって言った。「おまえのせいだ。おまえがあんなことをしたからじゃないか。何人だ、ケヴィン？　全部で何人だ？」

剃刀の傷からの血で濡れたアランの袖を、キャロルは強く引っ張った。「スティーヴン。説明しなさい！」

彼は向きなおった。「スティーヴンじゃない。きみの言ったとおり、ぼくはスティーヴンじゃない」

「わからないんだったら！」彼女は訴えたが、実はわかっていた。「何がどうなってるか説明して！」そう詰問したが、答を聞くのが恐ろしかった。

「ほかにどうしようもなかったんだ、キャロル。しかたがなかった。あれはぼくじゃない、別の人間が、正気じゃない別の人間が――」

「あなたもだれかを殺したのね……」

「ちがう！　いや、そうなんだけど――」

「そうやって身を隠して……」彼女は居間のドアへあとずさりをはじめた。「嘘をついたのね

「……」

「そんなことを打ち明けられるはずがないじゃないか……」突然、彼は床に視線を落とし、息を呑んだ。「やつはどこだ?」ケヴィンが横たわっていたあたりに血が点々と残っているが、本人の姿はなかった。

「こっちだ」背後からかすれた声が響いた。

アランは振り返った。キャロルとのやりとりに熱中しているあいだに、ケヴィンは玄関広間を這い進み、台所のドア枠にもたれかかって油の上に脚を伸ばしていた。アランは物も言えずに、立ちつくしたまま見おろした。ケヴィンは油と血にまみれた手を伸ばして、剃刀をつかんだ。「これを使え」ケヴィンは剃刀をアランの手に押しこんだ。「わかってるだろう……どんなに簡単か」キャロルをちらりと見る。「この女はおまえにふさわしくない……。おれたちはひとつだ、同胞(はらから)なんだ……さあ、始末しろ!」手のなかで光る剃刀の刃を、アランは凝視した。

「さあ」ケヴィンは促(うなが)した。「わかってる。おまえならできる」

アランがキャロルを見ると、彼女は見つめ返したのち、剃刀の刃に不安げな視線を向けた。

「さあ」ケヴィンが言った。「おれたちはやっとひとつになれる」ポケットからマッチ箱を取りだすとき、うつろな音が響いた。「決めるのはおまえだ」箱の紙やすりにマッチの頭を近づける。「破滅の炎か、兄弟の絆か……おれはどちらでもいい……この女を消すか……すべて……消えるか」

アランはどんよりと生気のない目を、ケヴィンから剃刀へ、さらにキャロルへと向けた。剃刀を目の前に掲げてしばしとどめ、それからケヴィンの顔へ投げつけた。柄が頬をかすめ、剃刀は床に転がった。

ケヴィンは悲しげにかぶりを振った。目に涙がたまっている。「なぜできない？」あえぎながら言う。「おれの願いは……おまえと……ひとつになること……それだけだった……願いは絶対にかなえる……たぶん、どこか別のところで……」

アランが動く前に、マッチが箱にこすりつけられ、目の前にあるすべてのものが――ケヴィンが、キャロルが、壁が、床が、階段が――うなりをあげてひろがる炎の帳(とばり)の陰に消えた。

・

「早く」ロザリンドはルノーのエンジンスターターをひねりながら、歯を食いしばって言った。「早くして……」四度目の試みでエンジンがかかった。力まかせにギアを入れ、キースリー・ロードへ向かっていっきに加速した。

警察に農場の住所と道筋を教えると、家にとどまるように言われたが、数分間心休まらぬまま爪を噛んで歩きまわったあげく、緊張に耐えられなくなった。深夜の暗い街路から真っ暗な田舎道へと車を駆りながら、スティーヴンに気づかれることなくキャロルを助けだす計画をあわただしく練り、これまで不信心者の自分になんの利益(りやく)ももたらさなかった祈りのことばを必死で唱えた。車が荒れ野に達し、かなたにオレンジ色の炎が見えてくると、祈りの声はますます大きく激しくなっていった。

台所の空気は油の気化した煙に満たされ、そこに火がつくや、すさまじい爆風が窓を吹き飛ばし、裏のドアを蝶番から引きはがした。居間の戸口に立っていたキャロルは爆発の衝撃から身を守れたが、アランは足をすくわれて玄関広間を端から端まで飛ばされ、玄関のドアに激突して床に崩れ落ちた。巨大な火の玉が収縮して勢いがおさまり、粉微塵の窓ガラスのもの悲しい響きに彩られた炎に変わると、キャロルは居間から飛びだして彼のもとへ走った。

「スティーヴン！」彼女は彼の前にひざまずいて叫んだ。首の後ろに手を添え、焼け焦げて黒ずんだ頭をかかえあげた。「スティーヴン！」泣き声で言う。「なんとか言って……お願い……」

彼はうなり声を漏らし、両目を開いた。衝撃で愕然としているが、ほかにけがはなさそうなので、キャロルは体を起こして顔をなでてやり、安堵の思いですすり泣いた。玄関広間には黒い煙が立ちこめ、反対側のありさまをすっかり隠した炎の幕が、壁と天井いっぱいにひろがってふたりのほうへゆっくり迫ってくる。

「出るんだ！」彼は煙にむせびながら叫んだ。

彼女は必死で玄関のドアをあけようとしたが、ノブがまわらない。「二重にロックされてるわ！」彼女は恐怖に取り乱して叫んだ。「罠にはめられたのよ！」

「こっちだ！」彼は彼女の手首をつかみ、自分のセーターの襟を顔まで引きあげてから、火のあたりへ引き返した。炎は居間のドア枠にひろがって戸板を震わせ、分厚い煙を戸口から吐きだしている。キャロルの手首を強く握り、覚悟を決めるや、彼女を連れていっきに炎の帳を駆け抜け、部屋のなかへ飛びこんだ。「窓を割れ！」彼女を放して言った。

彼女が棚の装飾品や本や鉢植えをつぎつぎ投げ散らすと、ガラスに網の目状のひびがひろがった。それからステレオをつかんでねらいを定め、下側のガラスに投げつけて割ったあと、カーテンを破り、ガラスのぎざぎざの破片が残っている窓の下枠を素早く覆った。横桟をまたぎ、首をすくめて出ようとしたとき、彼が後ろにいないことに気づいた。うずく目に涙を浮かべながら、彼女は薄暗い煙のなかをのぞきこんだ。「スティーヴン？」炎のとどろきに負けじと呼んだが、激しく動揺しはじめているのが自分でもわかった。「どこにいるの？」

引き返して捜そうとしたとき、彼が煙のなかから現れた。「ここだ」しわがれた声で言う。「だいじょうぶ——行くんだ」

彼女は炎をくぐって外へすり抜け、手と膝を突いて素早く這い進んだ。つづいて、彼がずしりとおり立った。「いったい何をしてたの？」彼が追いつくと、彼女はきいた。

彼は横向きに寝そべって激しく咳きこんだ。「これを」あえぎながら手製拳銃を掲げる。

「なぜそんなものが必要だと思ったの？　遅れたら死んでしまうじゃない！」

彼はなお苦しげに咳きこんだりあえいだりしながら、肩をすくめた。なぜそれをとりにもどったのか、自分でもわからなかった。キャロルが逃げ道を確保しているときに目にはいり、説明不能の衝動に駆られて、燃えさかる炎のなかを引き返したのだ。拾いあげたとき、焼けた鉄が熱かったが、手を離す気にはなれなかった。冷たい夜気のなか、いまそれは急速に冷えはじめている。ゴムのひもは炎の害を被らず、まだ使い物になる。彼は最後の銃弾をズボンのポケットから取りだして、装塡した。なぜそんなことをしたのか、やはりわからなかったが、頭のなかで小さな声がささやいたのだった。キャロルが自分を見ているのに気づいた。「まだ終わったわけじゃない」彼は言った。

「彼は死んだわ、スティーヴン。もう終わったのよ、何もかも」

「何もかも終わった……」彼はぼんやりつぶやいたあと、首を左右に振った。「いや、死体を見るまでは信じられない」彼女に目を向ける。「それから、スティーヴンと呼ぶのはやめてくれ。きみにすべてを知られたいま、スティーヴンのままでいられるはずがないだろう？」彼女は無言で見つめ返した。知り合って以来はじめて、彼はひとつの隠し事もなく、すべてをさらけだした気分になった。彼は目をそらして彼女の腕をつかんだ。「さあ、行こう。ここから逃げなきゃ。車のキーは？」

彼女はポケットを探って、小さなキーが一本はいった革の鍵入れを見せた。それから彼を助け起こし、互いに体を支え合いながら家の表側へ向かって歩きだした。火はすでに表側や二階にまで達している。ガラスが割れ、ふくれあがった炎が窓の上の横木に襲いかかっている。だが、小さなモーリスはどうにか難を逃れる場所に置かれており、赤い塗装が炎に照り映えて、まるで内側から振動と光を発しているように見えた。キャロルは運転席に乗りこんで、イグニッションキーをまわした。エンジンがかかり、紅に染まった庭にヘッドライトの白光が満たされた。横へ乗りだして助手席のドアをあけたが、彼は乗りこもうとしなかった。背中をまるめ、ボンネットにもたれかかって立っている。彼女はもう一度おりた。「乗って！　さあ、早く！」

　彼は顔をあげ、悲しげに彼女に目をやって、かぶりを振った。「だめだ。行くわけにいかない」

「何を言ってるの？　さあ、早く乗りなさい！」

「ぼくは残るよ、キャロル。それが最善の道だ。きみはロズのところでも両親のもとでも、どこへでも行くといい。やつはまだここにいる。ぼくにはわかる。きみはここを出なきゃならない」

　彼女は彼を見据えた。「だめよ！　あなたが残るなら、わたしも残る。逃げるときはいっしょよ。さっき言ったことは本気じゃないわ。あなたが過去に何をしようが、どうだっていい。あなたを愛してる――さあ、お願いだから、さっさと車に乗って！」彼がためらっているので、彼女は両手をあげた。「ちょっと待って。その前に、しなきゃならないことがあるわ」

　彼女は振り返って、納屋まで走った。扉からはいってすぐ、火のつかないランプと、壊れて水の漏れる魔法瓶のかたわらに、小さな青い手帳が見つかった。ふたりの男の正体を知る手がかりにするつもりで、先刻持ってきたものだ。いま持ち去るべきものがひとつだけあるとしたら、この手帳だと思う。彼女はそれを拾いあげて、庭へ走ってもどった。車の開いたドアの横で、彼が当惑顔で見守るなか、彼女は手帳を掲げて駆けこんだ。「乗って！」大声で言う。「出発よ！」そのとき、それが目にはいった。ヘッドライトの光が届く片隅で、突然何かが小さく動いたのが、視界の端にとらえられた。それは黒い人影で、ぼろぼろのいでたちで母屋の角に身を寄せている。彼女が踏みだしかけてそちらへ目を向けると、人影は何やら持ちあげた。はじめはただの棒かと思ったが、肩口まで持ちあげられるのが見えた瞬間、ショットガンだとわかった。彼女はあわてて地面を踏み、滑りながらとまった。ショットガンの向けられている先を目で追うと、スティーヴンがいた。とまどいの色をさらに濃く浮かべて、こちらを見ている。彼女は口を大きくあけて絶叫した。「スティーヴン！」その瞬間、彼は何が起こっているかを悟ったらしく、その場で身をひねり、光に照らされた人影に向かって銃を掲げた。同時に、ショットガンがコンパスのようにまわって、彼女の悲鳴を呼び起こした。ふたつの銃がそろって火を噴く。ケヴィンの頭が片側へ傾ぎ、後頭部が破裂して中身が白光のなかへ飛び散るのが彼女の目に映った。視界にはいるすべてがぼやけ、滑り、引き伸ばされ、疾走するトラックさながら、巨大な重りが胸に突進してくるように感じた。母屋を包んで踊り狂うオレンジ色の炎がほんの一瞬凍りつき、やがて横へ流れた。彼女は足が地面から離れて体が浮くのを、夜の黒い空を突き破って高く高く舞いあがるのを感じ、いまにも軌道の頂点に達して下降し、骨を砕く激しい衝撃とともに着地するのではないかと待った。だが、そのときは訪れなかった。上へ上へと浮きあがり、星は消え、空は闇と静寂と死をはらんで頭上を閉ざし……

……暗闇からスティーヴンの顔が見おろしているのが目にはいった気がした。目に涙を浮かべて、叫びかけているようだが、何を言っているか聞きとれない。そのとき、彼が闇に吸いこまれ、ロズの顔が見えた。やはり自分を見おろし、目に涙をため、聞きとれないことばを発している。言ったとおりよ。キャロルは言おうとした。彼はわたしが言ったとおりだった。だが、ことばが出るかわりに全身に激痛が走り、熱く酸っぱい液体がいっきに口へこみあげた。目をつぶると、痛みが引きはじめた。手がひんやりと心地よい感触に包まれて、柔らかい肌が自分の肌にこすり合わされた瞬間、痛みがすっかり消え、まばゆいほどに輝く金色（こんじき）の光輪が体を包んで、ぬくもりで満たした。キャロルはその手を握り、一歩前に出て光のなかへ身を投げだした。

「だいじょうぶ」穏やかな声が耳のなかで響いた。「ここにいるから」

その後

そのあとも、人生はつづいた。もちろん、病院でのことだ。建物の奥の、つくろわれた生命の鼓動からかけ離れたところに廊下が走っていて、その廊下のはずれに簡素なせまい部屋がひとつある。壁に白黒のビデオモニターが取りつけられていて、そこには狡猾なほどなじみ深い画像が映しだされている……


「スクリーンを見ていただけますか、ミス・バートン……」

ロザリンドは視線をそらしつづけた。画面にはすでに一瞥をくれていた。両腕を胸の前でしっかりと組み、片手の指で鼻と口を覆っている。

「見ていただけますか？」部長刑事が繰り返した。

「どうして？」彼女はきいた。「もう供述したでしょう？」

「それはそうですが、正式に身元を確認していただく必要があるんです。つらいのはわかりますけれど、ご覧ください」

彼女はしぶしぶ目をあげ、スクリーンに映ったぼやけた横顔を見た。全力できれいにしたようだが、やけどや打ち傷やその他もろもろの損傷は見るもおぞましい。

「結構です」部長刑事は促すように言った。「これは、あなたがスティーヴン・ゴールドクリフとして知っていた人物ですか？」

彼女はうなずいた。「はい、そうです」

「ありがとうございます」部長刑事が顎を突きだすと、部下の男がモニターのスイッチを切った。部長刑事はロザリンドを廊下へ送りだした。「お茶でも一杯いかがですか」丁重に言う。

彼女は上の空で、廊下の先を見つめていた。かなり離れたところで、髪の白い年輩の男女が別の警察官と話している。「あれはだれかしら」彼女は尋ねた。

その瞬間、声が届くほどの距離ではないにもかかわらず、まるで聞こえたかのように、ふたりがこちらに目を向けた。

「パーシヴァル夫妻です」彼は静かに言った。「娘さんの身元を確認するためにいらっしゃいました。もうお帰りになったと思ってたんですが」

ロザリンドの心がしばしばうつろになった。「パーシヴァル？ キャロルのご両親？ ぜんぜんわからなかったわ……あまりに老けてるから」ふたりはまだこちらを見ている。「あたしのことを責めていらっしゃるでしょうね」彼女はつぶやいた。

部長刑事はその腕をつかんだ。「そんなことはありません。ショックを受けていらっしゃる。それだけです。さあ、行きましょう」

「あたしのせいじゃない」彼女は小声で言い、あとを追った。「あたしはあの男のこと、ずっと好きじゃなかった。警告しようとしたんだけど、キャロルは聞く耳を持たなかったのよ」

「わかってます」
部長刑事は自在ドアを通って別の廊下へ進んだが、彼女はパーシヴァル夫妻から目を離すことができなかった。戸が閉まり、糸が永遠に断ち切られるまで、視線は釘づけになっていた。

遠ざかり、かなたの水平線を突き破り……

ここを渡ったことは、かつて一度ある。しかし、今回は平穏な旅だ。しばらくして、髪を短く刈りこんだその寄り目の男は、埠頭に立ってフェリーの赤い船体を見あげ、まぶしい陽光に目を細めながら甲板の手すりに視線を走らせた。自分を見おろしているひとりの男に気づくと、影のような薄い微笑がゆっくりと顔に浮かんだ。しばし見つめ合ったあと、彼はリュックサックをかついできびすを返し、舷門へ向かう乗客の人だかりに加わった。
ウィストゥルアムへ向かって人波が吐きだされ、ゆっくりと散らばっていくなか、彼の青白い頭は色とりどりの頭に囲まれながら不規則に上下し、しだいに遠ざかって、ついにはどこにも存在しなかったかのようにすっかり姿を消した。

訳者あとがき

——なんだ、これは？

この作品の原書をはじめて読んだときの感想を言い表そうとしても、そんなことばにしかならない。ジャンルを超越した、何やら得体の知れないものに出くわした衝撃で頭が真っ白になったのを覚えている。それは心地よく感動的な読書体験というよりも、自分のなかの眠っている部分を強引に呼び覚まされるような、荒々しく肺腑（はいふ）をえぐられるような強烈な体験だった。

強いてジャンル分けをするならば、サイコサスペンスとゴシックホラーの中間とでも呼ぶべきなのかもしれない。作品全体の趣（おもむき）がバーバラ・ヴァインに似ているとか、時間の流れが激しく分断される構成がウィリアム・フォークナーを髣髴（ほうふつ）させるなどという評し方もできるだろう。とはいえ、過剰なまでに精緻な人物造形と、執拗なまでに濃密な行動描写や心理描写を駆使し、これほど圧倒的なリーダビリティーを保ちながら、なおかつ重厚に迫る作品は類を見ないのではないだろうか。書評子がどんな反応を示すかが、いまから楽しみであり、不安でもある。

ひとつ確実に言えるのは、この作品がまぎれもない狂気を——エンタテインメントの小道具や添え物としての狂気ではなく、真正の狂気を宿しているということだ。それは悪夢さながら、読む者の脳髄に強烈にしみわたる。実際、この作品を訳しているとき、まるで脳内に乳酸がたまったかのように、まったく思考が働かなくなったことがしばしばあった。訳者泣かせではあるものの、近い将来、この稀有の才能は作者の強力な武器となるにちがいない。

作者のジェレミー・ドロンフィールドはウェールズ南部の出身で、一九六五年生まれ。十六歳で総合中等学校（コンプリヘンシブ・スクール）を中退し、ミュージシャンになる夢を追い求めながら、数年間土地測量の仕事に就いていた。その後、サウサンプトン大学とケンブリッジ大学で考古学を専攻し、原始時代の儀式と幻覚性薬物との関係などを研究しつつ、小説を執筆していたという。第一作となる本書『飛蝗の農場』はいくつかの書評で絶賛され、一九九八年度の英国推理作家協会（CWA）賞最優秀処女長編賞の候補作となった。以後は年に一作のペースで作品を発表し、現在までに四作が上梓（じょうし）されている。

『サルバドールの復活』（一九九九年）は、世界的なギタリストとその妻が相次いで不思議な死をとげた事件の謎を解明すべく、ふたりの住んでいた古城風の建物を妻の大学時代の女友達三人が訪れ、つぎつぎと奇怪な事件に巻きこまれていくゴシックホラー風の物語で、訳出すると文庫で八百ページ近くになろうかという大長編である。現在と過去が入り乱れ、手記や日記、さらには作中小説やコンピューターゲームのプロットや大学の試験問題文までもが挿入される構成は、『飛蝗の農場』以上に複雑で凝りに凝っているが、狂躁的な雰囲気がいくぶん薄らぎ、緩急のつけ方に大きな進歩が見られるので、いっきに読み通すことができる。

Burning Blue（二〇〇〇年）は刊行順では三番目だが、これは作者がケンブリッジ大学在学中に書いた習作に手を加えたものであり、実質的な処女作と言ってよい。航空機マニアの大学生が、第二次世界大戦中に空軍のパイロットとして爆死した祖父の生涯について調べるうち、戦時中のある謀略と、祖父の死の真相がしだいに明らかになっていく。一人称現在、一人称過去、三人称現在、三人称過去という四つの語りのパートが混在し、さらに二人称に対して語りかけるパートが随所に差しはさまれる構成は、いささか荒削りで、錯綜の度が過ぎる感がなきにしもあらずだが、やはり圧倒的な力量で読ませる。

The Alchemist's Apprentice（二〇〇一年）は、〝世界一有名な〟ある小説のことをだれもが忘れてしまったのはなぜかという奇妙な謎を、その作家の親友である〝ジェレミー・ドロンフィールド〟なる男が解き明かすという、型破りの趣向の作品である。ミステリというより虚実ない交ぜの大人向けファンタジーに近いもので、重厚な文体を基調としながらも、軽妙なウイットの味つけがきいていて、なかなか楽しい。

以上、四作すべてが、通常のジャンル区分のどこにもおさまらない、〝ドロンフィールド・ワールド〟とも呼ぶべき独特の作品世界を形成している。つぎはどんな手で来るのかが最も注目される作家のひとりである。

《ジェレミー・ドロンフィールド作品リスト》

1　The Locust Farm 1998　本書

2 Resurrecting Salvador 1999『サルバドールの復活』創元推理文庫
3 Burning Blue 2000
4 The Alchemist's Apprentice 2001

新装版　訳者あとがき

――なんだ、なんだ、なんだ、これは？

約二十年ぶりにこの作品を精読しての感想は、やはりそんなことばになってしまった。一見ばらばらに見えたいくつもの濃密なエピソードが、神経細胞のシナプスが一気につながるかのようにそこかしこで結合し、予測不能の異様な物語をつむぎあげていく。読んでいて沸き起こる得体の知れない興奮は、空前絶後のものと評しても過言ではあるまい。近年は入手がむずかしくなっていたこの逸品を、新たな読者にあらためて紹介できることをとてもうれしく思う。

ジェレミー・ドロンフィールドの『飛蝗(ばった)の農場』は、日本では二〇〇二年三月に刊行され、訳者あとがきと三橋暁さんの解説との連係プレーが功を奏したのか、見かけは地味な作品ながら徐々に好評を博すようになり、〈このミステリーがすごい！〉海外編と〈IN★POCKET〉文庫翻訳ミステリー・ベスト10の第一位に選出されるなど、圧倒的な支持を得ることができた。

ドロンフィールドの第二作『サルバドールの復活』も、CS放送ミステリチャンネルの〈闘うベストテン〉海外部門の第一位に選ばれるなど、多くの読者に強烈な印象を残したものの、残念ながらその後第三作と第四作を日本で訳出する機会には恵まれなかった。第四作 *The Alchemist's Apprentice* は作中で作者のドロンフィールド自身が姿を消してしまう趣向のメタミステリだったが、その後は第五作を書いたという話が伝えられぬまま何年かが過ぎ、やがてドロンフィールド自身の消息もよくわからなくなって、こちらは心配しつつもいつしかこの作家のことを忘れていった。

ところが、一年ほど前にたまたま別件の調査をしていたとき、ドロンフィールドが二〇一五年からノンフィクション作家として活動していることを知った。ほとんどが専門性の高い歴史ノンフィクションの共著で、ドロンフィールドの役割はおもに一般読者向けのリライトだったが、二〇一九年に刊行された *The Boy Who Followed His Father into Auschwitz*（父を追ってアウシュヴィッツへ向かった少年）という作品だけは単著で、しかも際立って多くの読者に読まれているのがわかった。あわてて取り寄せて読んだところ、これが驚くほどおもしろい。タイトルから想像がつくとおり、いわゆる「強制収容所もの」のノンフィクションノベルだが、父子がさまざまな機転や知恵を駆使してたくましく生き延びていくさまは斬新で力強く、大変読み応えのある作品だと思った。かつてのドロンフィールドとは別人に思えるほどの簡潔な筆致ながら、ところどころに見られる執拗なまでの重厚な描写などに懐かしさを感じたものだ。

この作品は河出書房新社から二〇二四年のうちに翻訳刊行される予定である。ぜひ『飛蝗の農場』と併せて読んで、新旧のドロンフィールドの傑作を楽しんでいただきたい。

解説

三橋　暁

——なんだ、これは？

この書き出しは、デジャ・ヴュでもなければ、訳者あとがきの越前さんの枕をパクったわけでもない。ジェレミー・ドロンフィールドのデビュー作を読み終えての、率直な感想である。一度は堅く閉ざされた扉が、期せずして再び開かれたような感じ、とでもいったらいいだろうか。巻を閉じたとたんに湧き上がってきた驚きと興奮は、やけになつかしく、そして不思議と新鮮なものだった。

作家ジェレミー・ドロンフィールドについて語ろうとするならば、必然的にサイコロジカル・スリラーの歴史にふれることになる。何せ、今の時点で彼を知るうえで唯一の手がかりである本書は、まぎれもなくこのジャンルに属する作品なのだから。

と言えば、もうお判りだろう。一度は堅く閉ざされた扉とは、二十世紀末のミステリ・シーンに大きなブームを巻き起こした異常心理を扱った小説群のことであり、その一時的流行はとっくに終わったと誰もが思っていた。

しかし、ここに衝撃的ともいえるニューカマーが登場した。これはもう遅れてやってきた傑作というレベルを遙かに超えている。その出来映えは、従来のこの分野の概念を塗り替えかねないといっても過言ではない。『飛蝗の農場』は、異常心理というテーマの奥深さを、あらためて読者につきつける作品である。

ミステリの歴史をひもといて、後にこのジャンルにカテゴライズされることになる異常心理のテーマを探すとすれば、いったいどの時代にまで遡ることになるのだろう。少なくとも数多の作家が、人間の歪な心が生み出す悪夢をテーマとして、さまざまな作品を発表してきたことは間違いない。ミステリの歴史には、マーガレット・ミラー、パトリシア・ハイスミス、ルース・レンデルといった、荒涼たる魂の荒野を彷徨う作家の系譜が存在する。

ところが、一九八〇年代に入ると、この分野は予想もつかなかったような形で進化を遂げた。トマス・ハリスの『羊たちの沈黙』（一九八八年）というさまざまな分野にまたがるメガヒットをきっかけに、読書界の枠をはみ出し、大きなムーヴメントにまでエスカレートしたサイコロジカル・スリラーのブームは、やがて殺伐とした事件や社会現象などと呼応しながら、マスメディアを賑わせていく。

しかし、凋落がやってくるのは、ことのほか早かった。九〇年代に入るや忽ちのうちに、ひと握りの選ばれたテキスト以外に読者は見向きもしなくなり、やがて不毛の時代が訪れた。

その理由として、扱う題材があまりに現実の社会に接近していたことがまず第一に考えられるだろう。まるで現実と虚構の境界線が崩壊したかのように、異常殺人やストーカーという現実が日常を侵略する忌まわしさは、ミステリ・ファンの読書意欲を削がずにはおかなかった。多くの読者が、過酷な現実の前にフィクションが敗北を喫するさまを見せつけられ、打ちのめされたという言い方もできるかもしれない。

だが直接の原因は、ブームの人気をささえるだけの質の高いテキストが不足していたからに他ならない。ローレンス・サンダーズの『魔性の殺人』（一九七三年）、トマス・ハリスの『レッド・ドラゴン』（一九八一年）、『羊たちの沈黙』（前出）、ジョナサン・ケラーマンの『大きな枝が折れる時』（一九八五年）、デイヴィッド・マーティンの『嘘、そして沈黙』（一九九〇年）など、サイコロジカル・スリラーの流行には、コアになるいくつかの傑出した作品があった。異常快楽殺人、シリアル・キラー、プロファイリングなどのお馴染みのキーワードはそういった作品から発生したものだが、ブームの到来とともに、先行テキストをこねまわしただけのお手軽なエピゴーネンが出版市場に溢れた。それらの作品が読者を食傷させた罪は大きかったと思う。

さて、ジェレミー・ドロンフィールドという新人作家が登場してきた背景には、実はこの二十世紀の世紀末を席巻（せっけん）したサイコロジカル・スリラーの勃興（ぼっこう）が大きく関わっていると考えている。作者の略歴については、訳者あとがきに詳しいが、それによればドロンフィールドは一九六五年生まれであり、ブームの洗礼をもろに受けた世代にあたる。

とりわけ、作家としてのデビュー作に、サイコロジカル・スリラーという小説形式を選んだところを見ると、意識的にせよ無意識にせよ、受けた影響には計り知れないものがあるに違いない。しかし、その『飛蝗の農場』は、かつての流行がもたらしたステレオタイプには一切属さない。ブームのさなかにもてはやされたどの作品にも似ていないのだ。ドロンフィールドという作家の非凡を感じさせられるのは、まさにこの点である。

そういう観点から、『飛蝗の農場』という作品を見ていこう。

物語のイントロダクションは、ある嵐の晩である。降りしきる雨と凍りつく寒さの中、疲れきった足取りで農場への小道を歩む男がいる。呼び鈴に応えて玄関に出てきた女主人に、びしょ濡れの彼は一夜の宿を提供してくれるよう、懇願する。

全体は三部構成になっており、その第一部は、スティーヴン・ゴールドクリフと名乗る男と農場主のキャロル・パーシヴァルの奇妙な共同生活で幕をあける。いつの間にか農場で暮らすことになった男は、自分は過去の記憶を失っていると語った。最初はスティーヴンの態度に戸惑いと不信感を抱いていた女主人だが、日に日にこの奇妙な男への好奇心を募らせていく。

第二部へと引き継がれていくこのふたりの曖昧な関係は、本作の根幹をなす物語であり、やがてそれが第三部の恐るべきカタストロフィーへと発展するのだが、しかし、『飛蝗の農場』のきわだった個性は、そんなメイン・ストーリーにあるわけではない。実は、この作品には、その基本的な骨格をとりまくような形で、いくつもの別の物語が、時間と場所の秩序を一切無視した形でちりばめられている。それらは、一見無造作に撒き散らされたジグソー・パズルのようだが、その実、巧妙に組み合わされたパッチワークのように『飛蝗の農場』の物語全体を形づくっているのだ。

それぞれの物語は、例えばナイジェルと名乗る若い男が田舎町で平穏な日々を送る話であったり、自動車の修理工場につとめるポールが、中古車の買い取りの仕事をしくじって職を失うという淡々とした内容であったり、「汚水溝の渉猟者」と名乗る人物からの匿名の手紙に中断されることを除けば、ひとつひとつが実にセンシティヴで瑞々しい魅力をたたえている。しかし、「汚水溝の渉猟者」によってもたらされる小さな綻びは、章を追うごとに次第に大きなものとなっていき、ついにはダムが決壊するように、デモーニッシュな結末に向けて、物語全体を呑み込んでしまう。

さらに、ラストに待ち受けるのは、読者を煙にまくようなエピローグである。「その後」と題された一節で、この物語は不思議な余韻を残したまま幕となる。

サイコロジカル・スリラーがかつてのブームを通じてなんらかのパラダイムを確立したとすれば、『飛蝗の農場』のドロンフィールドはその定型を逃れ、また別の地平より分野を眺めるところから出発している。異常心理を扱った小説のありようを根底から覆すような本作の小説作法からも、かつてのブームの轍を踏まないドロンフィールドという新人作家の知恵、そして逞しさのようなものが十分に窺える。この作家の出現によって、この分野の新たな可能性が脚光を浴びることは間違いない。

ただ、ここから先にサイコロジカル・スリラーの未来があるかどうかというと、正直言ってそれは判らない。ことによると、この『飛蝗の農場』という小説は、突然変異的な傑作にすぎず、なんの連鎖反応ももたらさない恐れもあるからだ。いや、むしろ先のブームが人材不足で尻すぼみとなったことを考えると、さほど期待はしない方が賢明なのかもしれない。

しかし、ジェレミー・ドロンフィールドが、本書で披露した繊細で潑剌(はつらつ)とした才能は、疑いようもない。とりわけ、従来の枠組みを離れ、新たな方向を追求する冒険心には、無限の可能性が感じられ、ジャンルの未来とはかかわりなく大活躍しそうな予感がする。そういう意味から、続いて紹介されるという第二作では、デビュー作で見せてくれた型破りの魅力がどのような飛躍を遂げるのか、とても楽しみだ。

【新装版への追記】

二十年ぶりに再読した『飛蝗の農場』は、少しも古びていないばかりか、考え抜かれた構成の妙味と、ケレン味あふれる小説の面白さに、改めて感動を覚えた。再録された旧版の拙稿では、サイコロジカル・スリラーの未来をやや懐疑的に捉えていたが、その後、フランスや北欧などの非英語圏を中心に根をおろし、今や現代ミステリの重要なメカニズムにしっかりと組み込まれた感がある。本作が突然変異的に現れたわけではなく、進化の道標であったことを証明したともいえる。新装版が、希代の異色作家ドロンフィールドの再評価の扉を開くことは間違いないだろう。

訳者紹介　1961年生まれ、東京大学文学部卒業。英米文学翻訳家。主な訳書に、D・ブラウン「ダ・ヴィンチ・コード」「オリジン」、クイーン「災厄の町」、F・ブラウン「真っ白な嘘」、ダウド「ロンドン・アイの謎」など。

検印
廃止

飛蝗（ばった）の農場

2002年3月22日　初版
2006年1月13日　14版
新装版　2024年1月26日　初版

著　者　ジェレミー・ドロンフィールド
訳　者　越前（えちぜん）敏弥（としや）

発行所　（株）東京創元社
代表者　渋谷健太郎

162-0814／東京都新宿区新小川町1-5
電　話　03・3268・8231-営業部
03・3268・8204-編集部
URL　http://www.tsogen.co.jp
DTP　精興社
暁印刷・本間製本

乱丁・落丁本は、ご面倒ですが小社までご送付ください。送料小社負担にてお取替えいたします。

ISBN978-4-488-23510-9　C0197